10/13

D1360567

Debbie Macomber

La Caricia del Mar

—··—

Unidos por el Mar

Editado por HARLEQUIN IBÉRICA, S.A.
Núñez de Balboa, 56
28001 Madrid

I.S.B.N.: 978-84-671-8060-2
Depósito legal: B-17330-2010
Editor responsable: Luis Pugni
Impresión y encuadernación: LITOGRAFÍA ROSÉS, S.A.
C/. Energía, 11. 08850 Gavá (Barcelona)
Imagen de cubierta: CARTRAFA/DREAMSTIME.COM
Fecha impresión Argentina: 28.11.10
Distribuidor para México: CODIPLYRSA
Distribuidores para Argentina: interior, BERTRAN, S.A.C. Vélez
Sársfield 1950 Cap. Fed./ Buenos Aires y Gran Buenos Aires,
VACCARO SÁNCHEZ y Cía, S.A.
Distribuidor para Chile: DISTRIBUIDORA ALFA, S.A.

ÍNDICE

La caricia del mar .7

Unidos por el mar 275

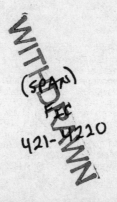

LA CARICIA DEL MAR

DEBBIE MACOMBER

I

Era el hombre más guapo del bar y no dejaba de mirarla.

A Erin MacNamera le resultaba difícil no admirarlo con sus ojos marrón café. Estaba sentado en un taburete, de espaldas a la exposición de botellas de licor decorativas. Apoyaba los codos en el brillante mostrador de caoba y tenía una botella de cerveza alemana de importación en la mano.

En contra de su voluntad, Erin volvió a mirarlo. Parecía estar esperando que ella le prestara atención y sus labios se curvaban con una sonrisa sensual. Erin desvió la mirada rápidamente e intentó concentrarse en lo que estaba diciendo su amiga.

—… Steve y a mí.

Erin no tenía ni idea de qué se había perdido. Aimee tenía la costumbre de charlar sin descanso, sobre todo cuando estaba disgustada. La razón de que Erin y su compañera de trabajo estuvieran allí era que Aimee quería hablar sobre los problemas que estaba teniendo en su matrimonio, que ya había durado diez años.

El matrimonio era algo que Erin tenía intención de evitar, al menos durante bastante tiempo. Estaba concentrando sus energías en dar una clase titulada «Mujeres en transición», dos noches a la semana, en la universidad popular de South Seattle. Con un máster en la mano, rebosante de ideales y entusiasmo, Erin había solicitado trabajo como asesora de empleo en el Programa de Acción Comunitaria del Condado King y había sido contratada. Trabajaba fundamentalmente con mujeres rechazadas o abandonadas, de las cuales el noventa por ciento dependía de subsidios sociales.

Su sueño era dar esperanza y apoyo a aquellas personas que habían perdido ambas cosas. Ofrecer amistad a quienes carecían de amigos y animar a seres descorazonados. Sin embargo, el auténtico amor de Erin era el curso «Mujeres en transición». Durante esos últimos años había observado la metamorfosis que convertía a muchas mujeres perdidas y confusas en mujeres adultas con objetivos, motivadas y resueltas a aprovechar una segunda oportunidad en la vida.

Erin sabía que el mérito o el fracaso en la transformación que veía en la vida de esas mujeres no se debía a ella. Tan sólo formaba parte del Comité de Métodos y Medios.

Su padre le tomaba el pelo, diciendo que su hija mayor estaba destinada a convertirse en una especie de mezcla de Florence Nightingale y la Madre Teresa de Calcuta: una mujer tenaz, determinada y llena de confianza en sí misma.

Casey MacNamera sólo tenía razón hasta cierto

punto. Erin no se consideraba, en absoluto, un ejemplo que luchara contra las injusticias del mundo.

Erin tampoco se engañaba en cuanto a sus finanzas. No pretendía hacerse rica, al menos en cuestión monetaria. Nadie se dedicaba al trabajo social por dinero. Trabajaba muchas horas y las compensaciones eran esporádicas, pero cuando veía que la vida de la gente cambiaba a mejor, se sentía muy gratificada.

Había nacido para ayudar a otros en los duros momentos de la vida. Había sido su sueño desde que empezó a estudiar y había seguido vivo durante toda la carrera y hasta que obtuvo su primer empleo.

—Erin —dijo Aimee, casi en susurros—, hay un hombre en la barra que no deja de mirarnos.

—¿Sí? —Erin simuló no haberlo notado.

Aimee removió su daiquiri de fresa y después chupó la punta de la varita, mientras estudiaba al atractivo hombre que bebía cerveza de importación. Esbozó una sonrisa lenta y deliberada, pero no le duró mucho. Soltó un suspiro.

—Le interesas tú.

—¿Cómo puedes saberlo?

—Porque estoy casada.

—Eso él no lo sabe —discutió Erin.

—Claro que sí —Aimee descruzó las largas piernas y se inclinó sobre la minúscula mesa—. Las mujeres casadas tienen ciertas vibraciones que los solteros captan como si tuvieran un radar especializado. Intenté enviarle una señal, pero no funcionó. Se dio cuenta de inmediato. Tú, en cambio, lanzas vibraciones de mujer soltera y está concentrándose en ellas como una abeja en el polen.

—Estoy segura de que te equivocas.

—Tal vez —aceptó Aimee en voz baja—, pero lo dudo —tomó el último sorbo de su bebida y se puso en pie rápidamente—. Voy a marcharme y comprobaremos si mi teoría es acertada. Apuesto a que en cuanto salga de aquí, esa abejita va a venir zumbando —hizo una pausa y sonrió—. El juego de palabras ha sido accidental, aunque admito que acertado.

—Aimee, creía que querías hablar… —sin embargo, Erin no fue lo bastante rápida para convencer a su amiga de que se quedara. Antes de que terminase, Aimee había recogido su bolso.

—Ya hablaremos otro día —con una elegancia natural, se colgó el bolso de piel de serpiente de imitación al hombro y le guiñó el ojo con expresión sugerente—. Buena suerte.

—Eh… —Erin se quedó sin saber qué hacer. Tenía veintisiete años, pero durante la mayoría de su vida adulta había evitado las relaciones sentimentales. No con intención. Simplemente había funcionado así.

Conocía a hombres con frecuencia, pero rara vez salía con ellos. Nunca había conocido a un hombre en un bar. Las coctelerías no formaban parte de su entorno habitual. Sólo debía de haber entrado en una un par de veces en toda su vida.

Desde que estaba en el instituto y se enamoró por primera vez, había descuidado por completo su vida social. Howie Riverside la había invitado al baile del día de San Valentín y su joven y tierno corazón se había desbocado.

Entonces ocurrió lo mismo que ocurría siempre. Trasladaron a su padre, marino de carrera, y se mudaron tres días antes del baile.

Por alguna razón, Erin nunca había recuperado el ritmo con el sexo opuesto. Desde luego, tres traslados más en los cuatro años que siguieron, algo poco habitual incluso en la Marina, no dieron mucho pie a que floreciera alguna nueva relación. Fueron de Alaska a Guam, de allí a Pensacola y luego de vuelta otra vez.

La universidad podría, y seguramente debería, haber sido la oportunidad para recuperar el tiempo perdido; pero a esas alturas Erin se sentía como un pigmeo social en cuanto a las relaciones con los hombres. No había aprendido a conocerlos, a coquetear con ellos, ni a charlar de naderías. Ni tampoco había adquirido muchas de las otras técnicas necesarias.

—Hola.

Ni siquiera había tenido tiempo de centrar sus pensamientos o recoger su bolso. Don Cerveza Importada estaba junto a su mesa, sonriéndole como un dios griego. Desde luego, parecía uno. Era alto, por supuesto. Debía de medir un metro ochenta y cinco, y era musculoso. Tenía el cabello oscuro y muy bien cortado y ojos marrones, cálidos y amistosos. Era tan guapo que bien podría haber posado para uno de esos calendarios de tíos buenos que tanto éxito tenían entre las mujeres de la oficina.

—Hola —consiguió decir, esperando que su voz no denotara el nerviosismo que sentía. Erin se conocía bien y no podía imaginarse qué podía haber visto en ella ese hombre tan impresionante.

Poca gente habría descrito a Erin como una mujer de belleza sofisticada. Sus facciones eran inequívocamente irlandesas, bonitas y atractivas, pero muy lejos de ser impactantes. Los rasgos más distintivos eran su largo y rizado cabello castaño rojizo, los dientes blancos y rectos, y las pecas que salpicaban el puente de su gaélica nariz. Era bastante atractiva, pero no más que cualquier otra de las mujeres que había en la coctelería.

—¿Te importa que me una a ti?

—Eh… no, claro —estiró el brazo hacia su copa de Chablis y la sujetó con fuerza—. ¿Eres…?

—Brandon Davis —contestó él, ocupando la silla que acababa de dejar Aimee—. La mayoría de la gente me llama Brand.

—Erin MacNamera —se presentó ella. Percibió varias miradas envidiosas de las mujeres que había a su alrededor. Aunque no saliera nada del intercambio, Erin no podía evitar sentirse halagada por su interés—. La mayoría de la gente me llama Erin —dijo.

Él sonrió.

—¿Es cierto? ¿Es verdad que estaba emitiendo vibraciones? —preguntó, sorprendiéndose a sí misma. Era obvio que era el vino quien hablaba. En general nunca era así de directa con un hombre a quien no conocía.

Brandon no contestó de inmediato, pero eso no le extrañó lo más mínimo. Seguramente lo había pillado por sorpresa; justicia poética, porque él la estaba desequilibrando por completo.

—Mi amiga estaba diciéndome que, en los bares, los hombres captan las vibraciones como si tuvieran un radar —se explicó—. Y me preguntaba qué tipo de mensaje estaba emitiendo yo.

—Ninguno.

—Oh —no pudo evitar sentir cierta desilusión.

Por un momento, se había creído poseedora de un

talento especial que había ignorado tener. Por lo visto, no era el caso.

—Entonces, ¿por qué me estabas mirando? —había muchas probabilidades de que él lo estropeara todo diciéndole que tenía una carrera en las medias, o la falda desabrochada, o algo igual de vergonzoso.

—Porque eres irlandesa y hoy es el día de San Patricio.

Ahí terminaba la adulación de su ego. Natural. Estaba de moda ser visto con una chica irlandesa en el día de la fiesta tradicional que hacía honor a sus antepasados.

—No llevas verde —añadió él.

—¿No? —Erin bajó la vista a su traje azul con rayas. No había pensado en que era el día de San Patricio cuando se vistió esa mañana—. Es verdad que no —corroboró, sorprendida por haber olvidado algo tan inherente a su patrimonio cultural.

Brand rió con ligereza y el sonido fue tan refrescante que Erin no pudo evitar una sonrisa. No sabía mucho sobre ese tipo de cosas, pero tenía la impresión de que Brand Davis no era el tipo de hombre que andaba por los bares buscando mujeres. En primer lugar, no le hacía falta. Con su aspecto y su encanto innato, las mujeres debían de revolotear a su alrededor como moscas. Decidió comprobar su sospecha.

—No creo haberte visto por aquí antes —eso no era en absoluto sorprendente. Era la primera vez que ella pisaba el Blue Lagoon, así que las posibilidades de que se hubieran encontrado antes en el bar eran inexistentes.

—Es la primera vez que vengo.

—Ah, entiendo.

—¿Y tú?

Erin tardó un segundo en darse cuenta de que le estaba preguntando con cuánta frecuencia iba a la coctelería.

—Lo cierto es que vengo de vez en cuando —contestó, intentando sonar cosmopolita, o al menos algo más sofisticada que cuando tenía catorce años.

La camarera se acercó a la mesa y, antes de que Erin pudiera decir nada, Brand pidió otra ronda de lo mismo. En general, una copa de vino era el límite de Erin, pero estaba dispuesta a saltarse algunas normas. No era habitual conocer a un dios griego.

—Soy nuevo en la zona —explicó Brand, antes de que Erin tuviera tiempo de pensar en una pregunta que hacerle.

Ella lo miró y sonrió levemente. El vino había embotado sus sentidos pero, en cualquier caso, siempre le había resultado difícil entablar conversación. Deseó que se le ocurriera algún comentario inteligente. Pero, en vez de eso, vio un póster que había al otro lado de la sala y dijo lo primero que se le pasó por la cabeza.

—Me encantan los ferrys —de inmediato, sintió la obligación de explicarse—. Cuando me trasladé a Seattle, me enamoré de los trasbordadores. Siempre que tenía necesidad de pensar sobre algo, tomaba uno e iba a Winslow o a Bremerton, mientras le daba vueltas a la cabeza.

—¿Eso ayuda?

«Hagas lo que hagas, no le digas que estás en la Marina». La voz de Casey MacNamera resonó en la mente de Brand como un gong. El suboficial primero de la Marina era buen amigo de Brand. Habían trabajado juntos durante tres años, en los principios de su carrera, y se habían mantenido en contacto desde entonces.

En cuanto el viejo irlandés se enteró de que a Brand le habían asignado una misión en la estación naval Puget Sound de Seattle, se puso en contacto con él, preocupado por su hija mayor.

«Trabaja demasiado y no se cuida. Concédele a este anciano un poco de paz mental y échale un vistazo. Pero, por todos los cielos, no dejes que se entere de que te lo he pedido yo».

Lo cierto es que a Brand no le iba nada esa labor detectivesca. Pero, a regañadientes y como favor a un amigo, había accedido a comprobar cómo le iba a Erin MacNamera.

Había estado a punto de entrar en el edificio en el que se encontraba su oficina cuando ella salió. Brand nunca había visto a la hija de Casey, pero un vistazo a la espesa mata de pelo rojizo le había bastado para saber que esa mujer era pariente de su amigo. Así que la había seguido al Blue Lagoon.

La había observado unos minutos, fijándose en pequeños detalles. Era delicada. No frágil, como podía implicar ese término. Erin MacNamera era exquisita. No era una palabra que él utilizara con frecuencia. Sus ojos se habían encontrado una vez y había conseguido atrapar su mirada un instante. Los ojos de ella se habían oscurecido por la sorpresa, y luego había desviado la mirada con brusquedad. Cuando se había acercado a su mesa, ella se había puesto nerviosa, aunque se había esforzado por disimularlo.

Cuanto más tiempo pasaba en su compañía, más cosas descubría que le asombraban. Brand no estaba seguro de qué había esperado de la hija de Casey, pero desde luego no había contado con la encantadora belleza pelirroja que se sentaba frente a él. Erin era tan distinta de su padre como lo eran la seda y el cuero. Casey era regordete y ruidoso, mientras que su hija era una criatura grácil de ojos tan brillantes y oscuros como el mar a medianoche.

«Otra cosa», le había advertido Casey, «se trata de mi hija, no de otra de tus conquistas».

Brand no había podido evitar sonreír al oírlo. Él no tenía conquistas. A sus treinta y dos años, no podía decir que no hubiera estado enamorado. Lo había estado unas cuantas veces a lo largo de los años, pero nunca había habido una mujer que capturara su corazón durante más de unos meses. Ninguna con la que se hubiera planteado seriamente pasar el resto de su vida.

«Ten cuidado con lo que dices», había aconsejado Casey, «mi Erin tiene el temperamento de su madre».

A Brand no le gustaba el engaño que estaba poniendo en práctica. Y esa sensación se intensificó mientras hablaban y bebían. Una hora después de que se sentara con ella, Erin echó un vistazo a su reloj de pulsera y anunció que tenía que marcharse.

Por lo que concernía a Brand, había cumplido con su obligación. Había buscado a la hija de su amigo y hablado con ella el tiempo suficiente para asegurarle, cuando le escribiera, que Erin estaba en buen estado de salud. Pero cuando ella se puso en pie para irse, Brand descubrió que no quería que se marchara. Había disfrutado mucho con su compañía.

—¿Qué me dices de ir a cenar? —se encontró preguntándole.

Las mejillas de ella enrojecieron y sus ojos se volvieron más oscuros, como si la hubiera pillado por sorpresa.

—Eh… esta noche no. Gracias de todas formas.

—¿Mañana?

No se dejó engañar por el silencio de ella. Aunque externamente parecía tranquila, como si estuviera considerando la invitación, Brand percibía la resistencia que irradiaba. Eso en sí mismo era inusual. Las mujeres solían estar deseosas de salir con él.

—No, gracias —su suave sonrisa palió el rechazo, o al menos tenía esa intención. Por desgracia, no funcionó.

Ella se puso en pie, sonrió con dulzura y se puso el bolso debajo del brazo.

—Gracias por la copa.

Antes de que Brand tuviera tiempo de contestar, salió de la coctelería. Él no podía recordar una mujer que lo hubiera rechazado en los últimos quince años. Ni siquiera una vez. La mayoría de los miembros del sexo opuesto lo trataban como si fuera un Príncipe Azul. Además, se había esforzado especialmente para parecerle cautivador a la hija de MacNamera.

¿Quién demonios se creía que era?

Brand se levantó y la siguió fuera de la coctelería. Ya estaba a media manzana de distancia y andaba con rapidez. Brand corrió unos metros y luego bajó el ritmo. Poco después estuvo junto a ella.

—¿Por qué?

Ella se detuvo y alzó la vista hacia él, sin demostrar ninguna sorpresa porque estuviera allí.

—Estás en la Marina.

Brand se quedó asombrado y no consiguió disimularlo.

—¿Cómo lo has sabido?

—Crecí en un entorno militar. Conozco el lenguaje, la jerga.

—No la he utilizado.

—No conscientemente. Ha sido más que eso… la forma en que sujetabas la botella de cerveza debería habérmelo indicado desde el principio, pero cuando empezamos a hablar sobre los ferrys que cruzan Puget Sound lo supe con seguridad.

—Bueno, estoy en la Marina. ¿Tan malo es eso?

—No. De hecho, para la mayoría de las mujeres es un plus. Por lo que he oído a muchas les gustan los hombres de uniforme. No tendrás problemas para conocer a alguna. ¿Bremerton? ¿Sand Point? ¿O la isla Whidbey?

Brand ignoró la pregunta sobre dónde estaba destinado e hizo una él.

—A la mayoría de las mujeres les atraen los hombres de uniforme, ¿a ti no?

—Lo siento —sus ojos chispearon y soltó una risa seca—. Los uniformes perdieron su atractivo cuando tenía unos seis años.

Ella andaba tan deprisa que él estaba perdiendo el aliento al intentar mantener su paso.

—¿Tanto odias a la Marina?

La pregunta pareció pillarla por sorpresa, porque se detuvo bruscamente, se volvió hacia él y alzó unos ojos marrones muy abiertos para escrutarlo.

—No la odio en absoluto.

—¿Pero ni siquiera aceptas cenar con alguien que está allí enrolado?

—Oye, no pretendo ser grosera. Pareces un hombre agradable…

—No estás siendo grosera. Sólo siento curiosidad, eso es todo —miró a su alrededor. Se habían detenido en medio de la acera de una concurrida calle, en el centro de Seattle. Varias personas se estaban viendo obligadas a rodearlos—. Me interesaría mucho escuchar tus puntos de vista. ¿Qué te parece si buscamos una cafetería, nos sentamos y charlamos?

Ella miró su reloj de pulsera.

—No es una cena. Sólo un café —para evitar que se lo quitara de encima con tanta facilidad una segunda vez, Brand le ofreció una de sus sonrisas más deslumbrantes. Durante la mayor parte de su vida adulta, las mujeres habían dicho que tenía una sonrisa capaz de deshacer el hielo polar. Hizo uso de ella, a plena potencia, y esperó el resultado habitual.

Nada.

Esa mujer empezaba a resultar peligrosa para su ego. Probó una táctica distinta.

—Por si no te has dado cuenta, estamos creando un atasco en la acera.

—Yo pagaré mi café —afirmó ella, en un tono de voz que implicaba que iba en contra de su sentido común hablar con él.

—Si insistes, de acuerdo.

La cafetería de los almacenes Woolworth aún estaba abierta, y compartieron una pequeña mesa para dos. Mientras la camarera les llevaba el café, Brand tomó la carta y echó un vistazo a la lista de sándwiches. La foto del de pavo con lechuga y tomate tenía muy buena pinta, pero volvió a dejar la carta sobre la mesa.

—¿Oficial? —preguntó Erin, estudiándolo mientras él echaba crema al café.

—¿Eso lo has sabido porque le pongo crema al café? —la hija de Casey debería estar en el Servicio de Inteligencia. Nunca había conocido a nadie como ella.

—No. Por tu forma de hablar. Y de comportarte. Alférez de navío, diría yo.

—¿Cómo has sabido eso? —había vuelto a impresionarlo.

—Tu edad. ¿Cuántos años tienes, treinta? ¿Treinta y uno?

—Treinta y dos —la situación empezaba a ser bastante embarazosa. Había ascendido en rango al ritmo normal y había recibido distintas comisiones de servicio a lo largo de los años. Dado que el ejército de la Marina estaba pensando en cerrar la estación de Sand Point, el almirante había enviado a Brand para que realizara un estudio de viabilidad. Cumplir su misión era cuestión de pocas semanas y la mayor parte de ese tiempo ya había pasado.

—Me imagino que no creciste en un entorno relacionado con la Marina, ¿o sí?

—No.

—Debería haberlo adivinado.

Sin duda alguna, ella estaba ganando la partida con esas adivinanzas suyas. Sus ojos se encontraron un momento y Brand volvió a admirar lo cautivadoramente oscuros que eran. Vio en ellos una chispa, un atisbo de dolor, algo que no pudo definir, y le produjo cierta desazón emocional.

—Escucha —dijo ella con voz suave y pesarosa—, ha sido interesante hablar contigo, pero hace una hora que debería estar en casa —iba a ponerse en pie cuando Brand estiró el brazo por encima de la mesa y agarró su mano.

La acción sorprendió a Brand tanto como a ella. Erin levantó la cabeza unos centímetros para que sus miradas se encontraran. Los ojos de ella estaban muy abiertos, interrogantes, los de él... no sabía. Supuso que parecían tenaces y testarudos. Brand no pensaba con claridad, no había podido hacerlo desde que la siguió a la coctelería Blue Lagoon.

—No hemos hablado.

—No hay necesidad de hacerlo. No creciste en un entorno militar. Yo sí. No podrías entender cómo es si no te han llevado de un rincón al otro del mundo, año tras año.

—Me habría encantado.

—Igual que a la mayoría de los hombres —comentó ella, con una sonrisa sardónica.

—Quiero volver a verte.

Ella no titubeó, ni lo pensó. Su respuesta tampoco se hizo esperar.

—No. Te pido disculpas si estoy dañando tu ego —añadió—, pero la verdad, me prometí hace mucho tiempo mantenerme alejada de los militares. Es una norma que sigo a rajatabla. Créeme, no es nada personal en contra tuya.

—¿Ni siquiera te tiento un poco? —dijera ella lo que dijera, Brand se lo estaba tomando de forma muy personal.

Ella titubeó y sonrió levemente antes de liberar la mano que él agarraba.

—Un poco —admitió.

Brand tuvo la sensación de que lo decía para no

herir más su orgullo, algo que no había dejado de hacer cada vez que había abierto la boca.

—Por lo que a tu aspecto se refiere, tienes una cara interesante.

«Una cara interesante». Se preguntó si ella tenía alguna noción de lo que era un hombre guapo. Las mujeres llevaban años desviviéndose por llamar su atención. Algunos de sus mejores amigos incluso habían admitido que se lo pensaban muy bien antes de presentarle a sus novias.

—Te acompañaré hasta el coche —dijo él con rigidez.

—No es necesario, yo...

—He dicho que te acompañaré al coche —se puso en pie y dejó dos dólares sobre la mesa. A Brand le gustaba considerarse un hombre tolerante, pero esa mujer empezaba a interesarle, y eso le intrigaba pero no le gustaba nada. Ni un poco. Había muchos peces en el mar, y le interesaba más la langosta que un pececillo irlandés.

Erin MacNamera tampoco era tan atractiva. Diablos, ni siquiera la habría visto si no fuese por hacerle un favor a su padre. Si ella no quería volver a verlo, perfecto. Fantástico. Maravilloso. Podría soportarlo. Lo que Erin había dicho antes era cierto. A las mujeres les gustaban los hombres de uniforme.

Él era atractivo. Y llevaba uniforme.

No necesitaba a Erin MacNamera.

Satisfecho con su conclusión, abrió la puerta de cristal que conducía al exterior.

—De verdad que no es necesario —susurró ella.

—Puede que no pero, como oficial y caballero, insisto.

—Mi padre también pertenece a la Marina —anunció ella, como si esperase una respuesta.

—¿Y?

—Y… Sólo quería que lo supieras.

—¿Crees que eso me hará cambiar de opinión con respecto a acompañarte a tu coche?

—No —ella metió las manos en los bolsillos—. Sólo quería que lo supieras. Para algunos hombres podría suponer una diferencia.

—Para mí no.

Ella hizo un gesto de asentimiento con la cabeza.

—Mi coche está en el aparcamiento que hay cerca de Yesler.

Brand no conocía Seattle muy bien, pero sí lo bastante para darse cuenta de que esa zona de la ciudad no era la más adecuada para una mujer sola, y mucho menos de noche. Se alegró de haber insistido en escoltarla, aunque no estaba muy seguro de qué motivos lo habían llevado a hacerlo.

Dejaron la calle principal y tomaron una más estrecha que descendía en pendiente hacia los muelles de Seattle.

—¿Aparcas aquí con frecuencia? —a la vista de lo determinada que era Erin, seguramente le habría molestado que le indicara los obvios peligros de la zona.

—Todos los días, pero suelo marcharme poco después de las cinco. Entonces aún es de día.

—¿Y esta noche?

—Esta noche —suspiró ella—, me encontré contigo.

Brand asintió. Llegaron al aparcamiento, que ya estaba casi desierto. Las plazas se encontraban entre dos edificios de ladrillo y la tenue luz que las iluminaba provenía de una única farola.

Erin sacó las llaves del bolso.

—Mi coche es el que está al final —explicó.

Brand localizó el pequeño Toyota azul que había al fondo del aparcamiento, frente a un edificio de dos plantas. Una vez más, tuvo que tragarse una advertencia y casi una regañina.

—No quise decirte nada antes, pero te agradezco que me hayas acompañado.

Él sintió un leve, muy leve, atisbo de satisfacción.

—De nada.

Ella metió la llave en la cerradura y abrió el coche. Se detuvo, lo miró y sonrió con timidez.

Brand contempló a la esbelta joven y captó su confusión y leve desconsuelo. El deseo de tomarla en sus brazos era tan fuerte que le resultó casi imposible controlarlo.

—Lamento que la Marina te haya hecho daño.

—No lo hizo. No tanto como te hice creer. Sólo quiero sentirme segura. Por primera vez en mi vida tengo un hogar verdadero, con muebles de verdad que compré sin tener que pensar en si resistirían bien los desplazamientos —calló y sonrió—. Ya no me preocupa tener que trasladarme cada dos años y... —titubeó de nuevo y movió la cabeza, sugiriendo que él no lo entendería—. Te pido disculpas, si he herido tu ego. Eres muy agradable, de verdad.

—Un beso serviría para reparar parte del daño —Brand no podía creer que se hubiera atrevido a sugerir eso, pero pensó que, al fin y al cabo, ¿por qué no?

—¿Un beso?

Brand casi soltó una carcajada al ver la mirada atónita de Erin. Resultó cómica, como si no hubiera recibido un beso en su vida, o al menos no en mucho, mucho tiempo. Sin tomarse el tiempo necesario para decidirse por una de las dos opciones, tomó su rostro entre las manos.

Los labios de ella, húmedos y entreabiertos, le daban la bienvenida. Sus ojos no. Estaban llenos de dudas. Pero él optó por ignorar las preguntas no expresadas, temiendo que si intentaba tranquilizarla acabaría por no besarla.

Brand quería ese beso.

Erin podía tener preguntas, pero él también las tenía. Era la hija de su amigo y con ese pequeño juego se estaba arriesgando a provocar la ira de Casey. Pero nada de eso parecía importar lo más mínimo. Lo que dominaba su mente era la mujer que lo miraba con fijeza.

Sintió una oleada de ternura. Una extraña ternura, que no reconocía ni entendía. Lentamente, bajó la boca hacia ella. Sintió cómo Erin se tensaba cuando sus labios se encontraron.

Era suave, cálida e increíblemente dulce. Abrió la boca un poco más y ladeó levemente la cabeza, mientras introducía los dedos en su espeso cabello.

La respuesta inicial de ella fue tentativa, como si la hubiera pillado por sorpresa, pero después suspiró y se dejó caer contra él. Puso las palmas de las manos sobre su pecho y después curvó los dedos, arrastrando las largas uñas por su suéter.

Poco a poco se abrió a él, como una flor de invernadero que abriese los pétalos entre sus brazos. Sin embargo, fue ella quien interrumpió el contacto. Lo miró con ojos muy abiertos y suaves. A él lo invadió una extraña mezcla de sorpresa, ternura y necesidad.

—Yo… estaba pensando…—susurró ella.

En ese momento, pensar podía ser peligroso. Brand lo sabía por experiencia. La silenció con un beso tan intenso que ambos temblaban cuando acabó.

De nuevo, Erin estaba agarrada a él; sus manos aferraban el cuello en forma de pico de su suéter, como si necesitara un apoyo para mantenerse en pie.

—Esa regla que tienes sobre no salir con militares…—dijo él, frotando sus dulces labios con la boca abierta—. ¿Qué te parecería alterarla?

—¿Alterarla? —repitió ella lentamente, con los ojos cerrados.

Volvió a besarla, para pisar sobre seguro.

—Podrías transformarla en una recomendación —le sugirió.

II

Al convertirse en adulta, Erin había tomado varias decisiones respecto a cómo pretendía vivir su vida. Seguía la Regla de Oro: «Trata a los demás como te gustaría que te trataran», y no utilizaba sus tarjetas de crédito si no tenía lo bastante para cancelar el saldo al mes siguiente.

Y tampoco salía con hombres que estuvieran en el ejército.

Su vida no estaba dominada por un montón de restricciones. Todo lo importante y necesario quedaba cubierto por esas normas, relativamente sencillas.

Se preguntó por qué, entonces, había accedido a cenar con Brand Davis. De inmediato, se recordó, despreciándose, que el título apropiado era alférez de navío Davis.

—¿Por qué? —preguntó en voz alta, mientras apilaba papeles al borde de la mesa con la fuerza suficiente para doblarlos por la mitad.

—Cielos, no me lo preguntes a mí —contestó Aimee con una mueca traviesa. Después de pasar el día entrevistando a solicitantes de empleo, hablar con una misma en voz alta se consideraba un comportamiento aceptable.

—Se supone que voy a verlo esta noche, ya sabes —dijo Erin con voz grave y pensativa. Si hubiera habido una manera fácil de escapar, la habría utilizado.

Si Brand no la hubiera besado... Nadie le había dicho que besar podía ser algo tan placentero. Primero le habían temblado las rodillas, luego su voluntad de hierro se había derretido, formando un charquito gris a sus pies. Antes de darse cuenta de lo que hacía, había caído gustosa en la trampa de Brand. Era típico de un marino centrarse en el punto más débil y atacar.

Alejando su vieja silla de roble del escritorio, Aimee se recostó en el respaldo y estudió a Erin con la cabeza ladeada.

—¿Sigues lamentando haber aceptado cenar con ese monumento de hombre? Bonita, créeme, deberías estar dando gracias al cielo.

—Es militar.

—Lo sé —Aimee hizo girar un bolígrafo entre las manos mientras, con ensoñación, dejaba que su mirada se perdiera en la distancia. Su rostro adquirió aspecto complacido cuando dejó escapar un largo suspiro.

—Me lo imagino vestido de uniforme, en posición de firmes. Ay, con eso basta para que se me acelere el corazón.

Erin se negó a mirar a su amiga. Si Aimee quería a Brand, podía quedárselo. Por supuesto, su amiga no estaba realmente interesada, ya que llevaba una década casada con Steve.

—Si se me ocurriera una excusa plausible para librarme de la cita, lo haría.

—Debes de estar de guasa.

—Cena tú con él —replicó Erin, que hablaba muy en serio.

Aimee movió la cabeza de lado a lado.

—Créeme, si tuviera cinco años menos, aceptaría esa oferta.

Teniendo en cuenta que el matrimonio de Aimee estaba pasando por momentos difíciles, a Erin no le pareció necesario recordarle a su amiga que salir con otros hombres no era lo más recomendable.

—Relájate, ¿quieres? —le ordenó Aimee.

—No puedo —Erin guardó la grapadora y varios bolígrafos en el cajón del escritorio—. Por lo que a mí respecta, esta noche va a ser una total pérdida de tiempo —podría haberla dedicado a hacer algo importante como... como la colada o contestar su correo. Era típico de su mala suerte que Brand hubiera sugerido el miércoles por la noche. El martes era la primera clase de «Mujeres en transición» del nuevo trimestre. El jueves daría la segunda sesión. Como era de esperar, Brand le había pedido que salieran precisamente la noche que tenía libre.

—Estás tan tensa —la regañó Aimee—, que lo mismo te daría llevar puesta una armadura de hierro.

—Todo irá bien —dijo Erin, sin escuchar a su compañera de trabajo. Se puso en pie, apoyó las manos en el escritorio y suspiró largamente—. Esto es lo que voy a hacer. Me encontraré con él, tal y como hemos quedado.

—Eso parece un buen principio —se burló Aimee.

—Encontraremos un restaurante y pediré la comida de inmediato, comeré y me excusaré lo antes que pueda. No quiero insultarlo pero quiero que entienda que me arrepiento de haber accedido a salir con él —esperó una respuesta. Al ver que Aimee no decía nada, alzó las cejas con expectación—. ¿Y bien?

—A mí me suena bien —pero la mirada que le lanzó indicaba lo contrario.

Era impresionante cuánto podía llegar a expresar una persona con una mirada. Erin no quería dedicar tiempo a pensarlo, sobre todo en ese momento, cuando le pasaban por la mente los mensajes que le había dado a Brand la noche en que la besó. Por lo visto, lo había animado lo suficiente para que se atreviera a invitarla a cenar una segunda vez.

Erin no quería rememorar esa noche. La avergonzaba pensar en cómo había respondido abiertamente a su contacto. Se ponía roja al recordarlo. No debería pensar en ello; además, ya iba con retraso. Agarró el bolso, miró su reloj y fue hacia el ascensor.

—No empieces a trabajar mañana antes de que tengamos la oportunidad de hablar —le dijo Aimee.

Solían fichar a las ocho, revisar los expedientes y después pasar gran parte del día con solicitantes de empleo o reuniéndose con empresarios que podrían estar interesados en ofrecerlo. A veces no regresaban a la oficina hasta después de las cuatro.

—No lo haré —prometió Erin, sin volver la cabeza. Caminando a paso ligero, alzó la mano en ademán de despedida.

—Pásalo bien —gritó Aimee, con un tono de voz

provocativo y burlón, que atrajo la atención del resto de los compañeros de trabajo.

Esa vez Erin sí se volvió y descubrió a su amiga sentada al borde de su escritorio, con los brazos cruzados y balanceando una pierna. Una sonrisa maliciosa iluminaba su rostro redondo y risueño.

Pero Erin no contaba con que la velada fuera a ser divertida.

Cuando salió por la puerta giratoria del alto edificio de oficinas, Erin se detuvo y miró a su alrededor. Brand había dicho que la esperaría allí. No lo vio de inmediato y se planteó la posibilidad de que no apareciese.

Pero en el momento en que la idea le cruzó el pensamiento, él se apartó de la pared del edificio y caminó hacia ella.

Sus miradas se encontraron y Erin volvió a sorprenderse por lo endiabladamente guapo que era Brandon Davis. Si no tenía cuidado, podría acabar sintiéndose atraída por él. No era inmune al atractivo y al encanto, y ambas cosas parecían rezumar por cada uno de los poros de su musculoso cuerpo.

—Hola —lo saludó con rigidez. Sus defensas estaban en pie porque había hecho el esfuerzo de no mirar su sonrisa. Era lo bastante cautivadora como para deslumbrar al corazón más duro de roer. Erin no había tenido experiencia suficiente con el sexo opuesto para saber resistirse a un hombre como Brand.

—No estaba seguro de que fueras a aparecer —dijo él cuando la alcanzó.

—Yo tampoco lo estaba —pero eso no hacía honor a la verdad. Era hija de la Marina. Le habían inculcado el sentido de la responsabilidad, la puntualidad y la obligación de la misma manera que a otros niños les enseñaban a cepillarse los dientes y a hacer la cama. Nadie podía vivir en una base militar sin que le afectase el sistema de valores que allí se promovía.

—Me alegro de que decidieras encontrarte conmigo —comentó él. Sus ojos eran cálidos y genuinos, y ella desvió la mirada apresuradamente, antes de que le afectaran.

—¿Dónde te gustaría cenar? —desde el punto de vista de Erin, cuanto antes llegaran al restaurante, antes podría marcharse. Quería que la velada transcurriera tal y como había previsto, sin dar mucha opción a las discusiones.

—¿Has estado alguna vez en El Grill de Joe?

Los ojos de Erin se abrieron con entusiasmo.

—Sí, la verdad es que sí, pero hace mucho —debía de haber sido cuando tenía unos diez años. Su padre había estado destinado en Sand Point y siempre que había algo que celebrar, llevaba a la familia a comer donde Joe. En general, los restaurantes no eran algo que los niños solieran recordar, pero su familia siempre había tenido un lugar favorito en cada una de las ciudades en las que habían vivido a lo largo de los años. El Grill de Joe había sido su favorito en Seattle.

—He preguntado por ahí y me han dicho que la comida es fantástica —dijo Brand, poniendo la mano bajo su codo.

Ella notó el contacto y, aunque era ligero e impersonal, le afectó.

—¿Quieres decir que los chicos de Sand Point siguen yendo a comer allí?

—Eso parece.

La mente de Erin se llenó de recuerdos felices. Joe

mismo le había hecho una tarta de chocolate de dos pisos en su décimo cumpleaños. Aún lo recordaba sacándola de la cocina con orgullo, igual que si le hubieran pedido que fuese el encargado de entregar a la novia en una boda. La idea de visitar el restaurante se le había pasado por la cabeza media docena de veces desde que vivía en Seattle, pero tenía un trabajo tan ajetreado que no había llegado a hacerlo.

—El Grill de Joe —repitió, luchando contra el deseo de contarle a Brand todos los detalles sobre su cumpleaños y la tarta. Sus ojos se encontraron y sonrieron, a pesar de que Erin intentó no hacerlo. Tenía que mantener la cabeza en la tierra mientras estuviera con ese guapo alférez. Por lo visto, iba a tener que recordárselo a sí misma toda la velada.

El coche de Brand estaba aparcado en una calle lateral. Le abrió la puerta del pasajero y la cerró con suavidad una vez entró.

Él fue quien mantuvo la conversación en pie mientras conducía hacia el restaurante. De vez en cuando, Erin notaba que empezaba a relajarse en su compañía, una clara señal de que se avecinaban problemas. Entonces se reprochaba mentalmente con dureza y volvía al buen camino.

Cuando Brand entró en el concurrido aparcamiento del restaurante, Erin miró a su alrededor, atenazada por la nostalgia. Habría jurado que el restaurante apenas había cambiado en casi veinte años. El mismo cartel de neón destellaba sobre el tejado plano, con un enorme chuletón de color rojo y las palabras *El Grill de Joe* encendiéndose y apagándose cada dos segundos.

—Por lo que recuerdo, aquí los filetes son tan

gruesos que parecen asado, y las patatas son más grandes que un puño de boxeador —estaba segura de que exageraba, pero ése era el recuerdo de la mente de una niña de diez años.

—Eso es lo que dijo mi amigo —comentó Brand, bajando del coche.

El interior era tal y como Erin lo recordaba. Había un enorme acuario empotrado en la pared, con variedad de peces de colores, de agua salada. La máquina registradora estaba sobre un enorme expositor de cristal, lleno de tentadores caramelos y chicles. Erin nunca había entendido por qué un restaurante que servía comidas magníficas desearía vender caramelos a sus clientes a la salida.

La encargada de sala los escoltó a una mesa situada junto a una ventana que ofrecía una arrebatadora vista de Lake Union.

Erin no abrió la carta de inmediato. En vez de eso, miró a su alrededor, empapándose del ambiente y sintiéndose como si volviera a ser una niña.

—Esto me recuerda a un pequeño restaurante de Guam —dijo Brand, siguiendo su mirada—. Las mesas tienen los mismos manteles rojos bajo una tabla de cristal.

—No será… —tuvo que pararse para pensar.

—La Trattoria —concluyó Brand.

—Sí —a Erin le impresionó que lo conociera, pero supuso que se debía a que todos los destinados en Guam comían allí en alguna ocasión—. Mi padre se moría por los espaguetis con almejas que sirven allí. Mi madre intentó copiar la receta durante años, pero terminó por rendirse. ¿Quién iba a pensar que un diminuto restaurante de la isla de Guam sirviera la mejor comida italiana del mundo?

—¿Mejor que la de Miceli, en Roma? —inquirió él.

—¿Has estado en Miceli? —preguntó ella con entusiasmo. Era obvio que sí, o no lo hubiera mencionado. Lo que ella recordaba de Miceli era el pan recién horneado. El aroma se propagaba por la estrechas calles adoquinadas de la ciudad con una intensidad que Erin no había creído posible. Le rugió él estómago sólo con pensarlo.

—Llevo casi quince años en la Marina —le recordó él.

Que mencionara el hecho de que estaba en la Marina fue como si le cruzase la cara con un trapo húmedo, y eso la devolvió a la realidad. Su reacción fue inmediata. Alcanzó la carta, la abrió y tardó tres segundos escasos en decidir lo que iba a comer. Alzó la mirada, con la esperanza de captar la atención de la camarera.

—No sé si tengo hambre suficiente para pedir el chuletón —comentó Brand, amigable. Echó otro vistazo a la carta y luego la miró a ella—. ¿Tú has decidido ya?

—Sí. Tomaré el solomillo a la pimienta.

Brand asintió, como si aprobara la elección.

—Eso suena bien. Tomaré lo mismo.

—No —dijo Erin, sorprendiéndose por el tono categórico de su voz—. Toma el chuletón. Seguramente sea el mejor de la ciudad. Y como sólo vas a pasar unas semanas en Seattle, deberías probar la especialidad de Joe.

—De acuerdo, lo probaré —Brand sonrió y el corazón de Erin empezó a golpearla en el pecho como un mazo gigante, hecho que optó por ignorar.

La camarera llegó a tomar nota y Brand sugirió que pidiesen una botella de vino.

—No gracias, para mí no —dijo Erin con rapidez. Después de lo que había ocurrido la noche en que se conocieron, se había planteado no volver a probar el vino en su vida. Seguramente era ridículo culpar a dos copas de vino Chablis por la facilidad con que había respondido a los besos de Brand. Pero era una excusa y le hacía falta una con urgencia. Desde luego no tenía intención de que la escena se repitiera. Su objetivo era llegar al final de la cena, darle las gracias a Brand y después seguir su camino. Por supuesto quería que se separaran con el entendimiento de que no pensaba volver a salir con él. Pero también quería asegurarse de que él se diera cuenta de que no era por nada personal.

Siguió una conversación cortés aunque algo forzada. Erin rodeó su vaso de agua con la mano y recorrió el restaurante con la mirada, rememorando.

—He cometido un error —anunció Brand de repente, captando su atención—. No debería haberte recordado que estoy en la Marina. Antes de eso lo estabas pasando muy bien.

Erin bajó la vista hacia la servilleta de lino rojo que tenía sobre el regazo.

—En realidad te lo agradezco. Es demasiado fácil olvidarlo estando contigo —mientras hablaba, Erin captó un deje de resentimiento y miedo en su propia voz.

—Tenía la esperanza de que pudiéramos olvidarnos de eso.

—No —contestó ella con voz suave—. No puedo permitirme olvidarlo. ¿Cuánto tiempo vas a estar

aquí? ¿Dos, tres semanas? —hizo la pregunta para recordarse lo estúpido que sería iniciar cualquier tipo
de relación con Brand.

—Dos semanas.

—Eso imaginaba —miró hacia la puerta de la cocina, entonando una súplica silenciosa para que el
chef se diera prisa con su comida. Cuanto más tiempo
pasaba con Brand, más susceptible era a su encanto.
Era cuanto había temido. Interesante. Atractivo. Encantador. Empezaba a odiar esa palabra, pero parecía
encajar perfectamente con él.

Él le preguntó por los lugares en los que había vivido y ella le contestó como pudo, intentando que el
resentimiento no tiñera su voz. Sus respuestas fueron
breves y casi secas.

Llegó la comida y Erin agradeció para sí que no
se hubiera retrasado ni un minuto más.

El chuletón de Brand estaba delicioso. Tan delicioso como había prometido Erin, en su punto justo. Sin
embargo, él no sabía qué pensar de Erin MacNamera.
Diablos, ni siquiera sabía qué pensar de sí mismo. Ella
le había dejado muy claro lo que opinaba respecto a
salir con él. No sabía por qué le afectaba tanto esa
mujer. Tal vez por el reto. No había muchas mujeres
que lo rechazaran de plano como había hecho ella.

El reto estaba ahí, tenía que admitirlo, pero había
algo más. Algo que no podía definir con exactitud.
Fuera lo que fuera, Erin lo estaba volviendo loco.

Habían acordado encontrarse en la puerta del edificio donde estaba su oficina, pero Brand casi había
esperado que lo plantara. Cuando apareció, se dio

cuenta, con pesar, de que no era porque desease pasar tiempo con él. Al principio había estado tensa. Tras pasar un rato de charla, ella había bajado la guardia y había empezado a relajarse. Él lo había estropeado todo recordándole que era miembro de la Marina.

A partir de ese momento, le habría dado igual estar sentado enfrente de un robot. Si le preguntaba algo, ella respondía con una o dos palabras o encogiendo lo hombros. Después de un rato se había dado por vencido. Si Erin quería conversación durante la cena, podía iniciarla ella misma.

No le sorprendió lo más mínimo que ella quisiera marcharse en cuanto acabaron de cenar. Pidió la cuenta, dejó una generosa propina y acompañó a Erin hasta el coche.

—¿Has dejado el coche en el mismo aparcamiento, en Yesler? —preguntó, cuando se incorporaron al tráfico.

—Sí. Puedes dejarme allí, si no te importa.

—En absoluto —Brand percibió claramente que estaba deseando separarse de él. Era indudable que esa mujer era perjudicial para su orgullo. Pero había captado el mensaje. Ni siquiera estaba seguro de por qué había sugerido que cenaran juntos. Tal y como Erin se había esforzado en recordarle, sólo estaría en Seattle un par de semanas. Eso implicaba que después desaparecería de su vida para siempre y, por lo visto, eso era exactamente lo que ella deseaba.

En retrospectiva, Brand estaba dispuesto a reconocer por qué la había invitado a cenar.

Había sido por el beso.

Su respuesta, tentativa al principio, tan titubeante e insegura, le había desconcertado. Si Casey se enteraba alguna vez de que Brand había besado a su pelirroja hija, se armaría la gorda. Pero la indudable ira de su amigo no había alterado el hecho de que Brand había querido besar a Erin. Y la había besado, hasta que le temblaron las rodillas y el corazón se le aceleró como un tren a punto de descarrilar.

La cena, en cambio, había sido otra historia. Ella estaba deseando salir de su coche. Dejaría que se marchase porque, a decir verdad, no era su estilo cultivar una relación con una mujer que obviamente no quería saber nada de él.

Salió de la Primera Avenida y giró hacia el aparcamiento. Dejó el motor en marcha, con la esperanza de que ella también captara su mensaje.

—Gracias por la cena —dijo ella, con la mano ya en la manija de la puerta.

—De nada —replicó él con voz tensa. Sonó casi sarcástico, pero si ella lo notó no hizo comentarios.

—Lamento haber sido tan mala compañía.

Él no refutó sus palabras. Ella titubeó y, durante un segundo, Brand pensó que se inclinaría hacia él para darle un beso de despedida. Habría sido un bonito gesto de su parte.

No lo hizo.

En vez de eso, salió del coche, forcejeó con el cierre de su bolso y sacó el llavero, mientras él esperaba. Después de abrir la puerta de su Toyota, se dio la vuelta y sonrió con tristeza, como si quisiera decir algo más. Pero no lo hizo. Subió al coche con determinación.

Brand tuvo que dar marcha atrás para que ella pudiera salir de la plaza que ocupaba. Lo hizo sin problemas, llegando hasta la calle. Ella lo siguió y después tomó la dirección opuesta a la suya.

Apretó las manos sobre el volante cuando el coche de ella se perdió en la oscuridad.

—Adiós, Erin. Podríamos haber sido amigos —murmuró. Sintió que la decepción se asentaba sobre su espalda como una pesada chaqueta de lana.

Cuando regresó a su habitación en las dependencias para oficiales, Brand se dio una ducha y se acostó. Leyó un rato, pero la novela, que tenía una crítica excelente, no consiguió mantener su interés. Pasados quince minutos, apagó la luz.

Debería haberla besado.

La idea destelló en su mente como un rayo.

Diablos, no. Era obvio que Erin no quería tener nada que ver con él. Fantástico. Maravilloso. Era lo bastante hombre para aceptar su decisión.

Dio unos puñetazos a la almohada para ahuecarla y cerró los ojos.

Antes de ser consciente de lo que hacía, una leve sonrisa curvó sus labios. Debería sentirse afortunada porque no hubiera decidido demostrarle su equivocación besándola de nuevo. Si lo hubiera hecho, se habría convertido en mantequilla en sus manos, igual que había ocurrido la primera vez. Erin MacNamera podía haber creído que tenía la situación bajo control, pero no había sido así. Había estado tensa e inquieta por una única razón: temía que Brand volviera a tenerla entre sus brazos.

Debería haberlo hecho. Había deseado hacerlo. Hasta ese momento no había estado dispuesto a admitir cuánto había ansiado volver a deleitarse con su sabor.

Brand se puso boca abajo y restregó el rostro contra la blanda almohada. Erin había sido suave como las plumas. Cuando se había acercado a él, había sentido la suave presión de sus senos en el pecho. El recuerdo de esa sensación le nubló la mente.

Enterrar el rostro en la almohada sólo daba alas a su imaginación, así que se puso boca arriba. Cerró los ojos con firmeza y suspiró, intentando dormir.

No funcionó. En vez de conseguirlo, sólo veía el dulce rostro irlandés de Erin.

Tenía los ojos de un tono marrón poco habitual. Decidió que era un marrón «embrujahombres». Dado su pelo rojo y rizado y su piel de color melocotón, el color de sus ojos era sorprendente. Él había esperado azul o verde, no marrón oscuro.

Ojos marrones y bellísimos... expresivos y directos, que lo habían mirado con tristeza y arrepentimiento, justo antes de que ella subiera a su coche.

Brand también tenía unas cuantas cosas de las que lamentarse. No la había besado. Tampoco le había sugerido que volvieran a verse.

Maldijo a su orgullo. Debería haber hecho algo, cualquier cosa, para persuadirla. Pero ella se había ido...

El sueño fue cercándolo, hasta que estuvo a punto de quedarse dormido por completo. Entonces sus ojos se abrieron de repente y una sonrisa lenta y satisfecha curvó las comisuras de su boca.

Sabía exactamente lo que iba a hacer.

Erin recordaba a Marilyn Amudson de la primera sesión del curso «Mujeres en transición», el martes. La mujer de mediana edad, con ojos azules apagados por el sufrimiento y peinada a la última moda, se había

sentado en la parte de atrás de la sala, en la última fila.
Durante la mayor parte de la clase había mantenido la
vista baja. Erin se fijó en que tomaba muchos apuntes
mientras ella describía cómo iba a desarrollarse el curso de dieciséis semanas. De vez en cuando, la mujer
hacía una pausa y daba golpecitos con un pañuelo de
papel en las comisuras de sus ojos, esforzándose por
mantener el aplomo.

A las nueve, cuando acabó la clase, Marilyn había
recogido sus cosas y se había apresurado a salir del
aula. Después Erin había visto un coche detenerse
ante la puerta de la facultad para recogerla.

Erin suponía que Marilyn no conducía. Era bastante habitual que las mujeres que se apuntaban al
curso dependieran de alguien en cuanto al transporte
se refería.

La mayoría de las mujeres estaba creándose una
nueva vida. Algunas llegaban devastadas por el divorcio, otras por la muerte de un ser querido. Fuera cual
fuera la razón, todas compartían un terreno común e
iban allí a aprender y a ayudarse unas a otras. Cuando
acababan las sesiones, las asistentes formaban un grupo de apoyo que se reunía una vez al mes.

Las mayores satisfacciones que había recibido
Erin como trabajadora social se debían al curso de
«Mujeres en transición». La transformación que había visto en la vida de las participantes a lo largo de
los dos meses que duraba el curso le recordaba la
metamorfosis de un capullo transformándose en ma-
riposa.

Las primeras sesiones eran siempre las más difíciles. Las mujeres llegaban sintiéndose vacías por dentro,
temerosas, atormentadas por la idea de enfrentarse a

un futuro desconocido. Muchas estaban airadas, algunas se sentían culpables y siempre había unas cuantas inquietas, desesperanzadas y pesimistas.

Lo que un alto porcentaje de aquéllas que se matriculaban no entendía al llegar era que la vida era muy equilibrada. Siempre que había una pérdida, se preparaba el escenario para ganar algo. Nacía un nuevo día, se perdía la noche. Una flor florecía y se perdía el capullo. En la naturaleza y en todos los aspectos de la vida podía encontrarse una ventaja en una pérdida. Un equilibrio, no siempre fácil de explicar o entender, pero una simetría al fin y al cabo, a la espera de ser descubierta y explorada. Erin tenía el privilegio de enseñar a esas mujeres a buscar la ganancia.

—Me preguntaba si podría hablar con usted.

—Por supuesto —contestó Erin—. ¿Es Marilyn Amudson?

—Sí —la mujer mayor sacó un pañuelo de papel y se lo pasó por la nariz. Le temblaban los dedos y tardó unos momentos en hablar—. Parece que no puedo dejar de llorar. Me siento en clase y lo único que hago es llorar… quería pedirle disculpas por eso.

—No son necesarias. Lo entiendo.

—Algunas de las mujeres de la clase parecen tan… seguras de sí mismas —Marilyn sonrió débilmente—. Mi marido… —hizo una pausa y le tembló la voz—. Me pidió el divorcio hace dos semanas. Llevamos más de treinta años casados. Por lo visto conoció a otra persona hace cinco o seis años, y llevan viéndose desde entonces… sólo que yo no lo sabía.

Era una historia que Erin había oído varias veces, pero decirle a Marilyn que su caso era uno más que añadir a la estadística no paliaría su dolor. Lo que necesitaba oír era que otras mujeres habían superado situaciones similares, y Erin se encargaría de ello.

—Había salido a hacer la compra. El autobús para justo delante de nuestra casa y, cuando regresé a casa, Richard estaba allí. Supe que algo iba mal en cuanto lo vi. Richard casi nunca se pone traje. Le pregunté qué estaba haciendo en casa a mediodía y se quedó allí parado, mirándome. Después… después dijo que sentía tener que hacerlo así, y me entregó la demanda de divorcio. Así, sin previo aviso. Yo no sabía lo de la otra mujer… supongo que debería haberlo sabido, pero yo… yo confiaba en él.

A Erin se le encogió el corazón al escuchar el eco atormentado de la voz de la otra mujer. Marilyn intentaba controlar las lágrimas, y los labios le temblaban por el esfuerzo.

—Aunque éste pueda parecerte el peor momento de tu vida, sobrevivirás —dijo Erin amablemente, dándole un abrazo—. Te lo prometo. El proceso de curación es como todo lo demás. Hay un principio, un desarrollo y un final. Ahora tienes la impresión de que el mundo entero ha caído sobre ti.

—Así es exactamente como me siento. Richard es toda mi vida… era mi vida. No sé lo que voy a hacer ahora.

—¿Has visto a un abogado?

—Aún no… —Marilyn negó con la cabeza—. Mi párroco me sugirió que me matriculara en este curso, para encontrar un punto de apoyo, por decirlo de alguna manera.

—En la sesión número doce un abogado asistirá a la clase. Entonces podrás hacerle todas las preguntas que desees.

—También quería darte las gracias —continuó Marilyn, tras recuperar la compostura—. Lo que has dicho sobre el equilibrio de las cosas, y que la naturaleza y la vida buscan un balance… bueno, para mí tiene mucho sentido. Y estos días pocas cosas lo tienen.

Erin alcanzó su abrigo y se lo puso. Sonrió, esperando que el gesto reconfortara un poco a Marilyn.

—Me alegro de que el curso te esté ayudando.

—No creo que hubiera podido sobrevivir esta semana sin el curso —dio unos pasos atrás y sonrió, esa vez con más seguridad—. Gracias otra vez.

—De nada. Te veré el martes.

—Aquí estaré —Marilyn se abotonó el abrigo y fue hacia la salida del aula.

Erin observó a la mujer. Le dolía el corazón por Marilyn pero, aunque en ese momento estaba devastada e insegura, Erin veía en ella una profunda fuerza interior. Marilyn no se había dado cuenta de que estaba allí, aún no. Pero pronto la descubriría y empezaría a utilizar esas reservas de coraje. En ese momento sus pensamientos eran una mezcla de autocondena, desdén por sí misma y preocupación. Erin sabía, por experiencia, que Marilyn se dejaría llevar por esos sentimientos un tiempo, pero después alzaría la cabeza y se obligaría a tomar las riendas de su vida. Entonces esa fuerza interior, ese poso de dureza que veía en sus ojos atormentados, saldría a la luz.

Como si hubiera leído los pensamientos de Erin, Marilyn se detuvo en la puerta y se dio la vuelta.

—¿Te importa que te haga una pregunta personal?

—No, adelante.

—¿Has estado alguna vez enamorada?

—No —contestó Erin, con cierto pesar—. Ni siquiera me he acercado, me temo.

Marilyn asintió y cuadró los hombros.

—No dejes que te ocurra nunca —aconsejó con voz ronca y al mismo tiempo suave—. Duele demasiado.

III

El sobre llegó a la oficina de Erin entregado en mano por la recepcionista de la planta baja. Erin miró su nombre escrito y supo, sin dudarlo un segundo, que ésa era la caligrafía de Brand Davis. Sostuvo el sobre blanco en la mano unos minutos, con el corazón acelerado. Habían pasado dos días desde su cena con Brand y no había podido dejar de pensar en él. Se había comportado de una manera terrible, distante y poco amistosa, mientras él se esforzaba por ser cordial y amable.

Cuando la dejó en el aparcamiento, junto a su coche, casi había bajado de un bote, debido a su desesperación por distanciarse. Se preguntó qué había hecho él que fuera tan terrible para merecer ese castigo. En primer lugar, había sido agradable y divertido, dos crímenes horribles, mientras ella se comportaba como una vieja gruñona. No se sentía orgullosa de sí misma; de hecho, Erin se sentía fatal por todo el asunto.

—Adelante, ábrelo —dijo en voz alta.

—¿Estás hablando contigo misma otra vez? —criticó Aimee—. No sueles hacerlo hasta que la jornada está a punto de terminar.

—Brand me ha enviado una nota —alzó el sobre para que su amiga lo inspeccionara, pero daba la impresión de que sujetaba una granada de mano y temía que le explotara en la cara de un momento a otro.

—Ya me pareció que la recepcionista tenía cara de envidia. Seguro que él está abajo, esperándote.

—Oh… —no se sentía capaz de pensar en eso.

—Por Dios santo —exclamó Aimee—, no te quedes ahí sentada, ábrelo.

Erin lo hizo, con un entusiasmo que se negó a analizar. Leyó la breve nota antes de mirar a su amiga.

—Quiere ofrecerme una visita guiada de Sand Point, mientras haya oportunidad. Ya sabes que hay muchas posibilidades de que la Marina decida cerrar la base. Dice que debería echarle un vistazo, aunque sólo sea para recordar tiempos pasados.

—¿Cuándo?

—Mañana… Y tienes razón, está abajo esperando mi respuesta.

—¿Vas a hacerlo? —la pregunta de Aimee quedó en el aire, como una araña suspendida de un hilo.

Erin no lo sabía. Pero de repente lo supo. Sentía una intensa añoranza, no un deseo físico, pero sí un torbellino emocional que hacía que se sintiera vacía por dentro. No quería tener nada que ver con ese alférez de navío, no quería que la atrapara en las redes de su fuerte atractivo sensual. Sin embargo, había quedado atrapada desde el momento en que se besaron, a pesar de su resistencia.

Él la paralizaba; la retaba. Representaba todo lo que ella declaraba no querer en un hombre, pero también todo aquello que había anhelado encontrar.

—¿Y bien? —la aguijoneó Aimee—. ¿Qué vas a hacer?

—Yo… voy a hacer esa visita.

Aimee dejó escapar un «bravo» que atrajo la atención de cuantos se encontraban en la enorme sala. Varias personas asomaron la cabeza por la puerta de sus despachos para enterarse de qué había provocado tanto entusiasmo.

Temblando por dentro, pero compuesta por fuera, Erin tomó el ascensor de bajada. Brand esperaba en el vestíbulo. Estaba de espaldas a ella, delante del tablón de información. Llevaba el uniforme de gala y tenía las manos a la espalda, sujetando su gorra.

Debió de percibir su presencia, porque se dio la vuelta.

—Hola —saludó ella, con el corazón tan pesado como la humedad que cargaba el aire esa lluviosa mañana.

—Hola —contestó él, con voz grave y ronca.

—He recibido tu nota —ella bajó la vista, sintiéndose nerviosa.

—Parece que te sorprende haber tenido noticias mías.

—Después de mi comportamiento la otra noche, no esperaba que… No entiendo por qué quieres tener nada que ver conmigo.

—No estuviste tan mal —la sonrisa irónica de él tardó bastante en llegar, pero cuando lo hizo contradijo por completo las palabras que acababa de decir.

Tenía una sonrisa muy contagiosa y Erin dudaba

que hubiera mujer capaz de resistirse a ese hombre si él se empeñaba. ¡Y sin duda se estaba empeñando!

—¿Estás libre mañana?

—¿Y si no lo estuviera? —contestó con una pregunta, pensando que era más seguro que admitir que estaba encantada de verlo de nuevo.

—Te pediría que saliéramos otro día.

—¿Por qué? —Erin no entendía por qué continuaba arriesgándose a que lo rechazara. No tenía mala opinión de sí misma; era una persona cálida y generosa, pero no lo había sido con él. Sin embargo, él había vuelto dos veces, tras soportar su desdén, y le costaba imaginar sus razones.

Lentamente, alzó los ojos hasta encontrarse con los suyos. Y lo que vio la confundió aún más. Brand pensaba y sentía lo mismo que ella, captó la misma incomprensión y confusión. Exactamente igual.

—¿Por qué sigo volviendo? —la sonrisa de él se desdibujó y sus rasgos se tensaron, como si él mismo se hubiera hecho esa pregunta varias veces—. Ojalá lo supiera. ¿Vendrás a Sand Point mañana?

Erin asintió, y después confirmó el gesto con palabras.

—Sí. ¿A las diez?

—Perfecto —sonrió y añadió—: Habrá un pase a tu nombre esperándote en la entrada.

—Bien —dijo ella. Dio un paso atrás, nerviosa y sin saber por qué lo estaba—. Te veré mañana, entonces.

—Mañana.

Erin ya estaba de nuevo en el ascensor, con una sonrisa temblorosa en los labios, cuando recordó las palabras de despedida de Marilyn la noche anterior.

«No te enamores nunca», le había advertido Marilyn, «duele demasiado». A Erin la reconfortó un poco saber que estaba a años luz de enamorarse de Brand Davis. Pero, aun así, iba a tener mucho cuidado.

—Bueno, ¿es como lo recordabas? —preguntó Brand después de recorrer durante dos horas la estación naval P???t Sound, de Sand Point. También le había dado una lección de historia. Originariamente, el condado King había adquirido Sand Point en 1920, como aeropuerto, y después se lo había traspasado a la Marina como reserva. Brand le había explicado que ya sólo había unos cientos de hombres destinados allí, personal de apoyo para la base de Everett. Brand estaba asignado al personal del almirantazgo, en Hawai, y lo habían enviado allí para realizar un estudio independiente para preparar una posible clausura de la base.

Erin sólo había estado en la base en un puñado de ocasiones cuando era una niña. Le asombró lo familiar que le resultaba, aunque habían pasado dieciséis años desde que habían abandonado el área.

—No ha cambiado mucho a lo largo de los años —comentó.

—¿Eso te sorprende?

—En realidad no —lo que sí le había sorprendido era la sensación de regreso al hogar. A lo largo de los años, no habían asignado una sola base a su familia que causara en Erin esa sensación abstracta de sentirse como en casa. Si se remontaba a sus primeros recuerdos, su vida siempre había pertenecido a la Marina. Su padre recibía orden de embarcar y, sin pausa, su familia empaquetaba todas sus pertenencias y se dirigían a dondequiera que hubiese decretado el oficial al mando. Erin lo había odiado con una fiereza indescriptible. Nada llegaba a ser realmente suyo, no había sentido de permanencia en su vida, ni sensación de seguridad. Lo que tenía un día, sus amigos, su colegio, sus vecinos, podían quitárselo al siguiente.

—Pareces triste —los dedos de Brand se cerraron sobre los suyos y apretaron con suavidad.

—¿En serio? —se obligó a dar un tono alegre a su voz, sintiendo la necesidad de definir sus sentimientos. Brand la había llevado allí. Por primera vez desde que había dejado a su familia, había regresado a una base naval. Había aceptado la visita que había sugerido Brand sin tener en cuenta para nada las emociones que podría experimentar.

Las heridas de su juventud, aunque sabía que era un poco melodramático darles ese nombre, habían quedado escondidas bajo múltiples apósitos a lo largo del tiempo. Había establecido el rumbo de su vida y nunca había mirado atrás. De repente, Brand había surgido de la nada, empeñado, o eso parecía, en deshacer esos vendajes con los que había protegido minuciosamente su corazón.

Allí de pie en el terreno que rodeaba los edificios, casi sintió cómo se aflojaban los vendajes. Su primer instinto fue volver a colocarlos en su sitio, pero no pudo hacer eso con sus recuerdos. Recuerdos felices y libres que la asaltaban desde todas los direcciones. Cuanto más tiempo pasara allí, más se empaparía en sus sentimientos y más posibilidades tendría la venda que la protegía de caer a sus pies. Erin no podía permitir que eso ocurriera.

—Había olvidado cuánto disfruté viviendo en Seattle —susurró, sin ser consciente de que hablaba en voz alta.

—¿Dónde os destinaron después?

Erin tuvo que pensarlo un momento antes de contestar.

—Guam, creo... No, antes fuimos a Alaska.

—¿Odiaste aquella base?

—No exactamente. No me malinterpretes, no era mi lugar favorito en el mundo, pero era tolerable... No estuvimos allí mucho tiempo —recordó que el sol brillaba a medianoche y que, en broma, la gente decía que el mosquito era el pájaro del estado de Alaska. De hecho, a Erin le había encantado Alaska, pero su estancia allí no fue larga.

—¿Cuánto tiempo fue?

—Unos cuatro meses, supongo. Hubo algún lío y de la noche a la mañana mi padre recibió ordenes de trasladarnos a Guam. Aquello sí que me gustó.

—¿Solíais ir de picnic cuando estabais en Guam?

Erin tuvo que reflexionar al respecto, pero no consiguió recordar si lo hacían o no.

—Supongo que sí.

—¿Y te gustaba ir de picnic?

Erin miró a Brand y escrutó su rostro con los ojos entrecerrados.

—¿Por qué tengo la sensación de que esa pregunta tiene segundas intenciones?

—Porque las tiene —Brand sonrió y ella tuvo la sensación de que el sol disolvía las pocas nubes que había en el cielo—. He preparado un almuerzo y tenía la esperanza de persuadirte para que vinieras de picnic conmigo.

—¿Adónde? —en realidad el lugar daba igual. La pregunta era una técnica para darse tiempo a analizar sus sentimientos. Una visita guiada de Sand Point era una cosa, pero tumbarse en la hierba y darse uvas el uno al otro era algo muy distinto.

—A donde tú quieras.

—¿Eh? —rebuscó en su mente, intentando visualizar el nombre de algún parque, pero Erin era incapaz de borrar la imagen de Brand poniendo una uva en sus labios e inclinándose para besarla y compartir su jugoso sabor.

—¿Erin?

—¿Qué te parece el parque Woodland? Si no has visitado el zoo, deberías hacerlo. El de Seattle es uno de los mejores del país —Erin pensó que así podría dar de comer a los animales y sacarse a Brand de la cabeza. La elección también era buena por otra razón. El parque Woodland estaría muy concurrido en un día tan soleado como ése.

Erin acertó. Tuvieron mucha suerte al encontrar un sitio donde aparcar. Brand arrugó la frente cuando miró a su alrededor y ella casi oyó sus pensamientos. Él había tenido la esperanza de que lo llevara a un lugar tranquilo y apartado, y lo había decepcionado. Pero más le valía acostumbrarse.

Erin había accedido a verlo de nuevo, pero se negaba en rotundo a iniciar una relación romántica.

—¿A quién creías que ibas a engañar? —masculló entre dientes. Había tenido el estómago encogido más de una hora, mientras revivía una y otra vez la ridícula escena de ellos dos compartiendo unas uvas. Por lo que ella sabía, él podía haber empaquetado manzanas, o naranjas, o haber omitido la fruta por completo en la cesta del almuerzo.

—¿Has dicho algo? —preguntó Brand, mirándola con extrañeza.

—No…

—Me había parecido que sí.

Erin se dijo que iba a tener que analizar esa necesidad que tenía de hablar consigo misma en voz alta. Decidió que la mejor táctica sería cambiar de tema.

—Tengo hambre —dijo.

—Yo también —pero cuando la miró, clavó los ojos en su boca, como sugiriendo que estaba ansioso por satisfacer su hambre, pero no con comida.

Brand decidió que sus bellos ojos irlandeses parecían taciturnos. Taciturnos y reservados. Brand no sabía qué había hecho, o no había hecho, que molestase tanto a Erin. Desde el momento en que habían salido de la estación naval, se estaba planteando la idea de preguntarle qué era lo que iba mal. No lo había hecho por la sencilla razón de que sabía que negaría que hubiese problemas.

No le agradó su elección de parque para el picnic. El zoo era un lugar para familias y niños. Tendría suerte si conseguían pasar cinco minutos a solas. Pero claro, ésa era precisamente la razón por la que Erin lo había elegido.

Brand había deseado aislamiento e intimidad. Quería volver a besar a Erin. Diablos, necesitaba besarla otra vez. La idea llevaba días había dominando sus pensamientos. Era increíblemente suave y dulce. Habría jurado que nunca había besado a una mujer que supiera tanto a miel como ella. La muestra que había recibido unos días antes no había bastado para satisfacer su deseo. Llevaba días diciéndose que había exagerado el beso en su imaginación, perdiendo por completo la perspectiva. Nada podría haber sido tan fantástico como el recuerdo que tenía.

—Cualquier sitio por aquí servirá —dijo ella.

Él la siguió al parque, observando las zonas verdes que descendían hacia un gran estanque. La zona que había bajo los árboles, cerca de la orilla, parecía la más prometedora. Sugirió que fueran allí.

—De acuerdo —aceptó ella, pero no sonó muy convencida.

Brand extendió la manta gris, cortesía de la Marina, sobre el césped, y colocó la cesta de mimbre en el centro.

—Si me hubieras avisado antes, habría hecho un bizcocho de chocolate —comentó Erin. Brand tuvo la impresión de que sólo intentaba parecer animada.

—Puedes hacerlo para la próxima vez —dijo. La implicación era obvia y directa. Iba a verla de nuevo. Con frecuencia. Con tanta frecuencia como permitieran sus horarios. Él contaba con ello y quería que Erin lo hiciera también.

—¿Qué has traído? —preguntó ella. Su voz sonó hueca, como si proviniera de un pozo abandonado.

—Nada demasiado especial —se arrodilló sobre la manta, abrió la cesta y sacó sándwiches, un par de latas de refresco, patatas fritas y dos naranjas.

Erin miró las naranjas fijamente. Eran grandes y supuso que jugosas y dulces.

—¿Prefieres el de pavo y pan blanco o el de ternera y pan integral?

—El de pavo —contestó ella.

A continuación, Brand abrió la bolsa de patatas fritas y se la pasó. Ella sacó un puñado y las colocó sobre una servilleta.

Brand se dio cuenta de que, para tener tanta hambre como había dicho, apenas tocaba la comida.

—Pareces pensativa —sentado, recostó la espalda en el tronco de un árbol y estiró sus largas piernas, cruzando los tobillos.

—Estaba… pensaba en algo que me dijo una de las mujeres de mi clase —le ofreció una débil sonrisa.

—¿Qué te dijo?

Ella alzó la cabeza y sus miradas se encontraron

—Eh… es difícil de explicar.

—Esa clase significa mucho para ti, ¿verdad?

Erin asintió.

—Llevo un par de días pensando en una de las mujeres. Aún no se ha centrado y…

—¿Centrado?

—Es un término que se utiliza en terapia. Básicamente, significa que aún no ha aceptado quién y cómo es ella, y necesita prepararse para afrontar lo que surja en su camino. En este momento se encuentra en estado de shock y sufrimiento emocional, y el problema más diminuto puede con ella. Francamente, estoy preocupada.

—Háblame de ella —Brand estiró el brazo, queriendo que Erin se acercara más y apoyara la cabeza en su pecho. Había estado buscando una forma sutil y natural de conseguirlo sin poner a Erin en alerta roja.

Casi le sorprendió que se moviera hacia él. No se acurrucó en sus brazos, pero apoyó la espalda en su pecho y estiró las piernas hacia delante.

—Asiste a mi curso porque su marido, con quien lleva casada treinta y tantos años, la ha dejado. Por lo que he entendido, hay otra mujer por medio.

—No sabía que la gente se divorciara después de llevar tantos años juntos. La verdad, no tiene mucho sentido.

—Sucede —explicó Erin con gentileza—, más a menudo de lo que podrías imaginar.

—Continúa, no pretendía interrumpirte. Háblame sobre…

—La llamaré Margo. Ése no es su nombre real, por supuesto.

Brand asintió. Era muy agradable tener a Erin en sus brazos. Llevaba días fantaseando con ello. El contacto no era tan íntimo como él habría deseado, pero con esa dulce señorita irlandesa iba a tener que ir muy despacio.

—Tiene poco más de cincuenta años y nunca ha trabajado fuera del hogar. Sólo sabe ser ama de casa y esposa. Me aventuraría a decir que nunca ha rellenado un talón. Sé a ciencia cierta que no conduce. En una etapa de su vida en la que ya debería estar soñando con la jubilación de su marido, tiene que buscarse una profesión y crear un hogar para sí misma.

—¿Qué me dices de sus hijos? Sin duda apoyarán a su madre en un momento como éste.

—Tiene dos hijas. Ambas están casadas y no viven en este estado. Por lo que recuerdo, una vive en California y la otra en algún lugar de Texas. Margo está completamente sola, probablemente por primera vez en su vida.

—¿Cómo lo lleva?

—Es difícil saberlo. Sólo llevamos dos sesiones del

curso pero, como he dicho antes, la veo insegura y frágil. El paso del tiempo ayudará.

—Mis padres se divorciaron —Brand apenas hablaba de su familia, y menos aún del trauma que había partido su vida en dos en su tierna infancia—. Yo aún era un niño.

—¿Fue duro?

Él contestó con un leve gesto afirmativo. Sin duda era la peor experiencia que Brand recordaba de su vida. Su mundo se había hecho añicos. Se había convertido en una arma que sus padres utilizaban para atacarse entre ellos. Y él tenía once años. Demasiado joven para entenderlo y demasiado mayor para llorar.

—Apenas vi a mi padre después de aquello. Cada vez que mi madre y él estaban juntos en la misma habitación, empezaban a discutir. Supongo que él decidió que trasladarse lo más lejos posible sería mucho más fácil que bregar con ella.

—Así que cuando se divorció de tu madre, ¿también se divorció de ti?

Brand volvió a asentir. Su vida había sido una sucesión de traumas desde que su padre se marchó del estado. Un año o dos más tarde, cuando su madre volvió a casarse, toda comunicación o apoyo paternal cesó por completo. Su madre había hecho que Brand se sintiera culpable por cada bocado que comía o cada par de zapatos que se le quedaba pequeño. Mientras estaba en la facultad, había conocido el programa de adiestramiento para oficiales que ofrecía la Marina. Su vida había cambiado a partir de ese momento. Para mejor.

Brand encontró seguridad y aceptación en la Marina. Lo que el mundo militar le había dado a él, a

Erin se lo había quitado. Entendía muy bien sus quejas: odiaba trasladarse, no echar raíces en ningún sitio y no poder construir relaciones duraderas. Brand adoraba la seguridad. La Marina era su hogar, su vida. Nadie podría quitarle eso nunca. Siempre habría una Marina. Los recortes presupuestarios hacían daño, se estaban cerrando bases en todo el país y el gasto militar se estaba reduciendo, pero él se sentía seguro, mucho más seguro que nunca desde su infancia.

—Tengo un presentimiento con respecto a Margo —Erin retomó su historia—. Es mucho más fuerte de lo que cree. Lo descubrirá con el tiempo, pero es muy posible que tenga que sortear muchas borrascas antes de superar esta etapa.

—Tú también eres fuerte.

Erin ladeó la cabeza para examinar su rostro y Brand aprovechó el momento para poner las manos en sus rosadas mejillas. Sus ojos se encontraron y leyó en ellos confusión y al mismo tiempo deseo. Deseaba el beso tanto como él deseaba dárselo.

Posó la boca en la suya con gentileza. El beso fue profundo y concienzudo; deslizó los labios sobre los de ella sin prisas y con una familiaridad que denotaba mucha experiencia. Lentamente, alzó la cabeza y tomó una bocanada de aire. Una chispeante corriente eléctrica los unía.

—Oh, maldición —musitó Erin, hablando como si estuviera a punto de echarse a llorar. Tenía los ojos cerrados y Brand sintió la tentación de besar sus labios húmedos una segunda vez. De hecho, tuvo que contenerse para no hacerlo.

—¿Maldición?

—Tenía miedo de que ocurriera esto —sus palabras sonaron roncas, como si le costara hablar. Sus párpados se abrieron y lo miró con anhelo. Ojos irlandeses. Dulces ojos irlandeses.

—No tengas miedo —susurró él, justo antes de besarla una segunda vez. Y una tercera. Y una cuarta. Tenía las manos en su cabello, y adoraba la sedosa sensación de los rizos en sus dedos.

Notó que se abría a él gradualmente, como los pétalos satinados de un capullo de rosa. O había tenido malos maestros o era inexperta en el arte de besar. Brand no sabía cuál de las dos cosas, y no le importaba.

Apoyados en el árbol, como estaban, no podía acercarse lo suficiente a ella. La necesidad de acunarla en sus brazos creció hasta que empezó a dolerle todo el cuerpo. La quería debajo de él, cálida y deseosa. Abierta y dulce.

Sin que sus bocas se separaran, se apartó del árbol, llevándola consigo. Erin dejó escapar un gritito de alarma y, cuando abrió la boca, él gruñó e introdujo la lengua en su cálida humedad.

Ella se rebeló un momento, sorprendida por esa nueva e inesperada intimidad. Tardó un segundo en recuperarse y responder, con timidez inicial, ofreciéndole su lengua. Las lenguas se tocaron, acariciaron y jugaron la una con la otra entablando un baile erótico, hasta que Brand profundizó el beso hasta un nivel que ninguno de los dos podría tolerar mucho tiempo.

Las manos de ella se aferraban a su camisa y Brand se preguntó si podría notar lo rápido y fuerte que latía su corazón. Él sí sentía el de ella, excitado y caótico, latiendo contra su pecho. Pero su pulso no era lo único que sentía. Sus pezones se habían endurecido como perlas. La necesidad de deslizar la mano bajo su suéter y llenarla con su seno lo reconcomía. Pero no podía hacerlo… allí no.

Anhelaba acariciarla y saborearla. Comprendió que si no se detenía terminaría por asustarla de verdad. Seguramente ya lo había hecho. Estaba duro como el cemento contra su muslo. Por la forma en la que estaban tumbados, era imposible ocultarle la reacción que había provocado en él. Sólo gracias a los años de adiestramiento y disciplina consiguió controlarse. Lo que más deseaba era girar las caderas para hacer que disminuyera la insoportable tensión en su entrepierna.

Besó a Erin de nuevo, luchando consigo mismo para ir despacio y con calma. Acarició su boca con una suavidad que contrastaba con los besos salvajes y descontrolados que habían compartido unos segundos antes. Ella gruñó y se movió hacia él, arrancándole un gemido. La inocente señorita irlandesa no tenía ni idea de la tortura a la que lo estaba sometiendo. Era pura dulzura, cálida y húmeda.

Brand había tenido toda la intención de poner calma en ese encuentro sexual, pero había cometido un error táctico que casi lo desarmó del todo. Que el beso fuera suave no hacía que fuera menos sensual, ni menos devastador.

Cuando por fin Brand alzó la cabeza, se sentía débil, vacío y, al mismo tiempo, eufórico. Unos ojos atónitos se clavaron en los suyos. Sonrió y vio un ligero temblor en las comisuras de la deliciosa boca de Erin.

Ella alzó la mano y rozó su rostro con la punta de los dedos. La caricia fue tan suave y ligera como la de un guante de terciopelo. Incapaz de resistirse, Brand volvió a besarla.

—¿Vas a volver a decir «maldición»? —bromeó.

—No —su sonrisa se amplió.

—¿Pero deberías decirlo?

Erin asintió, después cerró los ojos y soltó el aire lentamente.

—No sé cómo ha ocurrido esto.

—¿No lo sabes?

—Había esperado…

Él la silenció poniendo un dedo sobre sus labios.

—¡Sé lo que esperabas! No podías haber elegido un lugar más público que éste por razones obvias que, por desgracia, ahora juegan en contra nuestra. Tal y como está la situación, es posible que tenga que pasarme el resto de la tarde tumbado boca abajo.

—¿En serio? —cuando su cerebro comprendió lo que realmente significaban sus palabras, las mejillas de Erin se tiñeron de rubor. Como si necesitara algo en lo que ocupar las manos, alcanzó una de las naranjas, la peló y la abrió.

—¿Quieres? —preguntó, ofreciéndole un gajo chorreante.

Brand se sentó con las piernas dobladas ante él y asintió. Pensaba que Erin iba a ponérselo en la mano pero, en cambio, se inclinó para dárselo ella misma. Tenía los ojos clavados en los de él. Un segundo gajo siguió al primero, pero cuando el zumo se le escapó por las comisuras de los labios, ella se acercó más y lo lamió para limpiarlo.

Cuando su lengua le rozó el borde de los labios, a Brand se le paralizó el corazón. Ella le ofreció otro gajo, pero él se lo quitó de los dedos y se lo dio. Contempló cómo masticaba y tragaba, y después se inclinó para besarla. Sabía a mujer y a naranja. Profundizó el beso y le alegró que ella se abriera a él con entusiasmo. Recorrió su boca con la lengua, con movimientos lentos y rítmicos, conquistando mientras asaltaba.

—Me prometí que esto no ocurriría —Erin se abrazó a su cuello y se derritió en sus brazos.

—¿Y ahora ha ocurrido? —ladeó la cabeza y depositó una serie de besos largos y lentos en su cuello, subiendo por debajo de su barbilla hasta llegar a su oreja—. ¿Quieres que pare?

—No.

Esa palabra le provocó más satisfacción que mil dichas por cualquier otra persona.

—Vámonos de aquí.

—¿Por qué?

Erin sonó tan temerosa que Brand movió la boca hasta que sus labios estuvieron a centímetros de los de ella.

—Porque hay otros sitios en los que quiero besarte, y no creo que te agradase que lo hiciera en público.

Fue acercando los labios más, milímetro a milímetro. Cuanto más se aproximaba, más entrecortada sonaba la respiración de ella.

—Brand… no creo que esto sea buena…

Él silenció su protesta con un beso ardiente y apasionado. Ella aceptó su lengua y jadeaba cuando él por fin retiró la boca.

—Vamos —dijo, poniéndose en pie de un salto. Le ofreció una mano y tiró de ella—. Salgamos de aquí.

—¿Adónde… adónde iremos?

—A tu casa.

—Brand… no sé.

Él se dio la vuelta, puso las manos sobre sus hombros y la miró a los ojos con fijeza.

—No voy a hacerte el amor, aún. Te lo prometo. Tenemos que hablar y, cuando lo hagamos, quiero que sea en privado.

Ella podría haber puesto objeciones al descaro con el que estaba dándole órdenes, pero no dijo nada. Tampoco habló mientras él conducía hasta su casa, situada en la zona oeste de Seattle, aunque el viaje duró casi treinta minutos. Lo único que consiguió fue darle su dirección y unas escuetas instrucciones cuando se acercaron al vecindario.

Hasta que él no la ayudó a bajar del coche, no se atrevió a mirarlo. Brand tuvo que sonreír. Tenía los ojos tan redondos y abiertos que un avión podría haber volado a través de ellos.

«Ha dicho aún, idiota». Erin se repitió la frase dos o tres veces cuando entraron en la casa. A Brand le hacía gracia su manía de hablar consigo misma. Sin decirle lo que iba a hacer, ella fue hacia la cocina con aire confuso y empezó a preparar café.

Brand no tenía ni idea de lo que estaba farfullando para sí. Tampoco tenía ningún interés en el café, pero como ella no le había preguntado nada, no lo dijo.

—Hay algo que deberías saber —empezó él, y después cambió de opinión. No era el momento adecuado. Necesitaba probar su sabor otra vez.

—¿Qué? —preguntó ella, como si empezara a salir de un coma.

—Antes ven aquí.

Caminó hacia él como una sonámbula, arrastrando los pies y con expresión desorientada.

—Antes bésame —susurró Brand—, después te lo diré.

En estado de letargo, plantó las manos en su pecho, se puso de puntillas y frotó los labios con los suyos. Incapaz de contenerse por más tiempo, Brand la rodeó con sus brazos, la atrajo hacia su cuerpo y hundió el rostro en su cuello, disfrutando de su delicadeza y suavidad.

Llevaba unos días preguntándose qué tenía Erin para atraerlo tanto. Después de besarla, lo comprendió. Se sentía fuerte cuando estaba con ella. Fuerte emocionalmente. Fuerte físicamente. Cuando estaban juntos se convertía en un Sansón. Provocaba en él la sensación de que lo necesitaba.

Y Erin lo necesitaba. Nunca lo admitiría, por supuesto, no se atrevería, pero era la verdad.

—Dijiste que teníamos que hablar —le recordó ella. Con lo que aparentó ser un esfuerzo considerable, se apartó de él.

—Sí —contestó Brand con voz suave, pasándose la mano por la nuca—. ¿Qué vas a hacer cada uno de los siguientes cuatro días?

—¿Por qué? —lo miró con preocupación. Después sus ojos, tan cálidos y sumisos unos segundos antes, volvieron a la vida con un fuego que casi abrasó a Brand—. No hace falta que me lo digas. Sólo te quedarás en Seattle cuatro días más.

IV

—¿Por qué estás tan enfadada? —exigió Brand, sin comprender a Erin. Estaba siendo tan honesto como podía, y ella lo miraba como si acabara de anunciar que era el asesino del hacha.

—Lo sabes… Lo sabes —fue hacia el armario, sacó dos tazones y los dejó en la encimera con un golpe tan fuerte que podría haberla partido—. Desde el principio has sabido lo que siento con respecto a los hombres que pertenecen a la Marina.

—No te he engañado —le recordó él, con el tono de voz más razonable que pudo—. Sabías desde el principio que era una misión corta.

A regañadientes, ella le contestó con un abrupto movimiento afirmativo de cabeza.

Lo que más molestaba a Brand era haber tardado tanto en hacer lo que su amigo Casey MacNamera le había pedido: ver cómo estaba su hija. Si Brand se hubiera puesto en contacto con ella la primera semana de su llegada a Seattle, muchas cosas podrían haber funcionado de otra manera.

—Aquí tienes tu café —Erin lo dejó sobre la mesa de cristal y el líquido caliente se desbordó por los bordes del tazón.

Él apartó una silla tapizada en color crema y se sentó. Rodeó la taza con las manos mientras esperaba, dispuesto a darle a Erin el tiempo que necesitara para analizar sus sentimientos.

Tardó bastante más de lo que él esperaba. Paseó por la cocina diez o quince minutos, parando dos veces, y sus ojos revelaban su confusión y sus dudas. Ambas veces lo miró fijamente, como si hubiera cometido crímenes innombrables. Después de un rato sus rápidos pasos se hicieron más lentos y empezó a hablar consigo misma, farfullando algo incomprensible.

—¿Estoy perdonado? —preguntó Brand, cuando se sentó al otro lado de la mesa, frente a él.

—Claro —contestó ella ofreciéndole una sonrisa débil—. ¿Qué hay que perdonar?

—Me alegra que pienses así —pero teniendo el cuenta el abrupto cambio en su comportamiento, Brand no las tenía todas consigo.

—Conocerte ha sido… una experiencia interesante —fue cuanto dijo ella.

—¿Puedo verte mañana? —preguntó Brand, que sentía lo mismo que ella.

—Estaré ocupada.

Brandon frunció el ceño y una sensación de vacío se concentró en la boca de su estómago.

—¿Haciendo qué?

—No creo que eso sea asunto tuyo.

—Pero sí lo es —protestó él, consciente de lo que se avecinaba—. Si vas a ir a la iglesia, iré contigo. Si has prometido ayudar a un amigo a hacer una mudanza, cargaré cajas —si Erin creía que los irlandeses podían ser testarudos, era porque aún no se había enfrentado a la sangre alemana que corría por sus venas.

—Brand, por favor, no hagas esto más difícil de lo que ya es. No puedo cambiar lo que soy por ti. Te dije desde el principio que no quería mantener relaciones con nadie que perteneciese al mundo militar, y lo decía en serio. No sé por qué no puedes aceptar eso. Y ni siquiera quiero saberlo. Vas a marcharte y, en el fondo, me alegro. Es lo mejor.

—Estoy destinado en Hawai. No está tan…

—No tengo ninguna intención de volar a las islas a pasar un fin de semana ocasional, y tampoco puedo permitírmelo, así que no lo sugieras.

—Sólo iba a sugerir que me gustaría que tú y yo llegáramos a conocernos mejor —intentó hablar con desapego, aunque no había un hueso en todo su cuerpo que sintiera indiferencia por Erin. Le afectaba más que ninguna de las mujeres que había conocido. En general, era él quien buscaba la forma de concluir una relación.

Erin tomó un sorbo de café, ya mas relajada. Centrada era el término que había utilizado unas horas antes, y él percibió el cambio. Había tomado una decisión y ni viento ni marea conseguirían que se apartara de ella.

—¿Volverás a verme? —no le gustaba pedirlo por segunda vez. Iba en contra de su orgullo, pero empezaba a comprender que en el caso de Erin MacNamera estaba dispuesto a esforzarse mucho más que con ninguna otra persona.

Ella tardó bastante en asentir, pero cuando lo hizo Brand notó que disminuía la tensión.

—Con una condición —apuntó ella.

—Nómbrala.

Sus bellos ojos oscuros buscaron los suyos y él percibió lo perdida y desconcertada que parecía su mirada.

—¿Cuál es?

—No habrá más… de lo que ocurrió hoy en el parque.

—¿No quieres que vuelva a besarte? —Brand estaba seguro de que había entendido mal. Estaban empezando a conocerse, a saber cosas el uno del otro, y le parecía ridículo que pudiera pensar en poner freno a su relación.

—Te estoy ofreciendo mi amistad, Brand, nada más.

Él quería que Erin fuera mucho más que una amiga, pero decirlo seguramente acabaría con sus posibilidades.

Si ésas eran las normas de base que quería establecer, no sería él quien las discutiera. Tenía toda la intención de hacer cuanto estuviera en su mano para que cambiase de opinión, y ella no tardaría en descubrirlo.

—De acuerdo —aceptó, sonriéndole—. Seremos amigos.

—Eso también se acabó —contraatacó ella con voz seca.

—¿El qué? —Brand no tenía ni idea de qué estaba hablando.

—Esa sonrisa. La Marina podría lanzar misiles con esa sonrisa que tienes.

Brand se preguntó si eso sería verdad. Tendría que acordarse y utilizarla con frecuencia.

Haber aceptado la cita para cenar no había sido una idea muy brillante, decidió Erin después. Brand abandonaría la estación naval de la isla Whidbey la mañana siguiente, temprano. Habían hablado varias veces por teléfono, pero no había visto a Brand desde su cita del sábado.

Erin odiaba admitir lo bien que lo había pasado con el alférez. Habían visitado Sand Point y almorzado en el zoo del parque Woodland, aunque el único animal que había visto era de la raza humana. Y algo más había ocurrido el sábado, algo que intentaba olvidar a toda costa, sin conseguirlo.

Brand la había besado hasta quitarle el sentido.

Le ardían las mejillas cada vez que pensaba en cómo se había rendido en sus brazos. Nadie le había dicho que besarse podía ser tan maravilloso… sobre todo cuando eran besos como los de Brand. Se sentía inquieta y excitada cada vez que lo recordaba. El corazón empezaba a latirle con más fuerza y sentía una oleada de calor recorrerla de arriba abajo. El calor empezaba en la parte baja de su abdomen e iba creciendo hasta convertirse en un excitante cosquilleo que la perturbaba más que cualquiera de las sensaciones que había tenido en su vida.

Después sus senos empezaban a latir, como lo habían hecho cuando él la tiró sobre la manta y le susurró que quería besarla en otros sitios. Le había costado un gran esfuerzo no pedirle que tomara sus pezones con la boca… Deseaba que lo hubiera hecho; lo cual era una locura, considerando que habían estado en un lugar público.

No habría acabado en eso. Erin lo sabía con tanta certeza como sabía cuál era su nombre de pila.

Brand despertaba instintos carnales en ella. Nunca habría adivinado que era capaz de experimentar sensaciones sensuales tan fuertes. Erin siempre había asumido que se conocía bien a sí misma. Por lo visto no era así. No si Brand podía provocar una reacción tan abrumadora con una simple sucesión de besos húmedos.

Sonó el timbre de la puerta. Tomó aire para armarse de valor, cruzó la sala y fue a abrir a Brand.

—Hola —él la miró de arriba abajo con admiración—. ¿Estás lista?

Ella asintió. Maldijo para sí, al darse cuenta de lo agradable que era verlo de nuevo. Odiaba admitir hasta ese simple hecho, y se regañó mentalmente. De alguna manera iba a superar con éxito la velada, y después todo habría acabado entre ellos. Él seguiría su camino y ella el suyo, y no volverían a encontrarse.

Ya en el coche, Erin sugirió un restaurante mexicano que estaba a un kilómetro de su casa. La comida era buena y barata. Lo único que Erin pretendía era sobrevivir a la cena con el corazón intacto.

Las paredes de El Lindo estaban encaladas en blanco y decoradas con enormes sombreros de tonalidades turquesa y oro. Erin estudió los cuadros de la pared, expuestos con marcos anchos y pesados, para evitar mirar a Brand. No se atrevía a permitir que sus ojos se encontraran, por miedo a revivir el recuerdo de su último encuentro.

—¿Cuál será tu siguiente destino? —preguntó, intentando dar a su voz el toque justo de amabilidad. Concentró su atención en un trocito de tortilla de maíz y lo mojó en salsa.

—Seguramente San Francisco.

—¿Cuándo? —Erin pensó que se sentía bien dirigiendo ella el rumbo de la conversación.

—Pronto. Dentro de uno o dos meses, puede que menos. ¿Has estado allí?

—No creo que haya muchas bases navales en las que no haya estado —lo dijo con indiferencia, aunque en realidad para ella era una fuente de amargura. Pero imprimió al comentario el sarcasmo suficiente para que Brand comprendiera que no retomaría ese estilo de vida por nada ni por nadie en el mundo, él incluido. Él debió de captar el mensaje, porque su rostro se tensó.

Erin pidió enchiladas de queso y cebolla, sus favoritas, y Brand pidió chile verde. La comida fue excelente y la sobremesa se alargó mientras tomaban café, charlando sobre diversos temas exentos de complicaciones. Brand le habló de sus dos mejores amigos, Alex Romano y Catherine Fredrickson. Igual que él, Alex era oficial de guerra con destino administrativo. Catherine era abogada. Los tres habían estado destinados en Hawai durante cuatro años.

Cuando Brand detuvo el coche ante la puerta de su casa, Erin ya tenía la mano en la manija de apertura. Tenía un discurso de despedida preparado, estilo «ha sido muy agradable conocerte», pero él no permitió que pronunciara una sola palabra.

Brand se inclinó hacia ella y agarró su mano.

—Invítame a tomar un café.

—Acabamos de tomar uno.

—Invítame de todas formas.

—Yo… no creo que sea buena idea.

—Sí que lo es. Confía en mí.

—De acuerdo —aceptó ella, pero con desgana.

Lo condujo a su pequeña casa. Una de las primeras cosas que había hecho cuando la contrataron para el Programa de Acción Comunitaria fue comprar una casa. Los pagos mensuales eran elevados, pero a Erin no le importaba sacrificarse; por primera vez en su vida no tenía que preocuparse de que le impusieran un traslado. Nadia iba a decirle, sin más, que tenía que mudarse. No tenía que preocuparse de que le hicieran abandonar todo lo que poseía de un día para otro.

Por primera vez en su vida estaba echando raíces. No eran tan profundas como ella habría deseado, aún no, pero pretendía que lo fueran en el futuro. Ese hogar era suyo y de nadie más. Era su seguridad, su defensa, su refugio. Enamorarse locamente de un oficial de la Marina supondría una amenaza para todo lo que había intentado construir en los últimos años; se negaba en rotundo a permitir que eso ocurriera.

Cuando estuvieron dentro de la casa, Erin encendió las luces y señaló uno de los mullidos sillones que había frente a la televisión.

—Ponte cómodo. ¿Quieres un café?

—Por favor.

Brand la siguió hasta la cocina.

—Hemos evitado el tema toda la noche —dijo, colocándose justo detrás de ella. No estaba acorralándola contra la encimera, pero sí dejando claro que podía hacerlo si quería.

—No hace falta que hablemos de eso.

—Sí hace falta —contraatacó él con presteza—.

Voy a marcharme. Créeme, no quiero hacerlo, pero lo haré. Es parte de mi trabajo. No sé cuando, pero te aseguro que volveré.

Ella procuró aparentar la mayor indiferencia posible.

—Llámame cuando lo hagas —sugirió, cortante.

—Erin MacNamera, eso no ha sido nada amable —Brand frunció el ceño.

—Te pido disculpas —dijo ella, sin saber exactamente qué había dicho que estuviera tan mal. Si Brand creía que iba a quedarse sentada llorando por él, estaba muy equivocado.

Sí, había disfrutado con su compañía, y cuando se marchara lo echaría de menos, pero después de una semana o diez días, no le dedicaría más que un pensamiento pasajero.

—Bésame —ordenó Brand.

A Erin se le paró el corazón. Preferiría saltar desde un puente a otorgarle a Brand Davis los privilegios que le había concedido el día del picnic. Habría tenido el mismo efecto que si le pidiera que encendiera un cartucho de dinamita y lo agitase en el aire, para que todo el mundo viera lo estúpida que podía llegar a ser.

Intentó alejarse de él.

—No puedo… No tengo ninguna intención de besarte.

—Sólo una vez, como despedida.

—Brand…

Él deslizó las manos por sus brazos y la atrajo hacia sí. Erin no habría podido decir quién se había movido, si él o ella.

—Si tú no vas a besarme, entonces no me dejas

otra opción que besarte yo a ti —ladeó la cabeza y colocó su ardiente y húmeda boca sobre la de ella.

El beso fue insoportablemente delicioso; a Erin le costó no derretirse a sus pies. Con un gran esfuerzo de voluntad, consiguió mantenerse erguida y tensa, sin concederle ni un momento de respiro.

A Brand pareció no preocuparle su falta de respuesta. Agarró sus muñecas y las levantó hasta que rodearon su cuello. Después rodeó su cintura con fuerza y la alzó hacia él.

Erin no quería corresponderle, se había prometido que no lo haría, pero, sin ser consciente de lo que ocurría, sus labios se entreabrieron y su lengua buscó la de él con presteza. Deseó que él no fuera tan dulce. Tan tierno y generoso. Erin se sentía como si se estuviera ahogando en una ola de puro éxtasis. Gimió y el sonido pareció animar aún más a Brand.

La besó una y otra vez, y resultó aún mejor que cuando lo había hecho en el parque. Era aún más maravilloso, y ella no había creído que eso fuera posible. Los besos de Brand eran largos y profundos; sin apenas darse cuenta, acabó aferrándose a él como si hubiera perdido el sentido.

Él la dejó caer suavemente, deslizándola a lo largo de su cuerpo. Cuando sus pies estuvieron en el suelo, rodeó uno de sus pechos con la mano. Erin gimió, un suave sonido de placer, mientras él batallaba con los botones de su blusa de seda, hasta abrirla. Le desabrochó el sujetador y se llenó las manos con sus pechos henchidos. El suspiro de Brand al conseguir su objetivo la atravesó como una lanza y, por más que lo intentó, no pudo controlar su reacción.

Tenía los pezones tan duros que sentía una quemazón y un dolor que nunca había experimentado hasta ese momento. Enredó las manos en el cabello de Brand y echó la cabeza hacia atrás, restregándose contra él. Quería sentir su boca en los senos, tal y cómo la había imaginado. Satisfacer los sueños que la habían asaltado durante las dos últimas noches.

Como si leyera su pensamiento, Brand le dio lo que anhelaba experimentar. Atrapó uno de sus pezones con su húmeda y cálida boca y succionó suavemente, después con más fuerza, y vuelta a empezar. Ella sintió una descarga de placer tan ardiente que casi le pareció dolorosa. Le costó quedarse quieta. Si él seguía así, acabaría subiéndose por las paredes. Literalmente.

La sensación era increíble, imposible de describir. Lo deseaba, lo necesitaba. Poco después, sus dedos tomaron la iniciativa. Estaba tan impaciente que casi le arrancó los botones de la camisa. Era imperativo hacerle lo mismo que él le estaba haciendo a ella. No sabía si las mujeres le hacían eso a los hombres, pero ardía en deseos de devolverle el placer que él le estaba proporcionando.

Sin dejar de rodear su cuello con un brazo, restregó la boca por el hueco que había entre sus clavículas, trazando círculos con la lengua mientras terminaba de abrir su camisa. Cuando al fin la consiguió, se la quitó de los hombros.

Erin nunca había visto un hombre que se acercara tanto a la perfección como Brand. Era muy, muy fuerte. Y olía de maravilla: a especias y ron. Seguramente se había puesto una colonia afrodisíaca antes de encontrarse con ella para cenar, pero en ese momento a Erin le importaba poco.

El musculoso cuerpo de Brand ardía bajo sus manos. Y ella se sentía incapaz de controlarlas. Recorrieron sus costados y después los contornos de su ancho pecho, salpicado de vello, hasta que, sin pretenderlo, tocó sus pezones. Le agradó sentir cómo él se estremecía de arriba abajo al sentir la caricia.

—Erin —suplicó—, no más.

Ella lo ignoró. Al fin y al cabo, él ignoraba sus súplicas... Ojo por ojo, eso era lo justo. Su boca se cerró sobre el tenso pezón y le dio el mismo tratamiento que acababa de recibir ella misma. Brand sabía tan bien como olía.

—Erin —suplicó él por segunda vez.

Ella se detuvo lo suficiente para suspirar, adorando el sonido de su voz, grave y ronca. La excitó más de lo que podría haberla excitado cualquier palabra.

—Tenemos que parar antes de que sea demasiado tarde —le advirtió él, interponiendo las manos entre sus cuerpos.

Ella respondió enredando los dedos en el vello de su pecho y tirando suavemente.

—Erin.

Esa vez, algo en su voz captó su atención. Él tenía las manos sobre sus hombros y, exhalando un inmenso suspiro, las deslizó hasta su cintura. Erin hundió el rostro en su cuello, avergonzada por las cosas que había hecho y las que le había permitido hacer.

Rara vez lloraba, pero sintió que gotas saladas surcaban sus mejillas.

—Casey me mataría si supiera lo cerca que he estado de hacerte el amor.

Erin se apartó de él bruscamente, con los ojos nublados por la confusión. Casi tropezó, había perdido el equilibrio. Aun así, alzó los ojos hacia Brand.

—¿Cómo sabías que mi padre se llama Casey?

Brand cerró los ojos lentamente, como si acabara de desvelar un secreto de estado mayor.

—Es una historia muy larga.

Erin se apartó y le dio la espalda; sus dedos se esforzaron por devolver su sujetador y su blusa a su estado original: cerrados. Le temblaban tanto las manos que la tarea le pareció casi imposible. Cuando acabó, cruzó la habitación y recogió su tazón de la mesa, sencillamente porque necesitaba tener algo en las manos. Se sentía como si una fuerza invisible la hubiera apaleado, estaba tan afectada que le castañeteaban los dientes.

—¿Cómo es que conoces a mi padre? —exigió por segunda vez. La voz le temblaba tanto como las manos.

—Somos amigos. Trabajamos juntos hace unos años, nos caímos bien y hemos seguido en contacto desde entonces —anunció Brand, con cara de pocos amigos. En realidad, parecía profundamente irritado—. Cuando Casey se enteró de que me habían encargado una misión en Seattle, me pidió que comprobara cómo estabas. Por lo visto, le preocupa que trabajes demasiado. Tu padre es un buen hombre, Erin.

Ésa no era la descripción que le vino a la cabeza a Erin en ese momento. ¡Era un viejo tonto y entrometido, incapaz de dejarle vivir su vida!

—¿Así que papá te envió a espiarme? —preguntó con voz fría.

Brand asintió con desgana.

—Cuando nos encontramos en el Blue Lagoon… ¿no fue por casualidad?

—No exactamente. Te seguí hasta allí.

Erin cerró los ojos y se llevó una mano a la boca.

—Santo cielo.

—Sé que suena muy mal.

—¿Mal? —gritó ella—. Tú… ¡Mi propio padre me montó una encerrona! —empezó a caminar por la habitación, porque estar quieta le resultaba imposible.

Bruscamente, se volvió hacia él y lo taladró con una mirada que estaba segura de que expresaba sus sentimientos a la perfección.

—¿Qué me dices de todo lo demás? Los besos… las caricias. ¿Te pidió mi padre que me dieras clases de…?

—Erin, no —interrumpió él. Soltó el aire de repente y se alisó el cabello, con fuerza suficiente para arrancarse un mechón de cuajo—. De acuerdo, cometí un error. Debería haberte dicho la primera noche que tu padre y yo somos amigos. Si quieres condenarme por eso, adelante, me lo merezco. Pero todo lo demás ha sido pura realidad.

Erin no sabía si creerlo o no, pero llegado ese punto le daba igual. Se cruzó de brazos y miró fijamente al techo, intentando recopilar sus pensamientos y sacar sentido a lo que había ocurrido entre ellos, sin éxito.

—Me gustaste en el momento en que te vi —admitió Brand lentamente—, y ese sentimiento se ha ido incrementando día a día. No sé lo que está ocurriendo entre nosotros. Es una locura, pero siento… Diablos, no sé lo que siento, excepto que no quiero perderte.

—Eso es lo que no he conseguido hacerte entender —gritó ella—. Me perdiste en el instante en que comprendí que estabas en la Marina.

—Erin…

—Creo que deberías irte —tenía tal nudo en la garganta que no podía vocalizar. Al ver que Brand no se movía, señaló la puerta—. Por favor, vete.

Brand titubeó un momento y asintió con la cabeza.

—De acuerdo, veo que he metido la pata hasta el fondo. Al ritmo que voy, sólo conseguiré empeorar las cosas. Intentaré llamarte mañana antes de irme.

Ella aceptó con la cabeza aunque no tenía ni idea de qué era lo que estaba aceptando.

—Tengo tu dirección.

Erin volvió a asentir, dispuesta a concederle cualquier cosa para que saliera de su casa, de su hogar, y la dejase en paz.

Pocas veces se había sentido tan afectada. Apabullada y dolida.

Por lo que ella sabía, su padre nunca había hecho algo así antes.

Cuando hablara con él, se aseguraría de que no volviera a hacerlo nunca jamás.

Brand se detuvo junto a la puerta.

—No voy a decirte adiós, Erin —se quedó allí parado, sin moverse. Sus ojos la miraban con pesar. Ella tuvo la impresión de que quería decir algo más, pero cambió de opinión.

Erin desvió la mirada, no quería animarlo a que hiciera otra cosa que dejarla en paz. Al menos, con la poca paz que aún le quedaba.

La puerta se cerró y alzó la cabeza; Brand se había

ido. Soltó un suspiro y se quedó absorta, mirando al vacío.

Se había terminado. Brand Davis se había ido.

Brand cerró los ojos mientras escuchaba el mensaje del contestador de Erin por décima vez. Estaba pagando tarifas de larga distancia para hablar con una estúpida máquina grabadora. Y no le había servido de nada. Erin no le había devuelto ninguna de sus llamadas.

Ni siquiera lo había intentado.

La había llamado todos los días desde que llegó a Hawai, pero aún no había hablado con ella. Daba igual a qué hora del día telefoneara, no estaba en casa. Y, si lo estaba, no contestaba al teléfono.

También había probado a escribir. Brand no era aficionado a escribir cartas, pero cada noche desde su regreso se había sentado y escrito a Erin religiosamente. Y nada de notas breves. Auténticas cartas, algunas de dos y tres páginas. Escribía sobre cosas que raras veces había compartido con sus amigos. No le revelaba oscuros secretos, sino sentimientos. Sentimientos que un hombre no transmitía fácilmente a otro ser humano a no ser que se tratase de alguien especial. Erin era más que especial. Hasta que se marchó de Seattle, Brand no había comprendido la importancia que había adquirido la hija de Casey para él.

Diez días después de haber iniciado su campaña epistolar ni siquiera había recibido una postal de ella. No hacía falta ser un genio para comprender que su dulce rosa irlandesa tampoco tenía intención de contestar a sus cartas.

Pocas veces se había sentido Brand tan desanimado. Estaba lo bastante frustrado como para ponerse en contacto con Casey MacNamera.

—Casey, viejo gruñón, soy Brand —dijo. Se oyó un tenue zumbido en el hilo telefónico. Casey se había jubilado y vivía en Pensacola, Florida.

—Vaya, el mismo Davis en persona. ¿Cómo te va, chico?

—Bien. Muy bien —exageró Brand.

—Ya sé que le dijiste a Erin que te había pedido que le echases un vistazo. Santo cielo, esa chica casi tuvo un ataque al teléfono. Creo que nunca la había oído más enfadada. Casi me dejó sordo con sus gritos —el rechoncho suboficial hizo una pausa y soltó una risita, como si todo el asunto fuera de lo más divertido.

—No pretendía hacerlo —se disculpó Brand—. La verdad es que en cierto modo nos gustamos... Erin y yo —se detuvo, esperando que Casey hiciera algún comentario. Pero no lo hizo.

—Esa hija mía tiene mucho temperamento. Si alguna vez la enfadas, el mejor consejo que puedo darte es que te pongas a un lado y te protejas de los fuegos artificiales.

—Hablando de Erin —dijo Brand, conduciendo la conversación hacia el auténtico propósito de la llamada—, ¿cómo está?

—No sabría decírtelo —Casey volvió a reírse—. No llegó a hablarme de su salud. Estaba mucho más concentrada en gritarme su opinión sobre mi persona.

—¿Dijo algo sobre mí?

—En realidad no —Casey hizo una pausa—. Sólo que no le gustaba que te hubiera enviado a verla.

—A mí sí me gustó.

—¿Sí? —la voz de Casey sonó más grave y baja—. ¿Por qué dices eso?

—Erin y yo salimos juntos dos o tres veces. Puedes estar orgulloso viejo amigo. Erin es una mujer maravillosa.

—No es tu tipo.

—¿Por qué no? —preguntó Brand, sin ofenderse.

—Creía que te gustaban las mujeres elegantes y sofisticadas. Erin no es así. En absoluto. Esa chica es de lo más campechana.

—Me gusta Erin. De hecho, me gusta un montón. Espero que eso no te ofenda, porque tengo intención de volverla a ver.

Brand había imaginado una larga lista de posibles respuestas de Casey. No incluían la risa, pero eso fue exactamente lo que hizo Casey MacNamera. Estalló en carcajadas, como si Brand acabara de contarle el mejor chiste del año.

—Buena suerte, Brand. Te hará falta con mi Erin. Esa mujer es más testaruda que una mula de Tennessee. No pretendo desanimarte, pero ni en sueños tendría una relación con un miembro de la Marina.

—Pretendo hacer que cambie de opinión.

—Por lo que yo sé, tienes las mismas posibilidades que una bola de nieve en el infierno. Ahora, antes de que lo olvide, dime cómo conseguiste que te eligieran para una misión tan cómoda. Debería haberme imaginado que antes o después esa guapa cara tuya serviría para hacerte la vida más fácil. ¿Cuál es tu siguiente destino?

—San Francisco —contestó Brand. Y estaba deseando que llegara el momento, porque la ciudad sólo estaba a novecientos kilómetros de Seattle. Mucho más cerca que Hawai.

—Oh, por favor, que no haya otra carta de Brand —rezó Erin en voz alta mientras aparcaba el coche. Durante veinte días seguidos, había recibido una carta diaria.

Veinte días.

Fue hacia el buzón que había en el porche y alzó la tapa. Dos folletos de propaganda y una factura. No había carta.

Irracionalmente decepcionada, revisó el correo de nuevo y metió la mano en el buzón. Estaba allí, al fondo.

Erin no supo si debía sentirse molesta o aliviada. En realidad daba igual. Había tenido ideas contradictorias desde el momento en que conoció a Brand Davis.

Ideas contradictorias, pero un solo corazón.

Metió la llave en la cerradura, abrió la puerta y entró en casa. Dejó el correo sobre la encimera de la cocina. Se preparó una taza de té mientras hojeaba la propaganda y guardaba la factura.

Cuando el té estuvo listo, abrió el sobre de Brand con el dedo índice. Contó cinco páginas. Cinco largas páginas de líneas apretadas y escritas a mano. Se preguntó si él no se rendiría nunca.

—Dios, por favor, que deje de escribir —suplicó de nuevo, mientras leía cada palabra con avidez, lo que al fin y al cabo cancelaba su plegaria.

Cuando llegó la primera carta, Erin salió al cubo de basura que había fuera y la tiró. Se negaba a leer una sola palabra escrita por ese impostor. Después se había preparado la cena, mascullando epítetos moralistas contra el alférez de navío y después había ido a dar su clase de «Mujeres en transición», sintiéndose como una santurrona por haber tirado la carta.

El sentimiento no había durado mucho.

A las nueve y media, cuando regresó de clase, buscó una linterna y empezó a rebuscar en la basura hasta que encontró el sobre.

Llevaba desde entonces llamándose tonta de todas las maneras que se le ocurrían. Por más que odiaba admitirlo, cada noche corría a casa, ansiando leer cada palabra que le escribía Brand.

Estaba viviendo en el paraíso de los tontos. Esa historia no llevaría a ningún sitio. Para empezar, no tenía intención de contestarle jamás.

Y tampoco pensaba volver a verlo. Sus diferencias eran irreconciliables, al menos tal y como ella lo veía. No había forma de arbitrar el tema, no existía el término medio. Nada de lo que él dijera la haría cambiar de opinión. Nada de lo que dijera ella le haría cambiar de opinión a él. Intentar solucionar sus diferencias sería una pérdida de tiempo y energía, y Erin ya tenía bastantes cosas en la cabeza.

El teléfono sonó justo cuando le daba la vuelta a la última página de su carta. Estaba leyendo una cómica anécdota sobre algo que habían hecho Brand y su amigo Alex. Sin pensar, alcanzó el auricular, olvidándose de dejar que saltara el contestador, como hacía últimamente.

—Hola —contestó con voz suave.

—¿Erin? ¿Erin eres tú?

Era Brand y parecía totalmente asombrado porque hubiera contestado al teléfono.

V

—Eh… —tartamudeó Erin, resistiendo la tentación de colgar y evitarse tener que hablar con Brand. Ésa sería una manera muy cobarde de manejar la situación. Brand y ella tendrían que hablar antes o después, y cuanto más retrasara la confrontación, más difícil sería después.

—Escúchame, ¿vale? —dijo Brand con voz autoritaria, aunque algo aguda y precipitada—. Tengo preparado todo lo que quiero decir.

—Brand, por favor…

—Tú puedes decirme lo que quieras cuando acabe, ¿de acuerdo?

Ella asintió y cerró los ojos.

—De acuerdo —susurró.

—Una vez me preguntaste por qué insistía en salir contigo. ¿Te acuerdas?

—Sí —se acordaba demasiado bien.

—Pensé que lo había descubierto antes de marcharme de Seattle. Me gustaste desde el primer momento. Eres una mujer buena, cálida y generosa y cualquiera que pase algo de tiempo contigo lo capta enseguida. Yo lo había notado antes del día del zoo, cuando me hablaste de esa mujer de tu clase que lo estaba pasando tan mal. Apenas la conocías, sin embargo te preocupabas por ella y por sus problemas.

—¿Qué tiene eso que ver con nada?

—Ten paciencia. Ahora seguiré con lo demás.

Erin estaba tan tensa que los músculos de la espalda empezaron a dolerle. Se levantó, se puso la mano en los riñones y paseó por la sala, estirando al máximo el cable del teléfono. Deseaba meterle prisa, para acabar con la conversación lo antes posible. Le resultaba dolorosa y mucho más difícil de lo que había esperado.

—Poco después de nuestro picnic comprendí que estar contigo hacía que me sintiera fuerte y bueno. Fuerte emocional y físicamente. Comprendo que eso no debe de tener mucho sentido para ti en este momento. Ni siquiera estoy seguro de poder explicarlo de una manera mejor. Puede que más adelante sí, pero ahora mismo no es lo más importante —Brand hizo una pausa y tomó aire. Estaba hablando tan deprisa que a Erin le costaba entenderlo. Y el zumbido de la conexión de larga distancia no ayudaba nada.

—Brand…

—Deja que termine.

La mente de Erin se llenó de argumentos suficientes para hundir un barco.

—De acuerdo —sólo deseaba que él se diera prisa, para poder decir lo que tenía que decir y poner fin a la conversación.

—Estas tres semanas lejos de ti me han enseñado cosas muy valiosas. Te he escrito todos los días.

Ella no necesitaba que le recordara eso. Todas las cartas que había recibido de él estaban apiladas sobre su escritorio. Las había releído con tanta frecuencia que se sabía la mayoría de memoria.

—Sentarme y poner mis pensamientos sobre papel ha aclarado mucho la confusión que he estado sintiendo desde que volví a Hawai. Comprendí casi de inmediato que… —titubeó, como si tuviera miedo de su respuesta—. Estoy enamorado de ti, Erin.

—¿Enamorado de mí? —repitió ella, como si estuviera en trance.

—Sé que no es eso lo que quieres oír, pero no puedo ni quiero pedir disculpas por lo que siento. Por primera vez en mi vida, estoy enamorado. Pensaba que había estado enamorado cientos de veces, pero esto es distinto. Mejor. ¿Me has oído, Erin? Te quiero.

Erin cerró los ojos con fuerza. De todas las cosas que podría haber dicho, cosas absurdas, sin sentido, tonterías… se preguntó por qué, ay, por qué tenía que decirle eso.

—Di algo —suplicó él—. Cualquier cosa.

Todas las razones que ella había ordenado en su cabeza empezaron a derrumbarse como una fila de fichas de dominó, cayendo al vacío. Se quedó sin habla.

—Erin, cariño, ¿sigues ahí?

—Sí —su voz sonó una octava más aguda de lo normal—. Estoy aquí.

—Sé que debe resultar impactante oírlo así, de repente y por teléfono; pero te juro que no podía callármelo un segundo más. ¿No te has fijado en cómo he firmado mis últimas cartas?

Ella sí se había fijado. Pero había preferido ignorar lo obvio, aunque saltara ante sus ojos.

—Una relación entre nosotros no funcionaría… Somos demasiado distintos.

—Haremos que funcione.

—No veo cómo —Erin apretó la mano alrededor del auricular del teléfono.

—Erin, cariño… maldición, desearía estar allí ahora mismo. Es un infierno estar tan lejos de ti.

—Siempre estarás lejos de mí —esa verdad le sonó tan fría y muerta como agua helada. Durante un momento, sólo un instante, se dejó llevar por la ilusión de que una relación entre ellos pudiera ser posible. Si permitía que ese falso pensamiento se instalara en su mente, él la convencería para que olvidase todo lo importante para ella, todo lo que tanto se había esforzado por construir. Justo a tiempo, comprendió el peligro y puso freno a su pensamiento.

—Estaré lejos, sí —arguyó Brand—, pero sólo a veces, y cuando estemos juntos te compensaré por el tiempo perdido.

—No.

—¿Qué quieres decir con «no»?

—Decir que me amas no cambia nada —le resultó fácil decir las palabras, pero no estaba totalmente segura de que fueran verdad. Lo que debía hacer era simular que lo eran y rezar porque él no le hiciera demasiadas preguntas.

—Por mi parte sí que las cambia.

—Brand, lo siento, de veras, pero hablar sobre esto no va a suponer ninguna diferencia. Te encanta la Marina. A mí no. Tú quieres seguir en el servicio y yo preferiría saltar desnuda desde un acantilado a mezclar mi vida con cualquier cosa que tenga que ver con lo militar. Podemos hablar hasta quedarnos sin aire, pero eso no va a cambiar quiénes somos y qué hacemos.

Tras esas palabras se produjo un tenso silencio.

—¿Preferirías saltar desde un acantilado desnuda? —su voz sonó como si la idea le pareciese divertida.

Erin pensó que tal vez no hubiera elegido la mejor forma de explicar sus sentimientos, pero era la idea más vergonzosa que se le había ocurrido, aunque tenía que admitir que no tenía mucho sentido.

—Cielo, escúchame.

—No, por favor, no puedo. No servirá de nada. Lo mejor que puedes hacer por el bien de ambos es olvidar que nos hemos conocido. No va a funcionar y prolongar lo inevitable sólo nos causará dolor.

—Te quiero. No puedes…

—No me estás escuchando —gritó ella, odiando cómo le temblaba la voz—. Nunca me has escuchado, ése es el problema.

Una vez más, Brand se quedó callado, y esa vez el silencio dio la impresión de latir entre ellos como si fuera un ser vivo.

—De acuerdo, Erin, te escucho.

Ella tomó aire y empezó otra vez.

—Lo que intento explicarte es la pura verdad, por muy doloroso que sea aceptarla. No tenemos ningún futuro juntos. Ninguno de los dos podemos adaptar nuestras necesidades sólo porque sintamos atracción física el uno por el otro.

—Yo siento más que atracción física por ti.

Erin decidió que lo mejor era ignorar esa declaración.

—Me honra que tengas unos sentimientos tan

fuertes por mí. Personalmente, creo que eres maravilloso, también, pero eso no soluciona las cosas. No es suficiente... aunque los dos lo deseáramos.

—En otras palabras —dijo él un momento después—, estás diciendo que no me quieres. O, mejor dicho, que no vas a quererme.

—Sí.

Él soltó una palabrota con la intención de ofenderla, y lo consiguió.

—Estás enamorada de mí, Erin. Puedes negarlo si quieres, pero es la verdad.

—Imagino que es tu ego lo que te ha llevado a creer eso. Si ése es el caso, sólo puedo decir que muy bien, cree lo que te parezca —aunque su voz sonó confiada como la de un juez dictando sentencia, por dentro nunca se había sentido tan nerviosa.

—Entonces dímelo.

—¿Que te diga qué? —Erin cerró los ojos y tragó saliva.

—Que no me quieres —siguió otro tenso silencio y él volvió a exigírselo—. ¡Dímelo!

Erin no podía hacerlo, era incapaz.

—Asegúrate de dar suficiente énfasis a la frase, para que parezca creíble —le aconsejó él—, porque sé que estás mintiendo. Si no a mí, al menos a ti misma.

—Tienes un descaro impresionante —afirmó ella intentando dar la impresión de que su actitud le hacía mucha gracia.

—Dilo —exigió él por tercera vez.

Pasó un momento antes de que ella pudiera hacer lo que le pedía. Intentó hablar una vez, pero cuando abrió la boca, sintió que se le cerraba la garganta y no pudo hablar.

—¿Erin?

—De acuerdo, si insistes. No te quiero.

—¿Lo dices en serio? —preguntó él con voz suave y casi divertida.

Deseó que él no se lo estuviera poniendo tan difícil. Estaba furiosa con él, lo bastante como para poner fin a ese tormento.

—Sí, estoy segura. Ahora, por favor, déjame en paz.

—Como quieras —su voz sonó grave y cargada con tantas emociones que ella no pudo identificarlas todas—. Adiós, mi dulce rosa irlandesa. Que tengas una buena vida; yo desde luego pienso tenerla.

Se cortó la conexión y Erin se quedó con el auricular en la mano. No pudo moverse durante un largo rato. Se quedó exactamente como estaba, con el teléfono pegado a la oreja, escuchando el zumbido de la línea, parecido al de un enjambre de abejas irritadas.

La humedad que notó en la cara llegó como una sorpresa. Alzó la mano y, con las yemas de los dedos, extendió las gotas por el arco que formaban sus pómulos.

—Sí que tendré una buena vida —gimió en voz alta—. Prometo hacerlo.

—Odio tener que molestarte —dijo Marilyn, acercándose al arañado escritorio de Erin. La clase había terminado y Erin estaba guardando las fotocopias que le habían sobrado en su maletín de cuero.

Durante las últimas semanas, Erin había estado prestando mucha atención a Marilyn, estudiando sus progresos. La mujer había tenido un aspecto parecido al de una manzana asada las primeras veces que fue al aula: arrugada y abrumada por el peso de sus problemas. Llevaba el mismo vestido, los mismos zapatos y poco o nada de maquillaje. Todo eso había ido cambiando gradualmente con el transcurso de los días. Marilyn había contratado a un abogado, había conseguido un empleo a tiempo parcial en unos grandes almacenes y se había apuntado a clases de conducir. Andaba un poco más erguida y con la cabeza más alta. El cambio no había sido fácil. Tenía depresiones y ataques de ira; hacía poco le había confesado a Erin que había destrozado toda una pared de su casa.

—No es molestia, Marilyn. Siempre me agrada hablar contigo.

—Quería que supieras que me saqué el carné de conducir esta tarde.

—¡Felicidades!

Marilyn sonrió de oreja a oreja.

—No creí que fuera capaz de hacerlo, pero el hombre que me hizo el examen de circulación fue muy comprensivo —sus ojos se iluminaron—. No me importa decirte que al principio estaba muy nerviosa. Salí mal de la plaza de aparcamiento, marcha atrás, y después rocé un bordillo. Estaba segura de que el examinador iba a suspenderme, pero luego empecé a pensar en las cosas que nos has dicho en clase y decidí seguir adelante, esforzándome más.

—¿Y aprobaste?

—Por los pelos. Desde luego, no es que aprobara con honores; el examinador me dio una charla de dos o tres minutos, y sugirió que fuera con mucho cuidado y calma al principio, lo cual pienso hacer. Cuando me dijo que había aprobado el examen, me entusiasmé tanto que estuve a punto de besarlo.

La escena que imaginó Erin le pareció lo bastante graciosa como para que sus labios esbozaran una sonrisa. Últimamente no había sonreído mucho. No desde su conversación telefónica con Brand.

Una y otra vez, había rememorado la conversación en su mente. Habría habido mejores maneras de solucionar la situación con Brand. Aun así, había conseguido lo que pretendía. Sus métodos no habían sido los mejores, pero lo cierto era que no tenía experiencia en ese tipo de cosas.

Pocos días después de hablar con Brand por última vez, se había sentado a escribirle una carta a su padre, lo bastante dura como para quemarle los dedos al cartero. Había dado rienda suelta a su cólera, declarando que había insultado a su inteligencia y a su orgullo, y exigiéndole que no se metiera en su vida.

Por la mañana había tirado la carta a la basura, el lugar que le correspondía. No podía culpar a su sobreprotector padre por haberse enamorado de Brand Davis. Aunque le habría gustado echarle la culpa, él sólo le había pedido a Brand que viera cómo estaba. Todo lo que había sucedido después quedaba estrictamente entre ella y el alférez de navío.

Alegrándose por Marilyn, Erin condujo de vuelta a su casa, se duchó y se preparó para irse a la cama. No había comido nada antes de ir a la clase y al inspeccionar el congelador descubrió un plato congelado compuesto de carne estofada, puré de patata aguado y cubitos de zanahoria. Tenía aspecto de ser algo que había olvidado allí el anterior ocupante de la casa.

Incapaz de librarse de su melancolía, Erin no había ido a hacer la compra ese fin de semana. Y no le apetecía acercarse al supermercado tan tarde; ya estaba en camisón.

Tenía que elegir entre el plato preparado o una lata de judías blancas.

—¿Por qué habrás comprado judías blancas? —se preguntó en voz alta—. Ni siquiera te gustan.

El hábito de hablar consigo misma estaba acentuándose y se preguntó qué podía hacer al respecto, si es que debía hacer algo.

De pie ante el microondas, descalza y con el pelo mojado y brillante tras la ducha, Erin contempló el reloj digital del horno. El aroma del estofado no era demasiado apetecible.

El timbre del microondas sonó al mismo tiempo que el de la puerta. Erin tardó un segundo en darse cuenta de dónde venía ese segundo sonido. Miró de la puerta del microondas a la puerta de entrada, mientras su mente pensaba a toda velocidad.

Ninguno de sus conocidos la visitaría a esas horas de la noche. Pero tampoco era probable que un ladrón anunciara su visita llamando al timbre.

Caminando descalza por encima de la alfombra, cerró un ojo y miró por la mirilla.

Se encontró con un ojo que la miraba desde el otro lado. Dio un salto hacia atrás y se puso una mano sobre el corazón. Habría reconocido ese ojo en cualquier parte.

Brand.

—Vamos, Erin, abre. No tengo ganas de estar aquí de pie, en el porche.

Erin corrió el cerrojo y abrió la puerta de golpe. Sin soltar el pomo, se resistió a la tentación de lanzarse a sus brazos. Ese hecho, por sí solo, sirvió para contestar todas las preguntas que la habían estado asaltando durante los últimos dos días.

Brand entró y dejó la bolsa en el suelo. Tenía un aspecto horrible. Peor que horrible. Como si un coche lo hubiera arrastrado por el suelo, o lo hubieran obligado a dormir de pie tres noches seguidas. Una barba de dos días oscurecía su rostro y tenía los ojos inyectados en sangre.

—¿Qué es ese olor tan horrible? —preguntó.

—Es mi cena —no podía dejar de mirarlo. Aunque nunca lo había visto con peor aspecto, seguía siendo el hombre más guapo que había visto en su vida.

—¿Cómo es que vas a cenar tan tarde?

—¿Qué hora es?

—Diablos, no lo sé. Acabo de pasar las últimas veinte horas en todas las variedades de transporte que puedas imaginar. Por lo que yo sé, podría ser media mañana de un día de julio.

—Estamos en abril.

Por más que lo intentaba, no podía dejar de mirarlo. Incluso en ese momento, mientras mantenían una conversación, no estaba segura de que fuera él en persona y no un truco de su imaginación. Se resistió al deseo de extender la mano para tocarlo, que era incluso más fuerte que la necesidad de estar en sus brazos.

—¿Qué estás haciendo aquí?

Sus ojos se encontraron.

—Ya no lo sé. Empecé a hacerme esa misma pregunta cuando iba por el tercer medio de transporte militar.

—¿Cuántos días dura tu pase?

—Cuatro días, pero, la verdad, no sé cuánto tiempo me queda. Quizá debería limitarme a decir lo que quiero decir, acabar con el tema y después largarme de aquí a toda prisa.

—¿Quieres comer algo? —que le ofreciera algo era casi de chiste, teniendo en cuenta que estaba calentándose un congelado prehistórico para sí misma.

—No si tienes intención de servirme lo mismo que vas a comer tú. Huele como… —calló el resto, porque lo que pretendía decir era obvio.

—Pediré una pizza —sin saber por qué, eso le pareció a Erin lo más razonable. Que él estuviera allí con ella, en su casa, no lo era; pero aún no había descubierto la manera de enfrentarse a eso.

—Creo que debería sentarme —anunció Brand de repente. Cruzó la alfombra y se sentó en el sofá, que estaba apoyado contra la pared exterior. Después miró a su alrededor, como si no pudiera acabar de creerse que estaba con ella.

—Sólo tardaré un minuto —dijo ella, andando hacia atrás, pensando que podría desaparecer si le quitaba los ojos de encima un momento. Unos días antes había recibido un folleto publicitario de una cadena de pizzerías y lo había colocado en su tablero de notas, junto con el cupón de descuento. Fue a por él, llamó al número de teléfono indicado y encargó una pizza de pepperoni extragrande.

Para cuando regresó al salón, Brand estaba profundamente dormido en el sofá.

Brand se despertó sin saber dónde estaba. Se sentó de golpe, apartó las mantas de una patada y miró a su alrededor. Seguía sin saberlo. Era una sensación muy extraña.

Agotado, se pasó una mano por la cara y dio a sus ojos tiempo para adaptarse a la oscuridad. Entonces, lenta y reflexivamente, revisó sus recuerdos.

Todo volvió a él como en un destello. Estaba en casa de Erin.

Erin. Si alguien le hubiera dicho dos meses antes que soportaría tantas penalidades para conseguir a una mujer, habría jurado que estaba loco. Si alguna vez había dudado de su amor por ella, el haber llegado de Hawai a Seattle, pasando por Japón y Alaska, le demostraba lo contrario.

Y no sabía para qué. No conseguiría convencerla. De momento nada había funcionado, pero eso no iba a detenerlo. Casey le había dicho que era tozuda como una mula de Tennessee, y el viejo tenía razón.

Pero Brand no podía darle la espalda al amor y seguir su camino. Tal y como él lo veía, sólo tenía una posibilidad con ella, y era verla en persona.

Se puso de pie, encendió la luz y miró el reloj. Eran las cinco de la mañana. Buscó su maleta y se duchó.

Para cuando Erin se levantó, ya había hecho café.

—Buenos días —saludó ella desde la puerta. Se llevó el dorso de la mano a la boca y bostezó ruidosamente—. Queda algo de pizza en la nevera, si tienes hambre.

—Deberías haberme despertado.

—¿Qué te hace suponer que no lo intenté?

—¿Y no me desperté?

—Ni el tercero de infantería al completo habría logrado despertarte.

—Lo siento —dijo él, sonriendo avergonzado—. No pretendía quedarme dormido en tu casa.

—No te preocupes por eso. Como mínimo, les has dado a mis vecinos un motivo para venir a presentarse —bostezó de nuevo y fue hacia el cuarto de baño.

A Brand le resultaba difícil quitarle los ojos de encima. Estaba despeinada y caliente de la cama. Sin la más mínima dificultad, su imaginación se puso en marcha. Le resultaba demasiado fácil verse en la cama con Erin. La sentía acurrucada contra él, la piel pálida y suave rozando la suya. Pondría las manos en sus pechos y los levantaría para que llenaran las palmas. Sus pezones se pondrían duros incluso antes de que los acariciara con los pulgares.

La respiración de Brand se aceleró y él entrecerró los ojos, paladeando la fantasía. Una oleada de deseo lo recorrió de arriba abajo, tensando los músculos de su abdomen y muslos.

Experimentó una sensación de anhelo por ella, tan intenso que casi resultaba doloroso. No era una necesidad física. Rectificó para sí. Claro que la necesitaba físicamente. Nunca había deseado a una mujer tanto como a Erin. Pero lo que estaba experimentando era añoranza en un plano superior, más profundo. Un ansia emocional y espiritual que no había entendido por completo hasta ese momento. Le preocupaba, pues era consciente de cuánto había en juego durante el breve tiempo que estaría con Erin.

Ella regresó a la cocina unos minutos después, vestida con un traje de chaqueta azul oscuro. La falda era recta y enfatizaba sus largas piernas y las curvas redondeadas de sus caderas y sus nalgas. La chaqueta era entallada y con hombreras. Brand le sirvió una taza de café, para ver si así conseguía romper el hechizo que parecía ejercer sobre él.

—Gracias —susurró ella, sacando una silla y sentándose.

—Supongo que te estás preguntando qué hago aquí —dijo él, con tono defensivo. Sabía bien que con Erin andaba en la cuerda floja. Una palabra equivocada y podría perderla, y eso era lo que más temía Brand en el mundo.

—No puedo evitar preguntarme por qué has venido —apoyó los codos sobre la mesa de cristal y se llevó el tazón de café humeante a los labios.

Brand pretendía contestarle, lanzarse a su campaña de razones, pero le resultaba imposible apartar los ojos de su boca. Esos dulces y deliciosos labios lo estaban volviendo loco.

—¿Te importaría si te beso antes?

Ella agachó la cabeza tan rápido que fue un milagro que su barbilla no chocara con la taza de café.

—No creo que eso sea buena idea.

—¿Por qué no? —preguntó él con voz suave. Sacó la silla que había junto a la mesa, le dio la vuelta y se sentó del revés, apoyando los brazos en el respaldo.

—Tú sabes por qué —contraatacó ella.

La dulce rosa irlandesa tenía un aspecto tan profesional e imperturbable que habría supuesto un reto para cualquier hombre con sangre caliente en las venas. No pudo contenerse. Colocó el dedo índice bajo su barbilla y la obligó a mirarlo. Después se inclinó levemente y acarició sus labios con la boca.

Ella dejó escapar un suave suspiro. Cuando Brand se echó hacia atrás, descubrió que tenía los ojos cerrados y su boca estaba húmeda y lista para una exploración más detallada.

Brand no iba a perder una oportunidad como ésa.

Volvió a tomar su boca, aplicando una presión sutil. Oyó la taza de ella chocar con la mesa, pero no prestó atención a si el café se derramaba o no. Erin gimió y entreabrió los labios para él, invitándolo a acariciarla con la lengua.

Brand pensó que era asombroso que pudieran compartir un momento de tanta intimidad sentados en sillas e inclinándose el uno hacia el otro.

Ella había puesto las manos en sus hombros, y él le acariciaba el cabello, mientras movía la boca sobre la suya, moldeando sus labios, profundizando y exigiendo más del beso.

Erin no lo decepcionó. Había aprendido bien la lección.

De alguna manera, Brand consiguió que se pusieran en pie. Ella se había abrazado a su cuello y se frotaba contra él de la forma más seductora, con una pasión equivalente a la suya. Brand gruñó, atormentado por una enorme frustración.

Brand no sabía qué había esperado cuando empezaron, pero desde luego no era ese fuego que amenazaba con consumirlo. Estaba duro como una piedra desde el momento en que sus labios se habían encontrado, y la presión no mejoraba, sino que iba a peor.

Cuando no pudo tolerarlo por más tiempo, Brand echó la cabeza hacia atrás y batalló para recuperar el control. Después de inspirar varias veces para llenar sus pulmones, se inclinó hacia delante y apoyó la frente en la de ella.

—Ya… ya te dije que besarnos no era buena idea

—le recordó ella con un susurro ronco—. Ahora sabes por qué.

—Lo sabía antes, pero eso no me detuvo —sonrió para sí y abrió los ojos para estudiarla. Vio el deseo hambriento pintado en su rostro. Sus ojos, su nariz y su delicada barbilla parecían más prominentes. El cabello, que siempre llevaba impecablemente peinado, estaba alborotado por el efecto de sus manos y los labios rosados parecían pétalos de rosa húmedos por el rocío.

Los brazos de ella seguían rodeando su cuello y sentía sus dedos en la nuca. Ninguno de los dos parecía capaz de moverse, lo que a Brand le parecía perfecto. Desde que se marchó, había soñado con abrazar a Erin así más de mil veces.

—Llama a la oficina y diles que necesitas tomarte el día libre —le dijo—. Pon la excusa que quieras, pero pasa el día conmigo.

Erin asintió, con los ojos cerrados.

—Aimee está furiosa conmigo.

—¿Por qué? —no pudo resistirse a la tentación de besarle la punta de la nariz.

—Cree que soy idiota por haberte dejado escapar.

—Por suerte, no te creí. Me quieres, ¿verdad, Erin MacNamera?

Ella tardó un rato en contestar, bastante más de lo que él esperaba que tardase en admitir la verdad.

—No debería tener nada que ver contigo.

—Pero lo tendrás —lo dijo casi como una orden.

—No lo sé —sollozó ella; su esbelto cuerpo se estremeció—. No lo sé. No puedo creer cuánto te he echado de menos desde que te fuiste. Yo… creía que podría olvidarte, y entonces empezaste a enviarme esas cartas tan bonitas. Cada noche había una esperándome. Recé y recé para que te desanimaras al ver que no te contestaba. Pero aun así, corría a casa todas las noches y me alegraba muchísimo saber de ti.

Aunque fuera un poco ególatra por su parte, lo cierto era que Brand estaba muy, pero que muy orgulloso de esas cartas.

—Dime que me quieres, Erin —la urgió, volviendo a atraerla a sus brazos—. Déjame oírte decirlo. Lo necesito.

Ella inclinó la cabeza hacia su cuello y empezó a llorar suavemente.

—Sí que te quiero, muchísimo. Y estás en la Marina.

—Podría ser peor —le susurró él al oído. Nunca la había amado tanto como en ese momento. La acunó contra él hasta que ella se sorbió la nariz y se separó un poco.

—¿Pasaremos el día juntos? —le preguntó, sin mirarlo a los ojos.

—Todo el día.

—Bien —le sonrió con timidez y empezó a desabotonarse la chaqueta. Brand no comprendió lo que iba a hacer hasta que ella se sacó la blusa de seda de la cinturilla de la falda.

—¿Erin? —le tembló la voz—. Te estás desvistiendo.

—Lo sé —dijo ella, aún sin atreverse a mirarlo.

La nuez de Brand subió y bajó por su garganta un par de veces.

—¿Hay alguna razón en concreto para hacerlo?

—Sí.

Él tuvo la impresión de que todos los músculos de

su cuerpo se tensaban al mismo tiempo. Erin quería hacer el amor. No iba a discutir con ella; que Dios lo perdonara, llevaba pensando en eso mismo desde que ella había aparecido con su camisón de franela, despeinada y adormilada, esa mañana.

—¿Estás segura? —se sintió en la obligación de preguntar. Un hombre no debería cuestionar la voluntad de una mujer, aunque sospechara, como le ocurría a él, que Erin era virgen.

—Estoy… segura.

Él sintió que toda la sangre de su cuerpo se acumulaba en su entrepierna.

—No… no sabía que los hombres se asegurasen de estas cosas —comentó ella, con voz temblorosa.

—Normalmente no lo hacen, pero hay una serie de factores que tenemos que tener en cuenta.

—¿No podemos hacerlo después? —la cremallera trasera de su falda siseó como una serpiente cuando la bajó.

Deslizó la falda caderas abajo y la dejó caer a sus pies. Después la recogió con cuidado y la puso sobre el respaldo de la silla.

—¿Quieres que hablemos después? —repitió él. Si se quitaba la combinación, no habría tiempo de nada más. Parecía una diosa; tenía la piel tan pálida que parecía traslúcida, cremosa y blanca. Era incapaz de resistirse a ella. Diablos, ni siquiera sabía por qué se esforzaba en hacerlo. Ésa era la mujer a quien pensaba amar el resto de su vida. La mujer que sería la madre de sus hijos.

—¿Irás despacio? —preguntó ella, con voz melosa y cálida.

—Sí, iremos despacio, muy despacio —Brand la

abrazó con ternura—. ¿Estás segura de que no quieres esperar?

—¿A qué?

—A que nos casemos —tal y como se lo estaba planteando, Brand calculaba que podrían tenerlo todo organizado en un mes.

—¿Casarnos? —gimió Erin—. Yo… yo no he dicho nada de que vayamos a casarnos.

VI

Erin no podría haber desconcertado más a Brand si hubiera anunciado que era una alienígena de Marte.

—Yo pensaba… asumí que nosotros… ya sabes —Brand no tartamudeaba así desde que estuvo en tercer curso de primaria. Las palabras se le aturullaban en la lengua y no podía decirlas correctamente.

—Yo suponía que querías hacer el amor —las mejillas de Erin estaban rojas como cerezas.

—Y quiero —no podía discutir ese punto. Estaba medio loco de deseo por ella desde el día que habían ido al zoo. Las largas semanas de separación sólo habían servido para acrecentar ese deseo aún más.

—Si quieres hacer el amor, entonces ¿por qué estamos aquí de pie, discutiendo sobre una cosa tan tonta como el matrimonio? —Erin cruzó los brazos sobre el estómago y miró todo lo que la rodeaba en la cocina; lo miró todo excepto a él.

—No estamos discutiendo —al menos no lo estaban aún. Brand tardó unos minutos en recuperar el sentido común. Para conseguirlo, tuvo que dejar de mirar a Erin. Tenerla tan cerca y tan deseosa era una tentación más que suficiente. No podía desviar la vista de ella sin que le doliera. Sus manos pugnaban por tocarla, abrazarla, darle todo lo que le estaba pidiendo y mucho más.

Tenía la cabeza inclinada y su postura, con los brazos protegiendo su cintura, hacía que afloraran todos los instintos protectores que Brand poseía.

—Si no estamos discutiendo, entonces ¿por qué estamos… ya sabes… esperando?

Brand se estaba haciendo la misma pregunta. No podía engañarse al respecto. La deseaba. Estaba increíblemente preciosa, allí de pie en el centro de la cocina, en combinación, con la piel tan pálida y suave como la de un bebé. Aún tenía que probar y acariciar demasiados lugares de su cuerpo; demasiado que enseñarle y que aprender de ella.

La frustración física se hacía cada vez más dolorosa y, por más que lo intentaba, Brand no podía dejar de pensar en lo que ella le estaba ofreciendo.

Anhelaba llenar sus palmas con la pesadez de sus senos, tomar sus pezones con la boca y dejar que le satisficiera de formas que aún no se sentía capaz de apreciar o comprender por completo. Deseaba sentir sus piernas rodeando su cintura y enterrarse en su calor húmedo hasta llegar a lo más profundo de su alma. Anhelaba todas esas cosas con una pasión que amenazaba con consumirlo y, en un instante, supo que no podía aceptarlas.

—Vístete, Erin.

Atónita, ella parpadeó y él captó un destello de dolor en sus bellos ojos marrones.

—¿Por qué? —exigió ella.

—Creo que hemos llegado a un punto muerto, querida —intentó que su voz sonara indiferente y casual, pero era una pose, y muy frágil.

—¿Estás diciendo que te niegas a hacerme el amor sólo porque no estoy dispuesta a casarme contigo?

—No exactamente. No estamos preparados para hacer el amor; no cuando aún hay entre nosotros tantas cosas sin resolver —dijo él, pensando que si no se daba prisa en hacer lo que le había pedido, tendría la posibilidad de descubrir lo precarios y débiles que eran sus principios en realidad.

—¿Qué... qué quieres decir? —llevó la mano a su blusa y Brand contuvo un suspiro de alivio. Ya estaba empezando a arrepentirse de su decisión. Le había hecho daño, la había avergonzado por ofrecerse a él y eso era lo último que había pretendido. Al contrario, había creído que se estaba portando como un noble y virtuoso caballero.

La rodeó con los brazos e introdujo los dedos entre su cabello.

—No pretendía avergonzarte —susurró—. Te quiero, Erin.

—Eres... como una verruga para el orgullo de una mujer.

—Tienes razón —aceptó él, esforzándose por controlar una sonrisa. No quería que ella pensara que se reía de ella.

—Cualquier otro hombre se habría alegrado de hacer el amor conmigo.

—Yo también me alegraría.

—Entonces, ¿por qué no me lo estás haciendo?

Brand no sabía cómo explicarle lo que a él mismo le parecía confuso. La deseaba. La necesitaba. Se moría por ella. No parecía haber respuestas a las preguntas que lo asolaban.

Desde luego, tenerla entre sus brazos no estaba mejorando la situación. Sentía sus suaves senos presionados contra su pecho, con los pezones hinchados. Cada vez que ella respiraba, sus senos se movían y él sufría un grado más de tormento. Ella debía de saber bien la reacción que le estaba provocando, porque parecía respirar con mucha fuerza y frecuencia.

Incapaz de contenerse, besó su cuello, echó su cabello hacia atrás y se lo enredó en el puño. Erin gimió con suavidad, apartó los brazos de su cintura, hizo girar los hombros un par de veces y, antes de que Brand comprendiera lo que estaba haciendo, su blusa cayó al suelo.

—Bésame ahí —suplicó con suave voz de sirena. Él era marino y sabía que no debía dejarse llevar por ese dulce canto; pero ella lo llamaba y no tenía fuerzas para resistirse.

—Ahí —repitió ella.

No necesitaba explicarle a qué lugar se refería. Brand lo sabía bien. Encontró sus pechos a través de la combinación de seda y lamió un pezón erguido, atrayéndolo hacia el interior de su boca y succionando con suavidad. Erin gimió y se arqueó; al hacerlo sus caderas frotaron su ardiente y tensa entrepierna.

Brand gruñó y se perdió en su cuerpo, lanzando sus preocupaciones y miedos al aire, como una cometa. El delicioso calor del deseo era el viento que lo dirigía. Lentamente, introdujo las manos dentro de sus braguitas y las llevó a la sedosa zona que había entre sus muslos.

Acarició el húmedo montículo con el pulgar hasta que ella dejó escapar un grito y se arqueó hacia arriba, suplicando en silencio que le diera aquello que su mente de virgen aún era incapaz de concebir. Su dedo localizó el centro de su feminidad y se introdujo entre los pliegues de calor.

Estaba ardiente y húmeda y Brand gimió, o al menos creyó hacerlo. Tal vez había sido Erin. O los dos. No importaba. Lo importante era cómo ella cerró las piernas convulsivamente alrededor de la mano invasora, mientras sus caderas se agitaban con movimientos abruptos y frenéticos. Brand la tranquilizó susurrando unas palabras de aliento y después empezó a mover la mano lentamente, para no asustarla ni hacerle daño.

—¿Brand? —el nombre sonó como una pregunta ronca en sus labios.

—Todo va bien, cariño —le aseguró él—. A partir de ahora será aún mejor.

Deslizó el dedo por el calor mientras ella giraba las caderas lentamente, buscando su placer. Lentamente, él empujó y exploró, profundizando más, una y otra vez. Dentro y fuera, siguiendo un ritmo ancestral.

Las manos de ella se tensaron sobre sus hombros. Clavó las largas uñas en su carne al arquearse y, con un gemido ahogado, echó la cabeza hacia atrás, jadeó y dejó escapar un grito cuando una explosión de placer recorrió todo su cuerpo.

Brand, sin embargo, no había disfrutado de esa liberación, y su cuerpo palpitaba de frustración y deseo. La abrazó unos momentos más, hasta que su respiración se calmó. Después se apartó de ella, fue hacia el fregadero y apoyó los brazos en el borde, inspirando profunda y pausadamente.

—¿Brand? —la voz sedosa y suave de Erin llegó hasta él—. Gracias… no sabía… nunca he hecho algo así con un hombre. Nunca he…

—Lo sé —dijo él con una débil sonrisa. Su voz sonó grave y baja.

—¿Lo sabías?

Él asintió.

—¿Puedo hacer algo así… para ti?

Brand negó rápidamente con la cabeza, la tentación era tan fuerte que casi pudo con su fuerza de voluntad. Casi todas sus buenas intenciones se habían ido al traste ya.

—¿Puedo? —repitió ella.

Él cerró los ojos e hizo un gesto negativo.

—No —añadió, por si acaso no estaba claro.

—¿Estás seguro?

Diablos, a esas alturas, él ya no estaba seguro de nada, pero su mente empezaba a razonar y se agarró a ese atisbo de razón como a un clavo ardiendo. Sería muy fácil para él dejar de lado sus problemas y hacerle el amor hasta que ella viera las cosas tal y como las veía él. Brand estaba seguro de que una vez hubieran cruzado las barreras físicas, podría convencerla para que se casara con él. Si hubiera sido otra clase de hombre, quizá lo habría hecho; pero Brand estaba seguro de que después se odiaría por haberla manipulado, y Erin podría llegar a odiarlo también. No podía arriesgarse a que ocurriera eso.

Cuando se hubo recompuesto, se dio la vuelta y extendió la mano hacia ella. Erin se deslizó entre sus brazos y se agarró a su cintura.

—¿Por qué?

Una vez más, Brand no necesitó que le explicara sus palabras. Estaba preguntándole por qué no le había hecho el amor.

—No estamos preparados.

Sintió que los labios de ella esbozaban una sonrisa contra su cuello.

—Pues a mí podrías haberme engañado —musitó.

Brand la apartó de sí y puso las manos en sus hombros para mantenerla a distancia.

—Haremos el amor cuando hayamos llegado a un compromiso. No voy a caer en la costumbre de solucionar nuestras diferencias en la cama, y eso es exactamente lo que sucedería. No busco tener una aventura contigo, Erin. Quiero una relación permanente.

Ella dejó caer los hombros y bajó la cabeza.

—No puede haber compromiso entre nosotros.

—Lo habrá si lo deseamos lo suficiente.

Erin sintió que se debilitaba ante la poderosa y fuerte personalidad de Brand. Deseó que no fuera tan testarudo. Argüía que no quería que complicaran los sentimientos del uno por el otro acostándose juntos. Increíble, se suponía que eran las mujeres las que buscaban el compromiso. Si ella quería hacer el amor, y lo había demostrado sin lugar a dudas, él debería dejarse de tonterías y complacer sus deseos. ¡Pero no podía hacerlo! Tenía que complicarlo todo comportándose como un hombre decente y honorable.

Si ella se hubiera salido con la suya, en ese momento estarían en la cama. Estaba tan deseosa de entregar su virginidad que casi se había echado encima de él. Erin se sonrojó al recordar cómo le había suplicado que le hiciera el amor. Nunca había sido tan descarada con nadie en su vida. Ni siquiera en sus fantasías más salvajes con Neal.

Neal era su amante imaginario. Era una tontería, una estupidez casi, pero cuando su amiga Terry y ella estaban en la universidad, habían leído varios libros sobre fijar objetivos y alcanzar sueños. Todos y cada uno de esos libros de autoayuda alegaban que las personas debían aprender a visualizar lo que fuera que quisieran que ocurriera en su vida.

Un sábado por la tarde, cuando estaban aburridas y solas, convencidas de que estaban destinadas a vivir el resto de su vida sin pareja, Erin y Terry habían conjurado la imagen del marido perfecto. Terry había llamado al suyo Earl, y Erin había elegido el nombre de Neal, porque le gustaba cómo sonaba.

El verano anterior, Terry había conocido y se había casado con un hombre que, según ella, era exactamente como el que había imaginado. Erin había volado a Nuevo México para asistir a la boda.

Brand, en cambio, tenía poco en común con su amante soñado. Ambos hombres eran altos, morenos y guapos, por supuesto. Si los atributos físicos fueran su mayor preocupación, Brand habría encajado a las mil maravillas. De hecho, era más atractivo de lo que nunca había esperado en un hombre.

Neal, sin embargo, tenía raíces tan profundas que casi llegaban al centro de la tierra. Pertenecía a una bien establecida familia de pioneros. Su tatarabuelo había luchado con los indios y había colaborado en la colonización de la zona, no la de Seattle en concreto, podía ser cualquier zona.

Había nacido y crecido en la misma casa. Una casa que ocupara un esquinazo, rodeada por un jardín vallado. Erin no sabía por qué había elegido una casa así, sólo sabía que le daba una cierta sensación de seguridad.

Cuando se casaran, Neal y ella comprarían una cosa propia que también estaría en una esquina. Y también la vallarían cuando tuvieran hijos, para protegerlos.

Su hombre ideal había sido muy popular en el colegio, y delegado de clase en el instituto. Todas las personas que lo conocían, lo apreciaban y confiaban en él. En cuanto a su profesión, Erin lo veía como banquero, abogado, o algo igual de estable. Si le hubieran ofrecido un ascenso que implicase un traslado, lo habría rechazado. Su hogar y su familia eran lo más importante para él. Nunca se le ocurriría desubicar a su esposa y a sus hijos por algo tan volátil como una oportunidad profesional.

Neal no era rico. El dinero nunca había preocupado mucho a Erin, pero habría sido agradable que él tuviera una cuenta de ahorros saneada, dado que ella vivía siempre al día.

Durante los últimos años, siempre que Erin había salido con alguien, y odiaba admitir que no había ocurrido con frecuencia, lo había comparado con Neal. Con su hombre ideal. La visualización del marido de sus sueños.

Aunque Brand y Neal se parecían bastante en sus atributos físicos, estaban a años luz de distancia en todo lo demás.

—¿Qué acabas de decir? —preguntó Brand, frotando la nariz contra su oreja. Estaban sentados en el sofá, viendo una película antigua en la televisión. Habían pasado la mayor parte del día paseando por el Centro Seattle, sede de la Exposición Mundial de 1962, y charlando. Aunque habían hablado horas y horas, ninguno de los dos había vuelto a mencionar su situación ni a comentar sus opciones.

—¿He dicho algo? —preguntó Erin, sorprendida.

—Sí. Ha sonado parecido a: «Dile a Brand lo de Neal».

—¿He dicho eso en voz alta? —se apartó de él y se sentó al borde del sofá, con los codos apoyados en las rodillas. Esa costumbre de decir sus pensamientos en voz alta iba de mal en peor. Ya no se reservaba nada.

—¿Quién es Neal?

—Un… amigo —tartamudeó ella, sin atreverse a mirarlo. Si permitía que Brand se enterara de que Neal formaba parte de su mundo de fantasía, la ingresaría en el hospital más cercano y pediría que le hicieran un examen mental.

—Un amigo —repitió Brand pensativo—. ¿Competencia?

—En cierto sentido.

—¿Por qué no lo has mencionado hasta ahora? —la voz de Brand sonaba un poco tensa.

Parecía la oportunidad ideal para simular que Neal existía de verdad, pero eso implicaría mentirle a Brand y Erin no se creía capaz de hacerlo. Tenía muy poca práctica diciendo mentiras, y Brand se daría cuenta en un segundo.

—Hace tiempo que no veo a Neal —contestó, para ganar algo de tiempo. Tenía que pensar rápido, sacar el mayor partido posible a esa oportunidad, y demostrarle a Brand que no era tan inocente e ingenua como él parecía creer.

—¿Entonces es un amigo al que hace tiempo que no ves?

—Correcto. ¿Estás celoso?

—Una barbaridad. ¿Debería preocuparme por él?

—Eso depende.

—¿De qué? —exigió él.

—De varias cosas —se estiró y, echándose hacia atrás, se apoyó en él y recogió los pies bajo las piernas.

Brand no necesitó más invitación. Deslizó las manos por sus brazos y apoyó la boca en su cabello.

—No estoy demasiado preocupado —dijo.

—Bien. En realidad no hay razón para que lo estés.

Brand subió la boca un poco más alto y mordisqueó el lóbulo de su oreja. Al sentir el cosquilleo de placer, ella se apartó un poco y desdobló las piernas.

Él la agarró de los hombros y la atrajo de nuevo. Introdujo los dedos en su pelo, se lo apartó del lateral del cuello y la besó, con la lengua húmeda y caliente.

—Como he dicho antes —murmuró Brand contra su cuello—, no estoy preocupado.

—Quizá deberías estarlo. Tiene un trabajo estable. Raíces.

—Yo también.

—Puede, pero tus raíces son superficiales y fáciles de transplantar —esbozó una pequeña sonrisa—. Quizá sí deberías ver a Neal como competencia.

—¿En serio? —le dio la vuelta, la apoyó contra el respaldo del sofá y se situó sobre ella. Clavó los ojos en los suyos, intentando leerlos. Erin no se atrevió a parpadear.

Lentamente, él bajó la cabeza hacia el valle que había entre sus senos y pasó la lengua por la piel caliente. Sus dedos abrieron su sujetador de encaje con una destreza que debería haberla sorprendido, y de hecho la sorprendió.

Erin agarró su cabeza y suspiró con alivio y deseo cuando la boca de él atrapó uno de sus pezones y se dio un festejo. Lo que conseguía hacer con sus pechos siempre era maravilloso. Le gustaba que fuera a ella de esa manera, como si conociera cada parte de su cuerpo, como si la pasión y la intimidad que compartían sirviera para solucionarlo todo. Se arqueó y movió bajo él, perdiendo la capacidad de pensar con coherencia. La situación no mejoró cuando él transfirió su atención al otro pecho.

Brand conseguía que todo le pareciera bien. Pero, sin duda, esa forma de pensar le daría problemas. A Erin le habría dado igual creer que podía andar sobre el agua o lanzarse desde un rascacielos sin consecuencias, que permitirle que le hiciera el amor de esa manera.

Por ridículo que pareciera, cuando Brand la acariciaba todos los problemas del mundo parecían disolverse en la nada. Los conflictos que existían entre ellos se encogían y tenían una muerte rápida y silenciosa. Mientras sentía su boca y sus manos en sus senos; provocando una magia y un ardor que amenazaba con llevarla al borde de un estallido sensual incontenible, no había lugar para nada que no fueran sus sensaciones. No había lugar para las dudas, ni para el miedo, ni para preguntas.

Él devoró su boca mientras sus manos acariciaban y moldeaban sus senos, alzándolos de modo que los duros botones que los coronaban rozasen el áspero tejido de su camisa. Erin deseaba sentir su piel y se concentró en conseguirlo; casi le rompió la camisa tirando para sacársela de los pantalones. Cuando arrancó un botón, Brand apartó sus manos y desabrochó los demás él mismo. Con su ayuda, ella pudo librarlo de la delgada barrera que se interponía entre ellos.

Brand volvió a situarse sobre ella y la sensación que provocó en su piel ardiente la dureza del pecho masculino la llevó a cerrar los ojos y gemir de placer.

Brand acalló su gemido con un beso, introduciendo la lengua en lo más profundo de su boca. Movió las caderas contra las de ellas, demostrándole la urgencia con la que la deseaba. Erin también quería más e, instintivamente, respondió a cada uno de sus movimientos con uno propio.

Colocó la mano entre ellos y acarició el duro perfil de su miembro viril. Brand gimió contra su boca y, cuando tomó una bocanada de aire, sintió el ronroneo de su pecho contra sus senos. Llevó la mano al botón de sus vaqueros, pero él la apartó y lo desabrochó él mismo.

—Estás demostrando ser una tentación superior a mis fuerzas —dijo él, besó su mandíbula y dibujó la silueta de sus labios con la lengua.

—¿Yo? ¿En serio? —no pudo evitar sonar sorprendida. Por lo que ella sabía, nunca había atraído a un hombre. Desde luego no hasta el punto de excitación que había alcanzado Brand. Hacía que se sintiera bella, aun sabiendo que no lo era, y poderosa, cuando nunca había experimentado una debilidad mayor.

Despacio, como si pesara mucho más de lo que pesaba en realidad, Brand alzó su mano y la apartó de sí. Después la colocó entre ellos, con la palma sobre su pecho.

—Ahora —dijo, inspirando lentamente—, tranquilízame.

—¿Sobre qué? —ella lo miró arrugando la frente.

—Neal.

El rostro de Erin se relajó con una sonrisa.

—Neal es… Por decirlo de alguna manera… —decidió que era demasiado difícil explicarlo—. No tienes por qué preocuparte por él.

—Te desea, ¿verdad?

Ella bajó los párpados y negó con la cabeza.

—No. No debería haber dicho nada. Se me ha escapado, ¿recuerdas? No estaba destinado a tus oídos.

—Me da igual. Quiero saber quién es.

—Créeme, no debes preocuparte por él. Te lo prometo.

—¿Está casado con otra persona?

Erin empezaba a arrepentirse de todo el episodio, sobre todo porque había sabido desde el principio que no conseguiría engañarlo, pero había persistido. Brand se merecía la verdad, por poco halagadora que fuera para ella.

—Neal no es real. Me lo inventé hace mucho tiempo cuando escribí una lista de los rasgos de personalidad que buscaba en un marido. No debería haber seguido con la broma tanto tiempo. No tiene gracia.

—¿Qué? —estalló Brand. Después de un momento de silencio, soltó una carcajada. Después besó la curva de su hombro y mordió su piel con delicadeza.

Ella soltó un gritito, aunque no le había hecho daño.

—Eso es lo que te mereces.

—No he podido evitarlo. Tú mismo caíste en la red.

—Ésa no es la única red en la que he caído. Santo cielo, Erin, o resolvemos algo pronto, o regresaré a Hawai incapacitado para el servicio militar.

El recuerdo de que tendría que marcharse pasadas unas pocas horas les robó la risa, la diversión y la pasión compartida como un ladrón nocturno.

Despacio, sin ganas, se apartó de ella y después ayudó a Erin a sentarse. La retuvo en sus brazos varios minutos, apoyando la barbilla en la parte superior de su cabeza.

Ninguno de los dos habló. Pero era un silencio cómodo. Ninguno de los dos parecía querer o necesitar llenar el vacío con palabras inconsecuentes. Tal vez porque les daba miedo lo que tenían que decir.

Él iba a marcharse y era algo que Erin tenía que aceptar. Si iban a continuar con su relación, sería algo que ocurriría innumerables veces. Pronto acabaría llevando un archivo con el número de despedidas.

Más tarde, Brand insistió en llevarla a un restaurante de lujo. La comida fue excelente. Hablaron más, pero de nuevo evitaron el tema que estaba más presente en sus mentes.

—¿Cómo está Margo? —preguntó él cuando tomaban café, y se hizo un súbito silencio entre ellos.

—Margo… Oh, me había olvidado de hablarte de ella. Va mejor de lo que esperaba —dijo Erin—, pero también tiene sus problemas —añadió después—. Sobre todo, le resulta difícil controlar su ira. Hace unas

semanas le recomendé que asistiera a un curso de terapia de control de la ira.

—¿Siempre ha tenido problemas con eso?

—Por lo visto no, pero no se trata de una persona
de temperamento irascible. Lo que Margo está experimentando es rabia. Hay veces que desea asesinar a su
marido, literalmente, por lo que le ha hecho a ella y a
su matrimonio. Según se va enterando de más y más
detalles de su «otra vida», tiene que enfrentarse cara a
cara con la decepción y el dolor, y eso no es fácil para
nadie. Se siente traicionada y abandonada, además de
confusa y perdida. Sin embargo ha habido algo muy
bueno. Acaba de sacarse el carné de conducir y creo
que cuando experimente la libertad que le proporcio-
nará el coche se adaptará mucho mejor a su nueva
vida.

Brand tomó un sorbo de café y la miró con ojos
cálidos y pensativos.

—¿No te afecta estar con estas mujeres?

—¿Qué quieres decir?

—Me refiero a tu actitud.

—¿Con respecto al matrimonio?

Brand asintió.

—He visto muchos matrimonios buenos, incluido
el de mis padres. Yo…

—Espera un momento —interrumpió Brand—.
Te refieres a tus padres, que llevan casados… ¿cuántos
años?

—Treinta.

—Llevan treinta años casados y son felices.

No hacía falta ser un genio para ver hacia dónde
quería llevar la conversación Brand.

—Puedes dejarlo ahora mismo, Brandon Davis.

Mi madre es una mujer especial. Le encantaban las aventuras y, no te engañes, trasladar todas tus pertenencias de puerto en puerto es una aventura, en general de la variedad desagradable.

—¿A ella le gustaba?

—Yo no utilizaría esa palabra. Mamá lo aceptaba. Cuando papá anunciaba que tenía orden de traslado, ella sonreía y se ocupaba de lo que había que hacer, sin preguntas y sin quejas.

—Entiendo. ¿Y tú…

—No lo preguntes —ella alzó la mano y se hizo un breve silencio—. Estamos haciéndolo otra vez —dijo Erin después de unos minutos de tensión.

—¿Discutiendo?

—No —contestó ella, centrando la atención en su café—. Lo hemos estado haciendo casi todo el tiempo que llevas aquí.

—¿Haciendo qué?

—Hablar sobre todo lo demás —desde poco después de su llegada, apenas habían hablado de su relación. Era casi increíble cómo habían conseguido evitar el tema durante tanto tiempo. Habían hablado sobre su curso de «Mujeres en transición», su trabajo con el Programa de Acción Comunitaria del Condado King y de Marilyn, alias Margo, extensamente. Incluso Aimee y sus problemas matrimoniales habían formado parte de sus conversaciones.

A veces pasaban horas charlando sobre un único tema. Brand era una persona con la que era fácil hablar. Escuchaba y parecía realmente interesado en todos los aspectos de su vida, compartía su amor y preocupación por los demás.

Pensando en retrospectiva, entendía que no hubieran hablado de su propia relación, o más bien de la inexistencia de ésta.

—No hay solución para nosotros —dijo ella, melancólica. No podían seguir engañándose. Antes o después tendrían que enfrentarse a lo imposible de su situación. Brand era parte de la Marina al cien por cien. Igual que lo había sido su padre. El entorno militar para él era más que una profesión; era su vida.

—Por supuesto que hay solución —refutó Brand.

—Podrías dejar la Marina y encontrar trabajo aquí, en Seattle —ofreció ella, pero mientras lo decía comprendió que ese plan no era viable. Brand sería desgraciado fuera del entorno militar, tanto como lo sería ella si formara parte de ese mundo.

—Ojalá establecerme en Seattle fuera así de fácil, pero no lo es —comentó él, tras considerar su sugerencia unos minutos.

—Lo sé —contestó ella con amargura. Miró su reloj de pulsera y luego a él—. ¿No deberíamos ir marchándonos?

—Aún tenemos tiempo —dijo él tras consultar su reloj.

Erin no estaba convencida de eso. Pero el que Brand llegara a tiempo a su avión no le preocupaba tanto como tener que decirle adiós. Esa vez iba a ser mucho más difícil que la primera, y la tercera le rompería el corazón más que la segunda. La situación seguiría empeorando hasta que estuvieran tan enamorados y sufrieran tanto que estarían dispuestos a hacer cualquier cosa para acabar con el dolor.

—Nunca habrá respuestas fáciles para nosotros —susurró ella, la verdad le atenazaba la garganta—. Uno de nosotros acabará cediendo ante el otro y pasaremos el resto de nuestras vidas deseando no haberlo hecho.

—Tienes razón —anunció Brand con brusquedad—. Ahora que lo mencionas, creo que es hora de marcharnos —se puso de pie y dejó la servilleta de lino sobre la mesa.

Erin notó cómo se habían tensado los músculos de su barbilla. En silencio, hizo lo que le pedía y fue al lavabo mientras él se ocupaba de la cuenta.

En el cuarto de baño, Erin se apoyó en el lavabo. Si no conseguía recomponerse, iba a echarse a llorar allí mismo.

Tenía que poner fin a ese tormento por el bien de los dos. Brand no parecía dispuesto a atender a razones. Por todo lo que había dicho, parecía creer que una mística y mágica hada madrina descendería de los cielos y les daría la solución perfecta para que vivieran felices el resto de sus días. Y eso no iba a ocurrir.

Cuando salió, Brand la estaba esperando fuera del restaurante. Era una noche fresca y las estrellas estaban ocultas tras espesas nubes que amenazaban tormenta.

—Creo que será mejor que nos despidamos aquí —sugirió Brand al verla.

—Seguramente tengas razón —aceptó ella, aunque su corazón rechazaba la idea a gritos.

—Bueno —dijo él, tras soltar el aire lentamente—. Llegó el momento.

—Sí —contestó ella—. Que tengas buen viaje.

—Lo tendré.

Él sonó frío y carente de emoción, como si no fueran más que conocidos.

—¿Estás seguro de que no quieres que vaya al aeropuerto…?

—Sí —asintió, sintiéndose fatal.

Estaba siendo peor de lo que había imaginado. A Erin se le había cerrado la garganta y no habría podido mantener una conversación aunque se le fuera la vida en ello. Sólo era capaz de dar respuestas de una o dos palabras.

—No —se corrigió él rápidamente—. Ven conmigo. Que Dios nos ayude, Erin. No puedo soportar decirte adiós de esta manera.

VII

El teléfono estaba sonando cuando Erin abrió la puerta esa tarde. Corrió a la cocina para contestar, con el corazón latiendo como una máquina de vapor. Rezó porque fuera Brand y no se rindiera antes de que ella llegara al teléfono. Mientras cruzaba la casa corriendo, se maldecía a sí misma porque se moría por oír el sonido de su voz, anhelaba cada migaja que él estuviera dispuesto a ofrecerle, por más que se había jurado no hacerlo.

Había ido al aeropuerto con él, le había dado un beso de despedida y después se había quedado allí esperando hasta que su avión tomó velocidad en la pista y se elevó en el aire, alejándolo de ella. Como una tonta, se había quedado allí una eternidad, recriminándose por lo mucho que él le importaba. Y en ese momento estaba volviendo a hacer lo mismo. Corriendo por su casa como una loca, arriesgándose a tropezar y caerse por llegar al teléfono, y encima rezando para que fuera Brand quien llamaba.

—Hola —contestó jadeante. Casi arrancó el teléfono de la pared por el ansia de llegar a tiempo. Mientras recuperaba el aliento, se vio obligada a escuchar una campaña de ventas de una empresa de limpieza de alfombras.

Cuando colgó el auricular, Erin temblaba de irritación. No porque estuviera enfadada con el vendedor, sino porque no había sido Brand quien llamaba.

Se había marchado hacía dos semanas, y había hablado con él dos veces desde entonces. También había recibido un puñado de cartas pero, aunque apreciaba cada una de ellas como un tesoro, en esa segunda tanda de correspondencia faltaba algo importante. Algo que Erin no conseguía definir. Todas las cartas estaban llenas de detalles de su vida, pero tenía la sensación de que Brand se estaba reservando una parte de sí mismo, protegiendo su corazón de forma similar a como ella estaba escudando el suyo.

Ella también le había escrito unas cuantas veces, pero siempre tenía cuidado con lo que le contaba. Cualquiera que leyera sus cartas supondría que Brand y ella no eran más que buenos amigos.

Después de que él se marchara por segunda vez había batallado consigo misma sobre lo correcto o incorrecto de continuar con una relación a larga distancia. A lo largo de los años se había prometido muchas veces que no permitiría que algo así le ocurriera a ella, sin embargo: ¡había iniciado una relación con un miembro de la Marina! Sus principios se habían desvanecido como arena superficial en una inundación. La experiencia le había demostrado que Brand no renunciaría a ella y, la verdad, no tenía la fuerza suficiente para romper los lazos por sí misma.

Su plan era desaparecer gradualmente de su vida. Pero la estrategia había salido mal. Cada día se descubría anhelando noticias suyas, convencida de que esa separación era mucho más difícil que la anterior.

Erin soñó con Brand esa noche. Él había ido a buscarla a la cama, donde estaba acurrucada y caliente, echándolo muchísimo de menos. Se había metido bajo las sábanas y la había abrazado con los ojos expresando su necesidad. Había capturado su boca y sus besos habían sido apasionados y hambrientos.

Al principio Erin había intentado resistirse; no quería que los besos se hicieran más profundos por miedo de dónde podrían conducir. Gradualmente, sin que Brand dijera una sola palabra, había notado cómo se abría a él. Se sentía perdida en la maravilla de sus brazos, y él parecía igualmente absorto en los de ella. Ambos parecían al borde de reencontrarse, de alcanzar el paraíso.

Su cuerpo se había colocado sobre el de ella, con la piel ardiente y suave como el terciopelo. Las prendas que los separaban parecían haberse disuelto en el aire. Pieles desnudas y calientes se habían encontrado y ambos suspiraron con el misterioso júbilo que les provocó ese sencillo placer.

Las manos de él la acariciaban con dulzura y suavidad. Sus besos le robaban la cordura y cuando se movió sobre ella, entreabrió los muslos y gimió su bienvenida.

—¿Te gusta esto? —susurró él junto a su oído.

—Oh… sí —le aseguró.

Él colocó las manos en sus nalgas mientras devoraba su boca a besos. Para cuando dejó de hacerlo, Erin jadeaba, débil de deseo.

—Hazme el amor —suplicó—. Brand, por favor, no me hagas esperar… otra vez no.

En respuesta, él apoyó su esbelto y musculoso cuerpo sobre el de ella. Emocionada y excitada, Erin se abrió a él, lo deseaba tanto que arañó su espalda, necesitando que se apresurase y le diera aquello que tanto anhelaba.

Para su desconsuelo, él no la penetró. Se retorció bajo él y cerró las piernas alrededor de su miembro, arqueándose cuando él empezó a moverse entre sus muslos. La fricción la excitó aún más.

—Brand —suplicó de nuevo, con voz ronca, agarrándose a él y respirando con agitación—. Dame lo que quiero.

—No… —dijo él con voz de hombre atormentado.

—Sí —pensando en cómo engañarlo, rotó las caderas para que al moverse se encontrara con la entrada, quisiera o no. Si continuaba moviéndose, la penetración sería inevitable, y la llenaría, colmándola de placer. Arqueó el cuello y alzó las caderas, incitándolo a seguir, deseándolo tanto que no podía pensar con claridad.

—Por favor —pidió, alzando sus caderas más y más. Él se detuvo—. Quiero sentirte entero… dentro… Oh, Brand…

—No… no… —él parecía desesperado, como un hombre que golpeara la puerta de entrada al edén sabiéndose perdido para toda la eternidad—. No podemos… No está bien, ahora no, aún no. Pronto —le prometió—. Pronto.

—Sí podemos… debemos.

Sus gritos y súplicas parecían no tener ningún efecto en él y, por más que movía su cuerpo invitándolo, incluso exigiendo que le diera lo que quería, no alcanzó el éxito.

Él estaba erecto y duro y jugó con ella hasta que un intenso orgasmo la liberó de la prisión del deseo insatisfecho. Jadeó unos minutos, con los ojos cerrados, satisfecha física pero no emocionalmente.

Fue entonces cuando Erin se despertó.

Estuvo largo rato mirando al techo; tenía el corazón desbocado y la cabeza le daba vueltas. Nunca había dado mucha importancia a los sueños, pero ése había sido tan vívido, tan real, que no pudo evitar que le afectara.

Así sería siempre con Brand. No se trataba de que se negara cruelmente a hacerle el amor, sino de que él nunca sería capaz de satisfacer los más profundos anhelos de su alma.

Necesitaba más de lo que él podría darle nunca.

Y ambos lo sabían.

Día tras día, Erin intentaba convencerse de que no conseguiría nada bueno amando a Brand. Había conseguido crearse una vida decente y no iba a abandonar la única seguridad que había encontrado sólo porque unas hormonas le impidieran olvidarse de que era una mujer.

Se repetía los mismos argumentos cansada cada mañana, ante el espejo, y luego se enfrentaba al día.

Pero cuando llegaba la noche, sus sueños estaban llenos de su amor por Brand. No todos incluían desatadas escenas sexuales. Pero cuando las había, se despertaba frustrada y llena de tristeza. Los más frecuentes eran una mezcla de recuerdos de él y del escaso tiempo que habían pasado juntos. Brand y ella caminaban de la mano, por la playa, charlando, riendo y disfrutando del amor que habían descubierto. Después Brand la tomaba en sus brazos y la besaba hasta que sentía la boca húmeda e hinchada. Sus ojos la miraban, intensos, mientras sus manos apartaban con ternura los rizos rojizos de su rostro.

Se besaban y sus labios no podían despegarse; iniciaban un beso nuevo, lento y pausado, saboreándose con deleite.

Cada mañana, cuando Erin se despertaba, llegaba el final.

Cada noche, cuando se metía entre las sábanas, todo empezaba de nuevo.

Sentado a su escritorio, Brand, atónito, releía las mismas palabras una y otra vez. Se sentía adormecido. Le habían asignado una misión a bordo del Blue Ridge. El Blue Ridge era el buque insignia de la Séptima Flota, e iba a ser desplegado al Pacífico occidental. Una misión de seis meses.

Eso no podía haber ocurrido en un momento peor para él. Sabía, sin duda posible, que iba a perder a Erin.

Y no podía hacer nada al respecto.

Una sensación de impotencia y frustración lo aplastó como una ola colosal.

Había tenido que irse de Seattle sin resolver la situación, pero eso había sido inevitable. Había seguido escribiéndole todos los días, pero sólo había recibido como respuesta cartas amistosas que no decían nada sobre lo que ella pensaba o sentía. Le habría dado igual estar escribiéndose con una tropa de exploradoras. Leer las cartas de Erin era como leer el periódico. Se limitaba a dar datos, listándolos con el mínimo de emoción posible. Incluso concluía las cartas despidiéndose con: «Mis mejores deseos». Lo cierto era que Brand tenía unos cuantos deseos propios, pero Erin no parecía interesada en satisfacer ninguno de ellos.

—Seis meses —dijo en voz alta. Habría dado lo mismo que fuera una eternidad. Erin se negaría a esperarlo; eso lo había dejado claro desde el principio. Empezaría a salir con otros hombres y esa idea le provocaba un intenso dolor que hería su corazón y su orgullo.

Aunque Brand había bromeado cuando mencionó a Neal, en realidad estaba endiabladamente celoso. Cuando se enteró de que Neal no era más que un personaje imaginario, sintió un alivio abrumador.

Erin era una joya extraordinaria, que la gente que la rodeaba aún no había descubierto ni apreciaba lo suficiente. A primera vista, pocas personas la habrían definido como una belleza. Tenía el cabello un poco demasiado rojo, la nariz un poco demasiado afilada, la boca un poco demasiado carnosa para ser considerada una belleza clásica. Pero un examen más detallado desvelaba una perla preciosa, que habría vendido todas sus pertenencias por poseer.

Brand entendía, por lo que ella le había contado, que muy rara vez tenía citas con hombres. Era adorablemente tímida. Cálida, amable, cariñosa.

Y Brand la amaba.

La amaba tanto que no había sido capaz de funcionar de forma adecuada desde que había regresado de su misión en Sand Point.

Tenía que decirle que le habían asignado una misión en el mar, por supuesto, e intentó hacerlo por carta varias veces. Tras intentar expresarlo de distintas maneras, en broma, en serio, con consideración y como un juego, Brand se resignó a llamarla por teléfono.

Lo retrasó, seguramente más de lo que habría debido. Hizo el anuncio de golpe, sin preámbulos.

Y esperó.

—Bueno —dijo al auricular, unos minutos después—, di algo.

—Buen viaje.

—Vamos, Erin, hablo en serio.

—Yo también.

Era una persona cortante cuando estaba molesta por algo e intentaba no demostrarlo. Brand había esperado esa reacción y permitió su sarcasmo, pero comprendió que estaba a punto de enfadarse.

—¿Quieres que actúe como si estuviera sorprendida? —preguntó Erin—. No puedo. Los dos sabíamos que antes o después te darían orden de embarcar. Estás en la Marina. Es lógico que tengas misiones en el mar.

—Quiero que me esperes —Brand lo había dicho. No lo había suavizado con palabras románticas ni había enviado el mensaje con una docena de rosas rojas. Sólo la verdad, pura y llana. Iban a ser los meses más largos de su vida, simplemente porque nunca antes había dejado atrás a una mujer a quien amaba. No le gustaba la sensación. Ni un ápice.

Erin no contestó.

—¿Me has oído? —preguntó él, alzando la voz—. Quiero que me esperes.

—No —lo dijo con toda naturalidad, como si la respuesta requiriese poca o ninguna reflexión.

Eso aguijoneó el orgullo de Brand, pero con Erin ya debería haber estado acostumbrado. De inmediato se le ocurrieron dos o tres mujeres que habrían estallado en lágrimas al enterarse de que le habían asignado una misión en el mar. En algunos casos, las mujeres le habían jurado fidelidad y amor eterno. Las había visto en el puerto, llorando mientras el barco se alejaba, y las había vuelto a ver, contentas y excitadas, a su regreso. Brand no había esperado la misma reacción de Erin; de hecho, las mujeres histéricas eran todo menos atractivas, desde su punto de vista. Pero necesitaba algo más que lo que Erin le estaba ofreciendo.

—Así que, en otras palabras, ¿tienes intención de salir con otros hombres? —exigió.

—Sí.

—¿Con quién?

—Eso no es asunto tuyo.

—Y un cuerno que no —dijo en voz alta y airada—. Estoy enamorado de ti, Erin MacNamera y…

—Yo no te pedí que me quisieras. Ni siquiera estoy segura de desear que me quieras. Adelante, vete a jugar a los marinos durante seis meses, pero te lo digo muy claro, Brand Davis, no me quedaré sentada en casa haciendo punto y esperándote.

Cuando Erin colgó el auricular, había lágrimas en sus ojos. Odiaba ser débil. Odiaba la emoción que le atenazaba la garganta y le oprimía los costados.

Brand pasará los siguientes seis meses navegando entre Hong Kong, las Filipinas y otros muchos puertos exóticos. Fantástico. Se alegraba por él.

Era el final para ellos dos. Todo se había acabado.

Al principio, cuando había contestado al teléfono, la emoción que sintió al oír la voz de Brand había restado fuerza al aguijón de sus palabras. Él debería haber previsto su reacción a la noticia y debería preocuparle cómo decírselo, porque apenas había contestado a su saludo antes de lanzarse a explicarle los detalles de esa misión de seis meses. En justicia, tenía que admitir que no había sonado contento de tener que embarcar, pero eso no cambiaba nada.

Se marcharía sin protestar ni hacer preguntas. Y la razón era obvia. La Marina lo poseía, igual que había poseído a su padre y a toda la gente con la que ella había crecido; y lo odiaba.

Pero la Marina de Estados Unidos no volvería a poseerla a ella. ¡Nunca!

Brand había callado después de decírselo, suponía que esperando una respuesta. Su reacción había sido inmediata, pero no la había compartido con Brand. Cuando la realidad hizo mella en ella, un intenso sentimiento de ira, pérdida, resentimiento y miedo la había rodeado, agobiándola como si estuviera en el centro de una multitud de adolescentes en un concierto de rock.

Era la misma sensación que la había asolado cada vez que su padre anunciaba que le habían encomendado una nueva misión y tendrían que trasladarse.

Emociones idénticas a aquéllas la embargaron nuevamente. Se sintió como una víctima de una catástrofe. Sin hogar. Perdida emocional y físicamente. Era como si caminara vacilante inmersa en una niebla azul de inseguridades, que se desataban cuando uno perdía de repente todo aquello que resultaba familiar, conocido y cómodo.

Erin había esperado poder evitar esa sensación el resto de su vida. No quería ni podía permitir que Brand la arrastrase de nuevo a ese irracional estilo de vida.

—Voy a echar de menos amarte —dijo, rompiendo el silencio de la habitación.

Y sí que echaría de menos a Brand. Por tonto que pareciera, echaría de menos la soledad de esperar sus llamadas. El júbilo de su llegada y el dolor de su partida. Todo eso formaba parte inherente del hombre a quien tenía que aprender a dejar de amar.

A la mañana siguiente, Erin llamó al trabajo a decir que estaba enferma. Por desgracia, fue Aimee quien contestó al teléfono.

—No pareces enferma —anunció su amiga sin más—. De hecho, parece como si llevaras despierta toda la noche, llorando. Lo noto en tu voz.

—Yo… Apunta que estoy enferma, ¿quieres? Dile a Eve que tengo gripe, o pon alguna otra excusa —terminó la frase con un sollozo.

—¡Ajá! Así que yo tenía razón. ¿Qué es lo que va mal, bonita?

—Nada.

—¿Crees que vas a engañarme? ¡Piénsatelo otra vez, amiga!

—Vamos, Aimee —farfulló Erin—. Sé buena. No quiero hablar de ello.

—Debe de ser Brand. ¿Qué ha hecho que sea tan terrible esta vez? ¿Enviarte rosas? ¿Decirte que eres una preciosidad?

—Va a embarcar durante seis meses —barbotó ella, como si alguien debiera arrestarlo por plantearse siquiera abandonarla de esa manera—. Hacía dos años que no le asignaban una misión en el mar. Me conoce y, buum, la Marina da el beso de la muerte a cualquier relación que hubiéramos podido tener. No podría estar más contenta... Esto no podía haber ocurrido en mejor momento.

—No crees ni una palabra de lo que estás diciendo. Mira, hoy tengo una mañana tranquila. ¿Qué te parece que pase por allí y tengamos una de nuestras conversaciones de corazón a corazón? Hablas como si necesitaras una con urgencia.

—De acuerdo —aceptó Erin—, pero date prisa, ¿quieres?

Aimee llegó sobre las diez. Erin llevaba puesta una bata de estar por casa y zapatillas de peluche rosa. Su madre le había enviado las zapatillas las Navidades anteriores y, en ese momento, Erin necesitaba algo que le recordara al hogar.

Fue a abrir la puerta con una caja de pañuelos de papel en la mano, se sonó la nariz y dejó caer el pañuelo usado al suelo.

Aimee entró en la casa y siguió el rastro de pañuelos usados hasta la cocina.

—Santo cielo, cualquiera diría que has celebrado un velatorio aquí.

—Lo más gracioso —dijo Erin, sollozando y riendo al mismo tiempo—, es que ni siquiera sé por qué lloro. Así que Brand se va al mar. ¡Menuda tontería!

No es como si no hubiera esperado que ocurriese antes o después. Al fin y al cabo es marino.

—Estás enamorada de él, eso es lo que ocurre —Aimee se puso de puntillas y sacó una tetera del armario más alto de la cocina de Erin—. Siéntate —dijo, señalando la mesa—. Voy a preparar té.

—Hay café hecho.

—Necesitas un té.

Erin no entendía por qué, pero no estaba de humor para cuestionar la ilógica sabiduría popular de su amiga. Si Aimee quería prepararle un té bien cargado, no sería ella quien se lo discutiera.

—He aprendido algo muy importante —anunció Erin, cuando Aimee se reunió con ella en la mesa.

—¿Ah, sí? —su compañera de trabajo alcanzó el azucarero y puso un par de cucharaditas en la taza de Erin—. Cuéntamelo.

—He decidido que enamorarse es una de las sensaciones más maravillosas, más… creativas, más increíbles del mundo.

—Sí —corroboró Aimee con cierta desgana—. Puede serlo.

—Pero al mismo tiempo es la emoción más destructiva, dolorosa e incómoda que he experimentado en mi vida.

—Bienvenida al mundo real. Si se tratara sólo de la primera parte, todos nos preocuparíamos de enamorarnos con regularidad. Por desgracia, implica mucho más que lo bueno.

—Siempre creí que se trataba de rosas, días soleados y una copa de buen vino ante la chimenea. No tenía ni idea de que era tan… tan doloroso.

—Puede serlo —Aimee levantó la delicada taza de

porcelana con las dos manos—. Créeme, sé exactamente por lo que estás pasando.

—¿Lo sabes?

Su amiga asintió con la cabeza.

—Steve se marchó de casa el fin de semana pasado. Hemos decidido hablar con nuestros respectivos abogados. Va a ser un reto comprobar cuál de los dos puede pedir el divorcio antes.

Erin no pudo controlar un gemido de sorpresa.

—No dijiste nada a principios de semana.

—¿Qué había que decir? No es algo que quiera anunciar en la oficina, aunque sé que tú no lo habrías comentado con nadie. Tal y como yo lo veo, todo el mundo se enterará antes o después y, personalmente, prefiero que sea después.

—¿Cómo te sientes?

—Bien, supongo —Aimee se encogió de hombros—. Tampoco es que el desastre haya ocurrido de un día para otro. Steve y yo llevamos un par de años llevándonos mal. Francamente, en cierto sentido es un alivio que se haya marchado.

Erin podía entender lo que expresaba su amiga. La ruptura con Brand había sido inevitable. La había retrasado demasiado, con la esperanza de que se les ocurriera alguna solución, cualquier cosa que pudiera hacer que lo que compartían funcionara.

—Lo que necesitamos es un plan de acción —anunció Aimee, con su entusiasmo característico—. Algo que nos ayude a las dos a salir de esto con la cabeza en su sitio.

—¿Ir de compras? —sugirió Erin.

—¿Bromeas? No puedo permitirme ni unas medias hasta que cobremos este mes y, por consejo de mi abogado, no me atrevo a utilizar las tarjetas de crédito.

—¿Qué, entonces? —a Erin no se le ocurría nada que no implicase gastar dinero.

Aimee, mordiéndose el labio, dio vueltas al dilema.

—Creo que deberíamos empezar a tener citas.

—¿Citas? —Erin sonó dubitativa—. Pero tú sigues estando casada, y yo no estoy interesada ahora mismo… Quizá más adelante.

—Tienes razón. Tener citas es un poco drástico. Suena sencillo, pero ¿dónde diablos íbamos a encontrar hombres? ¿En la bolera?

—Tampoco digo que debamos rechazar las relaciones casuales —puntualizó Erin—. Pero que no sean nada serio.

—El mes que viene, entonces. Nos daremos unas semanas para regresar al mundo del coqueteo. Nos pondremos a dieta, cambiaremos de peinado y estaremos guapísimas para conquistarlos a todos.

Erin tal vez podría plantearse la idea cuando pasara un mes, pero en ese momento la dejaba fría.

—¿Qué pasa hoy? ¿Cómo vamos a soportarlo?

—Bueno —Aimee hizo una pausa—. Creo que las dos vamos a tener que aprender a sobrevivir —dijo, aunque le tembló la voz.

Erin le dio un pañuelo de papel. Se abrazaron y se prometieron apoyarse la una a la otra.

—El amor es un asco —lloriqueó Erin.

—También lo es estar sola —musitó Aimee.

Brand, de pie ante el teléfono, miró los números un largo rato. Había tomado un par de copas, y aunque tenía la mente lúcida, no estaba seguro de que llamar a Erin fuera lo más adecuado, sobre todo en ese momento.

Maldijo al mundo, porque esa mujer lo tenía hecho un lío de nudos que ni un marino sabría deshacer. Tenía que embarcar en pocos días, pero si no conseguía aclarar la situación con Erin, el asunto le pesaría como una losa durante los seis meses siguientes. No podía iniciar su misión dejando las cosas tal y como estaban entre ellos.

Lo más probable sería que ella le colgara el teléfono al oír su voz.

Pero si no llamaba, se arrepentiría mucho de no haberlo hecho. Brand había aprendido muy pronto en su vida que no se arrepentía de las cosas que había hecho, sino de las que había dejado sin hacer.

—¿Qué es lo peor que puede ocurrir? —se preguntó en voz alta.

Le divirtió comprender que Erin le había pegado su costumbre de hablar a solas.

—Puede decir que no —se contestó a sí mismo—. Pero ya te ha dicho que no antes —arguyó otra parte de sí mismo—. Deja de hablar y hazlo de una vez.

Siguiendo su propio consejo, Brand marcó los números que lo conectarían con su bella rosa irlandesa. El teléfono sonó siete veces antes de que ella contestara.

—Hola —sonaba adormilada, como si la hubiera despertado. Imaginársela de pie en la cocina, con el pelo revuelto y el cuerpo caliente de la cama, fue suficiente para provocarle una reacción física.

—¿Erin? Soy Brand.

—¿Brand? —ella alzó la voz y Brand estuvo seguro de que su tono era de felicidad. Ella lo amaba. Podía estar intentando convencerse de lo contrario, pero estaba loca por él.

—Hola, cariño.

—¿Tienes idea de la hora que es? —exigió ella.

—No. ¿Es tarde?

—Has estado bebiendo.

Eso sonó a acusación y a él no le gustó nada.

—He tomado un par de copas. Estaba de celebración.

—¿Por qué me has llamado? Suenas como si te hubieras bebido un bar entero, alférez.

Brand cerró los ojos y apoyó el hombro en la pared. Si se esforzaba mucho, tal vez podría simular que Erin estaba en la habitación con él. La necesitaba. La amaba y la quería allí, a su lado, sobre todo cuando no iba a tener oportunidad de abrazarla o besarla durante seis largos meses.

—Brand —repitió ella—. Estoy aquí de pie, descalza, tiritando. Apostaría cualquier cosa a que no has llamado para derrochar el dinero que tanto te cuesta ganar, ¿verdad?

—Te quiero, cariño.

Sus palabras encontraron el silencio como respuesta.

—Venga, Erin, no seas tan cruel. Dime lo que sientes. Necesito oírlo.

—Creo que los dos deberíamos irnos a la cama y olvidar que esta conversación ha tenido lugar.

Brand soltó un gruñido.

—Vamos, cariño. No tenía ni idea de lo tacaña que eras con tu afecto.

—Brand…

—De acuerdo, de acuerdo, si insistes, te diré por qué he llamado. Sólo que... Espera un minuto, ¿quieres? —dejó el teléfono en la mesa y después puso una rodilla en el suelo. No resultó fácil, porque el suelo parecía empeñado en moverse bajo sus pies. No bebía con frecuencia y por lo visto los chupitos de whisky irlandés le habían afectado bastante más de lo que creía.

—Brand, ¿qué diablos estás haciendo?

—Ahora estoy listo —dijo él en voz baja. Inspiró una bocanada de aire y empezó a hablar de nuevo—. ¿Puedes oírme?

—Claro que puedo oírte.

—Bien —una vez llegado el momento, Brand descubrió que estaba temblando como una hoja en un vendaval. Su corazón martilleaba como una perforadora de percusión—. Erin MacNamera, te quiero y estoy con una rodilla en el suelo para pedirte que seas mi esposa.

VIII

De pie sobre el puente, con unos binoculares en las manos, Brand oteaba milla tras milla de mar abierto. El horizonte lo marcaba una infinita extensión de cielo azul y sin nubes. El viento era fuerte y cargado de un intenso aroma a sal y mar. Brand inhaló varias bocanadas de aire fresco.

Era su segunda semana navegando las aguas del Pacífico. En general a Brand le gustaba estar de servicio en el mar. Una parte especial de su alma encontraba la paz cuando se encontraba rodeado de agua. Se sentía apartado de la frenética actividad de la vida en tierra, situado en un lugar y un tiempo en el que podía reconciliarse consigo mismo y con su mundo.

Brand agradecía estar en el mar, sobre todo en ese momento, teniendo en cuenta cómo habían ido las cosas con Erin. Los siguientes meses le darían el tiempo necesario para sanar.

Erin había salido de su vida. Pero aún la quería.

Era muy probable que siempre sintiera algo muy especial por ella. Había analizado sus sentimientos miles de veces, con la esperanza de adquirir cierta perspectiva. Había descubierto que la profundidad y la fuerza de su amor no eran lógicas ni razonables. Ella había dejado clara su opinión desde el momento en que se conocieron, pero él, egoístamente, había ignorado sus palabras y se había enamorado de ella de todas formas. En consecuencia, le tocaba trabajar como un diablo para sacársela de la cabeza.

Erin había rechazado de plano su propuesta de matrimonio. Al principio, después de que se lo pidiera con una rodilla en el suelo, ella se lo había tomado a la ligera, alegando que era el alcohol quien hablaba, no él. Brand le había asegurado lo contrario. La amaba lo suficiente para querer pasar el resto de su vida con ella. Quería que fuera la madre de sus hijos y que envejeciera con él. Entonces ella se había puesto seria y había empezado a sollozar suavemente. Al menos Brand había preferido creer que lloraba, aunque Erin había intentado convencerlo de que se estaba riendo por lo inverosímil que era que ellos encontraran la felicidad juntos.

Ella había alegado que su propuesta era un último esfuerzo desesperado por su parte, y en ese sentido era posible que tuviera razón. El miedo a perderla lo había consumido desde el momento en que había recibido sus órdenes. Y lo cierto era que no se había equivocado.

Así que Erin estaba fuera de su vida. Había hecho cuanto estaba en su mano, habría dado casi cualquier cosa por conseguirla, pero no había funcionado. En retrospectiva, podía adoptar una actitud pragmática con respecto a su relación. Era hora de seguir adelante. Curarse. Crecer. Hora de interiorizar lo que había aprendido de la experiencia de amarla.

De una cosa estaba seguro. Brand no pensaba volver a enamorarse en un futuro cercano. Dolía demasiado.

La brisa adquirió más fuerza y el aire le azotó el rostro. Entrecerró los ojos, mirando al sol, más empeñado que nunca en borrar a Erin de su mente.

La filosofía de vida de Erin era relativamente sencilla. Se tomaba las cosas día a día y trataba al resto de la gente como esperaba que la tratasen a ella. Sus reglas de no salir con nadie que formase parte del mundo militar y no utilizar sus tarjetas de crédito en exceso eran una mera manifestación de cuánto se conocía a sí misma.

Se preguntó por qué, entonces, había comprado un piano de cola.

Erin se había hecho esa pregunta más de diez veces en los últimos días. Un sábado por la tarde había estado paseando inocentemente por el centro comercial, mirando escaparates. No tenía ninguna intención de hacer una gran compra. Había entrado en una tienda de música, a buscar una cinta de casete de uno de sus músicos favoritos y se había detenido ante el reluciente piano de caoba.

El dependiente debió de ver en ella algo que le llamó la atención, porque se acercó y le preguntó si sabía tocar.

Erin no sabía, pero siempre había querido aprender. Desde ese momento, hasta que le dijeron la fecha en que llevarían el piano a su casa, Erin se había preguntado repetidamente qué hacía comprando un piano de cola carísimo.

—¿Cuántas tarjetas de crédito has tenido que utilizar? —le preguntó Aimee, horrorizada, cuando Erin le dijo lo que había hecho.

—Tres. Había puesto un límite muy bajo de crédito en todas mis tarjetas, a propósito. Nunca soñé que podría gastar tanto dinero de una sola vez.

Aimee pasó la mano por las teclas y movió la cabeza lentamente.

—Es un mueble precioso.

—El vendedor me dio el nombre de una señora que da clases de piano y, antes de que te des cuenta, seré una pianista de fama —Erin forzó una nota de entusiasmo en su voz, pero ni siquiera se acercó a expresar excitación.

—Eso suena fantástico —la voz de Aimee tampoco denotó demasiado convencimiento.

Mirando hacia atrás, Erin comprendía por qué había cometido la locura de comprar un carísimo instrumento musical con sus tarjetas de crédito. Los dos hombres que habían llevado el piano a casa se lo habían dejado muy claro, aunque no conocían en absoluto su perfil psicológico.

—Espero que no piense trasladarse en muchos años, señora —dijo el hombre más bajo y de rostro redondo, cuando por fin consiguieron subir los escalones delanteros de su casa.

Meter el piano en casa fue aún mayor problema. Su sala de estar era pequeña, y los repartidores se habían visto obligados a retirar el escritorio y recolocar el resto de los muebles para hacer hueco para el piano.

—Si decide trasladarse, yo incluiría el piano en el precio de venta de la casa —había dicho el segundo hombre, limpiándose de la frente con un pañuelo. Tenía la cara roja y perlada de sudor.

—No pienso trasladarme —aseguró ella.

—Es una decisión muy acertada —había mascullado el primer hombre, yendo hacia la puerta de salida.

—Si decide cambiarse de casa, no nos llame a nosotros —había bromeado el segundo transportista.

Hacía un mes que Brand estaba de viaje, y Erin había llenado tres tarjetas de crédito para comprar un piano de cola. Daba igual que fuera incapaz de localizar un mi mayor en el teclado. Tampoco le preocupaba tener que hacer pagos mensuales durante tres años, a un interés que seguramente tendría a los bancos locos de alegría. Lo que sí importaba, según había descubierto Erin, era que había hecho una declaración de principios, ante sí misma y ante Brand.

No tenía ninguna intención de marcharse de Seattle en su vida. Y, desde luego, no iba a permitir que algo tan nimio como la Marina de Estados Unidos se interpusiera en su búsqueda de la felicidad. No si eso significaba dejar atrás las únicas raíces que había plantado en toda su vida.

Si Erin estuviera enamorada de Brand, y ese «si» era dudoso, entonces se obligaría a desenamorarse.

El piano simbolizaba esa decisión. Su primera acción había sido rechazar su propuesta de matrimonio. La segunda había sido comprar el piano.

El viernes por la noche, Erin y Aimee quedaron en un restaurante mexicano y pidieron nachos. Esa

mañana habían decidido hacer un esfuerzo por pasarlo bien, ahogar sus penas en buena cerveza mexicana
y, si se encontraban con un par de hombres de buen
ver, no negarse a pasar un buen rato coqueteando.
Como diversión, Aimee le había prometido a Erin
que le daría lecciones sobre cómo atraer a miembros
del sexo opuesto.

—Podemos pasarlo muy bien sin Steve y Brand
—había insistido.

—Tienes toda la razón —había aceptado Erin.
Pero las dos parecían tan perdidas y actuaban con tanta timidez que les había costado conseguir la atención
del camarero, por no hablar de la de hombres disponi-
bles y atractivos.

—¿Sabes cuál es nuestro problema? —preguntó
Aimee, tras meterse un nacho en la boca.

—¿Demasiados jalapeños y falta de queso? —respondió Erin, sarcástica.

—No —refutó Aimee rápidamente—. No esta-
mos esforzándonos lo suficiente. Por otro lado, es posible que estemos esforzándonos demasiado. Creo que
estoy fuera de onda. No sé qué es lo que estamos haciendo mal.

Erin pensó, por su parte, que si se esforzaba más el
banco confiscaría sus tarjetas de crédito. Tal y como
estaba la situación, estaba endeudada hasta las cejas
por culpa de un piano que ni siquiera sabía tocar.

—Estamos intentándolo —dijo Erin. Miró el restaurante y frunció el ceño. Parecía que todos los
hombres presentes estaban sentados con una mujer.
Aimee había dicho que ése era un local ideal para conocer hombres, pero lo cierto era que su amiga llevaba alejada del mundo de los solteros más de una déca-

da. Por lo visto, todos los que se habían conocido allí se habían casado, y ahora regresaban con sus parejas.

—Oh, no… —Aimee dio un gritito y se hundió en la silla, tanto que casi desapareció bajo la mesa.

—¿Qué pasa?

—Steve está aquí.

—¿Dónde? —exigió Erin, mirando a su alrededor con frenesí. No lo veía en ninguna de las mesas.

—Acaba de entrar… y está con una mujer.

Erin no conocía al marido de Aimee, pero había visto varias fotografías suyas. Lo reconoció de inmediato. Estaba de pie junto a una pared blanca, con una rubia alta y delgada a su lado. Alta y delgada: la pesadilla de cualquier mujer.

—No puedes quedarte debajo de la mesa toda la noche —protestó Erin en voz baja—. ¿Por qué ibas a hacerlo? No tienes nada que ocultar.

Siguió un tenso momento. Después Aimee se irguió en la silla.

—Tienes toda la razón. No soy yo quien está por ahí con una cualquiera —se pasó los dedos por el pelo, cuadró los hombros y se sirvió un nacho con aire indiferente. Hizo una buena labor intentando ocultar su dolor, pero era aparente, al menos para Erin, que su amiga estaba mucho más afectada de lo que quería dejar ver.

Como era de esperar, Steve y su rubia pasaron justo por delante de su mesa. Aimee mantuvo la vista al frente, negándose a reconocer la presencia de su marido. Erin, en cambio, lo miró con ojos ardientes como brasas, que podrían haberlo convertido en cenizas.

Steve, alto y musculoso, miró por encima del hombro y casi tropezó al ver a Aimee. Sus ojos pasaron rápidamente a Erin y, aunque tal vez lo había imaginado, ella pensó que parecía aliviado al descubrir que su esposa no estaba con un hombre.

Abrió la boca y titubeó, aparentemente se había quedado sin habla. Le susurró algo a su acompañante y después regresó hacia la mesa que ocupaban Aimee y Erin.

—Hola, Aimee.

—Hola —contestó ella con calma, ofreciéndole una sonrisa serena. Erin casi dio un bote en la mesa. Su compañera de trabajo había estado escondiéndose bajo la mesa hacía sólo unos segundos.

—Yo… Tienes muy buen aspecto.

—Tú también. Supongo que recuerdas que te hablé de mi compañera, Erin MacNamera, ¿verdad?

—Por supuesto —Steve hizo un gesto de asentimiento dirigido a Erin, pero era obvio que estaba mucho más interesado en intercambiar galanterías con su esposa que en hablar con Erin—. Yo… pensé que debería explicarme con respecto a Danielle —dijo atropelladamente—. Esto no podría considerarse una cita de verdad, y…

—Steve, por favor, no me debes ninguna explicación. Acuérdate, vas a divorciarte de mí. No importa que salgas con otra persona. De verdad que no.

—Pensé que eras tú la que ibas a divorciarte de mí.

—No querrás que discutamos por un detalle sin importancia, ¿verdad? Me parece un poco ridículo. Pero, técnicamente, supongo que tienes razón. Yo soy la que ha pedido el divorcio, así que supongo que sí soy yo quien se divorcia de ti.

—No quiero que te hagas una idea equivocada con respecto a Danielle y a mí. Nosotros…

—No te preocupes por eso. Yo también estoy saliendo con alguien.

—¿En serio? —Steve hizo la pregunta antes de que a Erin le diera tiempo a hacerla ella misma. Se irguió y arrugó la frente antes de seguir hablando—. No lo sabía… Siento haberte molestado.

—No ha sido ninguna molestia —de nuevo, esbozó una sonrisa serena y después miró hacia otro lado, como si le resultara indiferente. Steve volvió con su rubia y Erin miró a Aimee con curiosidad.

—¿Estás saliendo con alguien? —masculló, entre dientes—. No esperaba que mintieras.

—Tengo toda la intención de salir con hombres otra vez —se defendió Aimee, con voz cortante—. Algún día. Aún no estoy preparada, pero pronto lo estaré y entonces… —su voz se apagó y se mordió el labio con fuerza—. La verdad, he perdido el apetito. ¿Te importaría mucho si ponemos fin a la velada y nos marchamos?

—Claro que no me importa —dijo Erin, mirando fijamente a Steve, que estaba sentado a unas mesas de distancia de ellas. Pero, pensándolo bien, Erin no sabía con quién estaba más enfadada, si con Aimee por simular que Steve ya no tenía el poder de hacerle daño, o con Steve, que parecía igualmente temeroso de que su esposa se diera cuenta de cuánto le importaba aún. Como espectadora objetiva, Erin tuvo que contener sus deseos de abofetearlos a los dos por su estupidez.

Los sueños volvieron esa noche. Esos sueños en los que Brand se metía en la cama con Erin, la rodeaba con sus brazos y la acurrucaba contra sí. No había mucho de sexual en esos encuentros románticos, aunque él la besaba varias veces y le prometía que pronto le haría el amor.

Erin se despertó con los ojos llenos de lágrimas. No entendía cómo un hombre que estaba a varios miles de kilómetros podía hacer que se sintiera tan querida y apreciada. Especialmente cuando había sido ella quien le había dejado muy claro que no quería saber nada más de él.

Llegó hasta el punto en que Erin deseaba que llegara la noche, y rezaba por dormirse y que Brand fuera a encontrarse con ella en sus sueños.

Volvía a la realidad cada mañana, pero eso no parecía importarle. Siempre quedaban las noches, llenas de maravillosas fantasías.

Recibió la carta de su padre un par de semanas después.

He sabido de Brand. Dice que entre vosotros ya no hay nada, porque eso es lo que tú quieres. Fue lo bastante honesto para admitir que te ama, pero que debe aceptar tus deseos. Me costó creer lo que leían mis ojos. Brand Davis es más hombre que cualquiera, no encontrarías otro igual en cinco vidas; y tú ¿rechazaste su propuesta de matrimonio? Me siento como si yo fuera el culpable de todo esto. Debería haber mantenido la nariz fuera de tus asuntos. Tu madre me arrancaría la piel a tiras si supiera que le pedí a Brand que te echara un vistazo mientras estaba en Seattle. A decir verdad, tenía la esperanza de que vosotros dos os gustarais. Si tuviera que elegir un marido para ti, Erin, no encontraría a otro mejor que Brand Davis. De acuerdo, soy un viejo entrometido. Tu madre tiene razón y con quién salgas no es mi asunto mío, maldito sea.

Eres mi hija, Erin y te querré decidas lo que decidas hacer, pero tengo que decirte una cosa, ahora mismo me siento muy decepcionado contigo.

—Ya te he decepcionado antes, papá, y probablemente volveré a hacerlo —dijo Erin en voz alta, cuando acabó de leer la carta.

Las lágrimas le quemaban los ojos, pero consiguió evitar que se derramaran. Su padre casi nunca le hablaba con dureza, pero era obvio que lo había pensado mucho antes de escribir esa carta. No era lo que decía, comprendió Erin tras una breve reflexión, sino lo que dejaba en el aire, sin decir, lo que más profundamente la hería.

Sintiéndose inquieta y melancólica, Erin fue a dar un paseo en coche. Antes de darse cuenta, se encontró de camino a Oregón. Entonces tomó una carretera secundaria, retorcida y estrecha, que la llevó a la costa de Washington.

Pasó mucho tiempo sentada en la playa, observando el tormentoso mar. La brisa hacía que el pelo le azotara la cara y le helaba hasta los huesos, pero aun así siguió allí sentada, consciente en cada segundo de que en algún lugar de esa enorme masa de agua se encontraba Brand, el hombre al que estaba peligrosamente cerca de amar. Podía pretender lo contrario, comprar hasta vaciar todas las tiendas de Seattle y comportarse tan tontamente como Aimee y su marido; nada de eso alteraría la verdad: estaba enamorada de Brand Davis.

Rodeó sus piernas dobladas con los brazos y apoyó la barbilla en las rodillas, mientras pensaba. Las olas rugían y clamaban, con estallidos de espuma, hasta que se rendían y acariciaban la orilla arenosa. Una y otra vez, las olas explotaban con furia y temperamento antes de rendirse. Después, tranquilamente, como dedos de terciopelo, acariciaban la playa, dejando sólo una estela de espuma como recuerdo de su realidad.

Erin pasó horas allí sentada, mirando el mar. Al final, cuando puso rumbo de vuelta a Seattle, no había llegado a ninguna conclusión. Empezaba a dudar de sus pensamientos y a tener dudas sobre sus dudas. Se preguntó por qué la vida tenía que ser tan complicada. Y también por qué le molestaba tanto ver el piano de cola cada vez que entraba en casa.

Brand encontró el orden en la vida en el mar. Internamente, su mundo era un caos y se debatía con los sentimientos que le provocaba Erin. Pero cada día que pasaba se sentía más fuerte y adquiría más confianza en sí mismo.

Gradualmente, la rutina de la vida militar imponía un orden estricto a sus días, algo a lo que aferrarse mientras dejaba que el tiempo pasara.

Aun así, las primeras semanas fueron muy duras. Estaba de mal humor, impaciente y sin ganas de socializar. Trabajaba mucho y por la noche caía en su camastro rendido, demasiado cansado para soñar. Cuando soñaba, era Erin quien dominaba su mente.

Erin en el zoo. Erin en la puerta de la cocina, con un tradicional y recatado camisón de franela. Erin con ojos tan oscuros que podían atrapar el alma de un hombre.

Tenía que olvidarla, sacarla de su sistema y seguir con su vida.

—¿Sigues pensando en la hija de MacNamera? —le preguntó su amigo Alex Romano, un par de días antes de que llegaran a Hong Kong.

—Para nada —escupió Brand. De inmediato, se arrepintió de su arranque de mal genio. Esbozó una sonrisa de disculpa—. Puede que sí —admitió con cierto pesar.

Alex soltó una carcajada.

—Nunca creí que vería al gran Brand Davis deshacerse por una mujer. Me reconforta el corazón, si quieres que te diga la verdad.

—¿Y eso por qué? —Brand no tenía ganas de juegos de palabras, pero hablar de Erin, incluso con alguien que no la conocía, parecía ayudarlo. Ella había dominado sus pensamientos durante tanto tiempo que estaba empezando a cuestionarse su salud mental.

—Para empezar, demuestra que eres humano, como el resto de nosotros. Todos hemos tenido problemas de mujeres, en un momento u otro. Pero tú no. Al menos hasta ahora. En general, las mujeres se pelean entre ellas para tirarse a tus pies. Personalmente, nunca lo he entendido, pero la verdad es que yo nunca he sido ningún conquistador.

—A Ginger le encantaría oír eso —dijo Brand. Alex y Ginger llevaban diez años casados y tenían tres hijos pequeños. Brand era padrino del mayor. Aunque Brand estaba seguro de que Alex no lo sabía, en muchos sentidos envidiaba a su amigo; envidiaba la felicidad que había encontrado con Ginger y el que siempre tuviera a alguien esperándolo cuando regresaba de una misión. Eso era muy deseable.

—¿Y entonces? —lo presionó Alex—. ¿Qué vas a hacer respecto a la hija de MacNamera?

Brand soltó el aire lenta y pausadamente. Le había pedido a Erin que se casara con él, le había ofrecido su corazón en una bandeja de plata y ella lo había rechazado. Ni siquiera se había tomado unos minutos para pensárselo.

—Nada de nada —contestó con desdén.

—Oh, cielos —Alex soltó una risita, aparentemente divertido por la situación—. Es mucho peor de lo que yo imaginaba.

Tal vez lo fuera, pero Brand era demasiado estúpido para admitirlo.

Hong Kong no mejoró la situación. Durante los tres días de permiso, en tierra, sólo pudo pensar en Erin. Se sentaba en la barra de un bar, con un vaso de whisky irlandés y pensaba que debería beber otra cosa, porque Erin era irlandesa. Pero habría servido de bien poco. Todo le recordaba a Erin. Paseaba por las calles llenas de gente y cuando un mercader exhibía con orgullo una pieza de seda, sólo podía pensar en cómo le sentaría a Erin un traje de ese color.

Cuanto antes regresaran al mar, mejor sería para él.

Pero no fue así.

Habían partido de Hong Kong cuando recibió su carta. Brand la sujetó en la mano unos minutos, y después se la guardó en el bolsillo de la camisa para leerla después. Casi le daba vueltas la cabeza cuando llegó a su camarote, donde podía leerla con cierta intimidad.

Se sentó al borde de la cama, sacó el sobre, lo abrió con cuidado y sacó la hoja que había dentro.

Querido Brand:
Espero estar haciendo lo correcto al escribirte. Hace ya

varias semanas que te marchaste y pensaba, esperaba, que podría dejar de pensar en ti.

Lo que más me preocupa es cómo se desarrolló la última conversación que mantuvimos. Me siento muy culpable por cómo me comporté. Fui despiadada e innecesariamente cruel, cuando no era mi intención. Tu propuesta me desconcertó. Mi única excusa es que me pilló por sorpresa y, al no saber qué decir o cómo actuar, pretendí que todo era una gran broma. Me he arrepentido de ello innumerables veces y sólo me queda pedirte perdón.

Me he comprado un piano de cola. Nunca recibí lecciones y apenas puedo tocar un par de notas. Todo el mundo que lo sabe me dice que estoy loca. Hasta que lo llevaron a casa, no comprendí por qué había hecho algo tan tonto. Fue una lección cara, pero muy valiosa. Ahora voy a clases los sábados por la mañana, junto a unos cinco niños preadolescentes. Tengo la sospecha de que soy mayor que mi profesora pero, la verdad, no me he atrevido a preguntar para confirmarlo. Creo que podría ser demasiado duro para mi ego.

Los demás parecen pensar que soy una rareza. Ninguno de ellos estaría allí si sus padres no los obligaran a ir a clase. Yo, por mi parte, tengo suficientes ganas de aprender como para pagarme las clases. Los chavales no lo entienden. Dentro de cuatro meses, cuando vuelvas, estaré a mitad del segundo libro y espero impresionarte muchísimo con mi interpretación de una cancioncita ligera o un estudio de Mozart. Al ritmo que progreso, es posible que pueda tocar en un bar de copas cuando cumpla los cuarenta. ¿No me imaginas tocando una canción sentimental para un grupo de hombres asistentes a una convención de la Legión Americana?

Ah, antes de que me olvide, te gustará saber que Margo está progresando mucho. Ahora tiene su propio piso y trabaja la jornada completa en la sección de cortinas de unos grandes *almacenes. El cambio que se ha producido en ella, desde que llegó a clase el primer día, es impresionante. Sigue luchando con su dolor y tiene algunos ataques de ira, pero en general le va muy bien. Todos estamos orgullosos de ella. Pensé que te agradaría saberlo.*

Aunque he escrito bastante más de lo que pensaba escribir, el verdadero propósito de esta carta es pedirte disculpas por cómo fue nuestra última conversación. No puedo ser tu esposa, Brand, pero me gustaría ser tu amiga. Si puedes aceptar mi amistad, entonces me encantará tener noticias tuyas. Si no es así, lo entenderé.

Mis mejores deseos,
Erin

Brand leyó la carta dos veces antes de doblarla y volver a meterla en el sobre. Así que ella quería que fueran amigos.

Él no. En absoluto.

No buscaba una amiga, una colega con quien pasar un rato. Quería una esposa, una mujer que estuviera a su lado el resto de su vida. Alguien que multiplicara por dos la alegría de los buenos ratos y partiera por la mitad la pesadez de los malos. Cuando su barco llegara a puerto, quería verla en el muelle con el resto de las esposas y familias, dando botes para intentar verlo. Cuando bajase por la rampa quería verla correr a lanzarse a sus brazos, incapaz de esperar un segundo más.

Erin no le estaba ofreciendo nada de eso. Tenía la descabellada idea de que fueran colegas. Él no tenía ningún interés en algo así. Si Erin quería un amigo tendría que buscarlo en otro sitio.

Asqueado por todo el asunto, Brand tiró la carta

sobre su camastro. Erin MacNamera tendría que ofrecerle mucho más que una amistad si quería volver a tener relación con él.

Durante toda una semana, Erin corrió a casa después del trabajo para comprobar el correo. No intentó engañarse simulando que no le importaba si Brand contestaba a su carta o no. Sí le importaba, mucho más de lo que estaba dispuesta a admitir. Había calculado que él habría recibido su carta hacía una semana. Se habría tomado unos días para pensar sobre el asunto y, si todo iba bien, recibiría carta a finales de esa semana.

Pero no había llegado ninguna. Al menos, no de Brand. Correo basura, facturas, recibos del banco. Todo eso llegaba a su buzón, pero nada de la persona que más le importaba.

—Más te vale enfrentarte a la verdad —se regañó a sí misma—. No tiene intención de contestar. ¿Qué esperabas? —se preguntó unos minutos después.

Sabía bien lo que había esperado. Cartas. Montones de cartas como las de antes, llenas de anécdotas curiosas y divertidas que le alegraban el corazón.

No llegaron. Ni siquiera recibió una postal.

Erin no se había sentido tan melancólica en toda su vida.

Hacía exactamente un mes que había llegado la carta de una página de Erin. Y cada uno de esos treinta días, Brand había sacado la carta del sobre y la había leído. Después, metódicamente, la doblaba y volvía a guardarla en el sobre. Tras leerla tantas veces se la sabía de memoria, palabra por palabra.

Al principio, guardar la carta fue una muestra de fuerza por su parte. Podía tenerla en la mano y así tocar una parte de Erin. Le hacía sentirse bien ser lo bastante fuerte como para mantenerse firme. No estaba dispuesto a ser poco más que un segundo plato para ella. Quería su corazón… De hecho, estaba dispuesto a admitir que necesitaba incluso más que eso. Quería que sintiera un amor por él lo bastante fuerte como para estar dispuesta a renunciar a todo lo demás. Lo cierto era que no podía conformarse con menos.

Era todo o nada, y así debía ser. Estaba cansado de ir a rogarle de rodillas. Cansado de ser siempre el que cedía y se rendía. Esa vez, si alguien iba a hacer un esfuerzo por saldar sus diferencias, tendría que ser Erin.

Además, tal y como Brand lo veía, Erin necesitaba ese periodo de separación para darse cuenta de que estaban hechos el uno para el otro. Había tenido dos meses para olvidar que se habían conocido y, por lo visto, eso no había funcionado. Ella le había dicho que había intentado olvidarlo, sin éxito. Brand había decidido dejar que el paso del tiempo incrementara sus posibilidades con la belleza de ojos marrones. Era suya, de eso no tenía duda; pero tenía que ser ella quien se diera cuenta por sí sola y lo aceptara.

Aun así, Brand vigilaba el correo, esperando que Erin le escribiera una segunda vez. Sabía que no lo haría, pero no podía acallar su esperanza.

No tuvo noticias de Erin, sino de su padre.

Querido Brand:
Siento no haberte escrito últimamente, pero ya me cono-

ces. No soy buen escritor de cartas, a no ser que se trate de algo importante. Esta vez lo es. Te debo una disculpa. Perdona a este viejo, por favor. No tenía ningún derecho a pretender que entablaras relaciones con mi hija. Ésa fue mi intención desde el principio, y sospecho que tú lo sabías. Mi Erin es una chica testaruda, y pensé que si alguien podía atraerla, serías tú con tu guapa cara.

Cuando me enteré de lo que había ocurrido, tuve ganas de sacudir a esa hija mía, pero ya es una mujer y tiene que tomar sus propias decisiones y cometer sus propios errores. Simplemente, nunca pensé que mi Erin pudiera llegar a ser tan tonta. Le escribí y se lo dije con toda claridad.

Ahora no es feliz. Eso lo sé a ciencia cierta. Tiene una amiga, Aimee, quizá llegues a conocerla. Por lo visto Aimee y su marido se están divorciando, así que las dos se han conchabado. Desde mi punto de vista, no saldrá nada bueno de que ellas dos salgan juntas por Seattle en busca de nuevas relaciones. Erin es una chica muy dulce y no puedo evitar preocuparme por ella, aunque a ella no le gustaría nada si lo supiera. Le irá bien. No es tan guapa como otras chicas que hay por ahí, pero si se empeña en ello encontrará a algún hombre del que este viejo pueda sentirse orgulloso. Francamente, mi mujer y yo estamos deseando tener algún nietecito.

La última vez que hablamos, Erin mencionó que te había escrito. Me parece una lástima que las cosas no funcionaran entre vosotros dos. Una maldita lástima.

Sigue en contacto conmigo, ¿de acuerdo? Dales recuerdos míos a Romano y a los demás.

Casey

Erin y Aimee se habían conchabado. A Brand no le gustaba nada cómo sonaba eso. Ni una pizca. Leyó la carta otra vez y el poco sutil mensaje implícito lo golpeó como una bofetada. Erin era infeliz y estaba buscando una nueva relación. Si Aimee no estuviera implicada, eso en sí mismo no le preocuparía demasiado. Erin, sola, era una novata en las artes de atraer a los hombres, pero con Aimee animándola podía ocurrir cualquier cosa.

A Brand le caía bien Aimee, pero no estaba seguro de poder fiarse de ella. La otra mujer había hecho un claro intento de atraer su atención aquella primera tarde que siguió a Erin a la coctelería Blue Lagoon. Tenía la sensación de que si le hubiera prestado la más mínima atención, habría huido de allí con el rabo entre las piernas, pero no era eso lo que le preocupaba. El que las dos estuvieran saliendo juntas, buscando algo de acción sí lo inquietaba bastante.

Maldijo para sí. Eso podía arruinarlo todo. El que Casey hubiera mencionado su deseo de tener nietos tampoco era buena señal. Si Erin iba a hacer el amor con alguien, tenía que ser con él. Y si quería tener hijos, él tendría que ser el padre, no un desconocido.

—He traído algo para beber —dijo Aimee, entrando en casa de Erin.

—Viernes por la noche —gruñó Erin—, y tenemos que conformarnos con alquilar películas de vídeo.

—No te quejes. Vamos a pasarlo muy bien, ya verás.

—De acuerdo —dijo Erin, sorteando el piano para llevar un cuenco grande de palomitas a la sala.

—Espero que hayas alquilado algo optimista, algo

que nos haga reír y olvidar nuestros problemas. Puede que éstos sean malos tiempos para nosotras, pero tenemos mucho que agradecer a la vida.

—Sí, supongo que sí —aceptó Erin.

—Por cierto, ¿qué películas has alquilado?

Erin miró los dos vídeos y leyó los títulos.

—«Palabras de cariño» y «Playas».

IX

Estaban a mediados de julio y el verano aún tenía que hacer su aparición en la costa noroeste del Pacífico. El cielo amenazaba lluvia. Erin llevaba casi todo el día retrasada con su horario y había ido directamente del trabajo a dar la clase de «Mujeres en transición» en la universidad de South Seattle.

Cuando llegó a casa, estaba hambrienta y agotada. Por rutina, recogió el correo y lo dejó en la encimera de la cocina.

Después rebuscó en los armarios en busca de algo interesante para cenar.

La mejor opción era sopa de pollo y fideos, así que vació la lata en un cazo y lo puso a calentar mientras clasificaba el correo.

La carta de Brand la pilló desprevenida.

Durante un momento fue incapaz de hacer otra cosa que mirar el sobre fijamente, mientras los latidos de su corazón duplicaban el ritmo.

Desgarró el sobre con manos temblorosas y se sentó en una silla para leer la carta.

Queridísima Erin:

Me dije una y otra vez que no te escribiría. Francamente, tenía la esperanza de que tú y yo podríamos volver a empezar desde cero cuando regresara. Pero he descubierto que no puedo esperar. Se trataba de escribirte o de volverme loco. Romano insiste en que debo intentarlo una última vez. Es amigo mío, y también conoce a tu padre.

Los últimos tres meses han sido los más largos de mi vida. Siempre he disfrutado trabajando en el mar, pero no esta vez, no cuando nuestra situación ha quedado tan inestable.

De acuerdo, lo admito. Soy egoísta y desconsiderado pero, maldición, te quiero. Créeme, desearía que no fuera así. Desearía poder darte la espalda y alejarme sin ninguna preocupación. Lo intenté, pero no funcionó. Después, cuando me escribiste, razoné que lo mejor sería darnos un poco de tiempo para que nuestras mentes y sentimientos se asentaran. Eso tampoco ha funcionado. Entonces, ¿qué nos queda? Ojalá lo supiera.

Ya ni sé qué es lo correcto. Me gustaría tener otra oportunidad contigo. Si estás dispuesta a intentarlo por segunda vez, házmelo saber. Pero hazlo pronto, ¿de acuerdo? Estoy a punto de perder la cabeza.
Brand

Mi querido Brand:
Yo tampoco sé ya lo que es correcto ni lo que está bien. Sólo sé lo mal que me siento el noventa y nueve por ciento del tiempo. También pensé que podría olvidarte, pero no fun-

cionó. Créeme, lo he intentado. Nada parece dar resultado.
Me alegraré mucho cuando podamos sentarnos cara a cara y
hablar de esto. Nunca me había sentido así.

Puedes recordarle a tu amigo Romano que nos conoce-
mos. Es obvio que él no se acuerda. Asistí a su boda con mi
madre y mi padre. Debe de haber sido hace unos diez años.

Vuelve a escribirme pronto. Necesito saber de ti.

Erin

—¿Qué quiere decir eso de que has intentado olvidarme? —la abrupta pregunta fue seguida de un
irritante chirrido de la línea telefónica de larga distancia, que hizo eco en el oído de Erin.

—¿Brand? ¿Eres tú? —el teléfono la había despertado y Erin no había tenido tiempo de despejarse. Se
apartó el pelo de la cara y miró el dial iluminado de
su radio-reloj. Era de madrugada.

—Sí, soy yo.

—¿Dónde estás?

—En un teléfono público, en Filipinas —su voz se
suavizó un poco—. ¿Cómo estás?

—Bien —y estaba mucho mejor desde que había
oído su voz. Había tardado unos segundos en darse
cuenta de que era real y no parte de los increíbles y
románticos sueños que compartía con él. Había fantaseado con hablar con él cientos de veces, para despertarse horas después decepcionada al recordar que los
separaban miles de kilómetros—. ¿Cómo estás tú?

—Bien. Así que has intentado olvidarme.

—Sí… Oh, Brand, es maravilloso hablar contigo
—se puso de rodillas y apretó el auricular contra su
oído como si eso, por arte de magia, fuera a acercarlo
más a ella. Aunque resultaba ridículo, tenía ganas de

llorar—. Lo he pasado fatal, y tú no escribías y yo tampoco te escribí a ti y te juro que creía que iba a volverme loca.

—Santo cielo, Erin, no sé lo que vamos a hacer. Ojalá... —lo interrumpió una voz que sonaba cerca de él. Fuera quien fuera, parecía estar discutiendo con Brand.

—¿Brand?

—Espera un momento, cielo. Romano está aquí y me está insultando.

—¿Insultándote? ¿Por qué?

Brand soltó una risita.

—Por lo visto, cree que es muy importante que te diga que me he comportado como un idiota celoso desde que recibí tu carta.

—¿Estás celoso? ¿Por qué? —a Erin esa información le parecía increíble. En todos los sentidos dignos de consideración, llevaba viviendo como una monja durante tres meses.

Brand lo pensó un poco antes de explicarse.

—Todo empezó cuando tuve noticias de tu padre. Me dijo que Aimee y su marido se habían separado, y que vosotras dos ibais por ahí de caza. Además, como en tu carta decías que habías intentado olvidarme, sumé dos y dos...

—Y sacaste diez —se burló Erin, sin poder esconder su deleite—. Te aseguro que no tienes nada por lo que preocuparte.

—No puedo evitar cómo me siento —admitió Brand a regañadientes—. Nadie me ha importado tanto como tú en toda mi vida. Mi mente se disparó y no pude evitar pensar que... En fin, resumiendo, supongo que he estado de bastante mal humor últimamente.

Una vez más, la conversación quedó interrumpida por el amigo de Brand.

—De acuerdo, de acuerdo —dijo Brand—. Según la mitad de la tripulación del Blue Ridge, me he estado comportando como un auténtico bastardo. Romano insistió en que te llamase y me cerciorara de lo que ha estado ocurriendo antes de sacar más conclusiones por mi cuenta.

—¿De verdad estabas celoso? —a Erin le seguía resultando difícil creerlo.

—Ya he dicho que sí —rezongó él, cortante.

—Si alguien debería preocuparse, soy yo. Tú eres el que está navegando por todas esas islas tropicales. Por lo que yo recuerdo, las mujeres nativas son lo bastante guapas como para volver loco a cualquier marino.

—Te lo juro, Erin, ni siquiera he hablado con una mujer desde que salimos del puerto. ¿Cómo podría hacerlo si sólo pienso en ti?

—Faltan dos meses y medio más —le recordó ella.

—Lo sé. Ningún viaje me había parecido tan largo como éste.

—A mí tampoco. Te he enviado dos cartas esta semana, y también he hecho galletas de chocolate. A papá le encantaba que mamá le enviase galletas… Pensé que quizá a ti también te gustaría. Las viejas tradiciones tardan en olvidarse, supongo.

—Compré algo para ti cuando desembarcamos, pero preferiría dártelo en persona. ¿Te importa esperar?

—No —dijo Erin, aunque se daba cuenta de que ninguno de los dos parecía dispuesto a hablar de cuánto tiempo tardarían en volver a verse. Erin no podía permitirse volar a Hawai, sobre todo después de haber comprado el piano. Y no estaba claro que Brand fuera a conseguir un permiso.

—Escucha, ojos irlandeses, tengo que dejarte.

—Lo sé —dijo ella, exhaló un suspiro de tristeza—. Me alegro mucho de que hayas llamado.

—Y yo de haberlo hecho. Escríbeme.

—Lo haré. Te lo prometo.

Ninguno de los dos parecía decidirse a colgar el teléfono, hasta que Erin oyó a Romano discutir con Brand en un aparte.

—Eh, idiota, ¿no vas a decirle que la quieres?

A la pregunta de Romano siguió un breve silencio. Después Brand le contestó.

—Ya lo sabe.

Erin, sonriendo para sí, se relajó. Sí que lo sabía, pero no le habría importado nada oírselo decir una vez más.

Querida Erin:

Las galletas llegaron hoy. Nunca me dijiste que sabías cocinar tan bien. Están fabulosas. No tengo palabras para decirte cuánto significa para mí que me hayas enviado galletas.

No sé qué opina el resto de la tripulación de mí. Durante la primera mitad del viaje, me comporté con un oso irritado, gruñéndole a todo el mundo. Estos días, me paseo por ahí con una sonrisa bobalicona en la cara, repartiendo galletas como haría un maestro de primaria con sus alumnos favoritos.

Por cierto, últimamente no has mencionado el piano. ¿Sabías que yo sé tocar? Mi madre me obligó a ir a clases durante cinco años. Entonces lo odiaba, pero he tenido razones para agradecérselo desde entonces.

Siento que esta carta sea tan corta, pero van a recoger el correo de un momento a otro y quería enviarte esto para que sepas cuánto te agradezco las galletas.

Te echo de menos,
Brand

PD: La próxima vez que escribas, envíame una foto tuya.

—¿Y? —preguntó Erin por tercera vez, mientras Aimee volvía a mirar el montón de fotografías. Brand llevaba semanas exigiendo una foto. Había intentado eludirlo, explicándole que no era fotogénica, pero él no había hecho caso y había amenazado con escribir a su familia y pedirles una, si ella no la enviaba. Erin no tardó en darse cuenta de que a su padre le encantaría mandarle toda una colección de fotografías, empezando con las de ella desnuda, cuando era un bebé—. ¿Cuál es la mejor?

—Son todas más o menos iguales —Aimee encogió los hombros, lacónica.

—Lo sé, pero ¿en cuál parezco más sexy y glamurosa?, ¿la mujer con la que soñaría cualquier militar?

Aimee alzó las cejas y miró fijamente a Erin.

—Ha pedido tu foto, ¿sabes?, no una de Madonna con un sujetador remachado.

—Ya me doy cuenta, pero quería algo especial, algo que me haga parecer atractiva.

—Eres atractiva.

—Más que atractiva —añadió Erin avergonzada—. Sexy.

—Erin, bonita, a riesgo de ofenderte, me gustaría recordarte que sacamos estas fotos con mi cámara, que costó cuarenta dólares. Si buscas efectos especiales, tendrás que ponerte en contacto con un profesional.

—Es sólo que…

—Eh, no hace falta que me expliques nada.

Erin sabía que no era necesario, pero no pudo evitar sentir una punzada de remordimiento. El divorcio de Aimee progresaba según lo previsto. Pero la situación estaba empezando a enrarecerse desde que habían entrado en juego los abogados.

—¿Has sabido algo del marinerito últimamente? —preguntó Aimee con un toque de sarcasmo. Revisó las fotografías otra vez y seleccionó tres, que dejó a un lado. El enamoramiento no era un tema que le interesara esos días. El divorcio estaba resultando mucho más doloroso de lo que había previsto.

—Me escribe con frecuencia.

—¿Y tú?

—Yo… yo también le escribo.

—¿Cuánto tiempo falta para que regrese a Hawai?

Erin había calculado hasta el número de horas, aunque sabía que no le serviría de nada.

—Unas seis semanas.

Aimee asintió con la cabeza, pero Erin tuvo la sensación de que ni siquiera había escuchado su respuesta.

—Ésta —dijo Aimee de repente, pasándole una foto. Erin estaba ante el rosal de su jardín, donde habían sacado todas las fotos.

Llevaba un vestido de color verde oliva claro, que complementaba muy bien el tono de su piel y el color de su cabello. Lo llevaba arremangado por encima de los codos, y estaba decorado con una fila de botones, desde el escote hasta el bajo. También llevaba un cinturón tejido y un sombrero de ala ancha a juego con el vestido.

—Ésta. ¿En serio? —preguntó Erin. No era la que ella habría elegido. Tenía los párpados bajos, a diferencia de otras fotos en las que miraba de frente a la cámara, y la boca curvada hacia arriba, con una sonrisa sutil.

—Le encantará —insistió Aimee.

Mi querida Erin:

La foto llegó con la carta de hoy. Había olvidado lo bella que eres. No podía dejar de mirarte. Ha hecho que te echase de menos mucho más, lo que parece imposible. De repente sentí un gran vacío. Un vacío tan grande que ni una enorme pala de excavadora podría llenarlo. No sé cómo explicarlo. No creo que pueda.

Sólo sé que te quiero tanto que me asusta. De alguna manera, como sea, vamos a encontrar una solución para todo esto. Es necesario. No puedo soportar la idea de que no formes parte de mi vida.

Lamento lo de Aimee y su marido, y espero que aún puedan solucionar las cosas.

Y no, no he visto mujeres con falditas de paja últimamente. ¿Es que no te has dado cuenta aún, mi dulce rosa irlandesa? Sólo tengo ojos para ti.

Con todo mi amor,
Brand

Brand pegó la foto de Erin en la pared que había junto a su camastro. Había visto a otros compañeros hacer lo mismo y nunca había entendido qué podía llevar a hombres maduros a hacer algo tan infantil.

Pero ya lo comprendía. Era por amor. La última persona a la que veía antes de acostarse era Erin, y también la primera que lo saludaba cada mañana. A veces se quedaba unos minutos más allí, simplemente mirándola.

Le encantaba la foto. Su postura, de pie de espaldas al sol, rodeada de rayos dorados. Tenía los ojos bajos y parecía una mujer que anhelaba que la besaran.

Brand se pasó la lengua por los labios. Hacía tanto tiempo que no besaba a Erin, que casi había olvidado cómo era.

Casi lo había olvidado.

Pero lo que recordaba fue suficiente para provocar una pronunciada tirantez en sus pantalones. Aunque llevaba puesto un modesto vestido verde oliva, la imagen de ella al sol le recordaba la mañana que había entrado en la cocina con su camisón de franela. Olía a lavanda y el canesú de su recatado camisón llevaba pespuntes de cinta de satén, que realzaban sus senos. Erin tenía unos pechos preciosos; Brand sintió la súbita necesidad de saborearlos y acariciarlos y emitió un gemido ronco. Soltó el aire de repente. Era hora de darse una ducha fría, algo que hacía con frecuencia esos últimos días. Se puso los dedos en los labios y luego los apoyó en la foto de Erin. Dudaba que tuviera la más mínima noción de lo loco que estaba por ella.

Querida Erin:

No me conoces. Al menos, no creo que nos hayamos visto nunca. Soy Ginger Romano. Mi marido, Alex, y Brand Davis están juntos a bordo del Blue Ridge. Supongo que a estas alturas ya sabrás lo del ascenso de Brand. Ahora ya es teniente.

Brand es muy popular entre los chicos y querían hacer algo especial para él. Por eso Alex me escribió sobre ti. Unos cuantos amigos de Brand han decidido reunirse y darle una fiesta sorpresa para celebrar su ascenso.

A alguien se le ocurrió que sería divertido contratar a una mujer para que saliera de una tarta. Entonces fue cuando Alex pensó algo mucho mejor. Van a celebrar esa fiesta, y sí que habrá una mujer, pero queremos sorprenderlo contigo. Todo el mundo se ha puesto de acuerdo y ha colaborado, así que tenemos bastante para tu billete de avión. Puedes alojarte en nuestra casa, con Alex y conmigo, si no te molestan los niños. Tenemos tres y dan mucho trabajo, pero eres bienvenida y nos encantaría que vinieras si es posible.

Dime en cuanto puedas si hay alguna posibilidad de que vengas la segunda semana de octubre. Necesitamos saberlo pronto, claro, para reservar el vuelo. Por favor, recuerda que se trata de una fiesta sorpresa.

Estoy deseando conocerte.

Un saludo,

Ginger Romano

—¿Vas a ir? —preguntó Aimee de nuevo, como si aún no pudiera creer que Erin hubiera accedido a ese alocado y sorprendente plan—. ¿De verdad?

Tal vez fuera una locura, pero Erin era incapaz de resistirse. Ella nunca habría podido permitirse pagar el billete de avión, y ésa parecía ser una oportunidad de oro para pasar algo de tiempo con Brand. Llevaban separados muchos meses, y habían tenido que enfrentarse a una montaña de emociones y dudas.

Aunque tenía una foto de él, no estaba segura de

acordarse de su aspecto real. Él sólo la había llamado una vez en los últimos seis meses. Pero ella no había dudado un segundo; volaría a verlo.

—Sí que voy —le aseguró a Aimee, al tiempo que metía el rizador de pelo en la maleta.

—Imagino que no necesitas una amiga que te acompañe para darte apoyo moral, ¿verdad?

—Sí la necesito, pero no puedo costearme tu compañía —bromeó Erin.

—No te preocupes, yo tampoco puedo costearme a mí misma. Por lo visto, nadie puede, ni siquiera Steve —dijo Aimee intentando dar un tono de ligereza a su voz, sin conseguirlo.

—No te preocupes —le prometió Erin—. Volveré a tiempo para la vista de la resolución judicial. No dejaré que pases por eso tú sola.

—Gracias —los ojos de Aimee brillaron de emoción—. Cuento contigo —recorrió la habitación con la vista una última vez—. Bueno, parece que lo tienes todo bajo control —sonó como si estuviera comparando ese hecho con el caos que era su propia vida.

Erin, percibiendo lo que pensaba su amiga, se estremeció con una punzada de culpabilidad.

—Eh —Aimee soltó una risita breve y patética—, no pongas esa cara tan triste. Uno no suele tener oportunidades como ésta. Disfrútalo mientras puedas. Juega al sol, relájate, pasea por la playa. Yo estaré bien. No hace falta que te preocupes de tu vieja amiga.

—¡Aimee!

—Vale, vale, ya sé que estoy siendo ridícula. De veras quiero que lo pases bien. Es sólo que voy a echarte muchísimo de menos.

—Yo también te echaré de menos, pero sólo estaré fuera una semana.

Erin miró a su alrededor una vez más, para comprobar que había empaquetado cuanto necesitaba. Aimee iba a llevarla al aeropuerto y a dejarla allí. En menos de dos horas estaría embarcando su vuelo. Varias horas después, bajaría del Boeing 747 en Honololú, donde Ginger la estaría esperando para recogerla. Dejaría la lluvia de Seattle atrás y desembarcaría para encontrarse con tiempo soleado y una temperatura de veintiséis grados.

No era un mal cambio.

El vuelo pareció durar una eternidad. Erin tuvo que pellizcarse varias veces para asegurarse de que lo que estaba ocurriendo era real. Se sentía como si fuera la ganadora de un concurso que no había esperado más que un premio de consolación. Sin embargo allí estaba, volando hacia Brand, y siete días ininterrumpidos de paraíso se extendían ante ella.

El Blue Ridge iba a partir hacia Pearl Harbor a última hora del miércoles por la tarde. La fiesta estaba prevista para el jueves por la noche. Ginger se había ocupado de casi todos los detalles, ayudada por las esposas de otros dos marinos y de la capitana de corbeta Catherine Fredrickson, amiga de Brand. Erin llevaba un mes carteándose con Ginger y la mujer le caía muy bien.

Lo más difícil era mantener en secreto hasta el jueves por la noche que Erin estaba en Hawai.

—No sé dónde podría estar —le dijo Brand a Romano la mañana del jueves—. Intenté telefonearle a todas las horas de la noche. No me dijo que iba a salir.

—Puede que le haya surgido algo.

—Eso es obvio —casi ladró Brand. Estaba de muy mal humor. Llevaba días esperando el momento de llamar a Erin. Era lo primero que había hecho en cuanto llegó a su apartamento. El deseo de escuchar su voz era lo único que lo había ayudado a sobrevivir esas últimas semanas. Nunca antes se había sentido tan inquieto ni más desesperado porque un viaje acabara.

Cada noche durante tres semanas había soñado con escuchar el leve temblor de su voz cuando Erin comprendiera que era él quien estaba al otro lado del hilo telefónico. Por primera vez en seis endiablados meses podría hablar con ella libremente, sin tener a alguien a su espalda, escuchando, como había hecho Alex en Filipinas. Esperaba que cuando hablasen esa mañana pudieran llegar a alguna conclusión.

Al menos podrían comentar los pasos que tendrían que seguir para verse otra vez.

Durante varios largos meses había pensado en pocas cosas excepto en volver a reunirse con Erin. Sin embargo, cuando llegó el momento, ella no estaba. Había desaparecido. Nadie parecía conocer su paradero.

Brand había llegado al extremo de ponerse en contacto con su familia. Casey no pareció en absoluto preocupado, y le dijo que Erin solía tener que hacer viajes de trabajo fuera de la ciudad. También le comentó que creía recordar que Erin había dicho algo sobre tener que volar a Spokane uno de esos días.

Si ése era el caso, Erin no se había molestado en decírselo a él.

—¿Qué te perece salir a tomar un par de cervezas? —sugirió Romano a última hora de esa misma tarde.

—¿Te dejará Ginger? —preguntó él, incrédulo.

—No le importará. Bobby tiene entrenamiento con el equipo de fútbol y, francamente, lo que ella no sepa no le hará ningún mal.

Brand no entendía qué le pasaba a su amigo. Normalmente, Alex estaba deseando ir a casa para ver a su familia, y una vez regresaba pasaba mucho tiempo con los niños. Brand siempre lo había admirado por ser tan buen hombre de familia. Esperaba que cuando le llegase el momento a él supiera ser tan buen esposo y padre como Romano.

Brand consideró sus opciones. O bien se quedaba en el apartamento toda la tarde, esperando que Erin se pusiera en contacto con él, o iba al club de oficiales y charlaba con unos cuantos viejos amigos. La segunda opción resultaba mucho más atractiva, y sin embargo, algo elemental le inquietaba. Odiaba la idea de no estar en casa si Erin decidía llamarlo.

—¿Entonces? —presionó Romano, impaciente—. ¿Qué decides?

—Supongo que una cerveza no hará ningún daño.

—No, ya lo creo que no —los ojos verde mar de Alex chispearon traviesos.

En cuanto Brand se abrochó el cinturón de seguridad, Romano arrancó el motor y se encaminó fuera del complejo militar, dejando atrás el club de oficiales.

—Eh, ¿adónde vamos?

—A tomar una cerveza —le recordó Alex, intentando ocultar una sonrisa.

Había algo en marcha. Aunque Brand no tuviera mucho que ver con el Departamento de Inteligencia de la Marina, no necesitaba un máster en comportamiento y psicología de la naturaleza humana para comprender que pasaba algo raro.

—De acuerdo, Romano —insistió Brand—, dime qué ocurre aquí.

—¿Qué te hace pensar que ocurre algo?

—Podíamos empezar por el hecho de que estés libre tu segunda noche en casa.

—Vale, vale, si tanto quieres saberlo, los chicos se reunieron y han organizado una fiesta en tu honor, Teniente Davis.

Divertido, Brand soltó una risita. Debería haber imaginado que sus amigos no dejarían pasar ese ascenso sin organizar algún tipo de celebración.

—¿Quién está metido en esto?

—Casi todo el mundo. Sólo…

—¿Sólo, qué?

—Hay un pequeño problema, por llamarlo de alguna manera —Romano titubeó—. Es un poco embarazoso, pero los chicos querían que fuera una fiesta especial, así que han contratado a una mujer.

—Han hecho ¿qué? —exigió Brand.

—A alguien se le ocurrió la brillante idea de que sería divertido ver tu cara si encargaban una tarta y una mujer salía de dentro, dando un salto.

—Espero que estés bromeando —Brand movió la cabeza lentamente.

—Lo siento, no bromeo. No conseguí convencerlos de que no lo hicieran.

Brand se puso la mano sobre los ojos y movió la cabeza. Todo el asunto debería parecerle divertido.

—¿Una mujer?

—Así es, amigo.

Brand rumió la información y soltó una risita. No había mucho que pudiera hacer al respecto, pero agradecía la advertencia.

—Pase lo que pase, no dejes que Erin se entere nunca de esto, ¿entendido? —le advirtió a Romano.

—Tienes mi palabra de honor.

El Cliff House era un restaurante con reputación de ofrecer comida excelente y con una larga carta de vinos de importación. A Brand le sorprendió un poco que un establecimiento de su clase permitiera el tipo de entretenimiento que sus amigos habían planeado para él.

La recepcionista sonrió con amabilidad cuando Romano anunció el nombre de Brand y los condujo a una sala de banquetes que había a un lado del comedor principal.

—Chicos, creo que habéis exagerado un poco —farfulló Brand entre dientes, mientras seguían a la diminuta mujer china.

—Para ti, lo mejor de lo mejor —le aseguró Romano con una sonrisa.

Se oyeron varios gritos y saludos de bienvenida cuando los dos hombres entraron en la sala. Alguien entregó a Brand una botella de cerveza alemana de importación y una cesta de palitos salados. Después lo condujeron a la mesa que presidía la sala.

—¿Estás listo para divertirte? —preguntó Romano, sentándose en la silla que había junto a la suya. Llevó la mano a una bandeja de frutos secos, agarró un puñado y se recostó en la silla, dispuesto a disfrutar del espectáculo.

Brand asintió. Sería mejor que le dieran la sorpresa al principio, así se la quitaría de encima y podría relajarse en la cena. Forzó una sonrisa y adoptó una postura relajada, mientras dos de los tripulantes del Blue Ridge sacaban una caja de un metro ochenta de altura, sobre ruedas, atada con un enorme lazo rojo. No era una tarta, pero se parecía bastante.

—Se supone que debes desatar el lazo —explicó Romano, dándole un empujoncito.

A regañadientes, Brand se puso en pie y fue hasta el centro de la sala. Debía de haber unos cincuenta hombres, y varias mujeres, allí de pie, observándolo. Intentó actuar con indiferencia, como si hiciera ese tipo de cosas todos los días.

Levantó un extremo del ancho lazo rojo y tiró, esperando que se deshiciera. Eso no ocurrió, y los hombres que lo rodeaban le gritaron todo tipo de consejos.

Brand lo intentó una segunda vez, tirando con más fuerza. El lazo se deshizo y los cuatro lados de la caja cayeron hacia los lados lentamente. Brand no estaba seguro de lo que esperaba. Por su mente habían pasado diversas posibilidades para las que se había preparado mentalmente. Pero lo que vio lo dejó sin habla.

—Hola, Brand —Erin lo saludó con una sonrisa cálida y dio un paso adelante. Llevaba el mismo vestido color verde oliva que en la foto que le había enviado. Durante un momento, Brand creyó que no era más que un producto de su imaginación. Tenía que serlo.

—Di algo —gritó Romano—. No te quedes ahí parado como un pasmarote.

—¿Erin?

—¿Estás decepcionado? —preguntó ella con los ojos marrones más abiertos que nunca.

—Santo cielo, no —gruñó él, extendiendo los brazos hacia ella y atrayéndola hacia sí.

X

Brand parpadeó, incapaz de creer que Erin fuera tan dúctil contra su cuerpo. Tal vez estaba alucinando. Los solitarios meses que habían pasado separados podían haberle trastornado los sentidos. Se preguntó si la deseaba con tanta desesperación que su mente la había obligado a materializarse ante él.

No lo sabía, pero estaba a punto de descubrirlo. En un segundo, su boca se apoderó de la de ella. Era real. Más real de lo que él se atrevía a recordar. Suave. Dulce. Y en sus brazos.

Unos sonidos graves y guturales abandonaron su garganta mientras la besaba. Los hombres que había a su espalda silbaban y vitoreaban, pero Brand apenas los oía; estaba concentrado en el débil gemido de bienvenida de Erin.

Notó las lágrimas que se deslizaban por sus mejillas y la quiso tanto que tuvo que contenerse para no llorar él mismo. Volvió a besarla, entrelazando su len-

gua con la de ella, introduciéndose más y más aden-
tro, en las profundidades de esa boca tan dulce como
la miel.

Los desaforados gritos que oyó a su espalda recor-
daron a Brand que, por mucho que lo deseara, no podía seguir haciéndole el amor a Erin. Al menos no delante de varias docenas de colegas. Apartarse de ella
fue lo más difícil que había hecho en su vida.

—¿Estás sorprendido? —bromeó Erin, uniéndose
a él en el centro de la sala y dándole una palmada en
la espalda.

Incapaz de hablar, Brand asintió. Sus ojos, insacia-
bles y deseosos, se encontraron con los de Erin. No
pudo resistirse a darle un abrazo más. La rodeó con
sus brazos, cerró los ojos e inspiró el aroma a lavanda
que era característico de ella y de nadie más. Había
soñado con ese momento tantas veces, que al vivirlo,
le resultaba difícil creer que estuviera sucediendo en
realidad.

Miró el mar de rostros que lo observaban, incapaz
de expresar la gratitud que inundaba su corazón.

—Vamos, teniente —instruyó Catherine Fredrickson—, siéntese antes de empezar a hacer el ridículo. Están a punto de servir la cena —Catherine y él
habían trabajado juntos casi cuatro años, y era un gran
admirador suyo. En realidad, si Brand lo pensaba bien,
su relación era un poco inusual. Catherine era una
amiga y nunca había pensado en ella de otro modo.
Le preocupaba que Erin se sintiera amenazada por su
amistad por la teniente.

—Hemos sacado el postre al principio —le gritó
un amigo, con tono bromista.

Manteniendo a Erin a su lado, Brand se encaminó

hacia su mesa. Varios amigos se acercaron, deseosos de presentarse a Erin. Muchos de ellos habían trabajado con su padre en algún periodo de su servicio y estaban interesados en tener noticias del simpático Casey MacNamera.

Por mucha gente que le hablara o intentase atraer su atención, Brand no podía quitar los ojos de su señorita irlandesa durante más de unos segundos. Era como si un imán atrajera su mirada hacia ella una y otra vez.

La mirada de Erin parecía igual de hambrienta de él. Una explosión de emociones dominaban a Brand, y habría sido incapaz de definir muchas de ellas. Todo lo que sabía, y cuanto le interesaba saber, era que Erin estaba sentada a su lado. Tenía el corazón henchido con un amor tan fuerte que se sentía débil.

Los hombres lo rodeaban. Sus amigos le hacían preguntas. Sirvieron la cena. Brand rió, charló, comió e hizo todo aquello que se esperaba de él. Pero de vez en cuando, sus ojos volvían a los de Erin y parecían ahogarse el uno en el otro cuando se encontraban.

Era aún más bella de lo que él recordaba. Su atractivo no era de los que llamaban la atención, pero tenía esa rara cualidad, mezcla de fuerza y gentileza, que brillaba como una luz en ella.

—¿Hace cuánto tiempo que sabes esto? —susurró él, entrelazando sus dedos con los de ella.

—Un mes —le sonrió con timidez—. El mes más largo de mi vida.

—También lo ha sido para mí —apoyó la frente sobre la de ella e inspiró su cálido perfume. Le pasó por la cabeza decirle, allí y entonces, cuánto la amaba y necesitaba. Pero la emoción constreñía los músculos de su garganta, impidiéndole hablar.

—Toma —dijo Romano, poniendo un juego de llaves sobre la mesa.

Brand lo miró, sin comprender.

—Llévate el coche —instruyó su amigo.

—¿Tu coche? Pero ¿cómo irás a casa? —Brand se dio cuenta de que no era capaz de expresarse mucho mejor que eso.

—Ginger —contestó Romano con una risita—. Ahora, salid de aquí antes de que alguien os dé una razón para que os quedéis.

Brand no necesitó que se lo dijera dos veces. Se puso en pie, sin soltar los dedos de Erin. Dio un largo rodeo por la sala, chocando la mano con sus camaradas, deseando agradecer a sus amigos la mayor, y con diferencia la mejor, sorpresa que había recibido en su vida.

Cuando acabó de saludar, se encaminó con resolución al exterior del restaurante.

—Oh, Brand… —susurró Erin cuando por fin estuvieron solos. Parecía que le faltaban las palabras para seguir hablando.

Brand lo entendió. Llevaba semanas planeando lo que quería decirle. Su intención era convencerla, lógica e intelectualmente, de que debían hacer tal y como le había sugerido meses antes, y casarse. Había pensado derribar cada una de sus objeciones con razonamientos y lógica irrefutables. Pero cada una de las palabras que había preparado se perdieron en el crepúsculo sin alcanzar sus labios siquiera. Lo único que a Brand le importaba en ese momento era tenerla en sus brazos, amarla.

Con gentileza, la rodeó con sus brazos y hundió el rostro en la delicada curva de su cuello. Brand sintió la serie de escalofríos que estremecieron sus hombros y recorrieron su espalda. La apretó contra él, con la intención de reconfortarla. Sus lágrimas le humedecieron el cuello, y sintió su cálido aliento en la base de la garganta.

Tenerla tan cerca era un tormento de otro tipo. Sus suaves senos acariciaban su duro torso, y sentía su vientre apretado contra el suyo. Se dijo que todas las torturas deberían ser así de dulces.

Colocó la mano en su cabello y sus dedos se llenaron de él, saboreando la sedosa suavidad de los espesos rizos caoba.

—Vayámonos de aquí —susurró Brand cuando no pudo soportar un momento más el placer de tenerla entre sus brazos.

—¿Adónde?

Si iban a su apartamento, Brand no tenía ninguna duda de que ella pasaría la noche en su cama. Sin duda, Romano y todos los demás asumían que eso sería exactamente lo que iba a ocurrir. Tal vez la misma Erin estaba pensando eso. Él no lo sabía.

Su corazón y su cuerpo se morían por ella. Pero su necesidad no era lo bastante voraz como para bloquear su sano juicio. Quería que Erin fuera su amante, pero compartir su cama con ella no iba a ser lo bastante para satisfacerle. Si buscaba gratificación sexual, podía encontrarla con muchas mujeres.

De Erin quería mucho más que eso. La quería como esposa, y no estaba dispuesto a conformarse con nada menos.

Brand la ayudó a subir al coche. Mientras arrancaba el motor, se dio cuenta de que Erin tenía las manos juntas y apretadas sobre el regazo. Estaba nervioso. Sus labios esbozaron una lenta sonrisa. Tenía que admitirlo, diablos, estaba tan tenso como ella. La única diferencia era que él era demasiado orgulloso para dejar que se notara.

—¿Adónde vamos? —preguntó ella con una voz tan baja que le costó entenderla.

—A la playa.

Al oírlo ella se relajó, colocó la mano en su brazo y apoyó la cabeza en su hombro, mientras él sacaba el coche del aparcamiento. El viento cálido y suave azotó el coche mientras Brand conducía por la carretera estrecha y retorcida que descendía colina abajo. Las palmeras se movían con la brisa y la luz plateada de la luna llena se reflejaba en las olas que se estrellaban contra la orilla.

Caminando de la mano por la arena, Brand la llevó hacia el agua. La noche era cálida y la playa estaba vacía.

Brand se detuvo cuando llegaron al océano, se volvió hacia ella y rodeó su estrecha cintura con los brazos. Sus ojos se encontraron y Brand leyó en los de ella confusión y dudas. No era momento para ninguna de esas dos cosas.

—Había pensado en muchas cosas que quería decirte —murmuró Erin, como si buscara las palabras correctas.

—Después —susurró él, antes de buscar su boca—. Tenemos todo el tiempo del mundo para arreglar nuestros problemas. Por ahora, ámame.

Ella gimió y apoyó los brazos en su pecho, se inclinó hacia él y le entregó su boca. El beso fue como combustión espontánea; la necesidad del uno por el otro era fiera e irresistible. Su lengua derrumbó la barrera de sus labios y la invadió largo y tendido. Enredó los diez dedos en su cabello mientras sus besos, atemperados por la ternura, se hacían más y más profundos. Más dulces que todo lo que Brand había conocido. Lentamente, pasó las manos por sus hombros y las deslizó a su cintura y después sus caderas, hasta terminar poniéndolas sobre sus nalgas. La alzó levemente, hasta que su abdomen se asentó sobre la forma henchida que denotaba su creciente necesidad por ella. Durante un prolongado segundo, ninguno de ellos se movió. Después, Erin, su dulce e inocente Erin, empezó a moverse contra él, provocando una fricción ardiente, una llama que estuvo a punto de devorarlo. Cada balanceo de sus caderas, cada roce, erradicaba brizna a brizna la poca razón que Brand poseía aún.

—Ah, Erin —gimió. Casi febril, apartó la boca de la de ella, con la esperanza de que el aire fresco le despejara la cabeza. Pero no sirvió para mucho.

Su boca. Su dulce y deliciosa boca sabía aún mejor que en sus fantasías. No parecía cansarse de su sabor y cada beso sólo incrementaba su apetito por ella.

Incluso a través del grueso tejido de su vestido, sintió cómo se endurecían sus pezones. Sus senos, que sentía presionados contra su pecho, eran sensuales y llenos. Recordó cómo se sentían bajo sus manos, cómo llenaban sus palmas y se desbordaban por encima de ellas. Incapaz de resistirse, deslizó los pulgares por encima de sus pezones.

Ella gimió suavemente cuando sus dedos empezaron a pelear con los botones hasta que liberó varios. Después le quitó el vestido de los hombros y se encontró con la combinación y el sujetador.

—¿Es necesaria tanta ropa? —gimió él, distribuyendo su atención entre un seno y otro, capturándolos con la boca y dejando círculos húmedos en el tejido de satén.

La deseaba. Entonces. Allí. Su necesidad era tal que un fina película de sudor cubrió todo su cuerpo. Brand cerró los ojos y apretó los dientes, en su esfuerzo por controlar el deseo que lo quemaba como fuego líquido y recorría sus venas hasta concentrarse en su entrepierna.

Erin dio un paso atrás y lenta, pero deliberadamente, desabrochó el resto de los botones de su vestido y lo dejó caer a la arena.

—¿Qué… qué estás haciendo? —preguntó él. Ella se lo estaba poniendo imposible, no iba a poder soportarlo.

—Vamos a nadar —dijo ella con una sonrisa descarada.

Brand estaba a punto de recordarle que ninguno de los dos tenía traje de baño, cuando ella echó a correr hacia el agua.

—Erin —gritó él. Se agachó en la arena y empezó a desatar los cordones de sus zapatos. En los cinco años que llevaba en Hawai nunca había visto a nadie hacer una locura similar. Estaba allí entre las olas, chapoteando como una cría, mientras él seguía intentando librarse de sus pantalones, que terminó tirando al aire. Sin molestarse en desabotonar la camisa, se la sacó por la cabeza, hizo una bola con ella y la lanzó sobre la arena.

Para cuando se reunió con ella, Erin estaba sumergida hasta la cintura y le ofrecía los brazos.

—Vamos teniente, el agua está muy bien.

—Si querías nadar, habría preferido que esperaras a que tuviera un bañador que ponerme.

—Vamos, tontuelo —lo pinchó ella, saltando en el agua como un delfín, mostrándole los senos. Brand estaba seguro de que ella no tenía ni idea de cuánto estaba mostrando. Una vez mojado, el satén blanco de su sujetador era transparente como el cristal. Lo mismo le habría dado estar desnuda, teniendo en cuenta lo poco que ocultaba su ropa interior.

Brand se encaminó hacia ella dando pasos largos y pausados. La marea se estrellaba contra sus piernas, pero él no se detuvo, mantuvo un ritmo uniforme y estable.

—Además —añadió ella con una sonrisa hechicera—. Ambos necesitamos refrescarnos, ¿no te parece?

—Lo tenía todo bajo control.

—No, no es verdad, y yo tampoco —se pasó las manos por los brazos y se estremeció con un pequeño escalofrío.

—¿Se supone que esta locura va a refrescarnos? —masculló ella entre dientes. Si acaso, Brand se sentía más excitado que antes. Ella tenía los pezones erizados y las oscuras aureolas estaban justo frente a él, requiriendo su atención. Tenía el pelo mojado y goteaba sobre sus hombros. El agua salada caía por su cuello de color cremoso y bajaba hasta el valle que había entre sus pechos. Todo parecía encaminado en esa dirección, incluida la mirada de Brand.

Cuando estaba a pocos metros de él, Erin flotó hacia sus brazos. Tenía el cuerpo cálido y resbaladizo cuando cerró los brazos alrededor de su cuello y colocó sus largas piernas sobre sus caderas. En el instante en que rozó su cuerpo, ella notó la fuerza de su excitación. Alzó la mirada hacia él y sus ojos se ensancharon.

—¿Brand?

—Como puedes ver, te ha salido el tiro por la culata, cariño.

—¿Y ahora qué?

Ella cambió de postura y rozó la protuberancia con su trasero; Brand casi se derrumbó. Ella era demasiado inocente para darse cuenta de lo que le estaba haciendo. Si ese juego duraba mucho más, acabarían haciendo el amor de pie, sumergidos en el agua hasta la cintura.

—Deja que te saboree —suplicó él, con voz grave y gutural.

Como si estuviera en trance, Erin asintió. Se llevó las manos a la espalda y se desabrochó el sujetador. Sus senos se libraron del material constrictor y se apoyaron sobre su pecho. Al sentir sus duros pezones tuvo la impresión de que le ardía la piel; fue una sensación tan gloriosa que por un segundo se olvidó de respirar.

Ella también debió de sentirlo, porque jadeó una vez. Después agarró su cabello con las dos manos y empezó a moverse, trazando círculos con sus senos sobre su piel, creando una fricción deliciosa e indescriptible.

—Oh, nena —gimió él, levantándola. Deslizó la boca abierta por sus senos, succionándolos con suavidad, primero uno y luego otro. Le encantó sentir la indómita y libre respuesta de Erin.

Tenía las manos en su pelo y emitía pequeños y sensuales gemidos. Él siguió prestando atención a sus pechos, paseando la lengua por cada pezón, succionando con fuerza y luego volviendo a lamer con suavidad.

Entre suspiros y gemidos, Erin lo animó a tomar más y más de ella en su boca; le suplicaba con voz suave y temblorosa, rotando las caderas contra él y clavándole los talones en la parte baja de la espalda.

Brand había alcanzado el límite de su resistencia.

—Erin —gimió—. Oh, nena, deja de moverte... por favor.

—No... oh, Brand, no creo que pueda... Me gusta, me siento tan bien...

—Lo sé cielo, lo sé. Es demasiado.

—Bésame —susurró ella, apretándose contra él.

Brand aceptó con gusto. Ella abrió la boca bajo la fuerza de la de él y sus lenguas se encontraron en una gozosa unión. La lenta y suave oscilación de sus caderas contra él lo estaba mareando; se sentía a punto de perder el pie. Se sentía tan indefenso ante Erin como ante el flujo de la marea.

Tras un momento de indecisión, le acarició la pierna hasta llegar a su nalga desnuda. Después, lenta y gradualmente, llevó los dedos hacia la abertura cálida y húmeda de su feminidad. Ella se abrió a él como un capullo que respondiera a los cálidos rayos del sol. El calor pulsátil de su cuerpo se cerró alrededor de sus dedos y ella empezó a gemir mientras él reclamaba la posesión de la parte más íntima de su cuerpo.

Jadeando, Erin cerró los ojos con fuerza y empezó a moverse contra él, reaccionando a cada una de sus caricias. Clavó las uñas en los músculos de sus hombros, pero a él no le molestó que lo hiciera; estaba demasiado ensimismado en cómo los labios y la lengua de ella lo buscaban con pasión. Percibió su orgasmo y cada oleada convulsiva de placer, hasta que ella se relajó contra su cuerpo.

Poco después, ella abrió los ojos y sus miradas se encontraron. Brand la amaba tanto que pensó que el corazón le explotaría en el pecho. Ella le sonrió. Tímida, casi avergonzada. Su mirada era tan tierna que habría podido ahogarse en ella.

El sonido de unas risas en la orilla devolvió a Brand a la cruda realidad.

—Viene gente —susurró Erin con pánico.

—Ya te dije antes que esto no era buena idea.

—Pero… Brand, estoy casi desnuda.

—Por lo que a mí respecta, yo diría que estás, de hecho, desnuda.

—Haz algo.

—Estás de broma.

—No podemos quedarnos aquí parados.

—¿Por qué no? Con un poco de suerte, pasarán de largo y no se fijarán en dos locos que están de pie entre las olas. No, olvídalo, sí que nos verán.

Erin dejó escapar el aire de golpe y apoyó la frente contra la de Brand.

—Esto es todo culpa mía.

—Lo sé —susurró él, dándole un sonoro beso—. Pero te perdono —la abrazó con fuerza, divertido. Tenía el rostro rojo como la grana; incluso sus senos estaban rosados por el rubor de la vergüenza. Esperó a que se apagara el sonido de las voces, y después llevó a Erin a la playa en brazos.

Erin estaba en la cocina con Ginger Romano, cortando piña y echándola en un cuenco de acero inoxidable; estaban preparando una macedonia de fruta fresca para la cena de esa noche. Ginger estaba dando forma a las hamburguesas, presionando la carne picada entre las palmas de las manos.

—Estás muy callada hoy —dijo Ginger, dedicándole una cálida sonrisa a Erin. Las dos llevaban más de diez minutos allí, sin cruzar una palabra. Sin embargo, era un silencio cómodo. Erin y Ginger se habían hecho amigas en los últimos días.

Por primera vez esa tarde, la casa estaba relativamente tranquila. Los dos hijos pequeños de los Romano estaba echándose la siesta. Alex y Brand se habían llevado a Bobby, de seis años, al supermercado, para comprar pastillas de carbón para la barbacoa.

Erin sonrió a su amiga.

—No pretendía ser tan poco comunicativa. Estaba pensando, imagino —tenía que marcharse de Oahu en dos días. No quería irse. Seattle era su hogar y le encantaba vivir en el Pacífico nordeste; pero había olvidado lo maravilloso que podía ser Hawai.

—¿A quién intentas engañar? —masculló Erin entre dientes. No era Hawai lo que encontraba relajante y estimulante a un tiempo. Era estar con Brand.

—¿Has dicho algo? —preguntó Ginger.

—No, en realidad no. A veces hablo conmigo misma.

—Yo también lo hago, cuando estoy pensando. Suele ser cuando algo me preocupa.

—Me estaba preguntando qué pasará con Brand y conmigo —nadie había dicho nada, pero Erin no podía librarse de la sensación de que todo el mundo esperaba que anunciaran sus planes de boda. La presión estaba allí; era discreta y sutil, pero aun así Erin la sentía con tanta fuerza como había sentido las olas batiendo contra sus piernas en el océano.

—¿Puedo suponer que has disfrutado esta semana? —preguntó Ginger, poniendo a un lado el plato con las hamburguesas ya formadas.

—Todo el mundo ha sido maravilloso.

—Tú también has sido todo un éxito. Todos estábamos deseando conocerte.

—En otras palabras —dijo Erin con una sonrisa burlona—, los amigos de Brand fueron más curiosos que generosos cuando me enviaron ese billete de avión.

—¡Exacto! De veras espero que hayas disfrutado de esta semana en Hawai.

—¿Qué hay aquí que no se pueda disfrutar? —bromeó Erin.

—Entonces podrías plantearte venir a vivir aquí —sugirió Ginger a las claras.

—De eso nada —Erin rechazó la sugerencia de pleno—. Seattle es mi hogar.

—¿Llevas mucho tiempo viviendo allí?

—Dos años. Me gradué en la Universidad de Texas, pero pasé los dos primeros años en Florida, antes de trasladarme.

—¿También te licenciaste en Texas?

—No, terminé en Nueva York; por eso estoy tan contenta de haberme asentado en Seattle por fin. Es mi primer hogar y pienso seguir allí mucho tiempo.

—Eso puedo entenderlo —dijo Ginger, pensativa—. Has tenido mucho éxito con todo el mundo. Sentiremos mucho tu marcha.

—Entonces, ¿he aprobado el examen?

—Con matrícula. Me alegra el corazón ver al

grandioso Brandon Davis enamorado. Empezaba a dudar que eso pudiera ocurrir. Es un cabezota empedernido. Salía con una mujer un par de semanas, luego perdía el interés y la dejaba. Supe desde el momento en que mencionó tu nombre que eras diferente, y lo mismo pensaron todos los demás.

—Brand es especial —se lamió el zumo de los dedos y dejó el cuchillo en el fregadero—. La verdad, no puedo evitar pensar que supongo un reto mayor que el resto de las mujeres con las que ha salido. No soy como las demás. Me niego a rendirme a sus pies —aunque lo dijo con ligereza, quitándole importancia, era lo que pensaba de verdad.

—No creo que se trate de eso, exactamente —contraatacó Ginger. Hizo un pausa y apoyó la cadera en la encimera—. En cierto sentido, quizá, pero no por completo. Ahora que he llegado a conocerte, entiendo que Brand esté tan embelesado contigo. Los dos os complementáis. Parecéis equilibraros el uno al otro. Brand es extravertido y tú eres un poco retraída. No es que seas insociable, no me malinterpretes. Brand es cien por cien parte de la Marina…

—Y yo estoy cien por cien en contra.

Ginger hizo una pausa y arrugó la frente.

—Eso te molesta mucho, ¿verdad?

Erin asintió.

—Si no hubiera crecido rodeada de militares, seguramente aceptaría su estilo de vida como parte de lo que significa amar a Brand. Pero ya he pasado por eso. La Marina espera ciertas concesiones de una esposa y de la familia de un marino y, la verdad, me niego a hacerlas. Soy hija de marino y sé lo que implica casarse con un militar. El que haya conocido a Brand y me haya gustado no es más que una de esas crueles bromas del destino.

—Yo no lo veo de esa manera —dijo Ginger, sacando un taburete y sentándose—. Antes de casarme con Alex, me pensé largo y tendido su proposición. No me gustaba la idea de casarme con un miembro de la Marina, porque sabía desde el principio que siempre ocuparía un segundo lugar en su vida.

—Exactamente —corroboró Erin, aunque pensaba que se trataba de mucho más que eso. Si se casaba con Brand, su vida ya no le pertenecería.

—Yo prefiero pensar en Alex y yo como un equipo. Contribuimos a la defensa y seguridad de nuestro país. Estoy orgullosa de Alex y de su papel, pero estoy igual de satisfecha con mi propia contribución. Si no fuera por mi talento, mi entusiasmo, mi dedicación y la del resto de esposas y familias, la Marina perdería su efectividad. Me doy cuenta de que sueno como un folleto propagandístico pero lo cierto es que lo que digo es verdad.

—Yo crecí oyendo y creyendo eso —Erin se irguió y cuadró los hombros, con la vista al frente. Con tono monocorde, recitó lo que podía recordar del Credo de las Esposas de la Marina: «Creo que entendiendo mejor a la Marina, las esposas disfrutaremos y aceptaremos con más entusiasmo la forma de vida que ésta conlleva, y nos comprometemos a dedicar todo nuestro esfuerzo…», bla, bla, bla.

—Sí es verdad que te lo sabes —dijo Ginger con una sonrisa.

—Durante dieciocho años fui parte y paquete del exigente ritmo de vida de la Marina. Me desarraigaron más veces de las que puedo recordar. He vivido en más bases que algunos almirantes. Traslado tras traslado; francamente, no sé si estoy dispuesta a sacrificarme de esa manera por segunda vez.

Erin estaba siendo tan sincera como podía. Sí, quería a Brand, lo quería con todo su corazón, pero estar enamorada no resolvía el problema.

—¿Qué vas a hacer?

—No lo sé —musitó ella, sintiéndose triste de repente.

Las cosas habían cambiado entre Brand y Erin después de la noche que pasaron en la playa. Nunca habían vuelto a permitir que sus relaciones sexuales llegaran tan lejos.

Habían pasado juntos cada momento disponible, pero hacían poco más que besarse y darse la mano. Aunque Erin había visto las atracciones turísticas muchas veces antes, Brand la escoltó por toda la isla. Era como si ambos necesitaran ver y apreciar la belleza y esplendor de Oahu a través de los ojos del otro.

—Ojalá supiera qué decir para ayudarte —apuntó Ginger, cruzando las piernas. Dobló los brazos sobre el regazo y perdió la vista en la distancia—. Lo que más me impresiona sobre Brand y tú es que parece que los dos lleváis casados años y años. Dais la impresión de leeros el pensamiento. Es increíble. Perdóname por decir esto, pero es casi como si estuvierais hechos el uno para el otro. Destinados a estar juntos.

—No es tan dramático como tú lo pones —discutió Erin—. Sé cómo piensa un hombre de la Marina.

Y también sabía cómo se comportaban. Brand no estaba consiguiendo engañarla ni un poco. No habían hablado ni una sola vez del tema que los había alejado al uno del otro. Brand estaba dando tiempo al tiempo, esperando hasta que ella bajara las defensas y estuviera vulnerable. Su juego era uno que Erin reconocía bien a través de la escuela de estrategia de su propio padre. Brand suponía que si dejaba que todo siguiera su curso natural, las cosas saldrían tal y como él deseaba. Parecía creer que una vez ella estuviera loca por él, el que perteneciera a la Marina no tendría importancia.

Se equivocaba. Importaba y mucho. Pero ella no quería que se pasaran discutiendo el primer periodo que estaban juntos después de seis meses. Por lo visto, Brand tampoco quería, y ambos habían evitado el tema en cuestión. Brand por táctica. Erin… no sabía por qué. Suponía que por razones egoístas.

La puerta delantera se abrió y se oyeron los pasos de alguien que corría por el pasillo.

—Mami, estamos en casa —Bobby, de seis años, entró en la cocina como una bala.

Brand y Alex lo siguieron poco después. Alex cargaba con una bolsa de pastillas de carbón para la barbacoa.

Brand se situó detrás de Erin, rodeó su cintura con los brazos y la besó en la mejilla.

—¿Me has echado de menos? —preguntó.

—Muchísimo.

—Eso esperaba —sonrió con malicia y se volvió hacia ella para recompensarla con un beso. Su intensidad pilló a Erin desprevenida.

Cuando Brand la soltó, sostuvo su mirada.

—Necesitamos estar un rato a solas.

Ella asintió. Tenía que volver a Seattle al día siguiente. Había llegado el día de dejar las cosas claras.

Erin apenas fue capaz de comer durante la cena. Los cuatro adultos se quedaron sentados alrededor de la mesa de picnic, charlando y tomando café, mientras los tres niños corrían por el jardín.

—Hawai es precioso en esta época del año —comentó Erin vagamente, mirando a Brand a los ojos.

Él atrapó su mano con la suya y apretó con suavidad.

—Es precioso en cualquier época del año —su mirada sugería que era hora de que se excusaran y se fueran de allí, pero Erin no estaba dispuesta a seguirle el juego sin más.

Se puso en pie y llevó su plato y el de Brand a la cocina. Los enjuagó y después los metió en el lavavajillas.

—Has estado muy callada esta tarde —comentó Brand, colocando los vasos que habían utilizado en la rejilla superior del aparato—. ¿Te preocupa algo?

Ella asintió con tristeza.

—No quiero separarme de ti —la idea la atormentaba mucho más de lo que se atrevía a admitir. No podía quedarse. Seattle era su hogar, no Hawai. Su casa y su piano esperaban su regreso. Y también la esperaban Aimee y su trabajo.

Brand puso las manos en sus hombros y la hizo girar hacia él. La miró con ojos ardorosos y fervientes.

—Entonces no te vayas —dijo.

—No es tan sencillo —protestó Erin.

—¿Por qué no?

Frenética por ofrecerle un excusa, Erin dijo lo primero que se le pasó por la cabeza.

—Por Catherine Fredrickson.

—¿Qué diablos tiene ella que ver con todo esto? —exigió Brand, con voz áspera.

XI

—Cahtherine está enamorada de ti.

Brand miró a Erin atontado, como si no estuviera seguro de haberla oído bien. Su expresión pasó del asombro a la incredulidad.

—¿De qué demonios hablas? Por lo que recuerdo, la conversación se centraba en que no querías irte de Hawai, y te ofrecí una solución muy sencilla. No te vayas. Que yo sepa, el nombre de Catherine no había sido mencionado hasta ahora.

—Está enamorada de ti.

—No lo está y, aunque lo estuviera, ¿qué tiene eso que ver con nada? —exigió Brand, intentando mantener la paciencia. Miró por encima del hombro, como si temiera que Alex o Ginger fueran a aparecer. Era obvio que no era un tema del que quisiera hablar delante de ellos.

—Es algo que a una mujer le gusta saber cuando ella misma está interesada en un hombre.

Brand emitió un sonido gutural, un gruñido de pura frustración.

—Creo… creo que deberías casarte con ella —Erin no pensaba nada similar, pero lo dijo para hacer mella en él. Pareció conseguir el efecto deseado. Brand la miró como si deseara agarrarla por los hombros y sacudirla hasta que le castañetearan los dientes.

En vez de hacerlo, caminó hacia el otro extremo de la cocina y se pasó la mano por el pelo con fuerza suficiente como para tener que usar peluca si lo hacía muchas veces más. Se dio la vuelta, abrió la boca como si quisiera decir algo y la cerró otra vez.

—Es perfecta para ti —mientras hablaba, Erin se dio cuenta de que estaba diciendo la verdad. Le dolía admitirlo, más de lo previsible. Casi desde el primer momento, Brand había mencionado a sus amigos, Romano y Catherine, mezclando sus nombres como si fueran una sola persona. Era comprensible. Los tres trabajaban juntos. Eran amigos del alma. Alex estaba casado con Ginger, pero eso dejaba a Brand disponible para Catherine.

—Erin…

—No —interrumpió ella—. Lo digo en serio. Catherine es la mujer perfecta para ti. Para empezar, es miembro de la Marina y…

—Resulta que no estoy enamorado de ella —ladró él. Recorrió la distancia que los separaba con tres zancadas de sus largas piernas—. ¿Es que esta última semana no ha significado nada para ti? Nada de la última semana —se corrigió—. ¡Los últimos siete meses!

Su ira no le quitó coraje. Cuanto más pensaba en el tema de Brand y Catherine, más sentido le encontraba. De hecho, no sabía por qué no se le había ocurrido mucho antes. Hasta que no había conocido a la otra mujer, Erin no había comprendido la verdad.

—Hablo en serio, Brand.

—Yo no —escupió él—. Ni siquiera le he dado un beso a Catherine en toda mi vida. Sería como salir con mi propia hermana. Estoy seguro de que ella lo ve de la misma manera.

—Incorrecto —soltándose de él, llevó la mano a la cafetera. Como si no tuviera ninguna preocupación en el mundo, Erin la llenó de agua y luego midió el café, con la esperanza de que la actividad la ayudara a esconder el dolor que oprimía su corazón. La idea de que Brand amara a otra mujer casi la agarrotaba emocionalmente pero, guiada por una fuerza desconocida, quería forzar el tema.

—De acuerdo —concedió Brand, lenta y pensativamente—. Supongamos que tienes razón y que Catherine tiene sentimientos románticos por mí, aunque quiero que sepas que eso me parece una locura. Pero aceptaré la premisa para llevar a término esta discusión. Llevamos trabajando juntos casi tres años…

—Son cuatro —interrumpió Erin, mientras seguía manteniéndose ocupada recogiendo los platos de la cena.

—De acuerdo, cuatro años —él estrechó los ojos, pero por lo visto no estaba dispuesto a discutir detalles nimios—. Si no me he enamorado de Catherine en todo ese tiempo, ¿qué te hace suponer que podría llegar a plantearme casarme con ella, sobre todo ahora que estoy enamorado de ti?

—Es muy obvio.

—¿El qué? —gritó él con impaciencia.

—Que Catherine y tú deberíais estar juntos. Encaja. Dudo que llegues a encontrar a otra persona que cuadre tan bien contigo —ganando impulso, siguió—. Es verdad que tú y yo compartimos una cierta atracción física, pero aparte de eso parece que siempre estamos en desacuerdo.

Brand emitió un segundo gruñido y luego la sorprendió acercándose y agarrándole los hombros. Apretó con tanta fuerza que casi la levantó del suelo.

—Sabes lo que estás haciendo, ¿verdad? —dijo él con voz firme y colérica—. No quieres irte de Hawai o, mejor dicho, no quieres dejarme a mí. Maravilloso porque, francamente, yo tampoco quiero que te vayas. Te quiero. Hace ya tanto tiempo que ni me acuerdo de cómo era no quererte. Me niego a pensar en casarme con alguien que no seas tú. Que sugieras que tome a Catherine como esposa no tiene ningún sentido —relajó las manos y ella volvió a poner los pies en el suelo.

Erin bajó la vista, consciente de que él tenía razón pero odiando tener que admitirlo. Pretendía evitar una confrontación, y si dejaba que la discusión tomara el rumbo que él le había dado, llegarían a ella. Al admitir cuánto le apetecía seguir en la isla con él, había abierto la puerta a los problemas. Brand también quería que se quedara.

Se quedó rígida entre sus brazos durante un momento. Después, sus hombros se estremecieron con un suspiro y se relajó contra él, abrazándose a su cintura.

—Tienes razón —susurró—. Lo siento… lo siento mucho.

Brand se quedó quieto y farfulló algo entre dientes, que Erin no pudo entender. Como si no pudiera soportar la tensión ni un momento más, hundió las manos en su cabello y la atrajo hacia su firme y musculoso cuerpo. Ella ladeó la cabeza para sonreírle y Brand aprovechó el movimiento y posó la boca sobre la suya.

El beso reveló una tormenta de deseo. Cuando sintió que su lengua le entreabría la boca, Erin se abrió a él con tanta naturalidad como la puerta de un castillo ante la llegada del rey. Sintió el reconfortante calor de una amplia gama de sensaciones familiares, un calor tan intenso que la asustó. Siempre había sido así entre ellos. En cuanto la tocaba, era como si alguien acercara una llama a una astilla. Erin seguía asombrándose por su respuesta a Brand. Si la besaba, sentía un estallido de excitación que recorría su cuerpo de arriba abajo. Al principio sus besos le habían proporcionado sólo una cálida sensación de placer, pero después de los seis meses de separación, cada vez que la tomaba en sus brazos ella respondía con hambre y pasión.

Se acurrucó en su abrazo como un pájaro en un nido, extendiendo las alas para protegerse de la tormenta. Era maravilloso sentirse así. Nada de lo que había conocido en su vida le daba una sensación de seguridad comparable a la de estar en sus brazos.

Inspiró con deleite, saboreando el cálido aroma almizclado que era inherente a él. Brand gruñó y profundizó en el beso; Erin aceptó con gusto la intimidad de la lengua que lo acariciaba. Incapaz de quedarse quieta, empezó a moverse contra él. Tenía los pezones duros de excitación; la única forma de aliviar el placentero cosquilleo que sentía era frotar contra él la parte superior de su cuerpo.

La garganta de él vibró con un gemido ronco cuando la agarró por las caderas y la presionó contra él, moviéndola para demostrarle gráficamente el poder y la fuerza de su deseo por ella.

Para Erin fue una sensación familiar y muy agradable. Se agarró a su cuello y se movió con él, multiplicando por cien su placer. Erin se sentía como si el fuego la abrasara, ardía y quería todo al mismo tiempo.

—Oh, nena —susurró él.

El ruido que oyeron a su espalda fue tan inesperado como inoportuno. Brand echó la cabeza hacia atrás y rechinó los dientes con frustración.

—Hola —saludó Bobby con entusiasmo, cerrando la puerta corredera y entrando en la cocina—. Papá me ha dicho que viniera a preguntar por qué tardáis tanto en volver.

—Dile a tu padre... —Brand frunció el ceño, amenazador.

—Que saldremos ahora mismo —acabó Erin por él.

—¿Cuándo vamos a tomar el helado? —preguntó el niño, acercándose al congelador, abriendo la puerta y mirando dentro—. Yo creo que ya es hora de tomar el postre, ¿no?

Erin asintió con la cabeza.

—Si quieres, lo serviré ahora y puedes ayudarme a sacar los platos para todos.

El niño sacudió la cabeza con entusiasmo. Después, miró a Brand y pareció cambiar de opinión.

—Pero no dejes que te ayude el tío Brand. Podría besarte otra vez, y entonces se os olvidaría.

—No dejaré que me bese —prometió Erin.

—¿Quieres apostar algo? —bromeó Brand en voz baja.

Bobby los estudió a ambos con aire crítico.

—¿Tío Brand?

—¿Sí, Bob?

—¿Vas a casarte con Erin?

—Eh…

—Yo creo que deberías, y mi padre también.

Un tenso silencio llenó la habitación. Erin se tragó el nudo que le atenazaba la garganta y estaba a punto de ahogarla. Sus ojos estaban enzarzados con los de Brand e intentó desviar la mirada, pero Brand no lo permitió.

—Yo… Vamos a preparar ese helado —sugirió Erin, esperando sonar alegre y entusiasta, aunque no se sentía en absoluto así.

Erin ya tenía las maletas preparadas y listas para el vuelo y recorrió la casa de Alex y Ginger una última vez, en espera de que Brand llegara para conducirla al aeropuerto. Esa mañana se había despertado con una sensación de pesadez en el pecho, que había ido empeorando según progresaba el día. No se atrevía a cuestionar su origen ni qué necesitaría hacer para aliviarla.

Conocía la respuesta con tanta claridad como si un médico le hubiera dado el diagnóstico por escrito. Dejar a Brand era mucho más difícil de lo que habría podido imaginar.

No la había presionado para que se casara con él. Ni una sola vez. De hecho, había sido ella la que había sacado el tema, cuando le sugirió que considerara a Catherine como posible esposa. Esa idea había tenido el efecto opuesto al deseado; y con toda la razón. Había sido una idiota al sugerirle a Brand que se involucrara románticamente con otra mujer. Incluso en ese momento, sólo pensar en eso le provocaba un pinchazo de arrepentimiento y dolor.

A Erin le gustaba Catherine, disfrutaba con su compañía y le deseaba lo mejor; pero en cuanto se refería a Brand, Erin había descubierto que era mucho más territorial de lo que había pensado. Le sorprendió darse cuenta de lo posesiva que podía llegar a ser.

Brand llegó y cargó el equipaje de Erin en el maletero del coche. Si estuvo más callado de lo habitual durante el trayecto al aeropuerto de Honolulú, ella apenas lo notó pues tampoco tenía mucho que quisiera decir.

Se sentaron el uno junto al otro en la zona de espera, dándose la mano, mientras esperaban a que sonara el aviso de embarque del vuelo. Erin tenía la garganta tan tensa que no habría podido decir una palabra aunque la paz mundial dependiera de ello.

Cada segundo que pasaba parecía absorber la energía de la sala. Por lo visto nadie más se daba cuenta de ello, excepto Brand.

Cuando anunciaron su vuelo, las personas que estaban a su alrededor se pusieron en pie, recogieron sus objetos personales y sacaron sus billetes.

Ya habían embarcado los pasajeros de las primeras filas cuando Brand se levantó.

—Tendrás que embarcar ahora —dijo con compostura, como si el que ella se marchase no tuviera demasiada importancia para él.

Ella asintió y se puso en pie con desgana.

—¿Me llamarás cuando llegues a Seattle?

Erin volvió a asentir.

Brand pasó las manos por sus hombros y ladeó la cabeza para evitar su mirada.

—Estoy moviendo todos los hilos que puedo para conseguir que me transfieran a una de las bases del estado de Washington.

Él no había mencionado eso antes, y las esperanzas de Erin desplegaron el vuelo. Si Brand viviera en cualquiera de las bases navales cercanas a Seattle, incluso si fuera en la que estaba al otro lado de Puget Sound, eso facilitaría la situación imposible que había entre ellos. Entonces podrían permitirse el lujo de que su relación se desarrollara con naturalidad, sin que miles de kilómetros se interpusieran entre ellos como un vacío gigantesco e insoslayable.

—No habías dicho nada de eso antes —dijo, odiando la expectativa que tiñó su voz. Que estuviera dispuesto a alejarse de la base en la que se encontraba el almirante decía mucho sobre el compromiso que sentía hacia ella.

—No lo mencioné antes porque no es nada probable.

—Ah —su esperanza y excitación disminuyeron con tanta rapidez como habían aparecido.

Se oyó la última llamada de embarque de su vuelo. Erin miró por encima del hombro, deseando más que nada en el mundo quedarse con Brand. Pero sabía que tenía que marcharse.

—Imagino que no… —empezó Brand con entusiasmo, pero calló de repente.

—¿Qué imaginas?

—Da igual.

—¿Da igual? Es obvio que querías decir algo...

—Eso tampoco funcionaría.

—¿Qué no funcionaría? —exigió ella, impaciente.

—¿Te has planteado alguna vez trasladarte a Hawai? —preguntó él, sin revelar ninguna emoción en un sentido o en otro.

Ella se quedó tan asombrada por la sugerencia que perdió el aliento.

—¿Trasladarme a Hawai? —gimió.

Aunque parecía una locura, lo primero que le pasó por la mente sería que tendría que vender el piano de cola con la casa y que, a decir verdad, no debía de haber mucha gente interesada en algo tan grande, sobre todo cuando dominaba una enorme zona de la sala.

—No importa —rezongó Brand, irritable—. Ya he dicho que no funcionaría.

Erin alzó la vista hacia él, preguntándose por qué le quitaba valor a su propia sugerencia; pero un momento después se dio cuenta de lo poco viable que era la idea. Ella tenía su trabajo, su casa y sus pesados y poco manejables muebles. Además, también estaban las raíces que se había esforzado por plantar en la zona de Seattle. Sus amigos. Las mujeres que asistían al curso de «Mujeres en transición» que daba por las tardes.

—No puedo trasladarme.

Brand frunció el ceño y asintió con la cabeza.

—Lo sé. Era una idea estúpida. Olvida que lo he sugerido.

Por la forma en que estaba progresando su cortejo, si ella decidía dejar por Brand todo lo que le importaba, cuando llegara a Hawai a él lo destinarían a Alaska. Sabiendo cómo funcionaba la Marina, había muchas probabilidades de que ocurriera algo así.

Erin no necesitaba ni quería oír la voz que hizo una última llamada urgente de embarque.

—¿Por qué no has dicho nada antes? —le exigió. Al menos podrían haberlo hablado sin la presión de tener que embarcar. De hecho, habían estado sentados, dándose la mano durante más de una hora, sin intercambiar más que unas pocas palabras.

—No debería haber dicho nada ahora —la mirada de él se suavizó y pasó las puntas de los dedos por su mejilla, con suavidad y ternura—. Tienes que marcharte —le dijo, con voz grave y ronca.

—Sí… lo sé —pero habiendo llegado el momento, Erin no estaba segura de si podría darse la vuelta y alejarse de Brand manteniendo intacta su dignidad. No sabía lo que iba a hacer. Él representaba todo aquello que había soñado con encontrar en un hombre y, al mismo tiempo, su mayor temor.

Él le dio un abrazo demasiado breve, dejó caer los brazos y se apartó. Erin, deseando más que nada marcharse con una sonrisa, esbozó una deslumbrante, que habría estado a la altura de Miss América. Después se dio la vuelta dignamente y se encaminó hacia la rampa.

—Erin —su nombre sonó como un gruñido ronco. Él llegó a su lado tan rápido que casi la mareó. La tomó en sus brazos y la besó con una pasión que la dejó débil y temblorosa.

—Lo siento —dijo la azafata que había a la entrada de la rampa—. Tiene que embarcar ahora. El avión está listo para el despegue.

—Ve —susurró Brand, dando un paso hacia atrás.

—Oh, Brand —a Erin le molestó que se le estuvieran llenando los ojos de lágrimas. Un rostro lleno de churretones de rímel arruinaría la imagen que se estaba esforzando por dejar en la mente de Brand.

—Regresa a Seattle —dijo Brand con dureza—. Vete ya, antes de que acabe suplicándote que te quedes.

—¿Dónde has estado todo el fin de semana? —exigió Aimee, dejando a Erin atrás y entrando directamente a la sala. Llevaba una enorme bolsa de papel marrón en una mano y un cigarrillo en la otra—. Debo de haberte llamado veinte veces.

—He ido a Vancouver.

—¿Tú sola? —Aimee sonó incrédula—. Santo cielo, acabas de regresar de una semana de vacaciones en Hawai. No me digas que te hacía falta alejarte de aquí —giró en redondo, como si buscara algo—. ¿Dónde guardas los ceniceros?

Erin siguió a su amiga a la cocina, donde Aimee empezaba a registrar los cuatro cajones de uno de los muebles. Abrió el primero, echó un vistazo y lo cerró de golpe.

Erin sacó un pequeño cenicero de cristal de un armario y se lo ofreció a su compañera de trabajo en la palma de la mano.

—¿Cuándo empezaste a fumar? —preguntó. No recordaba haber visto nunca a Aimee con un cigarrillo en la mano.

—Fumaba hace años, cuando era joven y estúpida. Es un hábito asqueroso. Créeme, hagas lo que hagas, nunca empieces a fumar —mientras hablaba, abrió el bolso y sacó un paquete de cigarrillos. Era una marca diseñada específicamente para mujeres, y los cigarrillos eran muy delgados y largos.

—¡Aimee! —exclamó Erin—. ¿Qué es lo que te ha pasado?

Como si necesitara hablar de repente, Aimee sacó una silla y se derrumbó sobre ella. Cruzó las piernas automáticamente y empezó a balancear un pie como si fuera un péndulo de precisión, tan rápido que creó una pequeña corriente de aire.

—He venido a enseñarte mi nuevo conjunto —anunció Aimee—. Me lo he comprado para ir a la vista de conciliación. Si Steve va a divorciarse de mí, quiero estar deslumbrante.

—En otras palabras, quieres que se arrepienta.

—Exacto —por primera vez, una tenue sonrisa rompió la rigidez tensa de sus labios.

—¿Por qué no te sinceras con él y se lo dices?

—¡Estás de broma!

—No —le aseguró Erin. Había estado fuera siete días y a su regreso apenas había reconocido a su mejor amiga. Aimee había perdido mucho peso y estaba tan tensa que le habría ido bien una receta de calmantes. El que hubiera empezado a fumar era indicio de un problema bastante más grave.

—Steve y yo ya no nos hablamos.

—Pero pensé que nunca os habíais llevado tan bien como ahora.

—Eso era antes —explicó Aimee, aplastando la colilla en el cenicero.

—¿Antes de qué?

—Antes… de todo.

—¿Estás segura de que no estás malinterpretando la situación? —Erin no conocía demasiado bien a Steve, pero tenía la impresión de que era un hombre bastante justo.

—Eso no es ni la mitad de la mitad —cuanto más hablaba Aimee, más rápido movía la pierna. Erin no se atrevía a centrar la atención en su pie, por miedo a quedarse hipnotizada.

—¿Quieres decir que hay algo más?

—Alguien se ha mudado al dúplex con él —el dolor parecía un ente vivo en los ojos de Aimee.

—¿Una mujer? —preguntó Erin con suavidad.

—Yo… no lo sé, pero imagino que sí. Conozco a mi marido, le gusta disfrutar del sexo con regularidad.

—¿Cómo sabes que alguien ha ido a vivir con él? —Erin no pudo ocultar su curiosidad. Sospechaba que su amiga estaba haciendo de detective aficionado y llegando a las conclusiones erróneas.

—Estaba en su vecindario y decidí que no tendría nada de malo pasar por su casa y ver qué estaba haciendo Steve. Y me alegro de haberlo hecho, porque había un descapotable blanco aparcado delante de su entrada —exhaló una nube de humo hacia el techo y cuando dejó el cigarrillo, Erin se dio cuenta de que le temblaban las manos.

—¿Un descapotable blanco?

—Vamos, Erin —dijo Aimee con tono sarcástico—. No soy idiota. Era después de medianoche.

—¿Y eso lo explica todo?

—Las dos sabemos que es más probable que una mujer conduzca un coche blanco. A los hombres les gustan negros o rojos. Tal y como yo lo entiendo, o Steve tiene a alguna chica viviendo con él, o tiene una aventurilla. Empiezo a pensar que debe de llevar tiempo engañándome.

—Aimee, eso es ridículo.

—Mi abogado no opina lo mismo.

—¿Por qué te ha sugerido algo así? La verdad, creo que esta situación se te está yendo de las manos. No hace mucho dijiste que Steve no era de la clase de hombres que engañan a su mujer —Erin recordó la imagen del hombre que se había acercado a su mesa para no dar una impresión equivocada la noche que estaban en el restaurante mexicano.

—Llamé a mi abogado el día siguiente a primera hora y le di el número de la matrícula. Si Steve está tonteando por ahí, y estoy casi segura de ello, tendrá que afrontar las consecuencias en los tribunales. Si quiere otra relación, lo menos que puede hacer es esperar a que se seque la tinta de los papeles del divorcio.

Erin no podía creer lo que estaba escuchando. Aunque no debería haberle sorprendido tanto. A lo largo del curso que impartía en la universidad, había visto que el trauma emocional, la amargura y el dolor del divorcio destrozaban a las mujeres más fuertes.

Lo que a Erin le sorprendía era que esa mujer fuera Aimee. La imperturbable y serena Aimee. En el tiempo que llevaban trabajando juntas, Erin había visto a su amiga manejar situaciones explosivas una y otra vez, con competencia y sin tener que recurrir a acusaciones o culpabilidades.

—En cualquier caso —dijo Aimee, estirando el brazo hacia la bolsa que tenía al lado—. Quería enseñarte el conjunto que me he comprado para la vista del caso. Dios sabe que no puedo permitírmelo, pero lo he comprado de todas formas —con mucho cuidado, abrió el papel de seda que envolvían una blusa y una falda de seda de un brillante tono turquesa.

—Oh, Aimee, es maravilloso.

—Eso mismo pensé yo. Estaré espectacular, ¿no crees?

Erin asintió con la cabeza. Ella no podría entrar al despacho del juez con su amiga. Según las normas de los tribunales, tendría que esperar en el pasillo; pero al fin y al cabo lo que Aimee necesitaba era apoyo emocional antes y después de la vista.

—Por cierto, ¿qué has estado haciendo en Canadá este fin de semana? —preguntó Aimee, apartando el humo que iba hacia el rostro de su amiga con un manotazo. Miró la punta del cigarrillo y lo apagó con tanta fuerza que el cenicero casi salió despedido de la mesa.

Erin dudó un momento, pero decidió que la verdad era la mejor respuesta.

—Necesitaba alejarme de aquí.

—Si no te importa que te lo recuerde, acabas de pasar una semana lejos de aquí.

—Lo sé —en los cinco días que habían transcurrido desde su regreso, Erin había hablado con Brand dos veces. Una, brevemente, poco después de que llegara a casa. Después, a media semana, él había vuelto a ponerse en contacto con ella. Sonaba cansado y de mal humor. Aunque habían hablado durante varios minutos, después de la conversación Erin se había sentido sola y deprimida.

Por más que intentaba no hacerlo, Erin pensaba mucho en lo que le había sugerido a Brand con respecto a Catherine y a él. Le dolía pensar en Brand con otra mujer. «Dolor» era una palabra demasiado débil para describir la sensación que parecía cortarle el corazón en dos cada vez que consideraba la situación. Todo se resolvería si ellos dos se enamorasen. Tenían mucho en común, y entre otras cosas los dos apreciaban muchos de los emocionantes aspectos de la Marina. Emocionantes, eso sí, sólo para aquéllos que pudieran aceptar las reglas y restricciones de un estilo de vida militar.

Aquéllos que no habían nacido y crecido en ese entorno. Aquéllos que no sabían a lo que se arriesgaban.

—¿Erin? —dijo Aimee con voz suave—. ¿Estás bien?

—Sí, claro. Perdona —replicó ella, obligándose a volver al presente—. ¿Estabas diciéndome algo y no te he oído?

—No —la otra mujer la observó atentamente—. No me has contado mucho sobre Hawai. ¿Cómo fue tu semana con Brand?

—Maravillosa —se dijo que, si acaso, había sido demasiado maravillosa. Había adorado cada minuto, ansiosa por pasar tiempo a solas con él. Ambos se habían comportado de forma bastante egoísta, evitando compartir sus escasos días juntos con los demás.

A nadie parecía haberle importado. De hecho, casi daba la impresión de que los amigos de Brand se desvivían por dejarles vía libre.

—He oído que Hawai es un lugar precioso —continuó Aimee—. Hubo una época en la que Steve y yo planeamos viajar allí para celebrar nuestro décimo aniversario de casados.

—Es una belleza.

—¿Pero no te gustaría vivir allí?

La pregunta pilló a Erin desprevenida. Parpadeó, sin saber qué contestar. Claro que podría vivir en Hawai, no hacía falta pensar mucho la respuesta. Cualquiera disfrutaría viviendo en el paraíso. Si Brand tuviera allí un negocio, se casaría con él y lo ayudaría a crear un imperio. Pero Brand era militar, y si vinculaba su vida a la de él, tendría que estar dispuesta a aceptar ese estilo de vida de corazón; no se creía capaz de hacerlo.

—¿Y bien? —presionó Aimee.

—No —contestó Erin automáticamente—. No creo que pudiera vivir en Hawai.

—Yo tampoco —masculló su amiga, sacando otro cigarrillo—. O, al menos, no ahora. En este momento me interesa más un lugar frío y aislado.

—¿Groenlandia?

—Groenlandia —repitió Aimee—. Eso sería perfecto —desvió la mirada y simuló que se quitaba una pelusilla del pantalón—. Entonces —soltó el aire de golpe—, ¿te reunirás conmigo en el juzgado el lunes por la mañana?

—Allí estaré.

—Muchas gracias, sabía que podía contar contigo.

—En ese momento sonó el teléfono y Erin se inclinó hacia la pared para contestar.

—Hola —saludó.

Pasaron un par de segundos sin que se oyera respuesta y Erin pensó que alguien debía de haber marcado el número equivocado.

—¿Erin MacNamera? —el nombre sonó como si llegara de muy lejos, pero no parecía una conferencia. Faltaba el zumbido distintivo al que ya estaba acostumbrada.

—Sí, soy Erin MacNamera —la voz femenina que había dicho su nombre le resultaba familiar, pero Erin no conseguía reconocerla.

—Soy Marilyn… de clase. Siento mucho molestarte —dijo, intentando ocultar, sin éxito, que estaba llorando.

—No es molestia, Marilyn. Me alegra saber de ti. ¿Cómo estás? Hace semanas que no hablo contigo.

—Estoy bien —hizo una pausa y dejó escapar una risa abrupta—. No, no estoy bien. De hecho, he pensado que debía llamar a alguien. ¿Tienes tiempo para hablar en este momento?

XII

Esa noche, después de la vista de conciliación de Aimee, Erin se despertó de un sueño profundo con los ojos llenos de lágrimas. Estuvo quieta unos minutos, intentando recordar qué había estado soñando que fuera tan amargamente triste. Pero no pudo. Se dio la vuelta, miró el reloj y soltó un suspiro. Aún faltaban varias horas hasta que sonase el despertador.

Ahuecó la almohada con la intención de volverse a dormir, y en cierto modo le sorprendió descubrir que le resultaba imposible. Las lágrimas anegaron sus ojos y empezaron a surcar sus mejillas a un ritmo alarmante.

Se incorporó, buscó un pañuelo de papel y se sonó la nariz con fuerza. No entendía qué le estaba ocurriendo ni por qué le parecía tan necesario llorar. Una retahíla de posibles razones pasó por su cabeza. Hormonas. Echaba de menos a Brand. Su experiencia con Aimee esa mañana. Marilyn. Había un buen número de excusas para despertarse llorando. Pero no alcanzaba a comprender el porqué de ninguna.

Volvió a taparse y se quedó tumbada mirando al vacío. Deseaba intensamente que Brand estuviera con ella en ese momento. Él la tomaría en sus brazos y la reconfortaría con ternura. La besaría hasta borrar todas sus dudas y miedos. Después la acariciaría cómo y dónde a ella más le agradaba, hasta que dejase de llorar.

Erin lo echaba más de menos en ese momento que en los seis meses que había estado en el mar.

Cerró los ojos y su mente se llenó de rostros y tensiones. Eran los rostros de los hombres y mujeres que había visto en el juzgado esa mañana. El desapacible silencio, mientras esperaba a que Aimee y Steve salieran del despacho del juez, le había impresionado.

Era un silencio distinto a cualquier otro. Había filas de bancos de caoba en el pasillo que, irónicamente, parecían bancos de iglesia. Los abogados hablaban con sus clientes mientras esperaban su turno ante el juez. Aimee debía de haber cruzado y descruzado las piernas más de cien veces, de lo nerviosa que estaba. Después había empezado a balancear el pie a una velocidad de vértigo.

Después, cuando Steve y ella entraron al despacho, Erin se había quedado sola, rodeada por ese silencio tenebroso y cargado de dolor.

Erin también estaba preocupada por Marilyn. La mujer había telefoneado porque necesitaba hablar. El dolor y la ira que le habían provocado sus circunstancias habían llegado a un nivel tan opresivo que no podía tolerarlo más. Durante el curso habían hablado de lo importante que era pedir ayuda en momentos así.

Erin había pasado casi una hora al teléfono con Marilyn, escuchando mientras la mujer se desahogaba.

Marilyn estaba empezando a aprovechar ese pozo de fuerza interna cuya existencia había desconocido. Erin confiaba en que se sobrepondría a todo y acabaría sintiéndose fuerte y segura. Pero no pensaba lo mismo de la jovencita que había visto en el juzgado esa mañana.

Tenía la expresión desesperada de su rostro grabada en la mente, como una obsesión. La joven lloraba suavemente e intentaba disimular sus lágrimas. Temblaba. Daba la impresión de haber perdido todo equilibrio.

A Erin se le encogió el corazón de nuevo al recordar la angustia que había visto en los ojos de esa joven madre. Desconocía sus circunstancias, sólo sabía lo que había escuchado mientras esperaba a Aimee. Sin embargo, esos ojos rojos y dolidos seguían atormentándola muchas horas después, en mitad de la noche.

Aimee había salido de la vista con el juez tan desazonada que Erin le había sugerido que fueran a almorzar antes de volver a la oficina. Aimee apenas había dicho nada y ambas habían comido en silencio. Un silencio tan desapacible como el que Erin había experimentado en el juzgado.

Estaba reviviendo esa desagradable sensación, tan intensa que casi la sofocaba, en ese momento, en su cama, y no sabía por qué.

Sentado ante su escritorio, Brand tenía una vaga sensación de inquietud que no habría sabido definir.

Había tenido noticias de Erin con regularidad, desde que ella regresó a Seattle.

En lo referente a tratar con su dulce rosa irlandesa, estaba controlándose en la medida en que lo permitía su corazón. Ser paciente y no presionarla para que se comprometiera le estaba resultando muy difícil.

La amaba, no tenía ningún tipo duda. También sabía que era pedirle mucho que correspondiera a ese amor. Todo sería mucho más fácil si él no perteneciera a la Marina. Erin deseaba estabilidad, permanencia, raíces. Brand tenía que demostrarle que podía tener todo eso y también ser su esposa. El mundo militar le había proporcionado más seguridad que toda su vida como civil.

La Marina era su vida y Brand creía que, con el tiempo, Erin adoptaría esa misma forma de pensar. Ella lo amaba. Sus labios se curvaron al recordar cómo había respondido a sus caricias cuando estaban en el mar. Nunca habían estado tan cerca de hacer el amor que aquella noche. Casi era un milagro que no lo hubieran hecho.

Cuando se conocieron y salieron juntos por primera vez, la atracción física había sido casi demoledora. Nunca había experimentado nada igual. Estaba seguro de que si pasaban tiempo juntos, el magnetismo entre ellos alcanzaría niveles explosivos. Eso no había cambiado, pero en los meses que habían transcurrido se había añadido una nueva dimensión. Se habían unido emocionalmente. Erin se había convertido en una parte fundamental de su vida. Lo había ayudado a definir quién era, cómo pensaba y cómo gobernaba sus acciones. Era la primera persona en la que pensaba cuando salía de la cama por la mañana. Solía despertarse lamentando que no estuviera a su lado y se preguntaba cuánto tiempo tardaría ella en actuar con sensatez y casarse con él.

Seguía pensando en ella durante la mayor parte del día. Vivía para el correo. Si había carta de ella, la leía dos o tres veces de corrido, saboreando cada palabra. Con frecuencia, justo después, se sentaba a escribir su contestación. Brand nunca había sido un gran escritor de cartas. Se tardaba bastante tiempo en escribir una carta y a veces tenía problemas para expresarse con la palabra escrita. Como no quería ser malinterpretado, prefería optar por una llamada telefónica breve. Su última misión en el mar había sido un reto para él en más de un sentido, pero había aprendido algunas lecciones muy valiosas. Necesitaba saber de Erin.

No era que lo quisiera. Lo necesitaba.

Mientras estaba en el Blue Ridge, se había visto obligado a admitir por primera vez cuánto la necesitaba. Había intentado no amarla, sacarla de su cabeza y de su vida, pero había descubierto que era incapaz de hacerlo.

Erin MacNamera era la persona más importante de su mundo. Dado que no podía renunciar a ella, no le quedaba otra opción que ser paciente y esperar.

La vaga sensación de inquietud persistió casi toda la tarde.

La noticia que le dio Catherine también le pareció bastante inquietante.

—¿Qué quieres decir con que te transfieren a Bangor? —exigió Brand. No solía utilizar palabrotas, pero no pudo evitar un par de blasfemias cuando Catherine le explicó que la habían destinado al estado de Washington.

—Eh —protestó ella—. Yo no lo he pedido. Personalmente, la idea no me atrae en absoluto.

—Tú no lo pediste, yo sí —Brand habría estado dispuesto a renunciar a su ascenso por la oportunidad de vivir más cerca de Erin. Parecía que las cosas se ponían en su contra cuando se trataba de amarla.

Cuando llegó a casa esa noche, lo esperaba una carta de Erin. Miró el sobre, agradeciendo que al menos hubiera habido algo bueno en el día.

De pie en el salón, abrió el sobre con el dedo índice y leyó:

Queridísimo Brand:

Ésta es la carta más difícil que he escrito en mi vida. La he empezado muchas veces, intentando comprender mis sentimientos, rezando todo el tiempo para que entiendas y me perdones.

Me desperté temprano la otra mañana, llorando. Aimee me había pedido que fuera con ella al juzgado el día que se celebraba la vista de su divorcio. Tuve que esperarla fuera en el pasillo, y mientras estaba allí vi a una joven que tendría poco más de veinte años, llorando. Nunca me había afectado tan profundamente una experiencia. Ese pasillo estaba lleno de dolor y desconsuelo que parecían querer atraparme. Tal vez todo se debiera a que la vista se celebró poco después de un triste episodio con Margo. Ha tenido momentos altos y bajos en los últimos nueve meses; pequeños triunfos seguidos de pequeños retrocesos. Desde que conseguí mi empleo he trabajado con tantas mujeres en proceso de divorcio que empiezo a preguntarme si hay gente que siga casada hoy en día. ¿Cómo puede el marido de Margo dejarla después de treinta años de matrimonio? ¿Cómo es capaz de abandonarla ahora? Para mí no tiene sentido.

Incluso Aimee me sorprende. Yo sabía que ella y Steve tenían problemas, pero ni en sueños se me ocurrió que las cosas llegarían tan lejos.

Supongo que te estarás preguntando qué tienen que ver la vista del divorcio de Aimee y los problemas de Margo con el hecho de que me despertase llorando. Créeme, incluso yo misma tardé bastante en encontrar la relación.

En lo más profundo de mi ser, el trauma de Aimee y Margo me obligó a enfrentarme a mis verdaderos sentimientos con respecto a nuestra relación. Te quiero, Brand. Tanto que a veces me da miedo, pero no podemos continuar, no podemos seguir pretendiendo que nuestras diferencias se resolverán mágicamente algún día. A los dos nos pilló por sorpresa enamorarnos. Tú, desde luego, no pretendías marcharte de Seattle teniendo sentimientos por mí, ni yo pretendía amarte. Ocurrió y ambos lo permitimos. Ahora tenemos que hacer algo respecto a cómo hemos embrollado nuestras vidas.

Me doy cuenta de que mis pensamientos siguen estando muy revueltos, y tú no tienes ni idea de lo que intento decir. Ni siquiera estoy segura de poder explicarlo yo misma. Supongo que me di cuenta por primera vez cuando hablé con Margo una tarde, a última hora, en un momento en que ella sufría un lapso de intenso dolor emocional. Después de aquello fue cuando se celebró la vista del divorcio de Aimee.

Sé que tienes la esperanza de que nos casemos pronto. Has sido muy paciente y comprensivo. Supe cuánto me amabas en realidad cuando dejaste de presionarme para que me convirtiera en tu esposa.

En las últimas semanas he pensado mucho en tu propuesta y, si te soy sincera, empezaba a inclinarme en esa dirección.

He tomado una decisión y ha sido la más difícil y devastadora de mi vida. No puedo casarme contigo, Brand. Hace poco tiempo me di cuenta de por qué. No es porque no te quiera lo suficiente. Por favor, créelo. Seguramente me costará toda una vida aprender a no amarte.

Si nos casamos, en algún momento acabaremos divorciándonos. Nuestras diferencias son fundamentales. Tú perteneces a la Marina. Creo honestamente que lo que tanto me atrajo de ti al conocerte fue tu parecido con mi padre. Desde luego, no te pareces a él físicamente, pero por dentro sois como parientes de sangre. Pensáis de forma muy parecida. Vuestras vidas no os pertenecen, ni a vosotros ni a vuestra familia. Pertenecen al viejo Tío Sam.

Ya pasé por dieciocho años de eso y no puedo ni quiero aceptar esa descabellada forma de vivir por segunda vez. La odié entonces y la odiaría ahora.

Este tema no es nuevo. Es el mismo al que llevamos dando vueltas desde el momento en que nos conocimos. El problema es que llegué a amarte tanto que estaba dispuesta a rendirme, pensando que si nos casábamos todo acabaría yendo bien. Estaba enterrando la cabeza en la arena, como un avestruz, para no ver la realidad. Pero en algún momento del futuro ambos tendríamos que pagar muy caro el que yo me hubiera negado a aceptar la verdad. Para entonces, además, seguramente tendríamos hijos. No podría soportar que nuestros hijos tuvieran que pasar por el trauma de un divorcio.

Es irónico que yo trabaje casi exclusivamente con mujeres divorciadas. Mes tras mes, clase tras clase, y aun así no me di cuenta de lo feo y doloroso que es disolver un matrimonio hasta que vi lo que le ha ocurrido a Aimee. Steve y ella están sufriendo una enormidad. Y me duele verla así. Apenas conozco a Steve, pero también lo siento por él. Mi actitud hacia el matrimonio se ha vuelto muy sarcástica últimamente. Empiezo a cuestionarme si tiene sentido que una persona se comprometa voluntariamente a entregar su vida a otra.

Aimee ahora está amargada. Creo que se ha convencido

a sí misma de que odia a Steve. La mujer que vi en el pasillo del juzgado, también. Lo sentí con mucha fuerza al verla. Suena como una locura, ¿verdad? Toda la gente que estaba allí rezumaba sufrimiento emocional por cada poro.
Cuando pensé en ello, me di cuenta de que muchos de esos
hombres y mujeres empezaron igual que nosotros. En un
momento de su vida estuvieron tan enamorados como lo estamos tú y yo ahora. Pero, teniendo en cuenta lo que siento
con respecto a la Marina, empezaríamos nuestra andadura
con algo en contra.

Por favor, acepta mi decisión, Brand. No me escribas. No
me llames. Por favor deja que éste sea el final.

Ha sido la decisión más dolorosa y difícil de mi vida.
Sin embargo, en lo más profundo de mi corazón sé que es la
correcta. Puede que estés en desacuerdo conmigo ahora, pero
algún día, cuando mires hacia atrás y recuerdes este periodo,
creo que comprenderás que estoy haciendo lo mejor para ambos, aunque, que Dios me ayude, me ha costado mucho.

Gracias por quererme. Gracias por enseñarme tanto sobre
mí misma. Y, por favor, sí, por favor, sé muy feliz.

Erin

Brand cerró los ojos. Se sentía como si un camión
hubiera chocado contra su estómago. Durante un an-
gustioso momento, pensó que iba a vomitar. Era una
sensación muy extraña, como si lo hubieran atacado
físicamente, hiriéndolo de gravedad, y estuviera experimentando el principio de un estado de shock.

Tardó un par de minutos en recomponerse. El corazón le latía en el pecho como un gong enorme. Paseó de arriba abajo con frustración, dando vueltas a
sus limitadas opciones.

Antes de llegar a ninguna conclusión, necesitaba

releer la carta de Erin y determinar hasta qué punto hablaba en serio. Se sentó ante el escritorio y la leyó, digiriendo cada palabra, buscando... diablos, no sabía qué buscaba. Algún fallo. Alguna indicación o evidencia, por nimia que fuera, de que no escribía en serio. Una chispa de esperanza.

La segunda lectura, y después una tercera, le demostraron lo contrario. Cada palabra escrita era la pura verdad. Quería dejar la relación y, por el bien de ambos, no quería volver a saber nada de él.

Había pasado una semana desde que Erin le envió la última y definitiva carta a Brand.

—Cobarde —masculló para sí. Ése era el resultado de no enfrentarse a él por teléfono. Había sabido desde el primer momento que estaba optando por la vía fácil. Al principio se había dicho que su intención era evitar protestas y largas discusiones. Sólo con el paso del tiempo había llegado a admitir que era una cobarde.

—¿Ya estás hablando contigo misma otra vez? —masculló Aimee desde la mesa que había frente a la de Erin.

—¿Qué he dicho esta vez?

—Algo sobre ser una cobarde.

—Ah... supongo que sí lo dije —en realidad era gracioso. Irónico, también, que hubiera tomado la decisión más valerosa y difícil de su vida, y una semana después estuviera llamándose cobarde.

—Volvería a hacerlo otra vez —musitó, con voz temblorosa. Temblorosa por el dolor y el desconsuelo.

—¿Sigues dándole vueltas a lo de Brand? —preguntó Aimee con voz poco comprensiva.

Erin asintió.

—Créeme, las mujeres están mucho mejor sin hombres. Usan y abusan, en ese orden —dijo Aimee. Soltó una risita desagradable—. Empiezo a hablar como una arpía, ¿verdad? Disculpa. Llevas deprimida toda la semana y no te he ayudado en absoluto.

—No te preocupes por eso. Tú tienes tus propios problemas.

—Ya no tantos. Steve y yo hemos llegado a un acuerdo. Están redactando los documentos finales, y dejaremos atrás todo este desagradable asunto. Por fin. Tenía la sensación de que no iba a acabar nunca.

—¿Vas a hacer algo después del trabajo? —regresar a una casa vacía y oscura, aunque hubiera un piano de cola para recibirla, había perdido su atractivo hacía mucho tiempo. Antes de escribir la carta definitiva a Brand, había corrido a casa, rezando porque hubiera una carta esperándola. Pero ya no habría más cartas. Al menos no de Brand. Cuando se había dado cuenta de eso había empezado a buscar excusas para no volver a casa después del trabajo.

—¿En qué has pensado? —preguntó Aimee.

—James Bradshaw, el famoso abogado especialista en divorcios, va a dar una conferencia sobre acuerdos prenupciales. Se lo recomendé a las mujeres de mi curso y ha pensado que quizá te gustaría asistir con nosotras.

—Eh, lo siento, esta noche no estoy libre —dijo Aimee con voz preocupada. Movió un par de carpetas antes de seguir—. ¿Acuerdos prenupciales? Santo cielo, Erin, ni siquiera estás casada y ya estás planificando el divorcio.

—Yo no —refutó Erin—. Es para las mujeres de mi clase. Después de ver lo que le ha ocurrido a Marilyn y a mujeres como ella, y ahora a ti, me parece que lo más inteligente es tenerlo todo escrito y bien atado.

—Personalmente, no creo que sea buena idea empezar un matrimonio planificando el divorcio —contraatacó Aimee, moviendo papeles por el escritorio.

Erin miró a su amiga, sin saber qué pensar. Aimee estaba llegando al final de un divorcio que la había herido en lo más profundo. Erin pensó que si alguien debería entender lo aconsejables que eran los acuerdos prenupciales, ésa sería su amiga.

—Escucha... —Aimee echó la silla hacia atrás y suspiró—. Olvida que he dicho eso. Soy la persona menos indicada del mundo para dar consejos románticos. Mi matrimonio se ha desmoronado y... me siento como una superviviente de guerra. Puede que la conferencia no sea tan mala idea.

—Sigue —la urgió Erin—. Estaría interesada en oír tu opinión.

Aimee no parecía confiar en sus propias opiniones.

—Como he dicho, no creo que se buena idea iniciar un matrimonio planeando un divorcio. Sé que es un punto de vista poco popular, sobre todo en estos tiempos, pero a mí no me parece bien.

—¿Cómo puedes decir eso? —exclamó Erin—. Tú misma estás pasando por un divorcio. Por Dios, has pasado por un infierno estos últimos meses, y ahora de repente hablas como si el matrimonio fuera un estado civil glorioso. Por lo que recuerdo, Steve y tú ni siquiera sois capaces de mantener una conversación civilizada. ¿Qué es lo que ha cambiado?

—Mucho —anunció Aimee con solemnidad—. Y tú, mi amiga, tienes la oportunidad de aprovecharte de mi experiencia.

Sintiéndose incómoda, Erin miró hacia otro lado.

—Las dos estamos aquí día a día, trabajando con mujeres que están construyendo una nueva vida para sí mismas —continuó Aimee—. Pero encontrarles un trabajo digno es sólo el principio. Han sido traumatizadas y abandonadas y tienen que enfrentarse solas a la vida. Si quieres que te diga la verdad, creo que empezamos a pensar con hastío. No todo el mundo acaba divorciado. No todo el mundo tiene que pasar por lo que han pasado estas mujeres. Es sólo que nosotras lo vemos todos los días y nuestra percepción de la vida en matrimonio se ha distorsionado.

—Pero Steve y tú...

—Lo sé —interrumpió Aimee—. Créeme, lo sé. Todos los días rezo por estar haciendo lo correcto al divorciarme de Steve.

Erin también pedía lo mismo al cielo todas las noches, por el bien de ambos.

—Pero, si estás teniendo dudas, ¿no deberías hacer algo al respecto?

—¿Como qué? —preguntó Aimee, con voz cortante—. Steve ya está con otra mujer.

—Eso no lo sabes.

—En el fondo sí. Ya lo viste el día que fuimos al juzgado. Llevaba esa estúpida corbata verde sólo para irritarme, y las miradas que me lanzó... No puedo empezar a describirte cómo me miraba, como si no pudiera creer que había aceptado casarse conmigo en un momento de su vida. Estaba deseando que el divorcio fuera definitivo.

—Pero yo pensé que se trataba de un divorcio amistoso.

Aimee bajó la vista hacia sus manos.

—No existe un divorcio amistoso. Es demasiado doloroso para todos los involucrados.

—Oh, Aimee, me siento fatal por ti y por Steve.

—¿Por qué ibas a sentirte mal? —preguntó ella, de nuevo con un tono sarcástico—. Ambos vamos a conseguir exactamente lo que queremos.

A Erin no se le ocurrió nada más que decir. No tenía ninguna excusa para quedarse más tiempo en la oficina. La conferencia no era hasta las siete, y era opcional para su clase. Ella no tenía por qué asistir, pero había pensado que la ayudaría a matar el tiempo, que era algo que le pesaba mucho esos días.

Los pensamientos de Erin también pesaban mucho cuando salió por la doble puerta de cristal del edificio de quince plantas. Se había levantado viento y hacía frío. Encogió los hombros, metió las manos en los bolsillos del abrigo y fue hacia el aparcamiento de Yesler.

Con la cabeza gacha, no era de extrañar que no viera a la figura alta y oscura que había junto a su coche. Hasta que no estuvo justo delante de él, no se dio cuenta de que alguien bloqueaba su camino.

Cuando miró hacia arriba, el corazón le dio un vuelco y su pulso se aceleró.

Brand estaba allí, con ojos tan fríos y duros como el viento del norte.

—Brand —susurró ella, casi incapaz de hablar—, ¿qué estás haciendo aquí?

—No querías que te escribiera ni que te llamara por teléfono. No dijiste nada respecto a verte en persona. Si quieres romper nuestra relación, de acuerdo. Pero vas a tener que hacerlo mirándome a la cara.

XIII

No podías dejarlo tal y como estaba, ¿verdad? —gritó Erin, batallando contra una ira que amenazaba con consumirla. Las lágrimas desdibujaron la imagen de Brand y, por un segundo, fue incapaz de distinguir sus rasgos. Cuando por fin pudo hacerlo, le dolió el corazón.

—No, no podía dejarlo —replicó Brand con brusquedad—. Si quieres terminar, bien, que sea como quieres. Pero no te lo voy a poner fácil.

—Oh, Brand —susurró ella. Su ira desapareció tan rápido como había empezado—. ¿De veras crees que fue fácil?

—Dilo, Erin. Di que quieres que salga de tu vida.

Él se alzaba ante ella como una nube de tormenta, oscura y amenazadora. Erin tenía la sensación de tener los pies enterrados hasta los tobillos en cemento. Necesitaba poner unos centímetros de distancia entre ellos, darse espacio para respirar. Estaba teniendo problemas para que el oxígeno le llegara a los pulmones.

—¿Podríamos ir a otro sitio a discutir esto? —apenas consiguió pronunciar la sugerencia. Su necesidad de estallar en sollozos era sobrecogedora. Le costaba tanto hablar como respirar.

—¿Dónde? —Brand dio un paso atrás y se apartó de ella.

—Hay un… restaurante italiano no muy lejos de aquí —fue lo primero que se le ocurrió y en cuanto acabó de decirlo Erin comprendió que intentar hablar allí sería imposible.

—No pienso hablar de esto en una sala llena de gente, donde todos puedan escucharnos.

—De acuerdo, elige tú —no había sido buena idea sugerir un restaurante, pero a Erin no se le ocurría ningún otro sitio al que ir.

Deseó con todo su corazón que Brand hubiera aceptado su carta y lo hubiera dejado así. Que estuviera allí inesperadamente, enfrentándose a ella, hacía que todo fuera más difícil.

—Si vamos a hablar, tiene que ser en un sitio privado —insistió él.

—Ah… —Erin titubeó.

—Mi habitación de hotel —sugirió Brand, pero lo dijo como si esperase que ella rechazara esa opción.

—De acuerdo —accedió ella, sin cuestionar su idea. Su pensamiento básico era acabar con el asunto lo antes posible. No importaba dónde hablaran, porque en el fondo de su corazón sabía que no tardarían más de unos minutos—. No tengo mucho tiempo.

—¿Tienes una cita? —inquirió él.

—No… se supone que debo asistir a una conferencia.

—¿Cuándo?

—A las siete.

—Allí estarás —Brand echó a andar, esperando que ella lo siguiera. Erin lo siguió a regañadientes, deseando poder evitar la confrontación, a sabiendas de que era imposible.

Caminaba deprisa y Erin casi tuvo que trotar para mantenerse al ritmo de sus largas zancadas. Habían recorrido cuatro o cinco manzanas cuando él entró en una puerta giratoria de cristal que conducía a un elegante vestíbulo de hotel.

Se detuvo en la puerta del ascensor para que Erin lo alcanzara. Ella estaba sin aliento cuando cruzó la mullida alfombra roja y blanca.

Desde que conocía a Brand, nunca lo había visto así. Parecía carente de emoción y sentimientos. Distante, como si nada que ella pudiera decir o hacer pudiera desconcertarle.

Su habitación estaba en la décima planta. Abrió y sujetó la puerta para dejarla entrar. Era una habitación típica de hotel, con cama doble, mesilla y una cómoda. En la esquina, cerca de la ventana, había una mesa y dos sillones tapizados en color verde oliva.

—Adelante, siéntate —ordenó él con brusquedad—. Pediré al servicio de habitaciones que suban café.

Erin asintió, cruzó la habitación y se sentó en un sillón.

Brand levantó el teléfono, pulsó un botón y pidió café. Cuando acabó, la sorprendió dirigiéndose al otro extremo de la habitación y sentándose en el extremo del colchón.

—Desearía que no tuviera que ser así —Erin se miró las manos—. Lo siento mucho, Brand —dijo con voz débil.

—No he venido hasta aquí para recibir una disculpa.

Él parecía estar esperando algo más, pero Erin no sabía qué era, e incluso si lo hubiera sabido, no estaba segura de que hubiera podido dárselo. La tensión del silencio era tan fuerte que Erin tuvo que hacer un esfuerzo para no ponerse las manos en los oídos.

—Di algo —suplicó—. No te limites a sentarte ahí con cara de estar lo bastante enfadado como para retorcerme el pescuezo.

—No estoy enfadado —corrigió él, apretando los puños—. Estoy furioso —se puso en pie de un salto y caminó por la reducida habitación—. Una carta —escupió, volviéndose hacia ella para mirarla—. No tuviste la decencia de hablar esto conmigo. En vez de hacerlo, escribiste una carta.

—Yo… tenía miedo…

Él no le permitió acabar. Dio dos pasos hacia ella y se detuvo.

—¿Te he dado alguna vez razones para temerme? ¿Alguna vez? ¿Es que es tan difícil hablar conmigo? ¿Es eso?

—No tenía miedo de ti.

—Una carta no tiene mucho sentido.

—Lo sé —musitó ella con tristeza—. Me pareció lo mejor en ese momento. No pretendía hacerte daño. Créeme, para mí tampoco ha sido fácil.

—Explícamelo, Erin, porque te digo claramente que no le saco ningún sentido a esa carta. Me quieres, pero no puedes casarte conmigo porque temes que algún día acabemos divorciándonos y no quieres que nuestros hijos pasen por ese trauma. ¿Te das cuenta de que eso suena a locura?

—No es una locura —gritó ella, poniéndose en pie—. De acuerdo, es posible que no me explicara muy bien, pero tú no estuviste allí. Tú no lo sabes.

—¿Dónde no estuve?

—En el juzgado, ese día, con Aimee —se tapó el rostro con las manos y movió la cabeza, intentando borrar las imágenes que invadieron su mente. Las mismas que habían vuelto para acosarla una y otra vez. La joven madre que consultaba a su abogado, mientras intentaba con todas sus fuerzas ocultar que estaba llorando. Aimee, moviendo la pierna como un péndulo desbocado, mientras fumaba como una chimenea y simulaba que estaba tranquila y fresca como una lechuga. El dolor de corazón. El sufrimiento tangible. Y el silencio. Ese horrible silencio herido.

—¿Qué te hace estar tan segura de que nos divorciaremos? —exigió Brand.

—Eres marino —Erin se quitó las manos del rostro y movió la cabeza con gesto triste.

—Estoy empezando a hastiarme de ese argumento.

—Eso es porque has ignorado mis sentimientos sobre los militares desde el primer momento. La noche que te conocí te dije lo que sentía con respecto a salir con un militar. Te lo advertí, pero insististe. Te negaste a dejar las cosas tal y como estaban…

—Vamos, Erin —discutió él con amargura—. No es como si te hubiera secuestrado y obligado a salir conmigo. Estabas tan deseosa de conocerme como yo a ti.

—Pero yo…

—No tienes ninguna excusa válida. Tú deseabas esto. Puedes discutir hasta que se te ponga la cara azul, pero eso no cambiará la maldita verdad.

—No puedo casarme contigo.

—Bien, entonces seremos amantes —se quitó la chaqueta del uniforme y empezó a desabrochar los botones de su camisa militar.

Asombrada, Erin no se movió. No podía creer lo que estaba viendo.

—Yo... ¿qué pasa con el café?

—Tienes razón. Lo cancelaré —se acercó al teléfono y llamó de nuevo al servicio de habitaciones.

Cuando regresó a su lado, pareció sorprenderle que aún tuviera el abrigo puesto.

—Vamos —la urgió—. Desvístete.

Erin se devanó los sesos para buscar una excusa a toda velocidad.

—N... no hablas en serio —dijo, casi tartamudeando.

—Y un cuerno que no. Imagino que no utilizas anticonceptivos —hizo una leve pausa—. Bueno, no te preocupes por eso. Yo me encargaré —se sentó al borde de la cama y se quitó los zapatos. Volvió a ponerse en pie y, metódicamente, se desabrochó el cinturón. Mientras ella lo miraba atónita, sin poder creer lo que estaba viendo, se bajó la cremallera del pantalón y luego se lo quitó.

Erin tragó aire y dio dos o tres pasos hacia atrás. Brand debió de percibir su movimiento, porque alzó la cabeza y pareció sorprenderse al verla tan lejos de él.

—Quítate la ropa —ordenó. Se colocó delante de ella, en calzoncillos y camiseta, como si estuviera impaciente por que ella también se quitara la ropa.

—Brand, yo... no puedo hacer esto.

—¿Por qué no? Antes estabas muy dispuesta. Tal y como yo lo recuerdo, una vez me dijiste que preferías que fuéramos amantes. Yo fui el estúpido que insistió en que nos casáramos.

—No así —suplicó ella—. No cuando estás siendo tan… frío.

—Confía en mí, Erin. Unos cuantos besos nos calentarán a los dos rápidamente —fue a su lado y le desabrochó los botones del abrigo. Ella se quedó quieta, adormecida por la incredulidad. Se dijo que eso no podía estar ocurriendo en realidad. Como respuesta a su pensamiento, su abrigo cayó al suelo.

Brand tenía los ojos clavados en ella y percibió que su ira había desaparecido, reemplazada por una emoción que no era capaz de nombrar. Sin dejar de mirarla, Brand llevó las manos a la cremallera que había en la espalda del vestido. El siseo que produjo al abrirse llenó la habitación como si se tratara de un enjambre de abejas. Alzó las manos en débil protesta, pero Brand ignoró el gesto.

Retiró el vestido de sus hombros y se detuvo a medio camino, para apoyar sus labios húmedos y ardientes en el hueco de la base de su cuello. Tensa y asustada, Erin se estremeció; después se agarró al borde de la mesa para estabilizarse.

—Brand —suplicó una vez más—, por favor, no… así no.

—Estarás diciendo mucho más que «por favor», antes de que acabemos —le aseguró él.

Su boca recorrió lentamente el lado de su cuello, y después siguió por la sensible piel de la parte inferior de su mandíbula. A pesar de todo, su cercanía le caldeó la sangre.

En ese momento todo empezaba a ser diferente. Estaba siendo cariñoso, amable e increíblemente masculino. Olía a almizcle. Erin casi había olvidado cuánto disfrutaba de la varonil fragancia de Brand. Él giró la cabeza y frotó la nariz contra su oído; incapaz de resistirse a él por más tiempo, Erin colocó los brazos alrededor de su cuerpo y agarró tentativamente su cintura.

Él la recompensó con un suave beso y separó los pies un poco. Después, sujetándola por las caderas, la atrajo hacia él, hasta situarla entre sus muslos entreabiertos. Una vez la tuvo atrapada, sacó sus brazos del vestido y se lo bajó hasta las caderas.

Erin no estaba preparada para esa nueva intimidad y se resistió. Brand reaccionó besándola varias veces hasta que ella abrió la boca voluntariamente, ansiosa por recibir sus besos. El vestido de seda cayó a sus pies.

Brand tenía las manos en la cinturilla de sus braguitas e hizo una pausa, como si esperara que ella fuera a resistirse.

—Pienso que deberíamos parar ahora —susurró ella, sabiendo que si seguían así unos minutos más, los dos estarían perdidos.

—Ése es el problema —dijo él contra su boca—. Los dos pensamos demasiado. Esta vez vamos a sentir.

—Oh, Brand… —se sentía confusa e insegura, pero lo necesitaba tanto que le daba igual.

—Te quiero, Erin, y por Dios que voy a tenerte, no lo dudes.

Erin estaba convencida de que si lo empujaba o protestaba de nuevo, Brand dejaría de hacerle el amor. Pero era incapaz de hacer ninguna de esas dos cosas. Lo único que parecía capaz de hacer era gemir como un gatito en lo más profundo de la garganta, y eso pareció animar a Brand para tomarse nuevas libertades. Ella se sentía desgarrada entre los dictados de su cuerpo y el dictamen de su orgullo. No podía permitir que ocurriera lo que estaba ocurriendo, pero aun así no tenía fuerzas para detenerlo.

Él la besó una y otra vez. Empezaron a temblarle las rodillas y ese temblor se extendió hasta sus muslos. Llegó un momento en el que apenas podía mantenerse en pie y se dejó caer contra Brand. Él aceptó su peso y, sin que ella supiera cómo lo había conseguido, se encontró tumbada en la cama, con Brand a su lado.

—Mi dulce Erin, oh, mi amor —susurró, mirándola con ternura—. Dime que me deseas. Necesito que lo digas… sólo esta vez. Concédeme eso, para que lo recuerde siempre —pronunció las palabras como un dulce reto, intercalando entre ellas besos apasionados y carnales.

—Oh, Brand —pronunció su nombre casi sin aliento; hablar, e incluso respirar, tenía menos importancia a cada segundo que pasaba.

—Dilo —exigió él de nuevo, deslizando las manos sobre su vientre plano para acariciar la zona más femenina de su cuerpo.

—¿Me deseas? —insistió.

—Sí… oh, sí.

Erin nunca se había sentido como en ese momento. Nunca tan anhelante ni tan femenina. Él la besó y se movió hacia ella; metió las manos en su cabello, y alzó su boca hacia la suya. Brand hacía que se sintiera como si estuviese explotando desde el interior. Esa sensación, tan bella, tan cálida y brillante, llenó sus ojos de lágrimas, que mojaron sus mejillas.

Él se sentó sobre ella, ansioso, con las manos en la

cinturilla de sus braguitas. Se detuvo al ver sus lágrimas.

Lentamente, se quitó de encima y se sentó al borde del colchón, con los ojos cerrados.

—No puedo hacerlo, santo cielo, no puedo.

Erin no podía moverse. Sus senos subían y bajaban con su agitada respiración, y las lágrimas se deslizaban por su rostro y caían a la colcha.

—Nunca funcionaría entre nosotros, Brand. No podría soportar pasar por un divorcio —calló y giró la cabeza, para no tener que mirarlo.

—Crees eso de verdad, ¿no? —él movió lentamente la cabeza, de lado a lado.

—Sí lo creo. ¿Por qué iba a obligarnos a sufrir esta tortura si no lo creyera?

—Dios sabe que no tengo la más remota idea —antes de que ella comprendiera sus intenciones, Brand se levantó de la cama y fue a buscar su ropa.

Erin se sentó y apoyó el peso en las palmas de las manos. Se estaba vistiendo. Apenas un momento antes había estado preparándose para hacerle el amor y se estaba vistiendo.

—Te deseo, Erin —dijo él cuando terminó—. Seguramente me arrepentiré de no haberte hecho el amor hasta el día que me entierren.

—Pero ¿por qué… no vas a hacerlo?

—Maldito sea si lo sé. Quizá porque considero a tu padre un buen amigo —hizo una pausa y se pasó la mano por la cara—. Pero es más probable que tema que si hacemos el amor, una vez no será suficiente, y pasaremos el resto de nuestras vidas como hemos pasado los últimos ocho meses. Personalmente, yo no podría soportar eso. Y creo que tú tampoco podrías.

Él tenía razón; ella nunca lo había pasado tan mal en toda su vida.

—Anda, vístete.

—Primero me exiges que me desnude, ahora quieres que me vista. Me gustaría que tuvieras la amabilidad de aclararte —masculló ella irritada. Bajó del colchón, recogió su ropa y empezó a ponérsela con gesto de impaciencia.

—Dijiste que querías hablar —le recordó, cuando acabó de vestirse.

Él asintió.

—Venir aquí no ha sido una idea brillante —esbozó una sonrisa torcida y la miró con tristeza—. ¿Te ha asustado mi enfado?

—Sólo al principio, cuando parecías tan indiferente.

Él asintió y se apoyó en la pared, como si estar de pie empezara a ser demasiada carga para él.

—¿Decías en serio lo que escribiste en esa carta?

Erin cerró los ojos e hizo un gesto afirmativo.

—Eso es lo que me temía.

—Brand, daría cualquier cosa por ser distinta. Cualquier cosa, pero…

—No —la cortó él—. No es necesario que sigas.

—Por favor, intenta entender —suplicó ella con voz suave—. Pasé por un infierno. Noche tras noche me despertaba llorando sin saber por qué; al final comprendí que todo se debía a lo que estaba ocurriendo entre tú y yo. En lo más profundo de mi ser sabía que sería así entre nosotros, antes o después.

Brand no dijo nada. Aunque ella le había pedido que no discutiera y le había rogado que aceptara lo inevitable, su silencio fue como si alguien le clavara un cuchillo en el corazón.

—Entonces, no hay nada más que decir, ¿verdad? —preguntó él con la espalda rígida como un palo mientras iba hacia el armario y sacaba su maleta.

—¿Vas a marcharte? —no era la deducción más brillante que había hecho en el último año.

—No hay ninguna razón para que me quede.

Ella admitió para sí, con tristeza, que no, no la había. Con desgana, se levantó, con un dolor de corazón insoportable. Antes de dejarlo, antes de salir de su vida para siempre, tenía que decir una última cosa. Cuando empezó a hablar le temblaba la voz, pero luego se estabilizó.

—Es probable que ahora me odies… No te culparía si lo hicieras. Pero por favor, en el futuro, cuando puedas, intenta pensar bien de mí. Quiero que sepas que más que nada en el mundo, quiero que seas feliz.

—Seré feliz —afirmó él con rotundidad—. Condenadamente feliz.

Ella asintió aunque no creía que eso fuera a ocurrir en mucho tiempo para ninguno de los dos.

—Adelante, cásate con tu corredor de bolsa, o abogado, o quienquiera que sea que te interese —siguió él—. Asiéntate en una casa colonial de cuatro dormitorios con tus 2,5 hijos y dedícate a vivir la buena vida —las palabras de Brand sonaron hirientes y cortantes. Empezó a meter la ropa en la maleta, sin tomarse el tiempo de doblarla—. Planta esas raíces tan profundas como para que lleguen a China.

Erin parpadeó para evitar las lágrimas. Él hablaba con amargura y ella no podía hacer nada para aliviarlo. Se puso rígida, sabiendo que él necesitaba dar rienda suelta a su frustración y a su dolor.

—No lo dudes, cásate con tu corredor de bolsa —

repitió él con determinación—. La seguridad lo es todo. Repítetelo con frecuencia, porque tengo la sensación de que vas a necesitar recordarlo.

Erin, con los brazos caídos a los costados, apretó los puños. El nudo que tenía en la garganta había adquirido proporciones gigantescas.

—Adiós, Erin —dijo él en voz baja, cerrando la tapa de la maleta. Miró hacia la puerta, pidiéndole en silencio que saliera de la habitación igual que estaba dispuesta a salir de su vida.

—Sé que duele, pero es mejor así —susurró ella, con voz entrecortada.

Él calló un momento y le sonrió con desgana.

—Mucho mejor —corroboró.

XIV

—Vamos, Erin —urgió Aimee—. Estamos en diciembre. Anímate un poco, ¿quieres?

—Estoy animada —respondió ella, aunque era una exageración. Conseguía vivir cada día, y llevaba haciéndolo varias semanas, desde la última vez que había visto a Brand. El sufrimiento emocional había sido insoportable al principio pero, tal y como esperaba, su intensidad había disminuido. Aun así, había contado con estar mucho mejor a esas alturas.

Se recordó que lo que ella había querido era poner punto final a su relación con Brand. Casarse con él habría sido el mayor error de su vida. Era sorprendente cuántas veces al día se sentía obligada a decirse eso.

—¿Qué te parece ir a hacer unas compras navideñas después del trabajo? —sugirió Aimee.

—Gracias, pero terminé de hacer las mías la semana pasada.

Erin agradecía la oferta pero, por más que lo intentaba, no conseguía armarse de entusiasmo por las fiestas. Las multitudes la irritaban y odiaba sentirse impaciente y gruñona cuando toda la gente que la rodeaba estaba llena de alegría y buenos sentimientos.

¡Era una patraña! Erin siempre había adorado las vacaciones navideñas.

Por más que intentaba no hacerlo, no podía dejar de preguntarse por Brand. Si estaría aún en Hawai, si habría empezado a salir con alguien, si era feliz.

Con fuerza de voluntad, Erin conseguía evitar pensar en él durante el día. Cada vez que su mente se centraba en el teniente, cambiaba de inmediato en otro tema: la paz mundial, gelatina picante, tijeras. Cualquier cosa que no fuera Brand.

Después, cuando estaba a punto de sumirse en el bienvenido vacío del sueño, era mucho más vulnerable. Estaba en duermevela, a medio camino entre dos mundos, y Brand aparecía casualmente en su mente.

No hablaba; ni una vez había pronunciado una palabra. Se limitaba a estar allí de pie, alto y erguido, vestido con su uniforme. Orgulloso. Fuerte. Deseoso.

Erin intentaba hacer que su imagen desapareciera. Más de una vez se había sentado de golpe en la cama y exigido que saliera de su mente. Siempre lo hacía, desde luego, pero cuando volvía a tumbarse se arrepentía de que hubiera desaparecido.

Pero había habido una mejoría, si podía llamarse así. Los episodios en los que se despertaba en mitad de la noche, llorando sin razón aparente, habían desaparecido. Sin embargo, no era mucho consuelo por los largos días y las noches solitarias que esos inexplicables episodios habían provocado.

Erin y Aimee salieron juntas de la oficina. El aire estaba cargado con un ambiente de júbilo navideño. Se oían campanitas en todas las esquinas. Las tiendas estaban decoradas con ramas de hojas verdes, que se extendían de puerta en puerta, formando ondas. Las farolas estaban adornadas con enormes campanas de plástico rojo. Erin pasaba junto a todo ello, sin apenas fijarse en nada.

—Llámame si cambias de opinión —dio Aimee, antes de encaminarse en dirección opuesta.

—Lo haré, gracias —pero Erin ya tenía planes para esa tarde. Iba a ir a casa, acurrucarse delante del televisor y ver comedias hasta que llegara la hora de acostarse. No era nada inspirado ni emocionante, pero esa noche sólo podía enfrentarse a una cena tranquila y a una sesión televisiva. Tras meses de dar cursos de aceptación y bondad para con uno mismo, Erin se había empeñado en seguir sus propios consejos.

Entre su correspondencia había tres tarjetas navideñas. La primera era de Terry, una vieja amiga de la universidad. Terry se había casado el año anterior y la tarjeta incluía la feliz noticia de su embarazo.

—Terry con un bebé —musitó Erin en voz alta, recordando claramente la época en la que ambas habían estado convencidas de que su destino era seguir solteras el resto de su vida.

La segunda tarjeta era de Marilyn. Erin leyó la breve nota con interés. La mujer estaba encontrando amistades y había ido a un baile con una amiga que se había quedado viuda varios años antes. La nota de Marilyn terminaba con la feliz noticia de que había bailado tres veces. Decía que se había sentido más como una mosca en la pared que como una Cenicienta, pero que estaba dispuesta a volver a ir a bailar la semana siguiente.

La tercera tarjeta era de sus padres. Erin la leyó y le agradó descubrir que su padre había incluido una hoja escrita a máquina con la carta mucho más gruesa de su madre. Primero leyó la de su padre.

Querida Erin:

Felices Fiestas. Tu madre y yo te enviamos un paquete esta tarde, que debería llegar a tiempo para Navidades. Desearía que pudiéramos estar juntos, pero eso es lo que ocurre cuando los hijos crecen y se marchan de casa. Los dos echaremos mucho de menos no teneros con nosotros este año.

No tengo muchas noticias. Tu madre te pondrá al corriente de todo lo que ocurre con tu hermano y hermana. Están bien y felices, y eso es lo único que importa.

¿Qué es eso que he oído de que vas a poner tu casa en venta? Recuerdo que cuando la compraste dijiste que vivirías allí los próximos treinta años. Y sólo llevas dos. Me temo que tienes más sangre de marino en las venas de lo que tú crees.

Mi última información puede que suponga un pequeño shock para ti. Me planteé dejar que te enterases por otras personas, pero decidí que sería cruel por mi parte. He oído decir que Brand Davis se ha comprometido con Catherine Fredrickson. Por lo visto hace mucho tiempo que son amigos. Lamentaría que esta noticia te hiciera daño, nena, pero pensé que te gustaría saberlo.

Espero que disfrutes abriendo esa caja de regalitos que te hemos enviado tu madre y yo.

Con todo mi cariño,

Papá

Erin no sintió nada. Nada en absoluto. Así que Brand iba a casarse con Catherine. Era lo que la misma Erin había sugerido unos meses antes. Pensó, con cierta amargura, que no había dejado que la hierba creciera bajo sus pies.

La embargó un dolor abrumador y, decidiendo ignorarlo, Erin dejó a un lado el correo y se preparó la cena, consistente en sopa y un sándwich de pavo. Cuando terminó, miró el cuenco y el plato y decidió que no podía obligarse a comer. Ver la televisión también había perdido todo su atractivo.

Estar sola le parecía insoportable y decidió salir a dar una vuelta en coche. Relacionarse con otras personas de repente le parecía muy importante. Fue a un pequeño centro comercial que había cerca de su casa, compró un par de tarjetas y volvió al aparcamiento.

—Brand va a casarse con Catherine —dijo en voz alta, mientras conducía de vuelta a casa—. Más que nada, deseo que sea feliz —tuvo que decirlo en voz alta para recordarse que era verdad.

Erin dejó atrás la calle por la que debería haber girado; por alguna razón desconocida, siguió adelante, sin destino fijo.

Una hora después, cuando se encontró cerca de la casa de Aimee, decidió que su subconsciente le estaba diciendo que necesitaba hablar con su mejor amiga sobre el compromiso de Brand.

Aunque el coche de Aimee, estaba aparcado delante de la casa, tardó varios minutos en contestar al timbre de la puerta. Cuando apareció, llevaba puesta una bata y zapatillas.

—¿Erin? —exclamó tras abrir la puerta—. ¿Qué haces aquí? Madre mía, tienes aspecto de haber visto un fantasma. Entra —la guió hábilmente hacia la cocina, dejando atrás la sala de estar.

Erin tuvo la impresión de que Aimee no quería

que entrase en la sala, lo que era una idea bastante ridícula, pero por si acaso llegaba en mal momento, decidió preguntar.

—¿Prefieres que vuelva después?

—Claro que no —contestó Aimee con rapidez.

Erin pensó que demasiado rápido.

—Tienes aspecto de haber estado bañándote.

—No… no.

—Entonces, ¿por qué estás en bata? —Erin estrechó los ojos con suspicacia. Faltaba aún mucho para la
hora de acostarse.

Aimee miró la bata de terciopelo morado como si
nunca la hubiera visto en su vida.

—Eh…

—Aimee —susurró Erin acalorada. Tuvo una sensación de vacío en la boca del estómago y miró a su
alrededor—. ¿Tienes a un hombre en el dormitorio?

La entregada trabajadora social cerró los ojos con
fuerza y asintió varias veces con la cabeza.

—¿Por qué no has dicho nada? —Erin se sentía
como una auténtica idiota. Tenía ganas de meterse debajo de la alfombra para que se la tragara la tierra.

—No podía decir nada —protestó Aimee—. No
pasarías por aquí sin avisar, si no fuera por algo importante. En cuanto te vi supe que te había ocurrido
algo desagradable.

—Ahora estoy peor que antes de llegar. Habría
sido mejor que no hubieras abierto la puerta.

—¿Puedo recordarte que eres mi mejor amiga? —
contraatacó con calor, aunque ambas estaban hablando en voz muy baja para que no las oyera el hombre
misterioso que había en el dormitorio de Aimee.

Erin no se habría sorprendido más si su amiga le

hubiera anunciado que estaba planteándose entrar en un convento. Por lo que ella sabía, Aimee nunca había tonteado con hombres. Le habían pedido un par de citas pero ella las había rechazado, alegando que aún no estaba lista para incorporarse al mundo de los solteros.

No sería la primera vez que Aimee la sorprendía, pero hasta ese momento todas las sorpresas habían sido agradables. Sólo faltaban unos días para que el divorcio de su amiga quedara finalizado. Quizá el dolor de lo que estaba ocurriendo entre Steve y ella había conducido a su amiga a comportarse de forma nada habitual en ella.

Erin llevaba algún tiempo percibiendo que algo estaba ocurriendo en la vida de Aimee, pero no habría sospechado por nada del mundo que se trataba de una relación con otro hombre. Aimee había dejado de fumar y estaba más relajada que hacía unos meses. Erin había atribuido esos cambios al desarrollo del proceso curativo.

—No es lo que estás pensando —farfulló Aimee, condenando a Erin con una mirada. Volvió la cabeza hacia atrás—. Steve, haz el favor de salir de ahí y salvar mi reputación.

—¿Steve? —repitió Erin, atónita—. ¿Steve y tú? Te estás divorciando de él, ¿lo recuerdas?

—Sí, Steve y yo —confirmó Aimee—. Steve —llamó por segunda vez.

—Cariño, si salgo ahora, puede que salve tu reputación, pero no hay duda de que arruinaré la mía.

Aimee se sonrojó. Erin no podía creerlo. Las mejillas de su amiga se tiñeron de un intenso color rosa.

—¿Steve? —Erin repitió de nuevo el nombre del

marido de Aimee, aún incapaz de creer lo que estaba oyendo.

Aimee asintió, fue hacia la cocina y preparó una cafetera.

—Steve y tú estáis… —Erin movió la mano, como si ese gesto pudiera completar la frase por ella. Una sonrisa tardía tembló en las esquinas de su boca—. ¿Cuándo empezó todo esto?

—¿Podrías dejar de mirarme como si estuvieras a punto de estallar en carcajadas?

—No puedo evitarlo. La última vez que mencionaste el nombre de Steve fue para decir que estaba saliendo con otra mujer. ¿Qué me dices del coche blanco que había aparcado delante de su casa? Estabas convencida de que se había puesto esa horrible corbata verde para irritarte en el juzgado, y…

—Eso era antes —se justificó Aimee—. El coche pertenecía a su hermano y, diablos, no debería haberme precipitado. Estaba ansiosa por llegar a conclusiones erróneas.

—Por lo que recuerdo, vosotros dos habíais acabado y estabas deseando firmar los documentos definitivos.

—Puede que aún lo hagamos.

—¿Qué? —Aimee estaba llevándose un buen montón de sorpresas esa tarde.

—Hemos estado hablando de eso antes. Podría ser conveniente empezar desde cero, enterrar el pasado, por decirlo de alguna manera. No lo hemos decidido aún, pero nos inclinamos a seguir casados por… por un par de razones.

—Pero ¿qué ha ocurrido para cambiarlo todo?

Una sonrisa lenta y casi embobada iluminó los ojos de Aimee.

—Hace alrededor de un mes…

—¿Un mes? —repitió Erin con incredulidad. Era difícil imaginar que no había sospechado nada antes. Las dos eran buenas amigas y Erin había creído conocer muy bien a Aimee—. ¿Lleváis siendo amigos otra vez desde hace un mes?

—Más, de hecho —admitió Aimee, manteniendo un tono de voz bajo—. Steve me llamó hace unas seis semanas, porque tenía que venir a la casa a recoger algunas cosas. La conversación fue fría, por no decir gélida. Concertamos una hora que nos viniera bien a los dos. Aunque no me apetecía estar aquí a solas con él, tenía que haber alguien en la casa. Desconfiaba y pensé que podría llevarse más cosas de las que había dicho, así que apreté los dientes y me reuní con él.

—Deberías habérmelo pedido a mí —tal y como habían salido las cosas, Erin se alegraba de que su amiga no lo hubiera hecho.

—Lo sé —afirmó Aimee—, pero fue poco después de que Brand se marchara y aún estabas muy afectada. No quería cargarte con mis problemas.

—Hemos estado haciéndolo la una por la otra durante mucho tiempo. Pero sigue. Me muero de ganas de saber qué ocurrió.

Aimee sonrió. Era la misma sonrisa embobada de antes.

—La cosas empeoraron, más que mejorar. De hecho, al principio fueron fatal. Steve llegó e iniciamos una terrible pelea sobre una lámpara, por estúpido que parezca. Le dije que podía quedarse con ella. Él arguyó que no la quería, pero me negué a aceptarlo. Aún seguía discutiendo cuando saqué una silla, me subí encima y empecé a quitar la lámpara de la pared.

—¡Aimee!

—Lo sé, lo sé. La electricidad no es uno de mis talentos y Steve se regodeó recordándomelo. En ese momento, creo, estaba deseando que me electrocutara. Por suerte, me caí antes de que eso ocurriera.

—¿Te caíste?

—Muy convenientemente, en brazos de Steve. Y los dos nos estrellamos contra el suelo. Estaba furiosa y airada y le eché la culpa. Empecé a recitar la lista de sus innumerables defectos y él me besó para conseguir que me callara y comprobar si me había hecho daño.

En la mente de Erin se formó una imagen muy romántica. Aimee loca de furia y Steve más interesado en comprobar que no se había hecho daño al caer que en escuchar su retahíla de quejas.

—Oh, Aimee, eso es muy romántico.

—De romántico, nada. Yo estaba furiosa y lo acusé de haberme seducido. Steve lo negó y dijo que era yo quien lo había seducido a él. Antes de que acabara la noche, nos habíamos seducido el uno al otro por segunda vez. Los dos nos sentimos bastante avergonzados por lo que había ocurrido. Steve se marchó por la mañana sin llevarse ninguna de las cosas que, supuestamente, tanta falta le hacían. Lo llamé al día siguiente y volvió a por las cosas... pero acabó pasando la noche aquí otra vez.

—Pero ¿y todo lo que os llevó al divorcio? Erais infelices juntos. ¿Recuerdas?

—En realidad nada ha cambiado —explicó Aimee—. Sólo nuestra actitud. Nos hemos comprometido a solventar nuestros problemas. Steve está dispuesto a asistir a terapia matrimonial. De hecho, fue él quien lo sugirió.

—¿Así que lo habéis hablado todo?

—Hemos hablado, entre otras cosas —intervino Steve, entrando en la cocina. Se colocó detrás de Aimee, rodeó su cintura con los brazos y la apretó contra sí—. ¿Deberíamos decírselo? —le preguntó a su esposa.

—No es seguro todavía —contestó Aimee, girando la cabeza para mirarlo.

—Yo estoy seguro.

Erin no tenía ni idea de lo que estaban hablando.

—¿Decirme qué?

—Aimee está embarazada. Al menos, creemos que lo está.

—Steve, aún no he ido al médico. No puedes ir por ahí anunciándolo hasta que haya visto al doctor Larson.

—Todas esas pruebas de embarazo que has comprado dicen que lo estás. Para mí, eso es más que suficiente —se apartó de su esposa y paseó por la cocina como lo habría hecho un gallo orgulloso por su corral.

Aimee, con ojos resplandecientes de felicidad, extendió las manos hacia Erin.

—Después de diez años. No puedo creerlo. Lo hemos intentado tanto y durante tanto tiempo… —su rostro se iluminó con una sonrisa—. Ay, Erin, voy a tener un bebé.

Las dos se dieron las manos y a Erin se le anegaron los ojos de lágrimas de felicidad compartida.

—Eh, vosotras dos, haced el favor de felicitar a quien se merece ser felicitado —una luz brilló en los ojos de Steve, una luz que no había estado allí las otras veces que Erin lo había visto.

—No podría sentirme más feliz por vosotros dos

—dio Erin, con toda sinceridad. Pero, al mismo tiempo, el dolor que sentía al saber que Brand iba a casarse con Catherine se convirtió en una pesada cadena que le oprimía el corazón. Primero Terry y después Aimee.

—Sé que no viniste porque sospecharas que había algo entre Steve y yo —le recordó Aimee, acercando una silla a la mesa. El café ya se había terminado de hacer, y Aimee sacó unos tazones. Steve besó a su mujer en la mejilla.

—Os dejaré a solas para que habléis —dijo. Le ofreció una cálida sonrisa a Erin y fue hacia la sala de estar.

—Brand está comprometido —anunció Erin con voz levemente temblorosa—. Mi padre me escribió y me lo dijo. Le pareció que sería mejor que me enterara de la noticia por él, en vez de por otras personas.

—Oh, Erin, lo siento mucho.

—¿Qué hay que sentir? —preguntó ella con una risita—. Si casarse con Catherine es lo que Brand necesita para ser feliz, ¿por qué iba yo a sentirme mal?

—Lo amas.

—Lo sé.

Aimee se quedó callada un momento.

—¿Has vuelto a pensar en lo que te dije hace semanas, sobre que nuestro trabajo nos llena de prejuicios en contra del matrimonio?

Erin no lo había hecho. Había estado tan ocupada con sus emociones y su dolor que había archivado la idea de su amiga en el lugar más recóndito de su mente.

—En realidad no.

—Entonces hazlo. No todos los matrimonios acaban con lágrimas y corazones rotos.

—A veces da esa impresión.

—Lo sé —corroboró Aimee rápidamente. Piénsalo, Erin. No llevas el tiempo suficiente realizando este trabajo para haber adquirido perspectiva. Eso llega con el tiempo. Yo también caí en esa trampa. Hay montones de buenos matrimonios que funcionan porque las dos personas involucradas están dispuestas a hacer lo necesario para que sea así.

—Ya es demasiado tarde para Brand y para mí —Erin inspiró con fuerza.

—Eso es lo que te advertí —le recordó Aimee.

—Quiero que Brand se case con Catherine —murmuró Erin, diciendo la mentira más grande que había dicho en su vida—. Son una pareja perfecta, lo dije desde el principio.

Erin decidió que enviarle una tarjeta navideña a Brand no haría ningún mal. Una con una breve nota de felicitación. Tardó casi tres días en redactar las líneas.

Querido Brand:

Feliz Navidad. Siempre dije que Catherine y tú formabais una pareja perfecta. Ahora papá me ha comunicado que ha oído el rumor de que habéis fijado la fecha del gran día. Felicidades.

Lo digo con toda sinceridad. Sólo te deseo lo mejor. Te lo mereces.

Erin

PD: Neal y yo nos llevamos de maravilla.

«Neal», pensó Brand, mientras leía el breve mensaje por segunda vez. Desconocía qué treta se le había ocurrido a Erin, pero no estaba de humor para nada de eso. La había sacado de su vida y le iba muy bien.

—¿A quién diablos pretendes engañar? —preguntó en voz alta.

—¿Has dicho algo? —inquirió Romano.

—Nada que te concierna —ladró Brand—. ¿Quién demonios ha dado por ahí información sobre mí y Catherine?

—¿Qué clase de información?

—Que vamos a casarnos.

—Diablos, no sé quién podría haberlo dicho. ¿Es verdad?

Brand contestó a eso con una mirada demoledora.

—Eh, no te enfades conmigo. Sólo estaba preguntando —Alex se apartó de su escritorio—. ¿Se puede saber qué te pasa hoy?

Brand se debatió entre decirle o no a su amigo la verdad, y decidió que debía una explicación a todos los que lo rodeaban. No había sido la mejor compañía esas últimas semanas.

—He recibido una tarjeta navideña de Erin.

—No me extraña que lleves todo el día actuando como un oso herido —Romano soltó un silbido—. ¿Qué tenía que decir?

—Escribía para darnos la enhorabuena a Cath y a mí —contestó él con sarcasmo.

—¿Vas a escribirle y contarle la verdad?

—No —contestó Brand sin dudarlo. Si Erin quería creer que iba a casarse con Catherine, dejaría que lo hiciese.

—Imagino que tampoco tienes intención de verla la semana que viene, ¿verdad?

—Diablos, no —Brand había maldecido la misión

que lo llevaría a Seattle. El momento no podía ser peor. Después de meses, estaba llegando al punto en el que podía pasar una pequeña parte del día sin pensar en lo ocurrido entre Erin y él. No pensaba exponerse a más dolor. Ya había sufrido suficiente.

Sin embargo, Brand alteró su decisión poco después de registrarse en el hotel de Seattle. Había alquilado un coche y, como le sobraba tiempo, decidió que no haría ningún mal pasar por delante de casa de Erin. Si tenía suerte, quizá la viera de lejos.

Sin embargo, era muy consciente de que la suerte no estaba de su parte últimamente.

—Estás comportándote como un tonto enamorado —se dijo, mientras dejaba la autopista y tomaba la sinuosa carretera que conducía al oeste de Seattle—. ¿Y por qué no ibas a hacerlo? —se preguntó segundos después—. Has sido un tonto enamorado desde el momento que conociste a Erin MacNamera.

Cuando llegó por fin a la calle lateral que llevaba a su casa, Brand empezaba a arrepentirse de su decisión. Pero las dudas desaparecieron en el momento en que vio el cartel de *Se vende*.

Esperó hasta que la oleada de rabia que sintió se disipara lo suficiente para permitirle pensar con claridad. Después, bajó del coche, fue hasta la puerta delantera y la golpeó con los nudillos con todas sus fuerzas.

Ella tardó bastante tiempo en abrir. Se puso pálida al verlo y sus labios se movieron formando su nombre, aunque no emitió sonido alguno.

—¿Qué hace ese cartel de «se vende» en el jardín delantero? —exigió él.

Erin alzó la vista hacia él como si estuviera tentada

de estirar el brazo y tocarlo, para comprobar que no era producto de su imaginación.

—El cartel de «se vende» —repitió él con dureza, señalándolo por si acaso ella desconocía su existencia.

—Voy a vender la casa —musitó ella, y después parpadeó dos veces—. ¿Qué estás haciendo aquí?

—Tengo una misión. Quiero saber por qué demonios vas a trasladarte.

—Es… bueno, no es fácil de explicar.

Dio un paso a un lado para dejarlo entrar en la casa. Brand no tenía ninguna intención de hacerlo. Ya estaba demasiado cerca del abismo. La ira lo había llevado hasta su puerta delantera, pero estar tan cerca de Erin, queriéndola como la quería y odiándola por el infierno que le había hecho pasar, no le permitía estar a solas con ella. Había olvidado lo bella que era, con su cabello caoba y sus expresivos ojos oscuros que, en ese momento eran un despliegue de emociones múltiples.

—No puedo… explicártelo aquí —dijo ella, al ver que no hacía movimiento alguno—. Entra. Hay café recién hecho.

—Si no te importa, preferiría no hacerlo. ¿Tendrías la amabilidad de decirme por qué te trasladas?

—¿No quieres entrar? —Erin parecía incrédula.

—No —él volvió a señalar el cartel.

—Tengo que vender —explicó ella con voz entrecortada—. Bueno, no es exactamente eso… En fin, si quieres que te diga la verdad, estoy harta del piano de cola. Ocupa todo el salón, no tengo tiempo de ir a clases y me falta talento.

—Ésa no es razón para vender. Hace unos meses

habría hecho falta una empresa de demolición para sacarte de esta casa.

—No era la casa lo que era tan importante para mí.

—¿Entonces qué diablos era?

—Raíces —gritó ella, tan enfadada e impaciente con Brand como él lo estaba con ella.

Brand no estaba dispuesto a tragarse eso ni un segundo.

—Ahora los dos sabemos la verdad, ¿no Erin? Todo eso de necesitar seguridad era una patraña. No tienes más raíces en Seattle que en ningún otro lugar. Puedes disimular cuanto quieras después de hoy, cariño, pero en este momento vas a admitir la verdad.

Ella arrugó la frente como si no entendiera una palabra de lo que le estaba diciendo.

—Estás aburrida e inquieta —explicó él.

—Eso no es verdad —negó ella, moviendo la cabeza con fuerza.

—Lo siento, cariño, debería haber reconocido los síntomas pero estaba tan malditamente enamorado de ti que no habría visto un buque de guerra aunque pasara por delante de mis narices.

Una lágrima solitaria se deslizó por una de sus mejillas, pero Brand no estaba de humor para reaccionar a su angustia. Tal vez en el fondo le alegraba verla llorar, aunque no le gustaba pensar que ésa fuera la verdad. Le había hecho pasar por un infierno, y si había llegado el momento de que ella sufriera un poco, mejor que mejor.

—Disfrutas con el cambio, siempre lo has hecho, pero te negabas a admitirlo. Estás buscando un reto porque eso lo único que has conocido en tu vida. Creciste aprendiendo cómo adaptarte a distintas situaciones y ahora, de repente, no hay nada nuevo. Todo es igual, un día tras otro, y buscas una escapatoria, pero estás endulzando la verdad con la idea de que no tienes bastante espacio en el salón. ¿Se te ha ocurrido alguna vez que podrías vender el piano?

—No —musitó ella, con un hilo de voz.

—Ya suponía que no —hasta ese momento Brand se había dado cuenta de hasta qué punto ella pensaba como la esposa de un marino.

Ninguno de los dos habló durante unos tensos minutos. Brand sabía que debería darse la vuelta y alejarse de ella. Había dicho cuanto pretendía decir y más. Erin estaba ante él tan pálida como una vela quemada por el sol, erguida y orgullosa, con la cabeza alta como una princesa. Empezó a moverse, pero cada paso que daba era como si arrastrase un ancla atada al tobillo. Parte de él anhelaba gritarle, decirle que nunca encontraría a un hombre que la amase tanto como él, pero había rechazado su amor una vez y era demasiado orgulloso para entregarle el poder de volver a herirlo.

Casi había llegado al coche cuando ella lo llamó.

—Brand…

Se dio la vuelta y descubrió que ella había bajado los escalones del porche tras él.

—¿Qué? —exigió con brusquedad.

Ella negó con la cabeza. Después, con el dorso de la mano, se limpió las lágrimas del rostro.

—Estoy tan…

—No te disculpes —interrumpió él, con el tono más cortante que pudo. Podía soportarlo todo menos eso. Ella no lo quería, no lo amaba suficiente. De ningún modo iba a permitirle que diluyera su arrepentimiento diciéndole cuánto lo sentía.

—No iba a hacerlo —susurró ella con voz entrecortada—. Sé feliz.

Algo se rompió dentro de Brand, algo profundo y fundamental que había sido herido aquella tarde en el hotel de Seattle.

—Sé feliz —gritó, acercándose a ella. La agarró con fuerza por los hombros. El poder de la emoción había acabado con sus buenas intenciones de darse la vuelta y marcharse de allí. Apenas le quedaba orgullo en lo que se refería a Erin, pero esa vez estaba empeñado en alejarse de ella. Después de todas las veces que lo había herido, se sentía bien teniendo el control. Hizo un terrible esfuerzo para mantenerse indiferente y distante.

Pero lo arruinó todo anunciando la verdad.

—¿De veras crees que puedo ser feliz sin que tú formes parte de mi vida? —exigió él—. No hay ninguna posibilidad, guapa.

Ella parpadeó y lo miró con los ojos muy abiertos.

—Pero vas a casarte con Catherine.

Él soltó una risotada.

—Tu padre debería saber que no se puede hacer casos de los rumores que se oyen por ahí.

—¿Quieres decir que no vas a casarte?

—No que yo sepa —escupió él, cáustico.

El rostro de Erin se iluminó con un júbilo indescriptible y después soltó un grito. Echó los brazos a su cuello y lo sorprendió cubriendo su cara de besos. Tenía las manos sobre sus orejas y su dulce boca depositaba una sucesión de besos dondequiera que se posaban sus labios.

—Erin, para —exigió él. Al primer contacto con su boca, la dura coraza protectora que había erigido alrededor de su corazón se resquebrajó. Había trabajado como un loco para fortalecerla desde el momento en que había llamado a su puerta delantera. No sabía cuánto tiempo más podría contenerse si ella lo tocaba así.

Los labios de Erin encontraron los suyos y se abrió a ella, hambriento, deseoso y demasiado cansado para seguir resistiéndose. Tomó control del beso, metió las manos en su cabello y giró la boca sobre la de ella. Erin suspiró y se aferró a su cuello, devolviéndole el beso con tanta pasión que Brand se arrepintió amargamente de que estuvieran en el exterior de la casa.

—Vas a casarte conmigo —le dijo con rotundidad.

—Sí… sí —contestó ella, como si nunca hubiera habido ninguna duda al respecto—. Pero quiero que la boda sea cuanto antes.

Brand no podía creer lo que estaba oyendo.

—Es probable que me trasladen.

—Lo sé.

—En los próximos veinte años, puede que me destinen a cualquier lugar del mundo. Tendremos que trasladarnos muchas veces.

—No lo dudo, pero estoy acostumbrada a eso.

El rígido control que había mantenido antes se deshizo como hielo, pero Brand seguía sin estar convencido de que lo que ocurría fuera real.

—Habrá niños.

—Espero que sí.

—Tú querías echar raíces, ¿lo recuerdas?

—Las tengo, han crecido alrededor de ti.

Brand sintió una maravillosa sensación de plenitud.

—¿Por qué?

Ella rió suavemente, pero Brand percibió el dolor que se mezclaba con el júbilo en su risa.

—Tenías razón... tenías razón todo el tiempo, pero yo estaba demasiado ciega para darme cuenta. Llevo meses inquieta y aburrida, tal y como has dicho. Quería culparte a ti de ello, pero en realidad había empezado antes de que nos conociéramos. Casi todos los fines de semana daba largos paseos en coche. El mes pasado puse la casa en venta, pensando que cuando la vendiera entregaría mi renuncia en la oficina y me trasladaría a Oregón.

Hizo una pausa y se paró a pensar antes de seguir.

—Me equivoqué sobre muchas cosas. Aimee tenía razón, no llevaba el tiempo suficiente trabajando en el Programa de Acción Comunitaria para comprender que algunos matrimonios sí funcionan. La gente puede seguir enamorada para siempre. Había olvidado eso y muchas otras cosas. ¿Sabías que estudié en cuatro universidades distintas? ¿Puedes creerlo? Insistía todo el tiempo en que quería raíces, pero estaba demasiado ciega para darme cuenta de hasta qué punto me aburría en un lugar. Cuando lo comprendí, era demasiado tarde... me había enterado de lo de Catherine y tú. Oh, Brand, estoy lista para ser tu esposa. Estoy preparada para asentarme.

—El único sitio en el que vas a asentarte es conmigo.

—Sí, sí, mi teniente —susurró ella. Su boca reclamó la de Brand para obsequiarlo con una larga serie de delicados besos.

EPÍLOGO

—Aquí estamos de nuevo —le comentó una sonriente Ginger Romano a Erin, mientras esperaban en el concurrido muelle. Las dos formaban parte de un gran grupo de familiares que esperaban el desembarco de la tripulación del Blue Ridge tras un largo viaje. El barco regresaba de monitorizar unas pruebas marinas y llevaba casi cinco meses en alta mar.

Erin ansiaba el regreso de Brand por más razones de las habituales. Había echado de menos a su esposo como siempre que estaba de viaje por un tiempo. Habían sido muy felices durante los dos años que llevaban casados. Convertirse en la esposa de Brand le había enseñado a Erin lecciones muy valiosas sobre sí misma. Adoraba la vida de la Marina. Disfrutaba con ella, tal y como Brand había dicho. Estaba en su hogar, donde siempre había deseado estar. Llevaba la Marina en la sangre, igual que su padre y Brand. Aunque no tenía mucho que ver con la defensa de la nación, Erin, igual que otras esposas como ella, eran tan importantes para la Marina como toda la flota del Pacífico.

—Allí está papi —gritó Ginger, señalando a Alex, que bajaba por la pasarela. Bobby y los dos pequeños corrieron hacia su padre.

Brand estaba detrás de Alex. Hizo una pausa y buscó a Erin entre la gente. A ella se le aceleró el corazón mientras caminaba hacia él con paso digno. Sin embargo, pronto echó a correr cuando vio que Brand se apresuraba a ir hacia ella. La agarró por la cintura y la alzó por el aire; sus bocas se encontraron y se fundieron la una con la otra en una fiesta de amor, deseo y necesidad.

—Bienvenido a casa, teniente —dijo ella cuando pudo, limpiándose la humedad del rostro. En general no solía ser emotiva en esas reuniones y no quería desvelar su secreto demasiado pronto.

Lentamente, Brand la depositó en el suelo, pero no la soltó.

—¿Me has echado de menos?

—Una barbaridad.

—Estás pálida —acarició su mejilla con ternura—. ¿No habrás estado excediéndote en tu trabajo como voluntaria, verdad?

—Me encanta trabajar para el despacho del capellán.

—Eso no contesta a mi pregunta.

—Deja de discutir y haz el favor de besarme.

Brand no dudó en cumplir ese deseo, apretándola contra él y devorando su boca. Cuando alzó la cabeza, sus ojos la miraron interrogantes.

—¿Erin?

—Sí —ella le sonrió con picardía.

—¿Has ganado peso?

—¿Eso es una pregunta o una afirmación?

Él dio un paso hacia atrás y Erin observó cómo su mirada pasaba de sus senos hinchados al leve abultamiento de su redondeado vientre. Él abrió la palma de la mano y la colocó en él, como si no hubiera visto a una mujer embarazada en toda su vida.

—Sí, mi cielo, estamos embarazados.

—Un bebé —susurró él casi con timidez—. Pero… no me habías dicho una palabra.

—No lo descubrí hasta después de tu marcha, y entonces pensé que una esposa embarazada sería una feliz sorpresa para tu regreso.

—Un bebé —susurró él por segunda vez, como si estuviera buscando otras palabras que decir. Tomó su rostro entre las manos y pasó los pulgares por las lágrimas que surcaban sus mejillas—. Te quiero, Erin MacNamera Davis, más y más cada día que pasa. Gracias a Dios que recuperaste la cordura y te casaste conmigo.

Erin también le daba gracias a Dios. Su esposo apoyó la mano en su vientre de nuevo y después, con gesto protector, la envolvió en el círculo de sus brazos.

—Un bebé —volvió a decir, como si aún no pudiera creerlo.

—Nuestro propio hijo de la Marina —añadió Erin, justo antes de que sus bocas se fundieran en una.

UNIDOS POR EL MAR

DEBBIE MACOMBER

I

Lluvia. Eso era todo lo que se había encontrado la capitán de corbeta Catherine Fredrickson, desde que había puesto el pie en la base naval submarina de Bangor, como abogada militar, en Silverdale, Washington. Sin embargo, el mes de octubre en Hawai era sinónimo de una temperatura ideal, piscina y baños de sol.

En conclusión, había sido trasladada del paraíso al purgatorio.

Por si el mal tiempo no hubiese sido suficiente para desanimarla, su capitán de fragata era Royce Nyland. Catherine no había conocido a una persona más irritante en su vida. Entre los compañeros abogados de la base de Hawai había existido mucha camaradería y trabajar allí había resultado muy agradable.

Bangor era diferente, sobre todo por las diferencias que existían entre ella y su superior. Simplemente no le gustaba aquel hombre, y por lo visto era un sentimiento recíproco.

Desde el principio, Catherine había sabido que algo no marchaba bien. En ninguna otra base le habían exigido que estuviera tantas horas de servicio. Los cuatro primeros viernes se los había pasado haciendo vigilancias de veinticuatro horas. Parecía como si el capitán de fragata Nyland se hubiese propuesto amargarle la vida.

Después de un mes de estancia estaba completamente segura de ello.

—Fredrickson, ¿tiene los archivos del caso Miller? —le preguntó él mientras trabajaba en su escritorio.

—Sí, señor —contestó ella poniéndose en pie y entregando una carpeta al hombre que había ocupado sus pensamientos todo el día.

El capitán Nyland abrió la carpeta y comenzó a revisarla mientras echaba a caminar. Catherine lo siguió con la mirada mientras se preguntaba qué había en ella que tanto molestaba a aquel hombre. Quizá no le gustaran las mujeres morenas. Era una tontería, pero es que no encontraba ninguna explicación lógica. Quizá fuera porque era menuda, o quizá le recordara a alguien que no soportaba. En cualquier caso, Catherine no había hecho nada para merecerse ese desprecio y no estaba dispuesta a tener que lidiar con él.

Los rumores decían que estaba soltero y no era difícil explicarse por qué. Si la forma en la que la trataba a ella era un ejemplo de cómo trataba a las mujeres, obviamente aquel tipo necesitaba un correctivo.

El desprecio que aparentemente sentía por Catherine al menos evitaba un problema. No existía el peligro de que se enamoraran el uno del otro. La forma más efectiva de poner fin a una carrera en la Marina era establecer una relación íntima con un superior dentro del mismo comando. La forma más rápida para sufrir un consejo de guerra. La Marina rechazaba de plano ese tipo de comportamiento.

No obstante, el capitán de fragata Nyland no era su tipo. A Catherine le gustaban los hombres más suaves y mucho más afables.

Durante los once años que llevaba sirviendo a la Marina, Catherine había trabajado con muchos superiores diferentes y con ninguno había tenido un trato tan malo.

Nada de lo que ella hacía parecía agradarle. Nada. No había sentido ningún reconocimiento hacia su trabajo, aparte de un leve movimiento de cabeza.

Pero lo más absurdo de todo aquello era que había algo que a Catherine le hacía gracia, y no podía evitar estar todo el día con una sonrisa tonta en los labios.

Necesitaba volver a Hawai, y necesitaba hacerlo pronto.

—Venga a mi oficina, capitán.

Catherine levantó la vista y se encontró con el capitán Nyland frente a ella.

—Sí, señor.

Se puso en pie y tomó una libreta antes de seguirlo hasta su despacho. El capitán se sentó y le señaló un sillón de cuero que había frente a la mesa para que tomara asiento. Catherine tragó saliva, estaba nerviosa. No le gustaba la mirada que tenía el capitán. Estaba con el ceño fruncido, nada raro por otro lado, ya que era su gesto más habitual. Nunca lo había visto sonreír.

Repasó mentalmente los casos en los que había estado trabajando y todo estaba en orden. No se merecía ninguna llamada de atención. Aunque con el capitán nunca estaba segura porque él no necesitaba excusas.

Había un silencio tenso en la habitación.

—He estado observando su trabajo en las últimas semanas —dijo él finalmente con mirada indiferente.

No obstante, Catherine sintió que le estaba pasando revista. Llevaba el pelo recogido en una coleta y su uniforme estaba perfectamente planchado. Pero daba la sensación de que si aquel hombre le encontraba una sola arruga la enviaría frente a un pelotón de fusilamiento. Ningún hombre jamás la había hecho ser tan consciente de su aspecto físico. Y no había ni rastro de reconocimiento ante su impecable apariencia. Catherine no era engreída pero se daba cuenta de que era una mujer atractiva y el hecho de que el capitán la mirase como si fuese un maniquí le resultaba insultante.

—Sí, señor.

—Como iba diciendo, he seguido sus progresos.

Aquello era una muestra de interés. Catherine fue consciente de que también lo estaba observando. Para ella resultaba demasiado desagradable y temperamental, y sin embargo era un hombre muy respetado por sus compañeros. Personalmente, Catherine lo encontraba insoportable, pero su criterio estaba influido por las cuatro noches de los viernes que se había pasado trabajando.

La política afectaba a todas las bases en las que ella había sido enviada, pero en Bangor su presencia era más significativa. El capitán de fragata Royce Nyland era el subordinado inmediato de la capitán de navío Stewart, y era el encargado de dirigir los asuntos legales. Llevaba a cabo su tarea con total dedicación y con una habilidad que Catherine nunca había visto anteriormente. Por un lado era el mejor capitán de fragata con el que había trabajado en su vida, y por otro lado, el peor.

Parecía un hombre que había nacido para ser un líder. Era fuerte y llamaba la atención. Su oficio lo requería.

En aquel momento, frente a él durante unos minutos, Catherine tuvo que reconocer que era un hombre atractivo. La suya no era una belleza clásica, pero tenía algo especial. Desde luego no era un hombre que pasara inadvertido.

Los rasgos de su cara no eran de los que hacían que las mujeres enloquecieran. Tenía el pelo casi negro y los ojos de un color azul muy profundo. Las espaldas eran anchas y a pesar de tener una estatura media, transmitía fuerza y poder en cada gesto que hacía.

El examen que Catherine le estaba haciendo no parecía molestarle.

—Me alegra informarla de que la he escogido como coordinadora suplente para el programa de mantenimiento físico de la base.

—Coordinadora suplente —repitió Catherine lentamente. Se le había caído el alma a los pies. Hubiera hecho cualquier cosa para no tener que ser la coordinadora del programa de mantenimiento. No era, precisamente, uno de los puestos más envidiados dentro de una base.

La Marina era muy rígida respecto a la condición física de sus hombres y mujeres. Aquellas personas que se pasaban de peso eran sometidas a severas dietas y a un estricto horario de ejercicio físico. Como coordinadora suplente, Catherine se iba a ver obligada a seguir atentamente los progresos y a dar cuenta de ellos en reuniones interminables. También se le exigiría que elaborara programas específicos para las necesidades de cada persona. Y por si fuera poco, también sería la encargada de la dolorosa tarea de expulsar de la Marina a aquellas personas que no cumplieran con las condiciones físicas exigidas.

—Creo que está cualificada para desempeñar este puesto competentemente.

—Sí, señor —dijo ella mordiéndose la lengua. En el momento en el que asumiera el puesto, a pesar de que fuera suplente, sabía que no iba a tener tiempo ni para respirar. Era una tarea muy laboriosa y muy poco valorada. Si el capitán había estado buscando una forma de acabar con la vida social de Catherine, la acababa de encontrar.

—El teniente de navío Osborne se encontrará con usted y le entregará toda la documentación necesaria a las 15 horas. Si tiene alguna pregunta, se la podrá hacer a él —dijo el capitán mirando hacia otro lado sin prestarle atención.

—Gracias, señor —contestó ella reprimiéndose para no mostrar su enfado.

Salió del despacho y cerró la puerta con decisión. Caminó con dignidad hasta la oficina y lanzó la libreta sobre la mesa.

—¿Algún problema? —preguntó Elaine Perkins, su secretaria. Era la mujer de un oficial y conocía bien las dificultades de la vida militar.

—¿Problema? ¿Cuál podría ser el problema? —preguntó sarcásticamente—. Dime, ¿hay algo repugnante en mí y yo no me doy cuenta?

—Nada que yo haya notado.

—¿Tengo mal aliento?

—No —contestó Elaine.

—¿Se me ve la combinación bajo la falda?

—No por lo que yo veo. ¿Por qué me preguntas todo eso?

—Por nada —contestó Catherine antes de salir de la oficina de nuevo en dirección a la fuente.

Una vez allí se inclinó para beber. El agua fresca apaciguó su orgullo herido.

A Catherine le hubiera gustado haber hablado con Sally. Junto con ella eran las dos únicas mujeres en un comando con cientos de hombres. Las dos eran mujeres en un mundo de hombres, pero por el momento no parecía posible. Una vez que hubo recuperado la compostura, Catherine se dirigió a su despacho y forzó una sonrisa.

«Me alegra informarla de que la he escogido como coordinadora suplente para el programa de mantenimiento físico de la base», recordó Catherine horas después, mientras se dirigía a la pista de carreras. El sol se estaba poniendo, pero aún había tiempo para echar una carrera.

Así que el capitán Nyland se alegraba de haberle endosado aquel puesto. Cuanto más pensaba en ello, más furiosa se ponía.

Más le valía correr para olvidar lo que había sucedido. En el cielo había unas nubes amenazantes, pero a Catherine no le importó. Acababan de asignarle la peor tarea colateral de toda su carrera y necesitaba dejar a un lado la frustración y la confusión que sentía antes de llegar al apartamento que había alquilado en Silverdale.

Echó a correr a grandes zancadas y enseguida subió la colina donde se situaba la pista de atletismo. En cuanto llegó arriba se paró en seco. Había varios corredores girando en la pista, pero uno destacaba sobre todos los demás.

El capitán Nyland.

Durante un rato Catherine no pudo apartar la mirada de él. Sus movimientos eran ágiles y fluidos. Tenía una zancada larga y corría a gran velocidad. Aunque le costara reconocerlo, lo que más le gustaba de aquel hombre era la fuerza que escondía en su interior. Aunque en realidad Catherine no estaba dispuesta a encontrar ninguna característica positiva en él.

Si el mundo hubiese sido un lugar justo, un rayo tendría que haber caído sobre el capitán en aquel mismo momento.

Catherine miró al cielo y, para su decepción, vio que las nubes se estaban esfumando. Como siempre. Cada vez que deseaba que lloviera, el sol comenzaba a brillar. Bueno, ya que no le iba a caer un rayo, al menos le deseaba una lesión.

Catherine estaba a punto de marcharse de la base sin correr. Si bajaba hasta la pista, probablemente hiciera o dijera algo que no fuera del agrado del capitán.

Era obvio que inconscientemente había hecho algo ofensivo para merecerse su desprecio. Le había puesto cuatro viernes de guardia y la había enviado a la peor tarea de toda la base. ¿Qué iba a ser lo siguiente?

Catherine se dio media vuelta pero inmediatamente cambió de idea. ¡No iba a permitir que aquel hombre controlase toda su vida! Tenía tanto a derecho a correr por aquella pista como cualquiera. Y si a él no le agradaba, podía marcharse.

Con aquellos pensamientos en la cabeza bajó hacia la pista y comenzó con unos ejercicios de calentamiento. Estaba deseando ponerse a correr. Aunque era menuda, era una excelente corredora. Había participado en los equipos de carrera campo a través tanto del instituto como de la universidad y tenía muy buenos registros. Si había una actividad física en la que sobresalía, era correr.

La primera vuelta comenzó suavemente y adelantó a dos hombres con facilidad. El capitán Nyland aún no se había dado cuenta de su presencia, lo cual no era problema para Catherine. No había ido hasta allí para intercambiar cumplidos con él.

Poco a poco fue acelerando el ritmo y advirtió que había entrado en calor antes de lo normal. A pesar de que daba grandes zancadas, no era capaz de dar alcance a su superior. En el único momento en que lo consiguió, él la superó de nuevo a los pocos instantes.

Se sintió frustrada. Quizá no pudiera adelantarlo, pero seguro que tenía más aguante que él.

Catherine continuó corriendo a un ritmo frenético hasta que fue consciente de que ya había corrido seis millas. Los pulmones empezaban a dolerle y los músculos de las piernas se estaban quejando por el exceso. Aun así, ella continuó con determinación. No estaba dispuesta a que el capitán volviera a pisotear su orgullo. Si ella lo estaba pasando mal, él seguro que también.

Catherine hubiese preferido caerse rendida de cansancio que retirarse en aquel momento. Era algo más que una cuestión de orgullo.

Justo entonces comenzaron a caer gotas de lluvia sobre la tierra seca. Aun así, Catherine y el capitán continuaron corriendo. Lo pocos corredores que quedaban en la pista la abandonaron velozmente y sólo quedaron ellos dos frente a las fuerzas de la naturaleza. El uno contra el otro en una silenciosa batalla.

No intercambiaron ninguna palabra. En ningún momento. Catherine, a pesar de que sintió que se iba a desmayar, no se detuvo. Cayó la noche y apenas veía sus propios pies. Tan sólo destacaba la silueta del capitán recortada contra el cielo. De repente desapareció de su campo de visión.

A los pocos minutos escuchó unas pisadas detrás de ella. Era el capitán que estaba a punto de adelantarla. Cuando alcanzó a Catherine, aminoró la marcha y corrió junto a ella.

—¿Cuánto tiempo vamos a seguir con este juego, Fredrickson? —le preguntó.

—No lo sé —contestó ella tratando de no quedarse sin aire.

—Estoy empezando a estar cansado.

—Yo también —admitió Catherine.

—Tengo que reconocer que es una corredora excelente.

—¿Es eso un cumplido, capitán? —preguntó ella. Pudo advertir una sonrisa en los labios de su superior y sintió que le daba un vuelco el corazón.

Aquella situación era absurda. Acababa de lograr arrancarle una sonrisa.

—Que no se le suba a la cabeza —repuso el capitán.

—No se preocupe. Supongo que no se habrá dado cuenta de que está lloviendo.

—¿Por eso está todo mojado? —bromeó él.

—Eso es. Dejaré de correr si usted también para.

Podríamos decir que hemos empatado —propuso Catherine.

—Trato hecho —contestó Royce aminorando el paso. Ella hizo lo mismo. Cuando se detuvo se inclinó tratando de recuperar el aliento.

La lluvia caía con fuerza. Mientras habían estado corriendo el agua no había sido molesta, pero parados era diferente. La coleta de Catherine estaba medio deshecha y algunos mechones de pelo mojados le caían en el rostro.

—Váyase a casa, Fredrickson —dijo Royce.

—¿Es una orden?

—No —respondió él antes de echar a andar. Se detuvo un instante y se dio la vuelta—. Antes de que se marche, tengo una curiosidad. Solicitó un traslado desde San Diego hace años, ¿por qué?

Catherine sabía que aquella información aparecía en la ficha personal, pero la pregunta la pilló desprevenida.

—¿A quién no le gusta más vivir en Hawai? —preguntó con ligereza.

—Ésa no es la razón por la que se marchó de San Diego. Solicitó el traslado y sin saber si el nuevo destino sería Hawai o Irán —añadió Royce insinuando que sabía más de lo que parecía.

—Motivos personales —admitió ella reticente. No entendía por qué le hacía aquel interrogatorio en ese preciso instante.

—Dígame la verdad —insistió él en un tono confiado que empezaba a irritar a Catherine.

Contó hasta diez en silencio tratando de mantener la calma.

—Ésa es la verdad. Siempre he querido vivir en Hawai.

—Yo creo que un hombre tuvo que ver en aquella decisión.

Catherine sintió un nudo en el estómago. Casi nunca pensaba en Aaron. Durante los tres años anteriores prácticamente había logrado olvidar que lo había conocido. No estaba dispuesta a que Royce Nyland castigara su corazón con recuerdos de su antiguo prometido.

—¿Qué le hace pensar que mi petición tenía que ver con un hombre? —preguntó con ganas de terminar ya aquella conversación.

—Porque suele ser así —añadió él.

Catherine no estaba de acuerdo, pero no quería empezar una discusión con la que estaba cayendo.

—En aquel momento me apetecía un cambio de escenario —concluyó ella.

En realidad se había marchado de San Diego porque no había querido correr el riesgo de encontrarse con Aaron. No hubiera soportado verlo de nuevo. Al menos eso era lo que había pensado. Se había enamorado locamente de él y de forma muy rápida. Justo después había tenido una misión en un juicio a bordo del Nimitz y cuando había regresado, semanas después, se había enterado de que Aaron no la había esperado.

En cuanto había regresado, Catherine había volado hasta el apartamento de su novio y se lo había encontrado en el sofá con la vecina de al lado. Era una mujer rubia, atractiva y recién divorciada. Aaron se había puesto en pie a toda velocidad en cuanto la había visto aparecer. La vecina se había sonrojado mientras se abotonaba la blusa. Aaron le había asegurado que sólo había sido un juego. ¿Por qué no iba a poder divertirse un poco cuando ella pasaba varias semanas fuera de la ciudad?

Catherine recordó que se había quedado paralizada, fijando su mirada en el anillo de diamantes de su dedo. El anillo de compromiso. Se lo había quitado y se lo había devuelto a Aaron. Sin mediar palabra Catherine se había marchado de la casa. Él se había quedado clavado en el sitio por la impresión, y después había salido corriendo detrás de ella hasta el aparcamiento. Le había suplicado que fuese más comprensiva. Le había asegurado que, si tanto la ofendía, no volvería suceder y que estaba teniendo una reacción desproporcionada.

Con el tiempo, Catherine se había dado cuenta de que aquél había sido un duro golpe más para su orgullo que para su corazón. En realidad era un alivio haber sacado a Aaron de su vida, aunque sólo con el tiempo había aprendido aquella lección.

—¿Catherine? —dijo Royce en un tono de voz masculino. Ella dejó a un lado los recuerdos.

Era la primera vez que la llamaba por su nombre. Hasta entonces siempre la había llamado «capitán» o «Fredrickson», pero nunca Catherine. Sintió que los latidos de su corazón se aceleraban.

—Había un hombre —admitió algo tensa—. Pero fue hace muchos años. No tiene que preocuparse de que mi antiguo compromiso pueda afectar al trabajo que realizo bajo sus órdenes. Ni ahora ni en el futuro.

—Me alegro de escuchar eso —repuso él.

—Buenas noches, capitán.

—Buenas noches —contestó Royce. Habían llegado ya a la colina.

Ella comenzó a descender y cuando estaba a mitad de camino Royce la llamó.

—¡Catherine!

—¿Sí? —preguntó ella volviéndose para mirarlo.

—¿Estás viviendo con alguien?

—Eso no es asunto tuyo —contestó sin reflexionar, tuteándolo por primera vez. La pregunta la había pillado por sorpresa.

Royce no dijo nada. Una farola iluminaba su semblante serio. Estaba en tensión.

—Confía en mí. Te aseguro que no tengo ningún interés en tu vida amorosa. Por mí, puedes vivir con quien quieras o puedes salir con cinco hombres a la vez. Lo que a mí me preocupa es el departamento legal. Ya sabes que es un trabajo muy exigente y que los horarios son extenuantes. Me gusta conocer a la plantilla para evitar causarles problemas innecesarios.

—Ya que te parece tan importante, tengo que confesarte que sí que comparto mi vida con alguien —dijo Catherine tras un silencio. En la distancia no pudo ver con claridad si el rostro de él cambiaba de expresión—. Sambo.

—¿Sambo? —preguntó él frunciendo el ceño.

—Eso es, capitán. Vivo con un gato llamado Sambo.

Catherine esbozó una sonrisa y se marchó.

No había dejado de llover. Royce se encontró sonriendo en la oscuridad. Sin embargo, aquella sonrisa se evaporó enseguida. No le gustaba Catherine Fredrickson.

—No —murmuró contestándose a sí mismo.

Sí que le gustaba. La capitán de corbeta tenía determinadas cualidades que le hacían admirarla.

Era una mujer dedicada y muy trabajadora, que se llevaba muy bien con el resto de la plantilla. No se quejaba nunca. Antes de salir de la oficina, Royce había revisado el cuadrante de guardias y se había dado cuenta de que había requerido su presencia durante cuatro viernes consecutivos. Hasta aquel momento no había advertido su error. Cualquiera le hubiera llamado la atención y hubiera estado en su derecho de hacerlo.

En cuanto el teniente Osborne había sido enviado a unos juicios en alta mar y se había necesitado un coordinador suplente para el programa de mantenimiento, el nombre de la capitán había sido el primero que había aparecido en la mente de Royce.

Se había dado cuenta de que a Catherine no le había gustado demasiado la asignación. Había visto cómo la rabia llenaba sus ojos por un instante, y aquélla había sido la prueba de que la responsabilidad del cargo no la asustaba.

Esa mujer tenía una mirada capaz de clavarse en el alma de cualquier hombre. Habitualmente, Royce no solía prestar atención a ese tipo de cosas, pero no se había olvidado de aquellos ojos desde el momento en el que se habían conocido. Eran brillantes como dos luceros, pero lo que más le impresionaba era la calidez que transmitían.

A Royce también le agradaba la voz de Catherine. Era una voz aterciopelada y femenina. «Ya está bien», pensó. Se estaba empezando a parecer a un poeta romántico.

Era gracioso, Royce no era una persona que precisamente se definiera a sí mismo como romántico, así que estuvo a punto de soltar una carcajada ante aquellos pensamientos. Su mujer, antes de morir, había acabado con las últimas reservas de amor y de alegría que le quedaban.

Royce no quería pensar en Sandy. Bruscamente se dio media vuelta y se dirigió hacia el coche. Caminó a grandes zancadas, como si de esa forma pudiese poner distancia con los recuerdos de su difunta esposa.

Montó en su Porsche y encendió el motor. Vivía en la base, así que llegaría a casa en menos de cinco minutos.

Catherine volvió a irrumpir en sus pensamientos. Se asustó ante aquella persistencia, pero estaba demasiado cansado como para luchar contra sí mismo. En cuanto llegara a casa, su hija Kelly, de diez años, lo mantendría ocupado. Por una vez iba a ser benévolo consigo mismo e iba a dejar que su mente volara libre. Además, estaba muy intrigado por las sensaciones que le estaba despertando Catherine Fredrickson.

No es que fuera muy relevante. Tampoco necesitaba saber mucho más acerca de ella. Simplemente despertaba su curiosidad. Nada más.

Lo cierto era que aquella mujer le intrigaba y a Royce no le gustaba esa sensación porque no la comprendía. Le hubiese gustado poder saber exactamente qué era lo que le fascinaba de ella. Sin embargo, no había sido consciente hasta aquella tarde de la atracción de estaba sintiendo.

Catherine no era una mujer distinta a otras con las que había trabajado en la Marina durante años. Aunque sí que era especial, pensó contradiciéndose una vez más. Había algo en ella, quizá fuera su mirada limpia y la calidez que desprendía.

Aquella tarde había descubierto algo más sobre

Catherine. Era una mujer realmente testaruda. Royce nunca había visto a nadie correr con tal determinación. Hasta que no había empezado a llover, no se había dado cuenta de que ella lo estaba desafiando. Royce había estado corriendo absorto en sus pensamientos hasta que ella lo había adelantado y lo había mirado por encima del hombro, haciéndole saber que le estaba ganando. Hasta aquel momento ni se había percatado de que Catherine estaba en la pista. No había bajado el ritmo en ningún momento. Los dos habían corrido hasta el límite de sus fuerzas.

Royce aparcó el coche y apagó el motor. Dejó las manos sobre el volante mientras en sus labios se dibujaba una sonrisa. Una mujer orgullosa.

Cuando entró en casa su hija se asomó al salón. En cuanto lo vio se volvió a ir, y por la forma en la que lo había hecho, Royce supo que estaba enfadada. Se preguntó qué demonios habría hecho para que su hija no hubiese salido corriendo a recibirlo como acostumbraba a hacer.

Royce se echó a temblar. Su hija podía ser más testaruda que una mula. Por lo visto, aquel día estaba destinado a lidiar con mujeres con mucha determinación.

II

Después de la ducha, Catherine se puso un albornoz y una toalla enrollada en la cabeza. Se sentó en la cocina, frente a una taza de infusión, y acogió a Sambo en su regazo.

Mientras disfrutaba de la bebida, repasó los acontecimientos del día. Una sonrisa, algo reticente, se dibujó en sus labios. Después del encuentro que había tenido con Royce Nyland en la pista de carreras, le disgustaba menos aquel hombre. No es que lo considerara mejor persona, pero sí que sentía un respeto creciente hacia él.

Sambo le clavó ligeramente las uñas y Catherine le dejó bajarse después de acariciarlo. No podía dejar de pensar en el rato que había compartido con Royce. Le había encantado la lucha silenciosa que habían mantenido en la pista y sintió una oleada de calor al recordarlo. Por alguna extraña razón, había conseguido divertir a su jefe. Debido a la oscuridad, no había podido disfrutar plenamente de su sonrisa, pero le hubiera gustado sacarle una foto para no olvidar que aquel hombre era capaz de reír.

Catherine tenía hambre y se acercó a la nevera. Ojalá apareciese por arte de magia algo ya preparado para meter directamente en el microondas. No tenía ningunas ganas de cocinar. De camino a la cocina se detuvo a mirar la fotografía que tenía sobre la chimenea. El hombre del retrato tenía los ojos oscuros y su mirada era inteligente, cálida y con carácter.

Los ojos que había heredado Catherine.

Era un hombre guapo y a ella le daba mucha pena no haber tenido la oportunidad de conocerlo de veras. Catherine había tenido sólo tres años cuando su padre había sido destinado a Vietnam y cinco años cuando habían escrito su nombre en la lista de desaparecidos. A menudo buscaba en su memoria tratando de rescatar algún recuerdo de él, pero sólo se encontraba con su propia frustración y decepción.

El hombre de la foto era muy joven, demasiado joven como para arrebatarle la vida. Nunca nadie supo ni cómo ni cuándo había muerto exactamente. La única información que le habían dado a la familia de Catherine había sido que el barco de su padre había entrado en una zona selvática llena de soldados enemigos. Nunca supieron si había muerto en la batalla o si había sido apresado como rehén. Todos los detalles, tanto de su vida como de su muerte, habían servido de pasto para la imaginación de Catherine.

Su madre, abogada en el sector privado, nunca se había vuelto a casar. Marilyn Fredrickson tampoco se había amargado la vida ni estaba enfadada. Era una mujer demasiado práctica como para permitir que aquellos sentimientos negativos enturbiaran su vida.

Como esposa de militar, había soportado con entereza y en silencio los años que habían estado sin saber nada y no había cedido ni a la desesperanza ni a la frustración. Cuando los restos de su esposo habían sido repatriados por fin, había mantenido la compostura orgullosa mientras él era enterrado con todos los honores militares.

El único día en que Catherine había visto llorar a su madre había sido cuando el ataúd con los restos mortales había llegado al aeropuerto. Con una dulzura que había impresionado a Catherine, su madre se había acercado al ataúd cubierto con la bandera y lo había acariciado. «Bienvenido a casa, mi amor», había susurrado Marilyn. Después se había derrumbado y de rodillas había llorado y sacado a la luz las emociones que había contenido durante los diez años de espera.

Catherine también había llorado con su madre aquel día. Pero Andrew Warren Fredrickson no había dejado de ser un extraño para ella, tanto en vida como en su muerte. Cuando había elegido ser abogada de la Marina, Catherine lo había hecho para seguir los pasos tanto de su madre como de su padre. Formar parte del ejército la había ayudado a entender al hombre que le había dado la vida.

—Me pregunto si alguna vez tuviste que trabajar con alguien como Royce Nyland —dijo suavemente acariciando la foto.

Algunas veces le hablaba a aquel retrato como si realmente esperase una respuesta. Obviamente no la esperaba, pero aquellos monólogos la ayudaban a aliviar el dolor por no haber disfrutado de su padre.

Sambo maulló poniendo de manifiesto que era la hora de la cena. El gato negro esperó impaciente a que Catherine rellenara su cuenco con comida.

—Que aproveche —le dijo una vez que lo había servido.

—Pero, papá, es que yo tengo que tener esa chaqueta —afirmó Kelly mientras llevaba su plato al fregadero. Una vez allí lo lavó y lo dejó en el escurridor, cosa que no solía hacer nunca.

—Ya tienes una chaqueta preciosa —le recordó Royce mientras se ponía en pie para prepararse un café.

—Pero la chaqueta del año pasado está muy vieja, tiene un agujerito en la manga y ya no es verde fosforescente. Voy a ser el hazmerreír de todo el colegio si me vuelvo a poner ese trapo viejo.

—«Ese trapo viejo», como tú dices, está en perfecto estado. Esta conversación se ha terminado, Kelly Lynn.

Royce estaba convencido de no tenía que ceder en aquella ocasión. Había una línea peligrosa con su hija que no iba cruzar porque no quería malcriarla. Siempre le consentía sus caprichos porque era una niña encantadora y generosa. De hecho, era sorprendente que se hubiera convertido en una niña tan considerada. Había sido criada por sucesivas niñeras, ya que desde el nacimiento su madre la había dejado despreocupadamente en otras manos.

Sandy había accedido a tener sólo una hija, y lo había hecho con reticencia después de seis años de matrimonio. Su trabajo en el comercio de la moda había absorbido su vida hasta tal punto que Royce había llegado a dudar de su instinto maternal. Después había fallecido en un terrible accidente de tráfico. Y aunque Royce había sufrido mucho con la pérdida, también había sido consciente de que su relación había muerto años atrás.

Royce era un hombre difícil pero todo el mundo sabía que era justo. Con Kelly lo estaba haciendo lo mejor que sabía, pero a menudo dudaba de si eso sería suficiente. Adoraba a Kelly y quería proporcionarle todo el bienestar que necesitaba.

—Todas las chicas del colegio tienen chaqueta nueva —insistió la niña. Royce hizo como que no la había escuchado—. Ya he ahorrado seis dólares de mi paga y la señorita Gilbert dice que las chaquetas van a estar de oferta en P.C. Penney, así que si ahorro también la paga de la semana que viene, ya tendré un cuarto del precio. Mira lo que me estoy esforzando en aritmética este año.

—Buena chica.

—¿Entonces qué hay de la chaqueta, papá? —preguntó sin dejar de mirarlo con sus ojos azules.

Royce estaba a punto de ceder. Aquello no estaba bien pero él no era un bloque de piedra, a pesar de que ya le había dicho que la conversación estaba cerrada. La chaqueta que tenía estaba perfectamente. Se acordaba de cuando la habían comprado el año anterior. A Royce le había parecido un color espantoso, pero Kelly le había asegurado que le encantaba y que se la pondría dos o tres años—. ¿Papá?

—Me lo pensaré —dijo finalmente, a punto de ser convencido por la dulce voz de su hija.

—Gracias, papá. Eres el mejor —chilló la niña corriendo a abrazarlo.

A la tarde del día siguiente Catherine se fue a correr a la pista. Una vez allí la asaltó un ataque de inseguridad. Royce estaba entrenando junto a algunos hombres más.

Durante el día, Royce apenas le había dirigido la palabra, como era habitual. Tan correcto y frío como siempre. Sin embargo, por la mañana al llegar a la oficina Catherine se hubiera atrevido a jurar que la había mirado de arriba abajo. Una mirada difícil de descifrar que, a pesar de la intensidad, destilaba indiferencia.

No era que Catherine estuviera esperando que Royce se lanzara a sus brazos, pero le molestaba esa forma de mirar tan impersonal. Por lo visto, ella había disfrutado más de la conversación de la tarde anterior que él.

Aquél era el primer error y Catherine tuvo miedo de cometer un segundo.

Se estiró y comenzó a correr en dirección a la pista. Era más tarde que el día anterior. Las dos últimas horas había estado revisando informes que registraban los progresos de los participantes en el programa. Le dolían los ojos y la espalda, no estaba de humor para enfrentarse a su superior, a menos que él la retara.

Catherine completó el calentamiento y se unió a los corredores de la pista. Necesitaba olvidarse del enfado por el trabajo extra que le habían impuesto. Al menos el capitán le había dado el turno de guardia del viernes a otra persona.

La primera vuelta fue tranquila. A Catherine le gustaba ir entrando poco a poco en la carrera. Empezaba lentamente y poco a poco iba aumentando el ritmo. Normalmente, tras correr dos millas alcanzaba su mejor momento y avanzaba a grandes zancadas.

Royce la adelantó fácilmente a la primera vuelta. Ella se quedó de nuevo impresionada por la potencia de aquel musculoso cuerpo. La piel de Royce estaba bronceada y el contorno de sus músculos se marcaba con claridad. Era como si estuviera delante de una obra de arte en movimiento. Un cuerpo perfecto, fuerte y masculino. Los latidos del corazón de Catherine se aceleraron más de lo conveniente y le sorprendió una oleada de calor que estuvo a punto de hacer que le flaquearan las piernas. Después de aquella emoción, la embargó otra aún más potente. Rabia. En ese momento Royce la volvió a adelantar y Catherine no se pudo contener más. Comenzó a correr como si estuviera en las Olimpiadas y aquélla fuera una oportunidad única para su equipo.

Adelantó a Royce y sintió tal satisfacción que se olvidó del esfuerzo que estaba haciendo para mantener aquel ritmo vertiginoso.

Como suponía, la satisfacción no duró mucho, ya que él volvió a darle alcance y se quedó corriendo junto a ella.

—Buenas tardes, capitán —dijo él cordialmente.

—Capitán —contestó ella. No podía decir nada más. Aquel hombre había conseguido irritarla de nuevo. Ningún hombre jamás había logrado provocarle unos sentimientos tan agitados, fueran racionales o no. Y era porque gracias a Royce Nyland se había pasado toda la tarde revisando una pila interminable de informes.

Royce apretó el ritmo y Catherine se esforzó por seguirlo. Tenía la sensación de que la podía dejar atrás en cualquier momento. Estaba jugando con ella como si fuera un gato arrinconando a un ratón. Sin embargo, Catherine no desistió en su empeño.

Después de dos vuelta más, se dio cuenta de que Royce se estaba divirtiendo con ella. Era obvio que al capitán le hacía gracia que fuese tan obstinada.

Durante tres vueltas consiguió mantener el ritmo de su superior pero Catherine era consciente de que no iba a poder seguir aquel ritmo frenético mucho más tiempo. Tenía dos opciones: dejar de correr o desmayarse. Eligió la primera.

Poco a poco fue aminorando el paso. Royce siguió adelante, pero cuando se dio cuenta de que ella no lo seguía se dio la vuelta para sorpresa de Catherine.

—¿Estás bien? —preguntó corriendo al paso de ella.

—Un poco cansada —repuso ella casi sin aliento. Él sonrió de forma socarrona y la miró con sarcasmo.

—¿Tienes algún problema?

—¿Estamos fuera de servicio? —preguntó ella de forma directa. Llevaba un mes soportándolo y no podía contenerse más. Estaba deseando decirle exactamente lo que pensaba de él.

—Por supuesto.

—¿Hay algo en mí que te moleste? —preguntó Catherine—. Porque sinceramente creo que te has picado conmigo, y eso no es problema mío… es tuyo.

—No te trato de forma diferente al resto —contestó Royce con calma.

—Pues claro que lo haces —replicó ella. Para bien o para mal los demás se habían ido y sólo quedaban ellos en la pista—. No he visto que le hayas puesto a nadie guardias durante cuatro viernes seguidos. Por alguna razón, que no alcanzo a comprender, te has empeñado en estropearme los fines de semana. Llevo once años en la Marina rodeada de hombres y nunca he estado de guardia más de una vez al mes. Hasta que has sido mi superior. Por lo visto, no te agrado y exijo saber por qué.

—Estás equivocada —respondió él algo tenso—. Creo que tu dedicación es digna de elogio.

Catherine no esperaba que él admitiera directamente la animadversión que le despertaba pero no estaba dispuesta a aguantar su retórica militar.

—¿Y debo suponer que ha sido mi dedicación al trabajo lo que te ha decidido a premiarme con el maravilloso puesto de coordinadora suplente del programa de mantenimiento? ¿Es acaso una recompensa por todas las horas extra que he realizado en el caso Miller? Si es así, podrías haber buscado otra manera de darme las gracias, ¿no?

—¿Eso es todo? —preguntó Royce. Estaba nervioso.

—La verdad es que no. Seguimos fuera de servicio, y tengo que decirte que pienso que eres estúpido —añadió Catherine.

De repente se sintió completamente aliviada. Sin embargo, comenzó a temblar, no sabía si por el exceso físico que había cometido o porque llevaba un rato insultando a su superior con todas sus ganas.

La mirada de Royce era imposible de descifrar. Catherine sintió un nudo en el estómago.

—¿Es eso verdad? —preguntó el capitán.

—Sí —contestó ella algo dubitativa.

Tomo aire. Sabía que acababa de traspasar el límite de lo que se le podía decir a un superior. Tenía las manos cerradas en puños y las apretó más. Si había pensado que así iba a solucionar sus problemas, se había equivocado. Si algo acababa de lograr, era arruinar su propia carrera.

Royce se mantuvo en silencio durante un rato. Después movió levemente la cabeza, como si hubieran estado charlando sobre el tiempo, se dio la vuelta y comenzó a correr de nuevo. Catherine se quedó quieta mirándolo.

Aquella noche Catherine durmió mal. No podía dejar de darle vueltas a la cabeza. Royce podía hacer dos cosas: ignorar la pataleta que había tenido o enviarla a una misión en cualquier país del tercer mundo. Con cualquiera de las dos opciones, Catherine estaría teniendo su merecido. Nadie le hablaba a su superior de la forma en la que ella lo había hecho. Nadie.

Se pasó horas tumbada en la cama analizando lo que había sucedido. No lograba comprender cómo había podido perder los nervios de aquella manera.

A la mañana siguiente, Royce ya estaba en su despacho cuando ella llegó. Catherine miró cautelosa a la puerta cerrada del capitán. Si Dios se apiadaba de ella, el capitán Nyland estaría dispuesto a olvidar y a perdonar la pataleta del día anterior. Catherine quería disculparse y se humillaría si hacía falta, porque quería dejar claro que su comportamiento había sido inaceptable.

—Buenos días —le dijo a Elaine Perkins al entrar—. ¿Cómo está el jefe hoy? —preguntó esperando que la secretaria hubiese podido evaluar el humor de Royce.

—Como siempre —contestó Elaine—. Me ha pedido que te dijera que vayas a su despacho cuando llegues.

Catherine sintió un escalofrío.

—¿Ha dicho que quería verme?

—Eso es. ¿Por qué te preocupa? No has hecho nada malo, ¿no?

—No, nada —murmuró Catherine. Solamente había perdido la cabeza y se había desahogado con su jefe.

Se estiró la chaqueta del uniforme y se cuadró. Caminó hasta la puerta del despacho y llamó suavemente. Cuando le ordenaron entrar lo hizo con la cabeza alta.

—Buenos días, capitán —dijo Royce.

—Señor.

—Relájate, Catherine —le pidió mientras se recostaba en su sillón. Tenía la mano en la barbilla como si estuviera reflexionando.

Le había pedido que se relajara, pero Catherine no podía hacerlo sabiendo que su carrera estaba pendiendo de un hilo. Ella no se había alistado en la Marina, como muchas otras mujeres, con la cabeza llena de pájaros en busca de aventuras, viajes y una formación gratuita. Ella fue consciente desde el principio de las rigurosas rutinas, de las implicaciones políticas y de que se iba a tener que enfrentar con todo tipo de machistas.

Sin embargo, quería formar parte de la Marina. Se había esforzado mucho y se había sentido recompensada. Hasta aquel momento.

—Desde la conversación de ayer, he estado dándole vueltas a la cabeza —dijo Royce. Catherine tragó saliva—. Por lo que he leído de ti, tienes un expediente intachable. Así que he decidido que inmediatamente serás reemplazada del puesto de coordinadora suplente del programa de mantenimiento físico por el capitán Johnson.

Catherine pensó que no había escuchado correctamente. Sus ojos, que habían estado clavados en la pared se posaron en los de Royce. Trató de recuperar el aliento para poder hablar.

—¿Me está retirando del programa de mantenimiento físico?

—Eso es lo que he dicho.

—Gracias, señor —logró decir Catherine después de pestañear repetidamente.

—Eso es todo —concluyó Royce.

Ella dudó un instante. Estaba deseando pedir disculpas por haber perdido los nervios la tarde anterior, pero aquella mirada le decía que Royce no tenía ningún interés en escuchar sus justificaciones.

A pesar de que le temblaban las piernas, Catherine se puso en pie y salió torpemente del despacho.

Catherine no volvió a ver a Royce el resto del día y lo agradeció. Así tuvo tiempo para ordenar sus tortuosas emociones. No sabía qué pensar del capitán. Cada vez que se creaba una opinión sobre él, Royce se comportaba de tal forma que la desmontaba. Catherine tenía sentimientos ambiguos hacia él, lo que hacía la situación aún más confusa. Era, desde luego, el hombre más viril que había conocido en su vida. No podía estar en la misma habitación que él y no sentir su magnetismo. Pero por otro lado, le resultaba un tipo muy desagradable.

Catherine se dirigió al aparcamiento después de su jornada laboral. Lluvia, lluvia y más lluvia.

Ya se había hecho de noche y tenía tantas agujetas del día anterior, que decidió que aquella tarde no iría a la pista. Al menos ésa era la excusa que se daba a sí misma. No era momento de preguntarse cuánto de verdad había en esa justificación.

Su coche estaba aparcado al final y Catherine caminó hasta allí encogida por el frío. Entró en el coche y trató de encender el motor. Nada. Lo intentó de nuevo infructuosamente. Se había quedado sin batería.

Se apoyó sobre el volante y se quejó. Sabía tanto de mecánica como de una operación de neurocirugía. El coche sólo tenía unos meses, así que el motor no podía estar estropeado.

Salió del coche y pensó en echarle un ojo al motor. No iba a servir de mucho, ya que era de noche. Tardó un rato en encontrar el botón para abrir la capota y, con la pálida luz de la farola, apenas podía ver nada.

Después de darle varias vueltas sólo se le ocurrió llamar a un servicio de grúa. Cuando estaba a punto de volver al edificio para realizar la llamada se detuvo junto a ella un coche deportivo negro.

—¿Problemas? —preguntó Royce Nyland.

Catherine se quedó paralizada. Su primera tentación fue decirle que todo estaba en orden y que continuara con su camino. Mentira, pero era una forma de posponer un encuentro con él. Todavía no había tenido tiempo para que sus emociones se apaciguaran. Royce Nyland la confundía y le hacía perder el sentido común. Sacaba lo peor de ella y a la vez Catherine no era incapaz de dejar de intentar impresionarlo. En aquel preciso instante comprendió lo que le estaba ocurriendo. Se sentía sexualmente atraída hacia Royce Nyland.

Y aquélla era una atracción peligrosa para ambos. Mientras estuviera bajo su mando, cualquier relación romántica entre ellos estaba completamente prohibida. La Marina no se andaba con miramientos cuando se trataba de relaciones amorosas entre mandos y subordinados. Ni una sola actitud en aquel sentido era tolerada.

Por su propio bien y por el de Royce debía ignorar la fuerza de los latidos de su corazón cada vez que lo veía. Ignorar aquel cuerpo escultural mientras corría en la pista. Royce Nyland estaba fuera de su alcance, era como si estuviese casado.

—¿Es ése tu coche? —preguntó él impaciente ante la falta de respuesta.

—Sí... No arranca.

—Le echaré un vistazo.

Antes de que Catherine pudiera decirle que estaba a punto de llamar a la grúa, Royce ya estaba en pie dispuesto a ayudar. Se metió dentro del coche e intentó arrancar.

—Me temo que te has debido de dejar las luces puestas esta mañana porque está sin batería.

—Oh... Quizá me las haya dejado —reconoció ella. Estaba en tensión. Correr junto a él en la pista era una cosa, pero estar en el aparcamiento a oscuras, tan cerca de él, era otra. Instintivamente dio un paso atrás.

—Tengo unas pinzas en el coche. Con eso podrás arrancar.

En pocos minutos colocó los cables entre los dos coches y cargó la batería del coche de Catherine.

—Gracias —dijo Catherine mientras recogían. Él asintió mientras se disponía a marcharse, pero ella lo detuvo—. Royce.

Catherine no había querido pronunciar su nombre, de hecho era la primera vez que lo hacía, pero se le había escapado. Nunca se le había dado bien pedir perdón, pero tenía que hacerlo.

—No tenía que haber dicho lo que dije la otra noche. Si hay alguna justificación es que estaba muy cansada e irascible. No volverá a ocurrir.

—Estábamos fuera de servicio, Fredrickson, no te preocupes —dijo él con una medio sonrisa en la cara.

Se miraron fija e intensamente y Catherine no pudo evitar dar un paso al frente.

—Estoy preocupada —admitió ella y ambos supieron que estaba hablando de otra cosa.

Royce no dejaba de mirarla con una intensidad que le confirmaba cosas que hasta entonces Catherine sólo había sospechado. Cosas en las que no tenía ninguna intención de indagar.

Él se sentía solo. Y ella también.

Él estaba solo. Y ella también.

Catherine se sentía tan sola que por las noches, cuando se tumbaba en la cama, notaba una punzada en el corazón. Algunas veces se desesperaba porque tenía la necesidad de ser acariciada, de que la besaran.

Sintió que Royce tenía la misma necesidad que ella. Eso era lo que los había unido y lo que a la vez, los separaba.

Transcurrieron unos segundos pero ninguno de los dos se movió. Catherine no se atrevía ni a respirar. Estaba a punto de echarse a sus brazos, a punto de dar rienda suelta a lo que estaba sintiendo. La tensión que existía entre ellos era como una nube de tormenta a punto de estallar en el cielo azul.

Fue Royce quien dio el primer paso. Pero fue en dirección contraria a Catherine, que suspiró aliviada.

—No hay ningún problema —murmuró él antes de marcharse.

Catherine estaba deseando creerlo pero su intuición le decía que Royce no estaba en lo cierto.

Royce estaba temblando. Aparcó y apagó el motor mientras trataba de recuperar la compostura antes de entrar en casa. Había estado a punto de besar a Catherine y aún se sentía atrapado por el deseo. Él era un hombre forjado a base de disciplina. Siempre se había sentido orgulloso por su capacidad de autocontrol y había estado a punto de lanzar por la borda sus principios. ¿Y por qué? Porque Catherine Fredrickson le excitaba.

Durante tres años Royce había mantenido cerrada la válvula que controlaba su apetito sexual. No necesitaba el amor, ni la ternura ni las caricias de una mujer. Aquéllas eran emociones básicas que podían ser ignoradas. Y él había estado cerrado a ellas hasta que había aparecido Catherine.

Desde el mismo instante en el que ella había puesto el pie en su despacho, Royce se había sentido desbordado por un torrente de sentimientos inesperados. Al principio no se había dado cuenta, aunque inconscientemente le había aguado todos los viernes. No hacía falta un diván de psicoanalista para interpretar aquello. Y su nombre había sido el primero que le había venido a la cabeza en cuanto había tenido que cubrir un puesto.

Tras analizar lo que había ocurrido, Royce se dio cuenta de que había estado castigando a Catherine. Y la había castigado porque la capitán le atraía y le estaba recordando que era un hombre con necesidades que no podían ser negadas por más tiempo.

Desafortunadamente, tenía que enfrentarse a muchas más cosas aparte de a su apetito sexual. Catherine estaba bajo su mando, lo que lo hacía más difícil para los dos. Estaba completamente fuera de su alcance. Ninguno de los dos podía permitirse ceder a aquella atracción. Si lo hacían, sólo conseguirían herirse mutuamente. Sus carreras profesionales se resentirían, así que debían esforzarse por mantener a sus indisciplinadas hormonas a raya.

Royce tomó aire, cerró los ojos y trató de expulsar a la imagen de Catherine de su mente. Era una mujer orgullosa, pero se había atrevido a pedirle perdón. Se había echado todas las culpas, aunque Royce sabía que ella en realidad había tenido razón al enfadarse. En aquel momento, fue consciente de que ninguna mujer le había merecido nunca tanto respeto. Por ser honesta, directa y por estar dispuesta a enfrentarse a lo que había entre ellos, aunque todavía no le supieran poner un nombre.

En resumen, le había demostrado algo que él ya llevaba tiempo sospechando. La capitán Catherine Fredrickson era una mujer de los pies a la cabeza. Una mujer especial, una mujer tan bella que no sabía qué demonios iba a hacer para sacársela de la cabeza. Lo único que estaba claro era que tenía que conseguirlo, aunque eso supusiera pedir un traslado y separar a Kelly del único lugar que había significado un hogar para ella.

III

—Y podemos ir también al cine? —preguntó Kelly mientras se abrochaba el cinturón en el coche. Iban camino del centro comercial donde la chaqueta más importante del mundo estaba en oferta. O Royce le compraba la dichosa chaqueta o prácticamente le estaría arruinando la vida a su hija. No recordaba que la ropa fuera tan importante cuando él era pequeño, pero el mundo había cambiado mucho desde entonces—. Papá, ¿qué dices de la película?

—Vale —aceptó fácilmente.

¿Por qué no? Se había pasado toda la semana muy irascible, fundamentalmente porque se estaba enfrentando a sus sentimientos por Catherine. Kelly merecía una recompensa después de soportarlo toda la semana.

Habían sido unos días muy extraños con Catherine, pero más por lo que no había pasado entre ellos que por lo que había pasado. Royce era incapaz de entrar en la oficina sin ser consciente de su presencia. Era como si hubiera una bomba en una esquina a punto de estallar. De vez en cuando se miraban y se perdía en aquellos ojos de color miel. En la oficina no era tan problemático, el verdadero examen se daba en la pista de carreras.

Cada día Royce se decía a sí mismo que no iba a correr. Pero al final, todas las tardes, con la precisión de un reloj, se acercaba a la pista y allí esperaba a Catherine. Corrían juntos, sin hablar y sin ni siquiera mirarse.

Era un placer extraño el correr junto a la capitán menuda. La pista era un terreno neutral, un territorio seguro para los dos. Aquel rato junto a ella, era el aliciente por el que se levantaba cada mañana y lo que daba sentido a su día.

Cada vez que Catherine le sonreía, Royce sentía cómo aquellos ojos se clavaban en su corazón. Cada tarde, después de correr, ella le daba las gracias por la sesión conjunta de entrenamiento y se volvía al coche en silencio. En el momento en el que desaparecía de su campo de visión, Royce se sentía abatido. Nunca se había dado cuenta hasta entonces de la escasa compañía a la que lo obligaba la disciplina férrea, sobre todo en las largas y solitarias noches en la cama vacía. Estaba desolado.

Las tardes tampoco eran fáciles. Tenía miedo de que llegara la noche porque sabía que, en cuanto cerrara los ojos, Catherine vendría a su cabeza. Se podía imaginar perfectamente lo cálida y suave que era, y sus fantasías parecían tan reales que todo lo que tenía que hacer era estirar el brazo y estrecharla contra su cuerpo. Royce nunca había sospechado que su cabeza le pudiera jugar tan malas pasadas. Estaba teniendo serios problemas para mantener la distancia con ella, tanto emocional como físicamente. Pero en sueños, el subconsciente abría las puertas a Catherine y atormentaba a Royce con imaginaciones que no podía controlar. Sueños en los que Catherine corría hacia él con los brazos abiertos en una playa. Catherine femenina y suave entre sus brazos. Catherine riéndose. Y Royce hubiera jurado que no había escuchado un sonido más maravilloso en la vida.

Lo único que tenía que agradecer era que los sueños nunca se hubieran traducido en un acercamiento físico en la vida real.

Todas las mañanas, Royce se levantaba enfadado consigo mismo, enfadado con Catherine porque no se marchaba de sus pensamientos y enfadado con el mundo. Y con toda su fuerza de voluntad, que era mucha, apartaba a la capitán de su cabeza.

Mientras Catherine estuviera bajo su mando, todo lo que Royce podía permitirse eran sueños involuntarios. No se permitía el placer de fantasear con ella en momentos de tranquilidad.

La vida podía convertirse en una absurda trampa. Una y otra vez ésa era la lección que Royce había aprendido. No estaba dispuesto a perder por una mujer todo lo relevante que había construido, a pesar de que fuera capaz de atravesarlo con la mirada.

El centro comercial estaba muy concurrido, era fin de semana y se acercaban las Navidades. Royce se dejó arrastrar hasta la tienda P.C. Penney y aquél fue sólo el principio del suplicio. La chaqueta que era tan maravillosa se había agotado en la talla de Kelly. La dependienta había llamado a otras tres tiendas y no había ninguna. Y no quedaban repuestos.

—Lo siento, cariño. ¿Quieres mirar otro abrigo? —le preguntó Royce a la niña, que estaba muy decepcionada. Él quería resolver la situación cuanto antes. Llevaba allí casi una hora y se le estaba agotando la paciencia.

Kelly se sentó cabizbaja en un banco de madera fuera de la tienda. Royce estaba a punto de repetir la pregunta cuando la niña se encogió de hombros.

—¿Y si vamos a tomar algo? —preguntó Royce, que estaba necesitando un café. La niña asintió, se puso en pie y le dio la mano, un gesto que no practicaba en exceso.

Royce le compró un refresco de cola y para él un café, mientras Kelly elegía mesa.

—Papá —dijo la niña emocionada—, mira a esa mujer tan guapa que está ahí.

—¿Dónde? —preguntó él. El centro comercial estaba lleno de mujeres guapas.

—La de la chaqueta rosa, verde y azul. Está caminando hacia nosotros. Corre, mírala antes de que se vaya.

Royce acaba de pensar que la vida era una trampa, y ahí estaba él, al borde del abismo una vez más. Antes de que pudiera darse cuenta de lo que estaba haciendo, se puso en pie.

—Hola, Catherine —le dijo acercándose hasta ella. Por lo visto a su hija también le parecía guapa.

—Royce —contestó ella con los ojos iluminados por la sorpresa. Ninguno de los dos estaba cómodo.

—¿Qué tal estás? —preguntó él en tensión.

—Bien.

—Papá —interrumpió Kelly impaciente—, me gusta su chaqueta, mucho.

Catherine miró a la niña y pareció aún más sorprendida. Él nunca le había hablado ni de su hija ni de su viudedad. Quizá se pensara que todavía estaba casado.

—Es mi hija, Kelly —aclaró Royce.

—Hola, Kelly. Me llamo Catherine. Tu padre y yo trabajamos juntos.

—Tu chaqueta es muy bonita —dijo la niña sin dejar de tirar de la manga de su padre.

—Lo que a Kelly le gustaría saber es dónde te la has comprado —aclaró Royce.

—Y si tienen tallas para niñas —añadió Kelly.

—Pues me la he comprado aquí mismo, en el centro comercial, en Jacobson's.

—Papá —dijo la niña tras apurar su refresco—, vamos, ¿vale?

Royce miró la taza de café, apenas si la había tocado, pero Kelly lo estaba mirando como si se fuera a agotar también esa chaqueta.

—No sé si tendrán tallas pequeñas. Como es una tienda de chicas puedo entrar yo y tú te quedas en la puerta, papá.

—¿Te puedo acompañar yo? —se ofreció Catherine. Royce se tuvo que controlar para no besarla.

—¿No te importa? —preguntó él para quedarse tranquilo.

—No. Termínate el café a gusto. No tardaremos mucho —contestó Catherine.

Royce sabía que lo más sensato hubiera sido rechazar su oferta, pero Kelly lo estaba mirando llena de emoción, así que accedió.

Una hija. Royce tenía una hija. Catherine había trabajado con él más de cinco semanas y no se había molestado en mencionar ni que había estado casado ni que tenía una hija. La niña era un encanto, con el pelo oscuro y largo, y los ojos muy azules. Kelly era tan amable y dulce, como su padre era distante y frío.

Royce la había mirado de forma penetrante cuando le había presentado a su hija. Hasta aquel momento no había sido consciente de cuánto lo deseaba. En cuanto lo había visto a lo lejos, se había acercado apresuradamente, guiada por el instinto, para saludar al hombre que ocupaba todos sus pensamientos.

—Hemos estado en P.C.Penney pero las chaquetas de mi talla estaban agotadas. Hemos estado rebuscando y estaba cansada. Entonces papá me ha invitado a un refresco y después te hemos visto —explicó Kelly—. Tu chaqueta me encanta.

Catherine se la había comprado hacía dos semanas. Necesitaba algo más que un chubasquero para pasar allí el invierno. Le había llamado la atención en cuanto la había visto en el escaparate de una tienda de deportes. Lo que más le había atraído había sido la combinación de colores, como a Kelly.

—A mí también me gusta. Y me suena que tienen tallas para niña.

—A papá no le gusta mucho ir de compras. Lo hace por mí, pero estoy segura de que preferiría estar viendo cualquier partido tonto. Los hombres son así, ya sabes.

—Eso dicen —dijo Catherine. Por lo visto, la hija de Royce sabía mucho más de hombres que ella.

Catherine de pequeña había vivido sólo con su madre y en la universidad en una residencia sólo para chicas.

—Papá pone mucho esfuerzo, pero no entiende muchas cosas de mujeres.

Catherine no pudo evitar sonreír. Obviamente ella no era la única en no saber cómo comportarse con el sexo opuesto. Royce y ella necesitaban a una niña de diez años para enderezar sus vidas.

Llegaron a la tienda y encontraron una chaqueta casi idéntica de la talla de Kelly. La niña se la probó delante del espejo y después la dejaron reservada en el mostrador.

Kelly salió corriendo en dirección a la cafetería para informar a su padre y Catherine la siguió.

—Es rosa, verde y azul. No el mismo azul que el de Catherine pero muy parecido. Me la puedo llevar, ¿verdad? Yo pagaré un poco —dijo la niña sacando un billete de cinco dólares y algunas monedas del bolsillo del pantalón.

—Vale, vale. Me rindo —contestó Royce poniéndose en pie. Miró a Catherine y le guiñó un ojo.

Ella no se lo creía. El hombre de hielo era capaz de guiñar el ojo como cualquier otro ser humano. Royce Nyland se comportaba de una forma en la oficina, de otra en la pista y de otra distinta con su hija.

—Bueno, parece que todo está controlado por aquí —dijo Catherine dispuesta a marcharse. Se sentía incómoda con él.

—No te vayas —le pidió Kelly agarrándole la mano—. Papá me ha dicho que vamos a comer pizza y quiero que vengas con nosotros.

—Estoy seguro de que Catherine tendrá otros planes —afirmó él.

—La verdad es que sí que tengo cosas que hacer. Me quería pasar por la tienda de animales para comprarle unas cosas a mi gato —admitió ella un poco decepcionada por que Royce no hubiera insistido.

—A mí me encanta la tienda de animales. Una vez me dejaron acariciar a un cachorro. Yo me moría de ga-

nas de llevármelo, pero papá dijo que no podíamos porque no iba a haber nadie en casa durante el día para
cuidarlo —explicó—. Oh, Catherine, ven con nosotros,
por favor.

Catherine miró a Royce. Esperaba encontrarse
con una mirada fría e indescifrable. Sin embargo, parecía estar dudoso y con ganas de invitarla. Catherine
sintió un escalofrío.

—¿Estás seguro de que no voy a ser una molestia?
—preguntó. Sabía que debía declinar la invitación.
Estaban a punto de prender un fuego que acabaría
por consumirlos, pero ninguno de los dos parecía estar dispuesto a hacer nada por evitarlo.

—Estoy seguro —contestó Royce.

—¡Bien! —exclamó la niña, ajena a lo que estaba
sucediendo entre los dos adultos—. Espero que no te
gusten las anchoas. Papá siempre se las pide en su mitad de la pizza. A mí me dan asco esas cosas.

Media hora después, estaban sentados en una piz-
zería. Catherine y Kelly compartieron una pizza de
salchichas y aceitunas y Royce se pidió una para él
con las anchoas que tanto asco daban a las dos damas.

A pesar de la buena temperatura que hacía en el
restaurante, Kelly insistió en comer con la chaqueta
nueva puesto.

—¿La uñas largas que llevas son de verdad? —preguntó Kelly. Catherine asintió con la boca llena—.
¿No son de las postizas?

—No —repuso Catherine.

Los ojos de Kelly se abrieron admirados y le tendió la mano a Catherine, que sacó del bolso un pequeño juego de manicura y le fue explicando para
qué servía cada instrumento.

—¿De qué estáis hablando? Por lo visto, las mujeres tenéis vuestro propio idioma —dijo Royce en tono de burla.

Kelly cerró el estuche y se lo entregó a Catherine. Después miró a su padre y de nuevo a Catherine, quien se imaginó lo que estaba pensando la niña.

—¿Estás casada, Catherine? —preguntó la niña con inocencia.

—Ah… no —contestó ella en tensión.

—Mi papá tampoco. Mi mamá murió, ¿sabes? —comentó Kelly sin parecer muy afectada.

—No… no lo sabía —contestó tratando de no mirar a Royce.

—¿Así que mi papá y tú trabajáis juntos? —prosiguió Kelly.

—Kelly Lynn —dijo Royce en un tono que Catherine conocía perfectamente de la oficina. Por lo visto le servía para llamar la atención tanto a sus soldados como a su hija.

—Sólo estaba preguntando.

—Entonces deja de hacerlo.

—Vale, pero no estaba haciendo nada malo —repuso la niña volviendo a la pizza—. Catherine va a venir al cine con nosotros, ¿verdad? —le preguntó a su padre—. Te dejo elegir la película.

Aquél debía de ser todo un honor porque padre e hija debían de tener gustos muy dispares y la elección probablemente fuera una dura batalla.

Catherine no sabía qué era lo que estaba pensando Royce. La propuesta de la niña estaba fuera de lugar. Comer juntos era una cosa y estar sentados juntos en el cine otra bien distinta.

—¿Papá?

Royce y Catherine se miraron fijamente. La tensión era palpable.

—Catherine tiene otras cosas que hacer —le contestó a su hija.

—Es verdad, bonita. Quizá otro día —se apresuró a añadir Catherine.

La niña asintió con la cabeza pero parecía decepcionada. Y no era la única. A Catherine le pesaba el corazón. Nunca hasta entonces se había sentido tan cerca de Royce. Con su hija, aquel hombre bajaba la guardia y dejaba ver la faceta cariñosa y cálida que escondía tras un muro de orgullo y disciplina.

Catherine se limpió las manos y tomó su bolso.

—Gracias a los dos por la comida. Es hora de que me vaya —dijo.

—Me encantaría que vinieras al cine con nosotros —se quejó Kelly.

—A mí también me encantaría —susurró Catherine mirando a Royce.

Cuando ya estaba en la puerta del restaurante, Royce la detuvo. Había salido corriendo detrás de ella. No dijo nada durante unos instantes, pero no dejaba de mirarla. Su rostro no delataba lo que estaba sintiendo. Era un experto a la hora de esconderse.

Le dijo la película y la sesión a la que iban a ir sin apartar su mirada intensa.

—Por si cambias de opinión —finalizó Royce antes de volver con su hija.

Cuando Catherine se metió en el coche, comenzó a temblar. ¿Qué le pasaba a Royce? ¿Se había vuelto loco?

Era su superior, una persona consciente de las consecuencias, y la estaba invitando a ir al cine. No obstante, estaba dejando la decisión en manos de ella. Y se moría de ganas de aceptar.

Después de todo, ir al cine tampoco era acostarse con él. Los dos podrían haber coincidido en la misma película a la misma hora, no había nada de malo en eso. Las normas no decían que no pudiesen ser amigos. Amigos que se habían encontrado en el cine y que se habían sentado juntos, ¿no?

Catherine no sabía qué hacer. Su cabeza le decía una cosa y su corazón otra. Ambas carreras profesionales estaban en peligro. Era un riesgo demasiado grande sólo por estar sentados uno junto a otro en el cine.

Cuando llegó la hora, Catherine estaba detrás de un grupo de adolescentes, y su corazón latía tan fuerte que pensaba que la gente se iba a dar cuenta. Royce y Kelly estaban sentados en la última fila y la niña no tardó en divisar a Catherine. Pegó un bote y salió al pasillo para abrazarla.

—¡Sabía que ibas a venir! —dijo tomando la mano de Catherine y guiándola hasta su asiento.

Catherine no miró a Royce. Tenía miedo de lo que se pudiera encontrar en sus ojos.

—Missy está ahí. ¿Puedo ir a enseñarle mi chaqueta nueva?

Royce dudó un instante y luego le dio permiso a la niña para que saludara a su amiga.

Catherine se sentó dejando un asiento libre entre los dos. Royce seguía mirando hacia delante, como si no conociese a Catherine de nada.

—¿Estás loca? —preguntó finalmente en un murmullo.

—¿Y tú? —replicó ella agitada.

Los dos se sentían furiosos y era por el mismo

motivo. Catherine no estaba dispuesta a asumir toda la responsabilidad. Él había sido quien había puesto la pelota en su tejado, el que de alguna manera la había invitado aunque se estuviera arrepintiendo.

—Sí, creo que estoy loco —admitió.

—No iba a venir.

—¿Y por qué lo has hecho?

Catherine no lo sabía. Quizá fuera porque le gustaba vivir arriesgándose, caminar por el filo sin caerse.

—No lo sé, ¿y tú?

—Maldita sea, no lo sé. Me temo que me gusta desafiar al destino.

—Papá —dijo Kelly asomándose a su asiento—, Missy quiere que me siente con ella. No te importa, ¿verdad?

—Vale —respondió Royce volviendo a dudar de nuevo.

—Gracias, papá —dijo la niña, quien al pasar por el lado de Catherine le guiñó un ojo, tal y como se lo había guiñado el padre horas antes. Catherine no entendía el significado de ninguno de los dos gestos.

Cuando Kelly se marchó, la tensión entre los dos adultos aumentó.

—Me moveré yo —dijo Catherine poniéndose en pie, pero Royce la detuvo.

—No, quédate ahí —le suplicó sujetándole el brazo.

Catherine le obedeció, pero instantes después fue él quien se sentó junto a ella. En ese instante la sala se oscureció y la música comenzó a sonar. Royce estiró las piernas y rozó la rodilla de Catherine sin querer y ella se quedó sin aliento. Se le había olvidado lo agradable que podía llegar a ser el contacto con un hombre.

Catherine alzó la vista y se encontró con que Royce la estaba observando. Sus ojos estaban encendidos de deseo, lo que provocó una ola de calor en el cuerpo de Catherine. Haciendo un gran esfuerzo, logró apartar la mirada. Royce cambió de postura y sus cuerpos dejaron de estar en contacto, lo que fue un alivio para ambos. La situación era lo suficientemente difícil como para aumentar la tentación y echar más leña al fuego.

Catherine tenía serías dudas de que alguno de los dos se estuviera enterando del argumento de la película. Ella estaba completamente concentrada en el hombre que tenía a su lado.

Royce puso un cucurucho de palomitas entre ellos y Catherine tomó un montón y las fue tomando una a una. Una de las veces que metió la mano en el cucurucho se encontró con la mano de él. Cuando fue a retirarla, Royce ya la había agarrado. Sacaron las manos de las palomitas pero Royce no dejó de acariciarla, despacio, como si estuviese arrepintiéndose de su debilidad. Sin embargo, no la soltaba, era como si no la quisiera dejar marchar.

Catherine no podía explicarse la explosión de emociones que le estaba generando aquel contacto. Si la hubiera besado, tocado los pechos o hecho el amor, habría entendido aquella reacción, pero era algo desmedido para una simple caricia. Nunca en la vida se había sentido tan vulnerable. Estaba poniendo en riesgo aquello que era más importante en su vida. Y Royce estaba haciendo lo mismo, ¿por qué?

Era una pregunta difícil y la respuesta lo era aún más. Ella casi no conocía a Royce. Había estado casado, su mujer había muerto y tenía una hija. Era un marino, un hombre que había nacido para ser un líder. Era un tipo respetado. Admirado. Pero nunca se habían sentado a charlar sobre sus vidas. Que sintieran una atracción tan fuerte el uno por el otro era una casualidad del destino. No había ningún motivo, y sin embargo nada ni nadie hubiera sacado a Catherine de aquel cine.

La película terminó y se dio cuenta porque Royce le soltó la mano. Le entraron ganas de protestar porque quería seguir sintiendo su calor.

—Catherine —suspiró él acercándose—, vete ahora.

—Pero…

—Por el amor de Dios, no me lleves la contraria. Sólo vete —le pidió. Catherine se puso en pie.

—No vemos el lunes.

Catherine sabía que iba a estar pensado en él cada minuto del fin de semana hasta que llegara el lunes.

—¿Pasa algo entre tú y el capitán Nyland? —le preguntó Elaine a Catherine cuando llegó el lunes a la oficina.

—¿Por qué me preguntas eso? —dijo ella con el corazón en un puño.

—Me ha dicho que pases a verlo en cuanto llegues. Otra vez.

—¿Qué pase a verlo en cuanto llegue?

—Y cuando el capitán ordena, nosotras obedecemos. Lo único que quiero saber es qué has hecho esta vez —comentó la secretaria.

—¿Por qué crees que he hecho algo? —preguntó Catherine mientras colgaba su abrigo.

—Porque parece que está de un humor de perros. Ese hombre es un peligro. Yo de ti tendría cuidado.

—No te preocupes —contestó. Catherine se cuadró y llamó a la puerta del capitán.

—Pase —contestó él.

Al verla entrar frunció el ceño. Era cierto, tenía muy mal aspecto. Volvía a ser el hombre de hielo. El padre cariñoso había sido sustituido por el rígido militar.

—Siéntese, capitán —ya había dejado de ser Catherine. Obedeció sin saber qué iba a suceder.

—Creo que no es buena idea que sigamos haciendo ejercicio juntos por las tardes —afirmó él con un lápiz entre los dedos.

Catherine lo miró. Era el único rato que pasaban juntos, aunque fuera egoísta, no quería renunciar a él.

—Soy consciente de que tiene tanto derecho como yo a utilizar la pista así que me gustaría que pensáramos un horario. Es una pena, pero yo sólo tengo las tardes libres...

—Mi horario es menos restrictivo, capitán. No se preocupe, haré un esfuerzo para evitar coincidir con usted. ¿Le gustaría que dejara de ir al centro comercial también?

El rostro de Royce se tensó. Catherine no sabía por qué se sentía tan ofendida. Él sólo estaba haciendo lo que correspondía dadas las circunstancias. Pero Catherine se sentía como si le hubieran quitado el suelo que había tenido bajo los pies y estuviera tratando de mantener el equilibrio.

—Puede ir de compras donde quiera.

—Gracias —contestó crispada—. ¿Eso es todo?

—Sí.

Catherine se dio la vuelta para salir.

—Capitán... —ella se detuvo y lo miró, pero Royce negó con la cabeza—. Nada, será mejor que se vaya.

IV

Catherine lo comprendió a la primera. Había sido lo suficientemente claro.

El capitán Royce Nyland, su superior, la estaba echando. Estaba tan acostumbrado a aplacar sus sentimientos que parecía que no le había costado mucho reconducir las emociones que le había despertado Catherine.

Sin embargo, a ella no le estaba resultando tan sencillo. Royce Nyland había invadido su vida y los esfuerzos por mantener sus pensamientos a raya estaban resultando vanos. Nunca le había pasado algo así. ¿Cómo iba a controlar la presencia de Royce en su cabeza si no podía parar de pensar en él?

Royce le acababa de ordenar que lo dejara y cuando un superior ordenaba Catherine, siempre leal a la Marina, obedecía. Nadie le había dicho que el camino fuera a ser fácil. Aunque tampoco la habían avisado de que iba a ser tan difícil.

Nunca le había sucedido algo así y a Catherine no le estaba gustando nada.

Royce no quería poner en peligro su carrera. Y ella tampoco quería hacerlo. Él no tenía mucho amor en su vida y ella llevaba tanto tiempo sin enamorarse que ya ni recordaba cómo era. Si Royce era capaz de ignorar el vacío de su corazón, ella también lo lograría.

Hacer ejercicio era un parte fundamental. Nunca le había gustado correr por la calle así que iba a la pista en horas poco habituales teniendo mucho cuidado para no coincidir con Royce.

Dos semanas después de que Royce la hubiese llamado a su despacho, un viernes por la mañana, Catherine aparcó el coche cerca de la pista de carreras.

Cuando ya llevaba dos vueltas sintió que alguien comenzaba a correr detrás de ella.

—Buenos días.

Catherine casi se quedó sin aliento. Había decidido ir a correr a primera hora de la mañana para no coincidir con él.

De repente sintió una oleada de rabia. Le parecía injusto y le entraron ganas de plantarle cara para decirle que la dejara en paz.

—Estás enfadada —afirmó él.

—Pues sí, tienes razón. ¿Qué demonios haces aquí? —preguntó irritada. De pronto se sintió cansada. Cansada de fingir. Cansada de ignorar los sentimientos tan fuertes que aquel hombre despertaba en ella. Cansada de esconderse.

—Tengo que hablar contigo.

—Pues habla —contestó sin dejar de correr. Los dos mantuvieron el ritmo.

Era obvio que a Royce le estaba costando empezar.

—Tenía que hacerlo, Catherine. Los dos llevamos en la Marina mucho tiempo y estamos lo suficientemente entregados como para ponerlo ahora todo en peligro.

—Lo sé —repuso ella más calmada, a pesar de que se sentía muy emocionada.

—Lo que nunca imaginé era que me iba a resultar tan difícil —admitió Royce.

Catherine apretó los puños. Ni siquiera había soñado con que él iba a estar dispuesto a reconocer aquellos sentimientos. Había pensado que no le había costado nada echarla de sus pensamientos y de su corazón.

A Catherine le había resultado imposible realizar aquella operación. Se había entregado en cuerpo y alma a su trabajo, había pintado su apartamento, se había quedado levantada hasta tarde escuchando música haciendo esfuerzos inútiles para olvidar a Royce. Pero nada había funcionado. Nada.

—Kelly me pregunta por ti todas las noches —confesó Royce.

—Lo siento —murmuró ella. Sabía que haber implicado a la niña en aquello ponía las cosas más difíciles—. Fue una casualidad que nos encontráramos aquel día.

—Lo sé, no te estoy culpando. Pero me hubiera gustado que no hubiese sucedido. No, no es verdad —corrigió inmediatamente—. Me alegro mucho de que Kelly te haya conocido.

—Hubiera sido más sencillo para nosotros que eso no hubiese sucedido —añadió Catherine, aunque en realidad estaba muy agradecida por el día que habían pasado juntos. Se agarraba a ese recuerdo en las largas noches de soledad.

—Está corriendo un rumor —dijo Royce después de un rato—. No te preocupes, no es sobre nosotros.

Dentro del ejército, los rumores eran muy habituales. Si Royce quería compartir uno con ella seguro que era importante.

—Me ha dicho un pajarito que hay posibilidades de que me envíen a Turquía en una misión de la OTAN —prosiguió él.

A Catherine se le cayó el alma a los pies.

—Oh, Royce —dijo ella confundida.

—Si es así, necesitaré a alguien que cuide de Kelly.

Catherine hubiera estado dispuesta a hacerlo, pero seguramente Royce ya tendría a otra persona en mente. A algún familiar o amigo cercano.

—Anoche estuve hablando con Kelly sobre la posibilidad de que nos separemos un tiempo. No quiero alarmarla pero al mismo tiempo tampoco quiero ocultarle nada. Ella ha vivido en Bangor toda su vida, y no quiero llevármela de aquí.

—Lo entiendo —asintió Catherine impresionada por la honestidad con la que trataba a la niña.

—La familia de Sandy vive en el medio oeste, pero si la llevara allí se sentiría extraña. Sandy nunca estuvo muy unida a su madre y también perdió el contacto con su padre. Tiene un par de hermanastros pero yo nunca he tenido relación con ellos. Para serte sincero, no he sabido nada de su familia desde el funeral.

—Kelly se puede quedar conmigo —ofreció Catherine.

Ya habían dejado de correr y caminaban por la pista. Corría un aire limpio y fresco.

—Si tú no puedes, mis padres estarán encantados de cuidarla, pero viven en una comunidad para la tercera edad en Arizona, y la verdad es que no quiero complicarles la vida.

—Te lo he ofrecido de verdad, Royce. Me encantaría que Kelly se quedara conmigo.

—Gracias —susurró él. Era obvio que le costaba mucho reconocer que necesitaba ayuda. Catherine se sintió conmovida.

Comenzaron a correr de nuevo a paso lento.

—¿Y qué tal se ha tomado Kelly la noticia? —preguntó ella.

—Como una soldado de verdad. Creo que está más contenta ante la posibilidad de vivir contigo, algo que por cierto me propuso ella, que preocupada porque yo me marche.

—Es una reacción infantil típica.

—Realmente le gustaste mucho.

—Ella a mí también —reconoció Catherine con una sonrisa. Royce soltó una carcajada—. ¿Qué te hace tanta gracia?

—Es algo que Kelly me dijo. Yo ni siquiera sabía que quisiera tener una hermana.

—¿Una hermana? —preguntó ella confundida.

—Olvídalo —contestó él secamente.

Dieron una vuelta más. El tiempo se escurría como si fuera arena entre los dedos. Catherine estaba tan a gusto en compañía de Royce… Aquel rato inesperado era como un precioso regalo que disfrutaba plenamente. No podía dejar de mirarlo. Era alto y esbelto, con anchas espaldas. Los rayos de sol hacían brillar su precioso pelo negro.

Royce fue el primero en marcharse en dirección a la oficina. Catherine se dio una ducha rápida tratando de no pensar en que podían trasladarlo a Turquía.

Al menos aquello resolvía un problema. Catherine ya no estaría bajo su mando y la Marina no sancionaría su romance. Estarían separados por miles de millas. Era obvio que la Marina no ponía las cosas fáciles al amor.

Catherine llegó a la oficina. Saludó a la secretaria, se sirvió una taza de café y se sentó. Estuvo absorbida por su trabajo más de una hora, hasta que el capitán de fragata Parker pasó por su sección. Catherine lo había conocido al llegar a la base. Tenía unos treinta y tantos años, era soltero y le encantaba flirtear. Había invitado a Catherine a cenar uno de los viernes en los que había tenido una guardia gracias a Royce, por lo que no había podido. Por lo visto se lo había tomado como una ofensa personal y no la había vuelto a invitar.

—¿Has visto al capitán Nyland? —le preguntó Elaine a Catherine.

—Estaba en la pista de atletismo esta mañana. Se marchó antes que yo y no lo he vuelto a ver.

—El capitán Parker lo está buscando.

—Lo siento, no puedo ayudarlo.

Después de un rato, seguían buscando a Royce. Era muy extraño porque había desaparecido. Sonó el teléfono de Elaine y en cuanto colgó, se giró hacia Catherine.

—No sabía que el capitán tuviera una hija. No me puedo imaginar al hombre de hielo ejerciendo de padre.

Catherine sonrió. Tiempo atrás a ella también le hubiera sorprendido. Pero había visto a Royce tratar a su hija con amor y con orgullo mientras los ojos le brillaban.

—Tiene diez años y es un encanto —dijo Catherine sin poder contenerse.

—¿La conoces? Entonces te interesará saber dónde está el capitán. Por lo visto un coche ha herido a su hija, que está en el hospital de la Marina.

A Catherine se le paró el corazón. Se puso en pie lentamente con una sensación de mareo.

«Por Dios. Por Dios. Kelly no. Por favor, Kelly no», pensó.

—¿Catherine?

No quería mirar a Elaine porque seguramente sería capaz de leerle el pensamiento y vería que la hija de Royce significaba mucho para ella.

—¿Te han… te han dicho cómo está? —preguntó finalmente.

—No lo sé. ¿Estás bien?

—Sí, estoy bien —contestó mientras agarraba su bolso—. Me voy a tomar ya la hora de la comida.

—Claro, supongo que no te habrás dado cuenta de que son las diez de la mañana. Es un poco pronto para comer, ¿no crees?

Catherine no se molestó en contestar porque ya estaba fuera de la oficina. Salió corriendo del edificio pero mantuvo la calma. Era momento de mantener la compostura.

Llegó hasta el coche y condujo hacia Brementon.

Cuando se quiso dar cuenta había llegado al hospital. Ya en el mostrador de urgencias le indicaron que tenía que subir a la planta tercera. Tomó el ascensor y corrió por el pasillo hasta llegar a la habitación. La puerta estaba entreabierta.

Kelly parecía dormida o inconsciente. Los latidos del corazón de Catherine se aceleraron. Rezó porque la niña estuviera sana y salva tratando de contener las lágrimas que inundaban sus ojos.

Royce estaba sentado en un sillón junto a la cama, con la cara entre las manos, ajeno a su presencia.

—Royce —murmuró Catherine.

Él alzó la vista y la miró fijamente. Frunció el ceño como si no se creyera lo que estaba viendo. Como si estuviera buscando desesperadamente un lugar al que aferrarse. Su expresión era de emoción pero también de miedo. Se puso en pie y caminó hacia ella, quien ya había tenido la precaución de cerrar la puerta.

En cuanto estuvo a su lado, Royce la abrazó con fuerza mientras enterraba la cabeza en su pelo. Ella se agarró a él con todas sus fuerzas.

—Va a ponerse bien —le aseguró Royce segundos después—. Ahora está dormida. El doctor ha querido que se quede aquí esta noche en observación. Oh, Dios mío, Catherine, por poco, por poco. Unos metros más y la podía haber perdido para siempre —dijo sin dejar de mirarla.

Las defensas de Royce habían desaparecido y Catherine se dio cuenta de muchas cosas que él había escondido hasta entonces. A pesar de que Royce hubiera deseado que nunca la hubieran trasladado de Hawai, que no estuviera bajo su mando y no haberla llegado a conocer, a pesar de todo aquello, Royce la necesitaba. Y la necesitaría el día de mañana. Esa necesidad nunca iba a desaparecer.

Sin pensar, Catherine hizo lo que le surgió de forma natural. Apoyó la cabeza sobre el pecho de Royce y le acarició la nuca. Sintió un escalofrío en la espalda.

—Se va a poner bien —insistió él.

—Gracias a Dios —susurró ella. El corazón le latía con fuerza. Sus pechos estaban en contacto con el torso de él y se sentía en la gloria entre sus brazos.

Se hubieran podido quedar así toda la vida, de no haber sido porque escucharon ruidos detrás de la puerta que les hicieron recordar que existía el mundo exterior. Aun así tardaron un rato en separarse, recordando las promesas que se acababan de hacer sin necesidad de palabras.

Catherine se separó lentamente.

—¿Tiene algún hueso roto? —preguntó. Era la única pregunta con un poco de sentido que se le ocurría.

—Ninguno. Ha tenido suerte. Ha sido sólo una contusión leve, muchos moratones y raspaduras.

—¿Cómo ha sido?

—Una madre estaba llevando a sus hijos al colegio en coche y los frenos le han fallado justo en el paso de cebra. No ha podido hacer nada —explicó Royce asustado—. Por suerte, el coche ha frenado con el bordillo antes de rozar a Kelly y a Missy, aunque las ha tirado al suelo.

—¿Está herida la amiga de Kelly?

—Algunos cortes y moratones. Ya la han dejado volver a casa.

Catherine acarició la barbilla recién afeitada de Royce y cerró los ojos, agradeciendo que el accidente no hubiera sido grave.

Ya que se había asegurado de que Kelly estaba bien, era momento de preocuparse por Royce. Había llegado a pensar que nada alteraba a aquel hombre, pero tenían un talón de Aquiles: su hija.

—¿Estás bien? —le preguntó. Él asintió con una leve sonrisa.

—Ahora que tú estás aquí, sí —contestó poniendo su mano sobre la de Catherine y llevándosela a los labios para besarla—. ¿Sabe alguien que has venido?

—No —contestó a pesar de que Elaine Perkins seguramente lo supiese. No quería preocupar a Royce.

—Bien. Es hora de que vuelvas a la oficina.

—Pero… —protestó ella.

—Vuelve esta tarde. A Kelly le gustará verte —dijo aunque sus ojos revelaban que era él quien deseaba en realidad verla.

—De acuerdo —aceptó y se separó de él.

Royce la tomó de la mano y volvió a besar sus dedos.

—Gracias —dijo él sin que hiciera falta aclarar por qué, ya que sus ojos revelaban la verdad. Aquellos ojos que un día le habían parecido fríos y duros pero que ya habían cambiado para siempre.

Ningún hombre es una isla. Royce no había entendido el significado pleno de aquellas palabras hasta el accidente de Kelly. Se había vuelto loco cuando el servicio de seguridad le había comunicado que su niña, su única hija, había sido trasladada en ambulancia al hospital. El corazón le había latido tan fuerte que había parecido una granada a punto de estallar.

Había salido corriendo hacia el coche sin decir una palabra y había conducido hasta el hospital acompañado por un agente. Había ido todo el camino rezando. Sin dejar de acordarse de cuando Sandy había sufrido el accidente.

Entonces había sido avisado por la policía también de que su esposa había sido trasladada en ambulancia al mismo hospital. No le habían dado más detalles.

La diferencia era que Sandy había ingresado cadáver y Kelly no.

Royce había querido a su mujer. Al menos al principio. Había sentido desde el primer momento que aquella mujer necesitaba mucho amor, mucho más del que él le podía dar. Cuando se habían casado, Sandy había estado muy emocionada por haberse convertido en la esposa de un militar, pero había sido por la novedad. Enseguida le había pedido más.

Cómo él no había sido capaz de dárselo, Sandy había decidido comenzar su propia carrera profesional. Había necesitado en exceso la valoración de los demás y se había inclinado por una profesión por la que pudiera ser admirada y reconocida.

Royce la había animado y ése había sido su primer error. No había sospechado que Sandy se iba a implicar más en el mundo de la moda que en su propio matrimonio. Después de haber trabajado dos años en uno de los grandes almacenes más importantes de Seattle, le había dejado bien claro a Royce que si era trasladado, ella se quedaría.

Ingenuamente, él había pensado que un bebé podría acercarlos de nuevo. Sandy nunca había hablado de formar una familia, así que la insistencia de Royce para que tuvieran un hijo fue el segundo error.

Después de mil discusiones, miedos y lágrimas, Sandy accedió, pero en realidad nunca había deseado a Kelly. Royce había incluso llegado a dudar de que la hubiera querido.

Sandy había trabajado hasta una semana antes de dar a luz y se había incorporado dos semanas después. Había sido Royce quien había cuidado de la niña cuando había tenido cólicos, quien la había llevado y traído de la guardería, quien le había cambiado los pañales y la había llevado al médico.

Sandy siempre había dicho que ella ya había hecho su parte del trabajo durante el embarazo y el parto y que además había sido Royce quien se había empeñado en tener una familia.

Cuando Sandy había muerto, la relación entre ellos se había agotado hacía mucho. Habían estado los tres últimos años de convivencia durmiendo en habitaciones separadas y llevaban años sin hacer el amor. En realidad los últimos años habían tenido vidas paralelas.

Royce no había solicitado el divorcio y Sandy tampoco. Sin embargo casi no hablaban. No había existido comunicación entre ellos.

No obstante, cuando Sandy había muerto, Royce había sufrido. Se había sentido culpable, arrepentido y con dudas. Quizá hubiese debido poner más de su parte para haberla hecho más feliz y valorarla más. Debiera haber hecho algo. Cualquier cosa que hubiera estado en su mano.

Durante el funeral no había derramado ni una lágrima. Hacía tiempo que Sandy no despertaba emociones que lo conmovieran. Y también se había sentido culpable por ello. Lo suficientemente culpable como para prometerse así mismo que nunca más cometería el error de enamorarse de nuevo.

Hasta que había conocido a Catherine.

Royce maldecía el día en que ella se había incorporado a la plantilla. Y a la vez suspiraba agradecido.

Había llegado a creerse que era un hombre que no necesitaba a nadie. La gente lo necesitaba a él. Kelly lo necesitaba. La Marina lo necesitaba. Pero él era una isla, un hombre autosuficiente.

Había vivido en aquella ilusión hasta el momento en que el agente de seguridad le había dado la noticia del accidente de Kelly.

En aquel instante había necesitado a Catherine. La había necesitado más que a nadie en el mundo, y su nombre había sido el primero en venirle a la cabeza. Necesitaba a Catherine, la mujer a la que nunca había abrazado. La mujer a la que nunca había besado.

Royce había esperado en el hospital unos minutos que le habían parecido horas, hasta que lo habían informado de que las heridas de Kelly habían sido leves.

Se había sentido tan aliviado que había tenido que hacer un gran esfuerzo para no llamar por teléfono a Catherine y asegurarle que todo iba bien. Se había puesto a temblar al darse cuenta de lo que había estado a punto de hacer. No obstante, quería tenerla a su lado. Necesitaba su calidez, su generosidad, su apoyo. El hombre que se valía por sí mismo la necesitaba.

Catherine había debido de intuir aquello y había acudido al hospital. Había surgido de la nada y había entrado en la habitación como si fuera una aparición.

Cuando Royce la había visto había pensado que no era verdad. Se habían mirado fijamente y Royce se había dado cuenta de que los ojos de Catherine estaban llenos de lágrimas. Y los fantasmas no lloraban, ¿no?

Royce, sin darse cuenta, se había levantado y se había acercado a ella. Antes de abrazarla había pensado que en cuanto la tocara se desvanecería. Pero no había sido así. Aquella mujer era real, cálida, sólida. Y suya.

Royce se había sentido tan agradecido que no había podido ni hablar. Su corazón, durante tanto tiempo protegido, había estado a punto de estallar de tanto amor.

Había abrazado a Catherine durante mucho rato empapándose de su amor, su fuerza y cuidado.

Después Catherine le había empezado a hacer preguntas y él había sido capaz de responder gracias a las fuerzas que le acababa de transmitir, sin darse cuenta, en su abrazo.

Cuando habían escuchado ruidos fuera de la habitación se habían tenido que separar. Le había tenido que pedir que se fuera. No había tenido otra elección.

—Papá —dijo la frágil voz de Kelly.

—Dime, amor mío.

—Me he dormido.

—Ya lo sé. Todo va a ir bien —le aseguró Royce tomando una de las manos de la niña.

—¿Qué tal está Missy?

—Está bien.

—¿Se me ha roto la chaqueta nueva? —preguntó preocupada.

—Si se ha roto, te compraré una nueva —contestó él.

—Me ha parecido escuchar la voz de Catherine. ¿Ha venido? Quería abrir los ojos y hablar con ella pero no tenía fuerzas.

—No te preocupes. Catherine volverá después.

—Qué alegría, me cae tan bien… —reconoció la niña después de un bostezo.

—A mí también me cae muy bien.

—Ya lo sé y a ella también le gustas mucho… te lo aseguro. Que no se te olvide lo que te dije, ¿vale? —comentó la niña.

—¿El qué, bonita?

—Lo de quién me va a cuidar. No te olvides.

—Deja que yo me encargue de eso —contestó Royce. No quería que la niña metiera la pata delante de Catherine.

—Vale.

En unos minutos Kelly volvió a dormirse.

Catherine regresó por la tarde como había prometido. Llevaba un oso panda de peluche enorme en los brazos y un ramo de flores.

—¡Catherine! —exclamó Kelly. Estaba sentada en la cama y tenía buen aspecto. Tendió los brazos como si ella y la capitán fueran íntimas amigas.

Royce tuvo que contenerse para no imitar a su hija y abrazar a Catherine. Estaba realmente guapa, aunque eso era habitual en ella.

Catherine dejó las flores junto a las que había llevado Royce.

—Papá me ha contado que has venido antes, pero yo estaba dormida —dijo abrazando al peluche—. Gracias, no pensé que nadie fuera a hacerme un regalo porque a la señora Thompson le hubieran fallado los frenos.

—Estamos tan contentos de que no haya sido nada... —reconoció Catherine.

—Me asusté mucho. Traté de no llorar, pero me dolía —añadió Kelly contenta de ser el centro de atención.

—Yo también habría llorado —admitió Catherine—. Miró a su alrededor—. ¿Qué ha pasado aquí?

—Mi profesora me ha traído ese póster y todos mis compañeros de clase lo han firmado. Todos menos Eddie Reynolds, que nunca me perdonará por haberlo eliminado en el partido de béisbol del año pasado.

—Es muy bonito.

—¿Has visto las flores y la radio nueva que me ha traído papá?

—Sí, me gustan mucho —añadió Catherine.

—Casi se me estropea la chaqueta. Pero papá dice que bastará con llevarla al tinte.

—La verdad es que tienes mucho mejor aspecto —advirtió Catherine.

—Me siento muy bien. Pero el doctor dice que me tengo que quedar aquí esta noche. Papá va a venir a buscarme mañana temprano para llevarme a casa. Y por la noche me va a preparar mi plato favorito. ¿Vas a venir? Mi papá cocina muy bien y te quiero enseñar muchas cosas.

Catherine miró a Royce. No sabía qué contestarle. Estaba claro que tenía tantas ganas de ir como la niña de que fuera.

V

Ya está, papá. Estamos listas —gritó Kelly desde la sala de estar. Catherine y la niña se sonrieron mientras Royce enredaba en la cocina. Estaba preparando la cena mientras Catherine entretenía a Kelly—. ¿Ves? ¿A que son preciosas? —pregunto mostrándole las uñas.

Catherine había llevado un juego de uñas postizas y había estado un buen rato poniéndoselas a Kelly.

—¿Cómo habéis hecho eso? —preguntó Royce impresionado.

—Tenemos nuestros trucos —bromeó Catherine.

—¿Cuánto queda para la cena? —preguntó Kelly—. Estoy muerta de hambre. Ya sabes que la comida del hospital era muy mala.

Kelly estaba en pijama sentada en el sofá. El doctor había recomendado que estuviera tranquila un par de días. Aunque, como Catherine ya se había dado cuenta, aquello era fácil de decir pero difícil de conseguir.

—Relájate. Estoy ultimando la cena —contestó Royce.

—¿Te puedo ayudar? —se ofreció Catherine.

—Yo también quiero ayudar —dijo Kelly.

—Quedaos las dos aquí —insistió él—. La mesa ya está puesta. En cinco minutos cenamos.

A Catherine le encantaba ver a Royce trajinando en la cocina. Si lo hubieran imaginado así en la sala de oficiales… Tenía un trapo puesto a modo de delantal, que no hacía nada por disimular su atractiva masculinidad. Su carácter se suavizaba en presencia de Kelly y el capitán inflexible se esfumaba.

Se decía de Royce Nyland que tenía una voluntad de hierro. Y era cierto. También se decía que siempre tenía una coraza de metal protegiéndolo, pero poca gente sabía que Royce Nyland también tenía un corazón de oro. Un hombre de hierro. Un corazón de oro.

Catherine había dado por supuesto que se sentiría incómoda en casa del capitán. Sospechaba que estar allí rozaba la imprudencia o la indiscreción y que podía tener consecuencias negativas para ambos. Pero había sido Royce quien había respaldado la invitación de Kelly. Todos habían estado dispuestos a prescindir de tanta cautela.

—Papá hace unos espaguetis y unas almóndigas deliciosas —explicó Kelly.

—Albóndigas —corrigió Royce desde la cocina—. No se puede cenar a menos que sepas pronunciar su nombre correctamente.

—Albóndigas —repitió la niña.

—Ahora tú, Catherine —bromeó Royce.

—Albóndigas —contestó ella obediente.

—¿Cuándo vamos a dejar de hablar de ellas para empezar a comerlas? Llevo todo el día esperando este momento —añadió Kelly.

—Ahora. La cena está servida.

Kelly salió corriendo y la manta que la había estado tapando cayó al suelo.

—¿Crees que va a poder comer con esas cosas? —murmuró Royce a Catherine señalando las uñas postizas de la niña.

—Se las apañará.

La niña al principio se sentía torpe, pero enseguida se manejó con destreza. Después de cenar, Royce y Catherine quitaron la mesa y se sentaron a tomar una taza de café.

—No recuerdo haber tomado nunca unas albóndigas tan ricas —reconoció Catherine sinceramente—. Kelly tenía razón, eres un excelente cocinero.

Royce inclinó la cabeza agradeciendo el cumplido. La mirada de Catherine se posó en una fotografía que había sobre la chimenea. Junto a Kelly y a Royce había una mujer con fuertes rasgos.

—Esa foto fue un par de años antes del accidente —comentó él.

—Era muy guapa —dijo Catherine. Royce asintió pero era obvio que no quería hablar del tema, igual que ella tampoco había querido hablar de su antiguo prometido—. Yo también tengo una foto en la chimenea de mi casa —dijo tratando de contener la emoción. No solía hablar de su padre, pero con Royce y Kelly se sentía cómoda como para compartir aquel episodio doloroso de su vida. Después del relato, la niña cayó rendida.

—Creo que la voy a subir a la cama —susurró

Royce. Catherine asintió y llevó las tazas a la cocina. La niña protestó en los brazos de su padre.

—Buenas noches, Catherine —dijo Kelly entre bostezos y le tendió los brazos para despedirse.

Royce acercó a su hija a la cocina, donde Catherine le dio un abrazo. Al hacerlo el cuerpo de Royce rozó el de Catherine, quien sintió un escalofrío.

Peligro. Las luces de alarma saltaron en la cabeza de Catherine. Si quería que aquella relación siguiera siendo platónica tenía que salir pronto de aquella casa. Rápido.

Comenzó a meter los platos en el lavavajillas y cuando estaba limpiando la encimera, Royce apareció.

—Deja eso —le pidió.

—No puedo —dijo volviéndose hacia él aunque evitando su mirada—. Mi madre me inculcó esta costumbre y ahora soy una esclava de la tradición.

—¿Qué costumbre?

—Quien cocina no puede fregar.

—Catherine —dijo él en un tono de voz seductor—. Ven aquí.

La tensión era tan fuerte que se podía haber cortado con un cuchillo.

—Creo que sería mejor que me marchara ahora, ¿no crees? —preguntó Catherine mirándolo tímidamente.

—No, creo que no —con aquella simple frase le estaba diciendo mucho más.

Le estaba diciendo que estaba preocupado por la constante tensión que existía entre ellos. Que estaba cansado de esperar. Que su paciencia había llegado al límite. Y que sabía que la paciencia de Catherine también. Sabía que ella también lo deseaba. Y estaba en lo cierto.

Se hizo un silencio, pero era un silencio cómodo,

sin incertidumbres ni malentendidos. Ninguno de los dos estaba dispuesto a esperar más.

Royce la tomó de la mano y la condujo hasta el sofá que Kelly acaba de dejar vacante. Se sentaron en silencio. No hacían falta palabras. Las palabras no habrían sido más que un estorbo.

Royce tomó el rostro de Catherine entre sus manos y la observó detenidamente. Aquella mirada tan intensa hizo que ella sintiera vértigo. Sus ojos le decían que era la mujer más guapa del mundo. Y era suya.

El azul intenso de los ojos de Royce estaba iluminado por el deseo. Aquellos ojos no eran más que el reflejo de lo que estaba sintiendo Catherine. No había nada extraño entre ellos. Ni dudas, ni estrategias, sólo deseo. Un deseo tan puro y tan cómodo que fluía entre ellos como el agua limpia de un río.

Royce inclinó levemente la cabeza y Catherine suspiró mientras cerraba los ojos. Elevó la barbilla para ser recompensada con aquello que llevaba tanto tiempo esperando.

Pensaba que estaba preparada. Sin embargo, se había equivocado. En el momento en que los labios de Royce rozaron los suyos se desató en su interior un fuego incontenible. Royce era suave, muy suave. Ella no se lo había imaginado, y eso que había fantaseado con aquella situación muchas veces. Aquel deseo era demasiado salvaje.

Royce gimió y se separó de ella. Enterró la cabeza en el pelo de Catherine y tomó aliento. Estaba a punto de hablar cuando ella se lo impidió con un beso en los labios. Sus lenguas se entrelazaron. Parecía que los dos eran ya capaces de asumir la intensidad de aquella sensación.

Se acariciaron tiernamente. Los dos marcaban el ritmo. Una cadencia común. Era como si fueran amantes habituales que estuvieran disfrutando de largos besos, mientras que el deseo no hacía sino aumentar. Pronto Catherine se encontró encima de Royce. Estaba preparada para cualquier cosa. Para todo.

—Sabía que iba a ser así —dijo él tratando de recuperar el aliento.

Catherine no había sospechado que iba a ser tan maravilloso. Nunca hubiera podido imaginar tal explosión de sentimientos. Su cuerpo se movía guiado por el deseo, que cada vez se localizaba más en determinados rincones de su cuerpo.

Los dedos de Royce temblaron ligeramente mientras desabrochaban los botones de la camisa de ella. Cuando estuvo abierta, le quitó el sujetador y le acarició los pechos.

Catherine gimió al sentir aquel tacto suave. Sus pezones ya estaban excitados aun antes de que Royce los acariciara con sus pulgares. Pero, aunque pareciera imposible, se excitaron aún más.

No estaba acostumbrada a sentir un deseo tan potente.

Despacio, Royce inclinó la cabeza, tomó uno de los pezones entre sus labios y lo humedeció con la lengua. Cuando Catherine estaba pensando que no podía alcanzar más placer, Royce introdujo delicadamente el pezón en su boca. Catherine soltó un gemido y acarició el cabello de Royce. Se sentía tan cerca de él... Nunca se había sentido tan cerca de alguien. Lo amaba. Y él la amaba a ella. Estaba tan segura como del amor que Royce sentía por su hija.

De repente sintió que le besaba el otro pecho y

soltó otro gemido de placer. Catherine reconoció aquel sonido que emergía desde lo más profundo de su cuerpo. Era el tipo de gemido que una mujer emitía cuando estaba lista para hacer el amor, para recibir a un hombre.

Royce también pareció reconocer aquella señal. Lentamente alzó la mirada y la clavó en los ojos de Catherine en busca de confirmación.

El corazón de Catherine estaba a punto de estallar. Lo deseaba. Y Royce la deseaba a ella y le estaba leyendo el pensamiento. Le acarició la cara detenidamente y la besó salvaje y profundamente. Aquel beso llevaba un mensaje, Royce estaba a punto de alcanzar el punto de no retorno. Mientras la besaba, sus manos se pusieron a trabajar y bajaron la cremallera de los pantalones de Catherine.

Por un instante, ella recuperó el sentido común, pero Royce ya se las había apañado para bajarle los pantalones. ¿Se habían vuelto locos? A pesar de que sus carreras estaban en peligro, habían caminado el uno hacia el otro con los ojos bien abiertos. En una revelación cegadora, Catherine se dio cuenta de que tenían que parar. No era lo que ella deseaba. Ni lo que deseaba Royce. Pero era necesario.

—Royce… no —dijo tratando de separarse de él. Tenía que escapar antes de que fuera demasiado tarde. Antes de que la volviera a besar.

—¿Catherine? ¿Algo va mal? —preguntó él desconcertado.

—No, nada —repuso ella con los ojos llenos de lágrimas—. Bueno, todo —corrigió. No soportaba estar tan cerca de él y no ceder a la tentación. O bien se marchaba o se entregaba a aquellos brazos. No podía resistirse. No podía pensar cuando él la estaba mirando con tanta ternura y preocupación.

Catherine se puso en pie y se fue al otro extremo de la habitación. Se recostó sobre la pared porque necesitaba un apoyo. El corazón le latía a toda velocidad y sonaba en toda la habitación. Seguro que Royce podía escucharlo.

—No podemos hacerlo… No podemos —suspiró ella tratando de contener las lágrimas—. ¿No te das cuenta de lo absurdo que sería para los dos…?

Royce se levantó del sofá y se acercó hasta ella.

—¿Por qué no? Kelly está dormida arriba…

—Por favor, por favor, no me lo pongas más difícil. Ya es lo suficientemente duro… —si daba más explicaciones iba a quedarse sin las fuerzas que le hacían falta para marcharse de aquella casa.

Royce tomó sus manos y la abrazó. Estaban tan cerca que Catherine podía sentir el calor que emanaba su cuerpo.

—Royce —suplicó tratando de mirar hacia otro lado.

Podía sentir los fuertes muslos de Royce rozando los suyos. No era la única parte de su cuerpo que estaba dura, ni la única que rozaba el cuerpo de Catherine. Sintió una oleada de excitación y soltó un gemido de placer. Flaqueó y echó la cabeza hacia atrás. Hubiera sido tan sencillo estrechar aquel cuerpo, acercarse a él… Se moría de ganas de tocarlo y de sentir su vigor. Estaba a punto de rendirse a aquel persistente deseo.

—¿Royce qué? —preguntó él justo antes de deslizar la lengua hasta el lóbulo de la oreja de Catherine y de tomarlo en su boca. Lo mordió suavemente y ella se estremeció.

No pudo hacer nada para evitar que su cuerpo abrazara el de Royce.

—No, por favor… no —pero aquella súplica no sonó nada convincente. Parecía un canto de sirena que en realidad clamaba que continuara haciendo lo que estaba haciendo.

—Sabes tan dulce… —murmuró él mientras se deslizaba por la nuca de Catherine sin dejar de besarla. Catherine volvió a gemir y se abandonó al deseo una vez más dejándole vía libre.

No había duda de que Royce la deseaba. El río de su deseo estaba desbordando la presa que ambos habían construido tercamente durante aquellas semanas para contenerlo. La presa se había roto de forma definitiva.

La boca de Royce se encontró con la de Catherine en un apasionado beso. Fue un beso salvaje y prolongado. Catherine soltó sus manos de las de él y, sin ser consciente de lo que estaba haciendo, le quitó la camiseta. Necesitaba tocarlo. Sentir su piel. Royce respondió besándola aún más ardientemente y cualquier resistencia que ella pudiera albergar terminó por derretirse.

Catherine estaba apoyada contra la pared. Royce pegó sus caderas contra las de ella mientras se movía rítmicamente. Sus besos eran tan apasionados que el aire vibraba. La noche vibraba. Sus cuerpos vibraban.

Bruscamente, Royce separó sus labios de los de ella.

—Dime que deseas esto tanto como yo —susurró entrecortadamente. Aquel tono de voz tan provocador no hizo sino excitar más a Catherine.

El que Royce necesitara su confirmación enterneció a Catherine. Aquel gesto llegó directamente a su corazón.

—Claro que sí, Royce… es sólo que…

—¿Qué?

—Sólo que no voy a ser capaz de esconder lo que siento por ti si hacemos el amor. No voy a poder disimular delante de nadie —le aseguró. El lunes por la mañana Elaine Perkins le preguntaría qué había sucedido entre ella y Royce. Estaba segura de ello—. A mí no se me da tan bien como a ti el ocultar mis sentimientos. Ya me cuesta mucho hacerlo ahora, conque si hacemos el amor… Todo el mundo lo adivinará en mis ojos.

Royce se quedó paralizado durante unos instantes. Después hizo un gesto de frustración. Se desinfló y también buscó el apoyo de la pared.

—Tienes razón —reconoció.

—Y si tengo razón, ¿por qué es tan difícil?

—No lo sé —repuso él entre dientes tratando de contener la pasión.

—¿Qué vamos a hacer? Preguntó Catherine a punto de llorar. Él suspiró.

—No tengo ni idea. Sólo espero que el dios de los marineros aprecie los esfuerzos que estamos haciendo —dijo Royce.

Después se enderezó e inspiró con fuerza. Se cuadró y con algunas dificultades logró abrocharle el sujetador y la blusa a Catherine. La besó por última vez, tiernamente.

—Ahora vete, antes de que cambie de opinión —susurró Royce suavemente.

—Buenos días, papá —dijo Kelly al entrar en la cocina vestida con su bata y las zapatillas de estar por casa. Se sentó en una de las sillas—. ¿A qué hora se marchó Catherine anoche?

—Pronto —contestó Royce. Pero no lo suficientemente como para evitar lo inevitable.

Royce no podía dar crédito a lo rápido que había sucedido todo la noche anterior. Y él había permitido que fuese así. Nunca antes había estado tan cerca de incumplir las reglas de la Marina. Si un superior se enteraba de lo lejos que había llegado con Catherine Fredrickson, sus vidas estarían arruinadas.

Royce había sido testigo de un caso similar. Un alto cargo había tenido una relación con una mujer que estaba bajo su mando. Ambos habían sido discretos, al menos eso habían pensado. Sin embargo, la aventura fue descubierta y se abrió una investigación. No había habido contemplaciones ni flexibilidad. Las dos partes habían sido sometidas a consejo de guerra.

Royce no sabía cómo habían podido perder los papeles de aquella manera. Había perdido el juicio, la capacidad de pensar con claridad.

Gracias a Dios Catherine había tenido un momento de lucidez y había puesto fin a la situación. Había hecho lo correcto. Si hubieran hecho el amor, ninguno de los dos hubiera podido seguir fingiendo. A pesar de que Catherine era mucho más transparente que él, Royce se conocía lo suficiente como para saber que unos sentimientos tan fuertes eran imposibles de esconder.

—¿Puedo llamar a Catherine? —preguntó Kelly mientras tomaba la sección de cómics del periódico.

—Creo que no es buena idea.

—¿Por qué no?

Royce no estaba de humor para discutir con su hija.

—Porque he dicho que no. Y no quiero discutir,

Kelly. Hoy no llamamos a Catherine, ¿entendido? —contestó.Y no la llamarían muy a su pesar.

Kelly lo miró indignada, se levantó y salió de la cocina. Justo cuando estaba en la puerta, se dio la vuelta.

—A veces eres un gruñón insoportable.

Si Kelly lo encontraba insoportable en aquel momento, tendría que prepararse para soportarlo trabajando codo a codo con Catherine sabiendo que no la podría volver a besar jamás.

—¿Qué le pasa al capitán Nyland? —le preguntó Elaine a Catherine cuando ésta volvía de un juicio un viernes por la tarde.

Catherine había estado toda la semana fuera de la oficina porque había tenido que asistir a varios juicios. No había tenido ocasión de comprobar el humor de Royce.

—No sé. ¿Le pasa algo? —preguntó dejando una pila de informes sobre la mesa.

—Si lo supiera no te lo preguntaría. Lleva de mal humor toda la semana pidiéndose a sí mismo y a los demás cosas imposibles. Hubiera pensado que al enterarse de que su hija estaba bien tras el accidente, se pondría contento. Pero tiene todavía peor carácter.

—Si el capitán tiene un problema, te aseguro que no va a ser en mí en quien confíe —contestó Catherine tratando de parecer creíble. Tenía que aparentar que conocía a Royce sólo del trabajo.

Llevaba sin hablar con él fuera de la oficina toda la semana. Los dos necesitaban distancia para aclararse.

No obstante, Elaine tenía razón. Royce se pasaba

el día en la oficina exigiéndose demasiado a sí mismo, y en consecuencia también a sus colaboradores. No era una persona que estuviera haciendo méritos ni que buscara el reconocimiento de los demás.

Dos abogados de la sección se dieron la vuelta.

—¿Ha leído usted algo sobre las focas del Ártico, capitán? —bromeó Elaine mientras los compañeros se acercaban a su mesa.

—No —contestó Catherine extrañada.

—Por lo visto, cuando las acecha el peligro, se reúnen todas en un iceberg. El problema es que no saben cuándo ha terminado el peligro, y entonces sacrifican a una de ellas para averiguarlo. La echan al agua, y si sobrevive, entonces las demás saben que estarán a salvo fuera del iceberg.

Catherine miró a los hombres que rodeaban el escritorio de la secretaria.

—¿Y? —preguntó de nuevo Catherine. No entendía lo que estaba sucediendo pero no le daba buena espina.

—Has sido elegida para ser la foca sacrificada —afirmó uno de sus compañeros.

—¿Qué? —dijo Catherine. Si no le hubiera hecho tanta gracia, se habría mostrado preocupada.

Por lo visto no había hecho tan buen trabajo ocultando sus sentimientos por Royce. Parecía que sus compañeros eran conscientes de que tenía algún tipo de influencia sobre su superior. Eso era una señal peligrosa.

—Es lógico que seas tú quien hable con él —explicó uno de los compañeros—. Es verdad que el capitán Nyland tiene la misma sensibilidad que un alga, pero aun así es un hombre y por lo tanto una cara bonita le impresiona como a cualquiera de nosotros.

—¿Y qué es lo que se supone que le tengo que decir? —preguntó Catherine.

—No tengo ni idea. Eso te lo tienes que inventar tú. Haz lo que juzgues conveniente para que el hombre esté de mejor humor.

—Y por favor, hazlo pronto —añadió Reaman Webster—. He tenido que escribir el mismo informe cinco veces. Nunca es perfecto. La última vez he puesto una coma mal y ha sido como si se hubiera acabado el mundo.

—Lo siento, chicos —dijo Catherine mientras caminaba hacia su mesa. Ya tenía bastante con el esfuerzo que estaba haciendo para mantener la distancia con Royce—. Yo no soy la chica adecuada para hacer el trabajo sucio. Si el capitán está de mal humor, os las tendréis que apañar con él como siempre lo habéis hecho. Además, me parece que vuestra actitud está siendo bastante machista.

—En eso estoy de acuerdo contigo —reconoció Elaine Perkins—. Pero es que esta situación es desesperante.

—He dicho que no. Y es que no —reafirmó Catherine algo crispada.

Hubo un poco de jaleo pero poco a poco cada uno fue regresando a su mesa. Sin embargo, Elaine Perkins continuó mirando a Catherine.

—Pensaba que tú y el capitán erais amigos —comentó finalmente.

—Y los somos —contestó Catherine tratando de mostrarse natural.

—Tengo entendido que vais a correr juntos todas las tardes.

—Ya no. Normalmente corro por la mañana —

contestó. Se preguntaba quién le habría dado aquella información a la secretaria.

—Maldita sea. Tenía la esperanza de que pudieras hablar con él alguna de estas tardes para averiguar qué le pasa. No tiene ningún derecho a hacernos sufrir a los demás sólo porque él tenga problemas.

—¿Está usted sufriendo, señorita Perkins? —preguntó Royce detrás de la secretaria con un tono de voz gélido. Elaine se puso pálida.

—No, señor.

—Me alegro —contestó secamente. Royce dudó un instante si mirar a Catherine—. Quiero el informe del caso Ellison en mi mesa antes de que se vaya esta noche —le dijo finamente.

—Sí, señor —contestó Catherine enfadada.

Le hacían falta muchas horas para poder terminar el dichoso informe. Y Royce lo sabía. Por lo visto ella también iba a ser víctima de su enfado. ¿Por qué la iba a tratar de forma distinta al resto?

Royce se dio la vuelta y entró en el despacho. Elaine se sentó de nuevo y suspiró.

—¿Quiere que tengas el informe para hoy? —preguntó incrédula.

—No te preocupes, no tardaré tanto —contestó a pesar de que sabía que no era cierto.

—¿Quieres que me quede y que te lo pase a máquina? —se ofreció la secretaria.

—No gracias, me las apañaré —contestó Catherine agradecida.

—¿No estás enfadada con él? —preguntó Elaine.

—No —quizá debiera estarlo pero sabía desde hacía tiempo que Royce era perro ladrador pero poco mordedor y así se lo dijo a Elaine.

—Puede que tengas razón, pero parece que no te das cuenta de que contigo se está cebando.

Catherine se quedó dándole vueltas a aquel comentario. Estaba preocupada. ¿Sería cierto que Royce estaba siendo menos benévolo con ella que con el resto del equipo? Por lo visto, Royce había estado siendo muy duro con todos aquella semana, pero si lo que Elaine le acaba de insinuar era cierto, tenía que hacer algo.

Catherine esperó a la tarde, cuando Royce se fue a la pista de atletismo. Le dio tiempo para que corriera varias vueltas y después se unió a él. Cuando Royce advirtió su presencia frunció el ceño y Catherine se sintió incómoda.

—El informe Ellison está encima de tu mesa —dijo sin aminorar el paso. Catherine tenía problemas para seguirlo.

—¿Has oído hablar de la foca sacrificada?

—¿Perdona? —dijo él desconcertado.

—Nada, olvídalo.

Corrieron durante media vuelta más y Royce volvió a mirarla fríamente.

—Quizá tengamos un problema —declaró Catherine.

—¿Ah, sí? ¿Tan importante es el problema que tienes que venir a contármelo en persona?

—Más importante que de costumbre...

—¿Y puedes decirme cuál es el problema que tenemos tan de costumbre?

—No hay ninguna razón para que seas tan sarcástico —dijo algo ofendida por la actitud de Royce.

—¿Ah, no? ¿Qué es lo que debo hacer? ¿Echarte de esta pista? Creo que ya fui lo suficientemente claro sobre el tema de que corriéramos juntos.

—Lo fuiste, pero...

—Entonces, por favor respeta mi petición —la interrumpió.

Royce tenía la coraza puesta y Catherine pensó por un instante que todo lo que habían vivido juntos había sido fruto de su imaginación. Royce podía llegar a ser tan frío... Tan cínico...

—¿Y qué hay de mis peticiones?

Royce se paró en seco y le dedicó una mirada gélida.

—Escuche, capitán, no hay lugar para sus peticiones. Si no aprendió eso en todos los años que lleva en la Marina, entonces tenemos un gran problema. Soy su superior. Hará lo que yo le ordene y cuando yo lo ordene sin ponerlo en duda. ¿Entendido?

—Sí, señor —contestó tragándose sus protestas.

—Vale. Ahora salga de esta pista hasta las cinco de la tarde —le ordenó, aunque en realidad no tenía ningún tipo de competencias sobre las pistas de atletismo—. ¿Ha quedado claro?

—Muy claro, señor —gritó ella.

—Bien —contestó Royce. No había ni una nota de arrepentimiento en su voz. Sólo existía un muro alto y grueso. Catherine tuvo serias dudas de que pudiera volver a escalarlo.

VI

Cuando Catherine llegó a su apartamento aquel sábado por la tarde, el teléfono estaba sonando. Dejó la bolsa de la compra en la cocina y corrió hacia el teléfono sin hacer caso de los reclamos de Sambo.

—Hola —contestó casi sin aliento.

—Hola —dijo una vocecilla demasiado parecida a la de Kelly como para no ser ella. Pero parecía que tenía la cabeza metida en un cubo.

—¿Kelly?

—Sí, soy yo.

—¿Qué te pasa?

—Nada. Se supone que no puedo llamarte y si papá me oye voy a meterme en un lío —murmuró la niña—. Estoy dentro del armario y estoy susurrando lo más alto que puedo. ¿Me oyes?

—Más o menos. Dime, ¿qué pasa? —preguntó Catherine tratando de no recordar su último encuentro con Royce.

—Aún te caemos bien mi papá y yo, ¿verdad?

—Claro, cariño, claro que me caéis bien —contestó Catherine. Sin embargo no podía engañar a la niña para que siguiera pensando que todo seguiría como hasta entonces—. Pero hay algunos problemas.

—Lo sé. Papá me lo ha explicado todo. Algunas veces odio la Marina —dijo la niña con frustración.

—No tienes que odiarla. Esas reglas tienen su razón de ser.

—Pero papá me ha dicho que no puedes venir más a casa y que no iremos al cine, ni a cenar ni nada. Que es mejor que me olvide de ti y que eso es lo que va a hacer él.

Aquellas palabras se clavaron en el corazón de Catherine como una flecha. Sintió un dolor tan agudo que se tuvo que morder el labio.

—Yo no me voy a olvidar de ti —susurró la niña, como si estuviera a punto de llorar—. No puedo dejar de pensar que papá y tú… que tú quizá te conviertas en mi mamá algún día. Mira, le pedí a Dios que me mandara una mamá, a poder ser una con uñas largas, y de repente apareciste tú. Y después yo necesitaba a alguien que me cuidara y… Pero ahora…

—Ya sé que es duro. Yo no me olvido de ti, bonita. Y la Marina no puede decir nada de que nosotras seamos unas amigas tan especiales.

—¿No? —preguntó Kelly.

—No. Danos un poco de tiempo a tu padre y a mí para que las cosas se arreglen en la oficina y, cuando todo esté más tranquilo, te invitaré a mi casa a dormir. Podemos pedir una pizza, alquilar una película y arreglarnos las uñas.

—¿De verdad, Catherine? Me haría tanta ilusión…

—A mi también —confirmó Catherine. Se escuchó el sonido de una puerta al otro lado del teléfono.

—Te tengo que dejar, Missy —dijo la niña haciendo especial énfasis en el nombre.

—Me temo que tu padre acaba de abrir la puerta del armario —contestó Catherine con una sonrisa en los labios.

—Eso es.

—Vale, cariño. Escucha un momento, será mejor que no me llames en una temporada. Te prometo que hablaré con tu padre.

—Pero pronto —suplicó la niña.

—Lo haré, te lo prometo —aseguró Catherine. Cuando colgó se sintió más deprimida que nunca.

Una semana después, la desesperación no había hecho sino aumentar. Royce no le había dicho ni una palabra más de las necesarias. Estaba actuando como si se hubiese vuelto invisible. Una mujer necesaria para el departamento legal pero totalmente prescindible para él. Si en alguna ocasión la miraba era por accidente y trataba de disimular.

El fin de semana había sido horroroso. Catherine no recordaba haberse sentido tan vacía en su vida. El sábado había estado trajinando por casa y después había contestado al correo. Al menos su amigo Brand Davis de Hawai estaba contento e iba a contraer matrimonio. El domingo, después de misa, a la que había ido por la mañana, se fue a casa a cocinar, aunque no tenía ni pizca de hambre. Le dio las sobras a Sambo, que tampoco parecía estar muy entusiasmado.

Era extraño porque todo estaba como siempre, y

sin embargo Catherine sentía un gran vacío en su interior. Era como un agujero negro. Le daba la impresión de que su vida había sido muy árida e insulsa hasta que había aparecido Royce. Hasta aquel momento no había sido consciente de la tremenda soledad que acarreaba a sus espaldas. Royce había insuflado vida a su alma. Catherine echaba de menos compartir la vida cotidiana con alguien y sentir que le daba sentido al rutinario transcurrir de sus días.

Cuando llegó a la oficina el lunes por la mañana había una rosa roja dentro de un florero esperándola sobre su escritorio. Los latidos del corazón de Catherine se aceleraron ante la belleza de la delicada flor, pero inmediatamente supo que no provenía de Royce, no podía serlo. Él no pertenecía al tipo de hombres que permitían que una rosa hablara por ellos. No era un hombre que se permitiera tales extravagancias románticas.

Había una tarjeta atada al florero con un lazo rojo. Catherine miró la tarjeta durante unos instantes mientras se preguntaba quién le podía haber enviado aquello.

—¿No vas a abrir la tarjeta? —preguntó Elaine curiosa.

—A su debido tiempo —respondió Catherine.

Tomó el sobre entre las manos y sacó lentamente el papel. Había un nombre escrito en letras doradas en el centro. Sonrió. Aquello era divertido. Era exactamente de la persona que había sospechado. Como sabía que Elaine la estaba mirando, volvió a guardar la tarjeta en el sobre y observó de nuevo la rosa.

—¿Y? ¿Quién te la ha enviado? —preguntó Elaine impaciente.

—¿No estás metiéndote en mis asuntos? —bromeó Catherine.

—La verdad es que no es sólo curiosidad.

—Me juego el cuello a que habéis hecho apuestas.

—Diez dólares —aclaró la secretaria—. El capitán Parker, ¿verdad? —insistió. Catherine soltó una sonrisa y asintió. Elaine también sonrió—. Lo supe en cuanto vi la rosa.

A Catherine le hizo gracia que su secretaria se entusiasmara tanto con que el capitán Parker estuviese intentando ligar con ella. Pero no dejaba de ser verdad que Elaine estaba más emocionada con el detalle que la propia Catherine.

Aquel gesto no le alegraba porque sabía lo que venía después, una invitación. E iba a ser una invitación que no quería aceptar.

Todo sucedió como había sospechado. Aquella tarde, justo cuando estaba a punto de salir de la oficina, el capitán Parker apareció en su sección con una sonrisa pícara en los labios.

—Buenas tardes, Catherine —dijo tratando de parecer natural.

Era un hombre alto y bastante guapo, con los rasgos bien definidos. Por lo que Catherine había escuchado desde que había llegado a la base, había deducido que Dan Parker tenía fama de playboy.

—Buenas tardes, capitán —repuso ella formalmente. Quería mantener las distancias.

—Ya he visto que has descubierto mi pequeña sorpresa —dijo señalando la rosa.

—Ha sido muy amable por su parte —contestó

Catherine mirando hacia la puerta; se moría de ganas de marcharse. No quedaba nadie en la oficina y no tenía ningún interés en mantener una conversación aburrida con un tipo con el que no tenía ganas de cultivar una amistad.

—Me alegro de que te haya gustado.

—Es preciosa —dijo Catherine agarrando su abrigo. Quería dejar bien claro que estaba a punto de marcharse. Quería frenar aquel juego del ratón y el gato.

El capitán le iba pedir salir y ella iba a declinar la invitación. Entonces él la miraría con ojitos de cordero degollado y Catherine se tiraría diez minutos explicándose e inventándose una excusa para no quedar con él. Y aquello supondría una nueva ofensa para el ego masculino del capitán de fragata.

—¿Tienes planes para este viernes por la noche? —preguntó él sin dar más rodeos.

—Lo siento, pero estoy ocupada —lo que era cierto, ya que había pensado pasar la noche con su gato. No era un plan demasiado excitante pero daba credibilidad a sus palabras. Se colgó el bolso del hombro. Se había acabado el tiempo de juego.

—Tenía la esperanza de que me dejaras invitarte a cenar.

—Quizá en otra ocasión —repuso Catherine caminando hacia la puerta.

—¿Qué me dices del baile de cumpleaños? —cada mes de octubre, la Marina celebraba su cumpleaños con un gran baile. Aquel año la celebración iba a ser más tarde porque el almirante estaba fuera—. Es dentro de dos semanas y me gustaría que me acompañaras.

Catherine no tenía ninguna excusa. Tendría que asistir al evento, pero no había pensado nada en él.

La idea de pasar una tarde con alguien que no fuera Royce no le resultaba nada interesante. Pero esa actitud era estúpida. Sólo podría bailar una o dos veces con él si es que no querían levantar sospechas. Arriesgar más carecía de sentido. Y además, tal y como estaban las cosas entre ellos en aquel momento, era más que dudoso que Royce quisiera estar cerca de ella.

—Catherine, ¿el baile de cumpleaños? —insistió Dan. Ella forzó una sonrisa. Era una decisión difícil.

—Aprecio la invitación, de verdad, pero no, gracias… He decidido acudir sola este año. No es nada personal, capitán.

La sonrisa del capitán no se alteró y no se le movió ni un pelo. Despacio y sin dudar se acarició la barbilla.

—Creo que sé por qué —añadió él.

El corazón de Catherine latió con fuerza en señal de alarma. Lo miró fijamente y pestañeó. Seguramente se hubiera dado cuenta de los sentimientos que albergaba hacia Royce.

—No te preocupes. Te guardaré el secreto —prosiguió el capitán. Catherine se cuadró. Sólo le quedaba la opción de desmentir lo que estaba insinuando.

—No sé de qué está usted hablando. Prefiero asistir al baile sola y cualquier connotación que le quiera añadir a mi decisión es cosa suya.

Dan Parker se rió.

—Tienes razón. Toda la razón del mundo —dijo él. Caminó hacia la puerta y antes de salir se dio la vuelta con una mirada turbia—. Buena suerte, Catherine, pero ten cuidado. ¿Me entiendes?

—Lo haré —respondió Catherine incapaz de disimular más.

Royce estaba de mal humor, lo que no era ninguna novedad. Llevaba casi dos semanas en aquel peligroso estado de ánimo y las perspectivas de cambio no eran muy halagüeñas. La última conversación con Dan Parker no le ayudaba precisamente a sentirse mejor. De todas las decisiones absurdas que Catherine había tomado desde que se habían conocido, rechazar la invitación de Dan para el baile de cumpleaños había sido la peor. Hubiera querido estrangularla.

—Ja —dijo en voz alta contradiciendo sus propios pensamientos.

Lo último que deseaba Royce era ver a Catherine sufrir. Se estaba obligando a mantener una distancia prudencial de diez metros con ella para no caer en la tentación de abrazarla y disfrutar de aquella fragancia de mujer que sólo ella tenía. Quería saborearla de nuevo y sumergirse en su calidez y amor. La necesitaba tanto que estaba a punto de volverse loco.

Royce no sabía qué demonios iba a hacer. Pero había una cosa clara, no podía continuar así mucho más tiempo.

Había hecho todo lo que estaba en su mano para olvidarla. Se estaba enterrando en vida todo el día encerrado en la oficina. Kelly apenas le hablaba y estaba perdiendo a casi todas las amistades que había forjado durante sus diecisiete años en la Marina.

Tenía que hacer algo, y rápido. Antes de que acabara destrozándose a sí mismo y a Catherine. Pero no sabía cuál era la solución.

Un leve sonido de que estaban llamando a la puerta interrumpió sus pensamientos. Mala suerte para quien se atreviera a hacer de David enfrentándose a Goliat en aquel momento. Estaba de un humor de perros.

—Pase —gruñó.

Cuando Catherine abrió la puerta, a Royce se le cayó el alma a los pies. ¿Qué podía hacer? La última vez que se habían visto no podía haber sido más desagradable y más sarcástico. No importaba lo que él dijera ni lo que hiciera, aquella mujer seguía buscándolo. Era realmente testaruda.

—¿Sí? —preguntó Royce pretendiendo estar muy ocupado.

—Tengo que hablar con usted, señor.

Qué voz tan dulce y femenina. A Royce todavía le atormentaban los gemidos de placer de Catherine cuando se habían besado. Habían estado tan cerca de romper el código de honor que él había jurado respetar de por vida...

—No hay nada que decir —se obligó a contestar—. Creo que ya me he explicado con la suficiente claridad —concluyó con el tono de voz más severo que tenía.

—Es sobre Kelly.

—Mi hija no es asunto suyo, capitán —contestó aunque se sintió como si le hubieran dado una patada en el estómago. Catherine no sabía que Kelly no cesaba de nombrarla, a pesar de que él le había prohibido pronunciar su nombre.

—Si no tiene ninguna objeción, me gustaría que Kelly pasara el fin de semana conmigo y...

—No —dijo cortante.

—Querer pasar tiempo con Kelly no tiene nada

que ver con nosotros —insistió Catherine suavemente—. Tiene que ver con Kelly. La niña necesita…

—Soy yo quien determina las necesidades de mi hija —interrumpió Royce.

Se creó un silencio tenso. El aire se hubiera podido cortar con un cuchillo. Ninguno de los dos abrió la boca. Ninguno se atrevía. Ninguno quería ceder ni un milímetro.

Royce tenía miedo a que si cedía ese milímetro después cedería otro y otro hasta volver a perder los papeles y finalmente se convertiría en amante de Catherine. Con sólo pensarlo se excitaba. Era demasiado fácil fantasear con Catherine. Imaginarla suspirando debajo de él, ofreciéndole su amor y su vida. La excitación aumentaba y sentía un profundo dolor. No sólo en la entrepierna oprimida por la tensa tela del pantalón, sino en el corazón.

—He sabido que ha declinado la invitación del capitán Parker para ir al baile de cumpleaños —dijo Royce cambiando de tema.

—¿Cómo lo sabe? —preguntó ella.

—Me lo ha dicho Dan.

—Tenía que hacerlo. Ese hombre es el típico macho. No le contaría a nadie que lo han rechazado a menos que alguien le preguntara —Catherine se detuvo un momento y se quedó pensativa. De repente se sonrojó furiosa—. Usted… ¿A que ha sido usted quien le ha sugerido que me invite al baile? ¿A que se acercó a él y lo animó a que me invitara? —preguntó mientras cerraba los ojos horrorizada.

—Escucha, Catherine…

Ella se inclinó hacia delante y apoyó las manos en el escritorio.

—¿Cómo se atreve? —preguntó.

—Está perdiendo los papeles, capitán —dijo Royce. Tenía que volver a ponerse serio, era la única forma que conocía de poder mantener la distancia. Quizá no fuese lo más sensato, pero era lo más eficaz.

Catherine se estiró sin prestarle atención. Después caminó hasta la puerta con paso enérgico.

—Qué cara tienes, Royce. ¿Qué te hace pensar que puedes dirigir mi vida? —preguntó, abandonando el tono militar, en la puerta.

—La discusión se ha terminado —sentenció él. Agarró el bolígrafo y se puso a escribir. No escribió nada legible, pero ése tampoco era el objetivo.

Catherine tenía los ojos húmedos y lo miró. Tenía que salir ya de la oficina o Royce corría el peligro de cometer alguna estupidez. Antes de ceder a un deseo que los destruiría a los dos.

—¿Por qué? —preguntó con la voz cargada de emoción.

—Ya sabes la respuesta a esa pregunta —contestó él secamente, controlándose para no correr a abrazarla. Catherine no era estúpida y sin duda podía imaginarse los motivos que él tenía para comportarse así.

—¿De verdad piensas que todo sería más fácil si yo saliera con Dan? —preguntó con descrédito, pero Royce no contestó—. Respóndeme.

—Sería mejor que dejáramos esta discusión para algún otro momento. Es hora de que se vaya, capitán —dijo volviendo al tono autoritario, normalmente acatado sin objeción alguna.

—De ninguna manera —dijo ella cerrando la puerta de un portazo, a pesar de que los dos sabían que estaban solos en la sección—. No vamos a dejar esta discusión para ningún otro momento, porque la vamos a resolver aquí y ahora.

Royce se puso en pie. Él también estaba enfadado.

—Si le importa su cargo, capitán, entonces le sugiero que haga lo que le he ordenado.

—¿Y qué es exactamente lo que me has ordenado? ¿Que salga con el capitán Parker? —preguntó Catherine sin pestañear.

—Si lo hiciera no estaría hiriendo a nadie —contestó Royce.

Catherine cerró la mano en un puño y parecía estar conteniéndose para no usar toda su fuerza.

—Quizá sea algo que le sorprenda, capitán Nyland, pero no es asunto de la Marina con quién salga o deje de salir yo. Y sobre todo, ¡no es asunto suyo!

—En este caso sí que lo es —contestó él, asombrosamente manteniendo la calma. Al menos en apariencia. Interiormente estaba hecho un lío. Aquella mujer estaba a punto de volverlo loco.

—¿Qué te ha llevado a pensar que si saliera con Dan todo sería más sencillo para nosotros dos? ¡Contéstame! Me muero de la curiosidad.

—Sal con él, Catherine, hazlo por nuestro bien.

—No —gritó ella—, si quieres echarme de tu vida es asunto tuyo pero no te lo voy a poner tan fácil —aseguró Catherine.

Una lágrima rodó por su mejilla. Aquello era lo que le faltaba a Royce, que se moría de ganas de consolarla. Se sentó de nuevo y se pasó la mano por el pelo para contenerse. Seguir gritándose el uno al otro no era la forma de llegar a buen puerto. Y ya tampoco servía de nada fingir.

—Siéntate, Catherine —dijo señalando la silla.

—Prefiero estar de pie —contestó ella completamente en tensión. Tenía la mirada perdida en la pared y ya no quedaba ni rastro de lágrimas.

—De acuerdo, como prefieras —se había terminado el tiempo de luchar. Se recostó en la silla y apoyó la barbilla sobre sus dedos índices. Necesitaba pensar—. Tenías razón —reconoció después de un rato.

—¿En qué? —preguntó Catherine sorprendida.

—Sobre lo que pasaría si hubiéramos hecho el amor aquella noche —explicó Royce. Catherine lo miró un instante—. Y aunque nadie en la oficina lo hubiese sospechado al día siguiente, no hubiera sido correcto.

—Sólo porque las normas lo prohíben —dijo ella. Sus ojos llenos de amor estaban afirmando que no había nada de malo en el amor que había entre ellos y que nunca lo habría, por mucho que dijera la Marina.

—No. ¿Es que no lo entiendes, Catherine? ¿No lo ves? Aquella noche hubiera sido sólo el principio. Una vez que hubiéramos traspasado la barrera física ya no habría habido vuelta atrás para ninguno de los dos —prosiguió Royce.

—Estoy de acuerdo, pero eso no lo hubiera convertido en una equivocación.

—Habríamos vivido con el miedo constante a ser descubiertos, a que alguien averiguara la verdad —prosiguió Royce con convicción—. Los dos nos habríamos esforzado pero enseguida hubiéramos estado tan desesperados por volvernos a ver que habríamos hecho lo que fuera…

—No es verdad —lo interrumpió ella negando con la cabeza.

—Habríamos terminado alquilando habitaciones

en cualquier hotelucho —añadió horrorizado ante la idea. Catherine tenía demasiada clase como para encuentros clandestinos en habitaciones sucias de hoteles baratos. Aquella aventura hubiera destruido a la mujer cálida y generosa de la que se había enamorado. Una aventura así los hubiera destruido a los dos.

Lo que había comenzado como algo puro y bueno se habría empañado. Y al final, los habría devastado a los dos. La amaba demasiado como para exponerla a tanto dolor.

—No —chilló ella de nuevo—. No habríamos llegado tan lejos.

—¿De verdad piensas que habríamos sido capaces de poner el freno? ¿De verdad? —preguntó Royce.

Catherine estaba muy pálida, tanto que Royce sintió la tentación de tomarla de la mano y llevarla hasta la silla antes de que se desmayara.

—¿Qué ha pasado con tu traslado? —le preguntó Catherine mirándolo a los ojos.

Aquella pregunta llegó hasta el corazón de Royce. Ambos sabían que si era trasladado a la misión de la OTAN, aunque estuvieran separados por millones de millas, la restricción de la Marina ya no tendría vigencia.

—Lo que escuché era un rumor, nada más. No me van a trasladar.

Era una situación muy contradictoria. Por un lado estaba contento porque no tendría que separarse de su hija. Pero por otro lado, estaba desolado porque se sentía forzado a sacar de su vida a la mujer que amaba.

—Ya veo —dijo Catherine derrotada.

—Lo que ocurrió aquel sábado fue todo por mi

culpa —admitió él—. Estaba seguro de que me iban a trasladar y permití que las cosas llegaran demasiado lejos. Tremendamente lejos. El lunes por la mañana me enteré de que el capitán de fragata Wayne Nelson, que está en San Diego, había sido el elegido.

—No es necesario encontrar un culpable —contestó Catherine.

En parte Royce estaba de acuerdo con ella, pero quería asumir su parte de responsabilidad. Se había sentido tan unido a Catherine aquella noche... Más unido de lo que jamás se había sentido a nadie. Aquellos besos lo habían devuelto a la vida. Y a riesgo de sonar melodramático, Royce sólo podía comparar las caricias de Catherine con algo sobrenatural. La piel de Royce había sido cubierta por un baño de besos y de su corazón había surgido un amor tan grande que después se había quedado débil y tembloroso. Nunca había deseado a una mujer más de lo que había deseado a Catherine aquella noche.

Hasta que no se había enterado de que la misión de la OTAN había sido asignada a un compañero suyo, Royce no había sido consciente del error que había cometido. Había bajado la guardia y había permitido que sucediera lo que había prometido que jamás ocurriría. En consecuencia, tenía un problema mucho más difícil de resolver.

—¿Y qué hay de Kelly? —preguntó Catherine con un hilo de voz. Le dedicó una mirada de súplica. Le estaba queriendo decir que era muy injusto castigar a la niña por algo que no tenía nada que ver con ella.

Royce ya había aprendido en la vida que el libro de la justicia todavía no se había escrito. Quería lo mejor para su hija, pero no estaba dispuesto a decir o hacer algo que pudiera confundir a la pequeña y hacerle creer que él y Catherine tenían una relación.

—Es una situación muy delicada y creo que será mejor que dejemos las cosas como están.

—No —dijo Catherine con convicción—. No te dejaré que hagas eso. No utilizaré a Kelly para… tienes mi palabra. Pero está en una edad en la que necesita una mujer de referencia y… y creo que soy la que tiene más cerca. Por favor, Royce…

Él meditó un rato. Decirle que no a Catherine le resultaba tan difícil como renegar de sí mismo.

—De acuerdo —concluyó a pesar de que tenía serias dudas de estar haciendo lo correcto.

—Estuvimos hablando toda la noche y Catherine me pintó las uñas de los pies y me dejó que yo le pintara las suyas.

—¿Entonces te lo has pasado bien? —preguntó Royce a su hija.

—Mucho mejor que bien —reconoció Kelly abrazándolo.

La noche del viernes y el domingo en la casa había reinado la tranquilidad. Royce había estado paseándose arriba y abajo sintiéndose perdido y solo. No era la primera vez que Kelly pasaba una noche fuera de casa, y sin embargo él nunca se había sentido tan mal. Había estado especialmente solo. Quizá porque era él quien más ganas había tenido de disfrutar de Catherine.

A mediodía se había sorprendido mirando al reloj cada cinco minutos. Cuando Catherine había llevado a Kelly a las tres de la tarde, Royce se había tenido que contener para no salir corriendo a saludarlas. Y no sólo por las ganas de ver a su hija.

Era Catherine.

Había sido un ingenuo pensando que aquel plan iba a funcionar.

—… pero creo que ella no está muy bien —escuchó Royce. Su hija seguía hablando mientras él estaba sumido en sus pensamientos.

Ya había escuchado varias veces el relato minuto a minuto del día que habían pasado juntas.

—¿Por qué lo dices? —preguntó tratando de fingir su interés.

—Fuimos de compras y… ¡Ah! Pero si no te lo he enseñado. Catherine me ha comprado algo. Un momento, que te lo traigo.

Antes de que consiguiera que la niña retomara lo que le estaba contando, Kelly ya estaba subiendo las escaleras en un carrera. Dos minutos después, regresó con unas orejeras rosas puestas.

—¿A que son bonitas? —preguntó ella.

—Muy bonitas. ¿Por qué piensas que Catherine no está bien?

—Oh… Después fuimos a un mexicano a comprar algo para picar en casa y Catherine pidió un chili…

—Eso lo explica todo —bromeó Royce.

—No. Ha estado bien hasta que ha recibido una carta. Creo que debe de tener que ver con eso porque después se ha quedado mirando por la ventana como en Babia. Parecía que estaba llorando pero cuando le he preguntado me ha dicho que se le había metido una cosa en el ojo.

Aquella mujer tan valiente no derramaba una lágrima a no ser que algo realmente grave hubiera sucedido.

—Pero yo creo que estaba llorando —afirmó Kelly.

—¿Y qué ha pasado después? —preguntó Royce con impaciencia.

—Se ha preparado una taza de café y después me ha dicho que ya era hora de traerme a casa. Yo no quería volverme tan pronto pero creo que prefería estar sola.

—¿Y durante el camino a casa? —se sentía como si fuera un detective.

—Ha estado muy callada. Por eso creo que no está muy bien.

Catherine ocupó los pensamientos de Royce durante el resto del día. Al apagar la luz por la noche pensó en cómo era posible que el noventa por ciento del tiempo estuviera pensando en ella. Y eso que estaba intentando olvidarla. La verdad era que escuchar a Kelly hablando de Catherine horas y horas no era una gran ayuda.

Royce habría jurado que la niña no había cesado de hablar desde que había entrado por la puerta. Le había contado lo mismo dos o incluso tres veces porque estaba muy contenta de las horas que había pasado con Catherine. Royce no se había dado cuenta hasta entonces de cuánto estaba necesitando Kelly la compañía de una madre.

Como cada noche, Royce abrió un libro. Lo ayudaba a relajarse. Pensaba que le iba a costar dormirse, pero en cuanto apagó la luz, cayó rendido de sueño.

Una llamada de teléfono a media noche nunca

traía buenas noticias. Y el teléfono sonó despertando a Royce de un profundo sueño. Tomó el auricular estirándose sobre la almohada vacía que había a su lado.

—¿Sí? —preguntó.

Silencio.

Royce se incorporó. Algo le decía que Catherine estaba al otro lado de la línea. Lo supo instintivamente.

—¿Catherine? —preguntó a medida que los latidos de su corazón se aceleraban—. Contéstame. ¿Qué te pasa?

VII

Se sentía estúpida. Estaba llamando a Royce en plena noche. No sabía qué la había empujado a hacer semejante tontería ni qué iba a decir cuando él descolgara el teléfono. En cuanto respondió, estuvo a punto de colgar pero Royce la llamó por su nombre.

—¿Cómo has sabido que era yo? —preguntó mientras se limpiaba las lágrimas que no dejaban de brotar de sus ojos.

—Una corazonada —dijo Royce—. Ahora, dime qué te pasa.

Estaba encantador y eso ponía las cosas más difíciles.

Había pretendido ocultárselo, pero era inevitable, lo necesitaba tanto… tan desesperadamente como no había necesitado a nadie en su vida.

—Estoy bien, estoy bien. Es sólo que estoy un poco floja.

No estaba dispuesta a confesarle que llevaba años

sin llorar y que una vez que se había abierto la compuerta era incapaz de parar.

No podía dejar de llorar.

—Catherine, mi amor, son las dos y media de la madrugada. No me estarías llamando si todo fuera como la seda.

Ella contuvo un sollozo arriesgándose a que él se diera cuenta de que estaba llorando.

—Gracias.

—¿Por qué? —preguntó él.

—Por llamarme «mi amor». Necesitaba escuchar algo así justo en este momento —explicó Catherine. Seguramente él ni se había dado cuenta de que había utilizado aquella expresión.

—¿Me vas a decir qué te pasa? —insistió Royce.

Catherine estaba sentada en el sofá. La carta de su madre estaba abierta sobre la mesa de café, junto al retrato de su padre, que había movido de la chimenea para tenerlo frente a ella. Se había pasado buena parte de la noche abrazada a la fotografía, imaginando cómo hubiera sido abrazar a su padre. Estaba rodeada de pañuelos de papel.

—Catherine, ¿qué pasa? —repitió él.

—No… no debería haberte llamado. Lo siento… estaba a punto de colgar cuando has pronunciado mi nombre.

—Enseguida estoy allí.

—Royce, por favor, no… no vengas.

Se sentía incapaz de enfrentarse a él. No en aquel momento. Además, su urbanización estaba repleta de gente de la Marina. Si alguien veía a Royce entrar o salir de su apartamento a esas horas de la noche, sería desastroso.

—Entonces dime qué problema tienes —dijo él. Catherine tomó otro pañuelo de papel.

—He recibido una carta de mi madre… —soltó antes de sollozar de nuevo. Horas después de haber leído la carta de su madre, aún se le rompía el corazón—. Vas a pensar que soy una estúpida por ponerme así.

—No voy a pensar nada de eso.

—Se va a casar. No espero que me comprendas… cómo vas a comprenderme si no me entiendo ni yo misma… pero es como si le estuviera dando la espalda a mi padre después de todos estos años. Lo quería tanto… Ella merece ser feliz pero no puedo evitar pensar que… que mi padre ya no vivirá en su recuerdo.

—El hecho de que tu madre contraiga matrimonio no significa que vaya a olvidar a tu padre —contestó él en un tono tranquilizador.

—Llevo repitiéndome eso toda la noche, pero mi corazón no se apacigua. Estoy contenta por… por ella —explicó sollozando de nuevo—. De verdad que me alegro. Lleva saliendo con Norman diez años. No es que sea una sorpresa… a pesar de que esté llorando. Me siento tan estúpida… Siento haberte despertado. Por favor, duérmete otra vez y olvídate…

—No —interrumpió él—. Hay una carretera comarcal que sale de Byron Way. Si te diriges al norte no te puedes perder. Nos encontraremos allí en media hora.

—Royce… —quería decirle que se olvidara de todo, que estaba teniendo una reacción desproporcionada y que parecía una niña pequeña, pero no lo hizo—. ¿Y Kelly?

—Vendrá algún amigo para quedarse con ella. Si no encuentro a nadie, vendrá conmigo —contestó justo antes de colgar.

Catherine sabía que no debía encontrarse con él. Se lo repitió decenas de veces mientras conducía hacia Byron Way. No era justo que Royce se levantara en mitad de la noche y condujera por una oscura carretera sólo porque su madre se fuera a casar con Norman.

El adorable Norman, que había querido a su madre durante años, quien había tenido la paciencia de esperar hasta que el amor de su madre había ido creciendo a medida que iba dejando atrás el pasado.

Catherine controló sus emociones mientras buscaba la carretera que Royce le había indicado, pero se sentía tan inestable como una casa después de un tornado. En cuanto soplara una brizna de aire podía desmoronarse.

Royce estaba apoyado en su coche esperándola. La luna brillaba en el cielo e iluminaba su rostro, cargado de ansiedad.

Catherine se echó a un lado de la carretera y apagó el motor. No le hacía falta un espejo para saber que tenía muy mal aspecto. Tenía los ojos rojos y muy hinchados, y no podía estar más despeinada.

Pero nada de eso pareció importar a Royce cuando caminó hacia ella. La miró como si fuera una belleza divina, como si fuera la mujer más atractiva que hubiera sobre la faz de la tierra. Al estar frente a ella, le acarició la mejilla.

Si no hubiera sido un gesto tan cariñoso, Catherine lo habría rechazado e hubiera intentado explicarle que estaba mucho mejor. Le hubiera dado las gracias por preocuparse por ella y se hubiera marchado enseguida para evitar que las cosas se pusieran más difíciles. Pero Royce acababa de echar por tierra todos los planes con su ternura. Había echado abajo su frágil muro de protección con una sola mirada.

Los ojos se le inundaron de lágrimas y se llevó los dedos a los labios para intentar contener la pena y la ansiedad que aún le angustiaban.

Royce se acercó más a ella y la estrechó entre sus brazos. Catherine se derrumbó y se puso a llorar sin soltar a Royce. Enterró la cabeza en su torso porque no quería que supiera que no podía parar de llorar.

Él la acompañó hasta su Porsche, le abrió la puerta y se reunió con ella en el interior. Una vez allí la abrazó de nuevo, sin dejar de acariciarla un momento. Le susurraba palabras de consuelo que Catherine apenas si podía escuchar por sus propios sollozos. Podía sentir la barbilla de Royce sobre su cabeza y las constantes caricias de ánimo.

—No pasa nada. Llora todo lo que quieras —murmuró Royce.

—Es que… no puedo parar. Oh, Royce, no sé por qué me siento así. Estoy tan asustada de que todo el mundo olvide a mi padre… Sería tan injusto…

—Tú no lo vas a olvidar.

—¿No lo entiendes? Yo no tengo ni un solo recuerdo de él —dijo ella con un nudo en la garganta—. Era muy pequeña cuando él murió. Mi madre siempre me ha contado una y otra vez todo lo que solíamos hacer juntos y lo mucho que nos quería. Pero por mucho que lo intento, no puedo recordar ni un solo detalle. Nada.

—Pero él sigue vivo aquí —dijo Royce tiernamente tocando el corazón de Catherine—.Y eso es lo importante.

Ojalá fuera así de fácil. Pero sus sentimientos eran mucho más complejos. Tan complejos como su amor por Royce. El estar entre sus brazos recibiendo su energía la ayudaba a combatir las lágrimas.

—Bésame —suplicó Catherine. Necesitaba el bálsamo de su amor—. Sólo una vez… Y te prometo que no te volveré a molestar más. Te dejaré marchar de vuelta a casa.

Royce no se lo pensó dos veces. Estaba acariciando el pelo de Catherine y no tuvo más que inclinar ligeramente la cabeza para que sus labios rozaran los de Catherine.

Ella suspiró y entreabrió los labios para recibirlo. Royce gimió de placer mientras su lengua se adentraba en aquella cavidad suave y cálida. Catherine sintió unas cosquillas en el estómago y agarró la camiseta de él con fuerza. Necesitaba su amor más que nunca. La sensación de intranquilidad que la había estado carcomiendo toda la tarde se derritió como si fuera miel.

Catherine gimoteó.

Royce hizo un ruido extraño, como si quisiera unirse a ella. Acarició su espalda y la atrajo hacia él hasta que sus corazones estuvieron latiendo el uno junto al otro.

Cuando los pechos de Catherine entraron en contacto con el torso de Royce, ella experimentó un deseo sexual desconocido hasta entonces. Era mucho más que una necesidad física del cuerpo. Se sentía completamente vulnerable, como si su alma se hubiera quedado al desnudo.

Los labios de Royce la buscaron por segunda vez

con una avidez sorprendente. Era un beso ardiente, apasionado, que anunciaba que ninguno de los dos podría resistir mucho más la tentación.

Los dos lo sintieron y se separaron. Catherine estuvo a punto de protestar pero Royce llevó su mano hasta el rostro de ella y la acarició. Catherine posó su mano sobre la de él y cerró los ojos para disfrutar de aquella intimidad.

Cuando alzó la mirada comprobó que Royce la estaba observando, y no retiró la vista. Lentamente él se volvió a inclinar y volvió a besarla suave y tiernamente. Un beso prolongado y delicado que contrastaba con la pasión del anterior.

—Quiero besarte —susurró él. Catherine se estremeció.

Las manos de Royce hábilmente le desabrocharon la blusa y cuando descubrió que no llevaba sujetador sus ojos se abrieron aún más. Acarició sus pechos con las manos hasta rozar los pezones con los dedos pulgares en movimientos circulares.

Catherine se quedó quieta. No podía ni respirar. Tenía los ojos medio cerrados y estaba entregada al placer que le provocaban las caricias de Royce.

La boca de él descendió hasta un pecho y Catherine gimió aun antes de que le rozara el pezón con la lengua. Cerró los ojos y echó la cabeza hacia atrás.

Enseguida los labios de Royce volvieron a sus labios y ella lo recibió apasionadamente sin dejar de acariciarle el cabello.

Los besos de Royce eran dulces y suaves. Se separó un instante y descendió besándola la nuca.

—Quiero hacerte el amor —susurró, pero enseguida se corrigió—. Necesito hacerte el amor, pero, maldita sea, Catherine, me niego a hacerlo en el asiento delantero de un coche.

—Cualquier cama bastará —dijo ella con los ojos todavía cerrados y el corazón latiendo con fuerza. Tenía una sonrisa dibujada en los labios.

—Me lo estás poniendo difícil.

—¿Ha sido nuestra historia alguna vez fácil?

—No —contestó él sin dejar de acariciarle los pechos—. Cada vez que estoy contigo me siento como si volviera a tener diecisiete años.

—Es por el coche, te lo aseguro —bromeó Catherine.

—Quizá —repuso él con un tono de voz muy viril—. Sólo espero que la modista que cosió estos pantalones se tomara la tarea bien en serio.

Involuntariamente, Catherine miró el bulto que se dibujaba en su entrepierna y tensaba la tela. Para obtener un mejor juicio lo acarició con la mano y pudo sentir que su calor traspasaba la tela del pantalón vaquero.

La tentación era tan fuerte que Catherine se obligó a mirar hacia otro lado. Suspiró.

Royce la tomó entre sus brazos y la sentó en su regazo. Después la besó cariñosamente y rozó el lóbulo de su oreja con la punta de la nariz.

—Háblame de tu madre —le pidió Royce. Catherine sonrió. Por fin se sentía contenta.

—Te gustaría. Es una mujer muy aguda e inteligente. Si la ves, nunca dirías que tiene cincuenta y tantos años. Todo el mundo le echa al menos diez años menos. Y lo mejor de todo es que a pesar de ser muy atractiva, ella no se da cuenta y no es nada arrogante. Los últimos quince años ha vivido en San

Francisco y trabaja en una empresa de importación muy importante. Allí es donde conoció a Norman. Él es viudo y juraría que se enamoró de mamá en cuanto la conoció. Ha esperado diez años hasta que ha llegado el día. Y por mucho que yo quiera a mi padre, sólo puedo desearles a mamá y a Norman que sean muy felices.

—Por lo que parece, madre e hija os parecéis mucho —comentó Royce. Catherine reflexionó unos instantes.

—Supongo que será verdad… Nunca lo he pensado mucho —dudó un instante—. Quería mucho a mi padre.

—Lo quiere —corrigió Royce.

—Lo quiere —repitió Catherine con suavidad.

—¿Os lleváis bien?

—Siempre nos hemos entendido perfectamente. Es una mujer increíble. Si la llegas a conocer y sigues pensando que me parezco a ella, me estarás haciendo el mejor cumplido del mundo.

—Es que tú eres increíble —le susurró al oído.

Royce la estaba abrazando y Catherine tenía la sensación de que estaba en el lugar más seguro del mundo, los brazos de Royce.

Estaba contenta. Sonrió y lo acarició.

—¿Qué vamos a hacer, Royce?

Catherine pudo sentir el suspiro de Royce. Era una pregunta que se habría hecho cientos de miles de veces en las semanas anteriores. Y seguían sin estar cerca de encontrar una solución.

—Ojalá lo supiese.

Ambos sabían que si continuaban así serían expulsados de la Marina.

—Nunca pensé que llegaría a estar celoso de mi hija —prosiguió Royce.

—¿Celoso de Kelly? —preguntó Catherine desconcertada.

—Sí, de Kelly —admitió abrazándola más fuerte—. Ella al menos puede pasar la noche contigo.

Catherine sonrió y se acomodó en los brazos de Royce.

—¿Cómo crees que me siento al enterarme de que duermes con un camisón de encaje y que por arriba se te transparenta todo?

—¿Te ha contado eso? —preguntó Catherine dándose la vuelta para mirarlo.

—¡Sí! ¿Es verdad?

—Sí —admitió ella. Royce soltó un gemido.

—Podías haberme mentido… Ojalá me hubieras mentido.

—¿También te ha dicho que duermo entre sábanas de satén de color marfil?

—No. Tuvo la piedad suficiente de ahorrarme esa parte. Oh, es tan maravilloso abrazarte… Me emborracharía de ti —confesó Royce.

Catherine se sentía igual de a gusto, a pesar de que por la mañana todo sería diferente. Se le estaba clavando el cambio de marchas en la cadera, pero era el bajo precio que tenía que pagar por el placer de estar entre los brazos de Royce.

—¿Te sientes mejor? —preguntó él. Catherine asintió.

—No sé lo que me ha ocurrido. Es evidente que tengo muchos sentimientos sobre mi padre que aún no he sabido colocar.

—No te pongas tan filosófica. Tu madre está dejando atrás una parte importante de la vida que habíais llevado juntas. Es natural que sientas un poco de extrañeza.

Había mucho más que extrañeza en el torrente de lágrimas que había sido incapaz de contener aquella tarde, pero Royce no lo sabía. Catherine quería desenmarañar la madeja de sentimientos que la habían asaltado. Y la madeja estaba muy liada. Pero daba igual, era capaz de enfrentarse a lo que hiciera falta mientras Royce estuviera a su lado. Mientras el hombre al que amaba la abrazara con fuerza.

Royce recibió la noticia de que tenía que ir a inspeccionar el Venture, una embarcación pequeña de la base que estaba navegando. Aquella misión era como un regalo del cielo. Necesitaba un poco de tiempo fuera de Bangor y lejos de Catherine. Necesitaba tiempo para lograr un poco de calma. Tres días a bordo del Venture lo ayudarían a recuperar la perspectiva sobre lo que estaba sucediendo entre ellos.

Se había repetido a sí mismo cien veces que tenía que alejarse de ella. Estaban jugando con un cartucho prendido de dinamita. Y el hecho de que lo estuvieran haciendo con los ojos bien abiertos frustraba todavía más a Royce.

Había hecho todo lo posible para sacársela de la cabeza. La había ignorado y se había comportado como si no existiera. Y cuando se la había encontrado en la oficina, la había tratado como a todos los demás. Él ya había tenido mujeres a su mando y nunca había supuesto un problema.

Sin embargo, esa estrategia no había funcionado.

Era tan imposible ignorar a Catherine como llegar de un salto a la luna. Existía una imposibilidad física. Aunque la mirara de la forma más impersonal y fría, no dejaba de experimentar un deseo irreprimible hacia ella. Y era un deseo que no se saciaba con cuatro caricias. Quería sentirla, recorrer con sus dedos aquellas deliciosas curvas y comprobar cómo reaccionaba su cuerpo.

Algunas mañanas, en cuanto entraba en la oficina y la veía de reojo, tenía que poner en tensión los brazos para evitar salir corriendo a abrazarla. Ahí comenzaba a sentir la desazón que no lo abandonaba en todo el día y que solía acompañarlo por las noches.

Aquella frustración física lo estaba matando. Y no tenía ninguna pinta de que fuera a satisfacer sus deseos pronto. El tema se iba a poner mucho peor.

Y justo cuando Royce se estaba empezando a creer la ilusión de que lo tenía todo bajo control, Catherine lo había llamado llorando en mitad de la noche. Si no hubiera tenido tantas ganas de verla seguramente hubiera manejado la situación de otra manera. En el momento en el que había escuchado sus sollozos había sentido la necesidad de consolarla y no se había podido resistir. A pesar de que se había jurado que no volvería a suceder, la había citado en un sitio recóndito donde nadie podría haberlos descubierto.

Royce había justificado su actitud porque Catherine había estado con él cuando Kelly había sido ingresada en el hospital. Consolarla tras la carta de su madre era un simple gesto de reciprocidad por lo amable que había sido ella.

Se había convencido a sí mismo de que habría hecho lo mismo por cualquiera de sus soldados. Lo que quizá era cierto, aunque seguramente no se hubiera citado con ninguno en una carretera perdida. Ni tampoco los hubiera abrazado ni besado como había hecho con Catherine.

Desde aquella noche las cosas sólo habían empeorado. Royce sentía que cada vez estaba más cerca de perder el control. Se había encontrado dos veces buscando excusas para llamarla a su oficina, sólo porque necesitaba escuchar su voz. Estaba llegando a un punto en el que Catherine estaba siendo mucho más capaz de mantener el protocolo que él. Y eso era una mala señal. Muy mala.

Kelly tampoco le ponía las cosas fáciles. Por si tener que ver a Catherine en la oficina no fuera lo suficientemente complicado, cuando Royce llegaba a casa Kelly le hablaba sobre ella constantemente. A la niña le había fascinado Catherine desde el momento en que la había conocido. Al principio Royce había pensado que el motivo habían sido aquellas uñas largas, pero con el tiempo se había dado cuenta de que, aunque le doliera, Kelly estaba necesitando con urgencia la figura de una madre. ¿Por qué había elegido a Catherine y no a la madre de Missy o de cualquiera de sus amigas? Royce no sabía contestar a esa pregunta. Pero era evidente que la niña había elegido a la mujer que poco a poco estaba volviendo loco a Royce.

La misión a bordo del Venture era justo lo que necesitaba. Tiempo para estar lejos.

Royce estaba preparando el equipaje cuando Kelly entró en la habitación. Se sentó en la cama y suspiró como si fuera a ser abandonada.

—¿Cuánto tiempo vas a estar fuera?

—Tres días —le contestó Royce a pesar de que ya se lo había dicho varias veces.

Kelly se había querido quedar con Catherine pero era más lógico que fuera a casa de Missy ya que las dos niñas iban a la misma clase en el colegio. A Kelly no le había hecho mucha gracia la idea pero no había discutido. Al menos más de lo que solía hacerlo.

—¿Cuándo vuelvas podremos ir a comer pizza?

—Claro —contestó Royce sonriéndole. No hacía falta que lo preguntara porque siempre iban a comer fuera cuando él regresaba de alguna misión. Se había convertido en una costumbre.

Sonó el teléfono y Kelly saltó de la cama como si le hubiera dado una corriente eléctrica para contestar.

—Yo contesto —chilló a pesar de que su padre estuviera más cerca—. Es para ti, parece el capitán Garland —dijo decepcionada desde el pasillo. Royce asintió.

—Dile que ya voy.

Guardó los calcetines que tenía en la mano y se encaminó hacia el pasillo. Kelly le dio el auricular y se quedó allí esperando hasta que terminara.

La conversación con su superior no duró más de un par de minutos. Pero para Royce fueron una eternidad. ¿Qué quería decir eso de que había un cambio de planes? Royce no entendía nada.

—¿Qué pasa? —preguntó Kelly cuando su padre colgó el teléfono.

—¿Por qué sabes que pasa algo?

—Porque otra vez se te ha puesto esa cara.

Royce no sabía de qué estaba hablando su hija y tampoco podía preocuparse de eso en aquel momento.

—Es difícil de explicar. Es una mirada que se te pone cuando estás mal y quieres disimular. Se te ponen las orejas rojas y la boca así —explicó la niña arrugando los labios.

—Yo no pongo esa cara —repuso Royce impaciente.

—Si tú lo dices.

Al menos Kelly tenía la inteligencia para saber cuándo debía parar de llevarle la contraria. Royce tenía que agradecérselo.

Cuando estaba casi llegando a la habitación pensó que sería mejor decirle la verdad a su hija.

—Catherine va a venir conmigo en la misión —declaró.

—¿Ah, sí? ¿Y cómo es eso?

—Ha habido una acusación de acoso sexual en el Venture y ella va a investigarlo. Al capitán le ha parecido lógico que viajáramos juntos.

—Y él es el jefe —añadió la pequeña.

Si Kelly había intentado consolarlo, no lo había conseguido. Aquello era un horror.

Hasta que no estuvieron los dos dentro del avión, Royce no le dirigió la palabra a Catherine.

Estaba sentada junto a él, pero estaba intentando ignorarla. No es que sus intentos sirvieran de mucho. Nunca servían. Pero era lo único que se le ocurría hacer.

—¿Cómo lo has conseguido? —preguntó él con sarcasmo.

—Yo no he hecho nada —contestó Catherine sin levantar la mirada de la revista que estaba hojeando—. Me han ordenado que te acompañe.

Lo dijo de tal manera que parecía que hubiera

preferido estar en cualquier sitio del mundo antes que al lado de Royce.

A él le hizo gracia aquella actitud. Miró por la ventana. Por lo visto ella tampoco estaba contenta con la situación. Ése era el precio que tenían que pagar por la forma en la que estaba transcurriendo la relación.

—Por si te vas a quedar más a gusto, te diré que me voy a marchar bastante pronto —dijo ella en tono marcial.

¿Catherine se iba a marchar? Eso no era motivo para quedarse a gusto sino para alarmarse.

—¿Qué quieres decir?

—Voy a ir a la boda de mi madre.

—Entiendo —Royce todavía no había tramitado la petición, pero no habría problema para que se fuera unos días—. Es una pena, pero eso no va a servir de mucho —murmuró. Se moría de ganas de tocarla. Aunque sólo fuera un roce, no podía soportarlo más.

Movió levemente la pierna de tal manera que rozó la de ella. Al sentirla soltó un suspiro de alivio. Aquella piel sedosa y suave, muy suave.

Aquel movimiento, prácticamente imperceptible a los ojos de cualquiera, llamó la atención de Catherine. Levantó la cabeza y lo miró frunciendo el ceño.

—Royce, ¿qué estás haciendo?

—Parece que estoy buscado una forma de que me echen de la Marina.

Catherine retiró la pierna, suspiró y se volvió a concentrar en el reportaje que estaba leyendo. Sin embargo, Royce se dio cuenta de que le temblaban las manos.

¿A quién quería engañar? Si alguien estaba temblando, era él. No había dejado de temblar desde el primer día que habían corrido juntos y no había dejado de hacerlo hasta aquel momento.

Royce se recostó y cerró los ojos. Había estado a punto de hacerle el amor en el asiento del coche. Había quedado con ella en una carretera recóndita. Y estaba intentando sentir su piel a bordo de un transporte del ejército.

No estaba bien. Estaba peor de lo que había pensado. Sólo un hombre desesperado habría caído tan bajo. Y eso decía mucho de su estado mental. Aquella misión iba a resultar mucho más difícil de lo que se había imaginado.

Aquel pensamiento resultó más profético de lo que Royce hubiera imaginado. El primer día de la inspección tenía muy mal humor. Era incapaz de comportarse de forma civilizada. Estaba tan mal que casi ni se aguantaba a sí mismo. ¿Y cuál era el motivo? El motivo era que el capitán de corbeta Masterson se había fijado en Catherine. Aquel hombre había dejado bien claro su interés en Catherine desde que habían puesto el pie en el Venture.

Royce los vio por casualidad charlando en un pasillo mientras llevaba a cabo su inspección. No le gustaba la familiaridad con la que el joven capitán se estaba inclinando sobre ella. Y tampoco le agradaba la forma en la que la estaba mirando, parecía que se la iba a comer con los ojos.

—¿Ha terminado con el informe? —le preguntó Royce a Catherine.

—Todavía no —contestó extrañada, ya que no tenía que entregar el informe hasta que regresara.

—Pues le sugiero que se ponga a trabajar.

—Sí, señor —contestó ella comenzando a caminar.

Royce miró fijamente a Masterson. Nunca había tenido tantas ganas de pegar un puñetazo a un hombre.

—¿Problemas? —preguntó Masterson inocentemente.

—Éste no es el barco del amor, capitán —dijo Royce fríamente—. El capitán Garland no me pidió que me acompañara la capitán Fredrickson para entretenerlo a usted.

Masterson abrió bien los ojos ante semejante ataque verbal.

—Le recomiendo que tenga cuidado con dónde pone las manos —concluyó Royce.

—Pero si él no… —intervino Catherine, pero se calló cuando Royce se volvió hacia ella con una mirada que no admitía réplica. Ella no era quién para decirle nada. No era nadie para defender a Masterson, y esa actitud le enfureció aún más.

—Se pueden marchar —dijo finalmente y esperó hasta que cada uno se fue en una dirección.

En las siguientes veinticuatro horas casi no habló con Catherine. De hecho la estuvo evitando. Y ella también lo estaba evitando a él como si tuviera la peste. Pero no era la única… y era lógico, Royce no podía culparlos. Estaba insoportable.

Estaba agotado. Mental y físicamente. Pero a la vez estaba muy nervioso. Antes de irse a la cama decidió ir a por una taza de café. La cafeína a veces lo ayudaba a relajarse.

Y por lo visto, no era el único que necesitaba tomar algo aquella noche. Catherine estaba sentada a la mesa y lo miró cuando entró. Se quedó paralizada, como si hubiera sido sorprendida cometiendo alguna ilegalidad.

—Me voy —dijo ella poniéndose en pie.

—No, quédate —le pidió irritado mientras se dirigía hacia la cafetera.

—¿Es una orden?

—Sí —contestó él tras pensárselo un instante.

Catherine tenía la mirada puesta en su taza de café. Royce se sirvió la suya y se sentó frente a ella. Estuvo callado un rato pero pensó que era un buen momento para expresar lo que pensaba. O mejor dicho, un momento tan malo como cualquier otro para decir lo que tenía que decir. Al menos estaban a solas.

—No me gusta la manera en la que te ha estado mirando Masterson —admitió con el ceño fruncido. Catherine alzó la mirada.

—¿El capitán Masterson?

—Sí —confesó. Sabía que era un gesto posesivo, pero no podía evitarlo. Aquello lo estaba carcomiendo desde que había subido al barco. Mark Masterson no había parado de revolotear alrededor de Catherine desde que habían llegado. Todo el mundo se había dado cuenta. Y seguro que Catherine también. Además, Royce había escuchado a un par de marineros comentar que Masterson estaba siempre pendiente de las mujeres.

—¿Me estás diciendo que te has estado comportando como un… como un… —parecía que no se le ocurría nada lo bastante negativo— como un imbécil porque estabas… celoso? —susurró Catherine.

—Yo no me he estado comportando como un imbécil —repuso acalorado—. Tengo ojos en la cara.

—¿Y qué es lo que te gustaría que hiciera yo dadas las circunstancias?

Aquella pregunta pilló a Royce por sorpresa. Había esperado que Catherine lo negara todo y que le dijera que eran imaginaciones suyas. Incluso había pensado que le diría que estaba loco por haber sospechado. En cambio le acababa de decir que se había comportado como un imbécil. Y era cierto. Lo que Royce no había previsto era que Catherine iba a aceptar que el problema existía.

—¿Y? —insistió Catherine.

—¿Que qué me gustaría que hicieras? —repitió Royce. La respuesta le vino claramente desde lo más profundo de su corazón. Nunca había sentido algo así. Todo era muy sencillo. Todo era muy complicado—. Bastaría con que te casaras conmigo.

VIII

—No lo estás diciendo en serio —susurró Catherine. Creía que la proposición de Royce era fruto de su repentino ataque de celos. Nunca se hubiera imaginado que iba a ver a Royce tan inseguro.

Aunque fuera triste, Catherine no podía negar que el capitán de corbeta se había excedido al mostrarle su interés. Mark Masterson había estado más que atento desde el momento en el que habían embarcado en el Venture. No obstante, no había tenido un comportamiento ofensivo y, en otras circunstancias, Catherine quizá hubiera tonteado con él. No obstante, aquellos días no había hecho nada para merecer tanta atención.

—Pues claro que lo estoy diciendo en serio —soltó Royce impaciente. Tenía el ceño fruncido.

—No hace falta que me grites —contestó Catherine.

—No estoy gritando —añadió más tranquilo—. ¿Te vas a casar conmigo o no?

—No puedo —se vio obligada a recordarle Catherine.

Estaba bajo su mando y ése era un detalle que Royce había olvidado para su conveniencia. Cualquier relación en la Marina estaba estrictamente prohibida. Ella lo sabía. Y Royce lo había olvidado para salvar su orgullo.

Poco a poco, Royce se fue poniendo en tensión, quizá porque estuviera dudando de Catherine y de su amor.

—¿Te casarías conmigo si fuera posible?

—Probablemente.

—Probablemente —repitió Royce pálido. Era como si Catherine hubiera pronunciado el peor insulto que hubiera escuchado en su vida.

—Sí, probablemente —repuso ella acalorada—. Si la propuesta no estuviera dentro del contexto de un ataque de celos y… y si estuviera plenamente convencida de que me amas.

—Te amo —dijo él como si quisiera sumar puntos en el debate—. ¿Entonces cuál es tu respuesta? ¿Sí o no?

—¿Así quieres que te lo diga?

—Sí, así —respondió él como si no hiciera falta mayor reflexión. Como si la estuviera invitando a cenar en vez de a un compromiso tan complicado que podía destrozar ambas vidas y la de Kelly, por no mencionar sus respectivas carreras.

—¿Por qué? ¿Para que le pueda decir a Masterson que soy una mujer comprometida? —preguntó irritada.

—Sí —repuso Royce. Estaba agarrando la taza con tanta fuerza que parecía que la iba a romper.

—En tal caso gracias, pero no —añadió Catherine poniéndose en pie y disponiéndose a salir de la habitación.

¿Cómo se atrevía Royce a pedirle matrimonio sólo para no sentir herido su honor de macho? Y la única razón que había dejado caer era el miedo que tenía a que ella se pudiera sentir atraída por Mark Masterson. Lo más absurdo de todo era que había sido Royce quien con anterioridad había tratado de que Dan Parker y ella tuvieran una cita. En el plazo de unas semanas, había pasado de un extremo al otro. Catherine se preguntó qué sería lo siguiente.

—¿Qué quieres decir con «no gracias»? —preguntó Royce poniéndose en pie impetuosamente. Estuvo a punto de tirar la silla, pero consiguió agarrarla antes de que cayera al suelo.

—Lo puedo decir más alto pero no más claro, capitán. Mi respuesta es no.

Royce se quedó completamente planchado, como si Catherine le hubiera clavado una espada entre las costillas. Había estado tan seguro de sí mismo, tan arrogante. Había dado por supuesto que la respuesta de Catherine a su proposición de matrimonio iba a ser afirmativa.

Había herido el orgullo de Catherine al pedirle matrimonio de una forma tan ruda, sin ninguna ternura ni romanticismo.

—Sólo me casaré —comenzó a decir ella. Se sentía obligada a explicarse— con un hombre que no se comporte como un celoso compulsivo. Con alguien que me demuestre su amor de una forma un poco más refinada y que no me haga la proposición a gritos en medio de la galería de un barco, sólo porque tiene miedo de que otro me pida matrimonio antes que él. Y ahora, si me disculpas, me voy a mi camarote —dijo Catherine antes de salir.

Inevitablemente, Royce la siguió por el pasillo. Estaba tan pegado a ella que tuvo miedo de que la pisara. No tenía ni idea de qué más le querría decir ni cuánto más la iba a seguir. Cuando llegó al camarote se dio media vuelta y le plantó cara.

—¿Quieres decirme algo más? —le preguntó.

—Pues claro que quiero decirte algo.

En todo el tiempo que llevaban trabajando juntos, Catherine nunca lo había visto así. Era como si hubiera tocado fondo.

—Me gustaría sugerir que habláramos de esto en otro momento más apropiado, capitán —añadió Catherine en un tono casi impertinente.

Con Royce había llegado tan lejos como se había atrevido, pero no estaba dispuesta a que él utilizara el hecho de ser su superior en un asunto estrictamente personal.

—No se aceptan sugerencias —contestó él. Después miró a ambos lados y al ver que no venía nadie, abrió la puerta del camarote de Catherine y suavemente la empujó a entrar.

—¿Qué demonios te crees que estás haciendo?

Pero Royce no contestó, cerró la puerta e hizo que Catherine se apoyara sobre la pared. Sus fuertes manos estaban sobre los hombros de Catherine, que no podía liberarse de él. Si se arqueaba tampoco conseguía nada bueno, ya que su cuerpo entraba en contacto íntimo con el de Royce. Estaba a punto de gritar cuando un beso de Royce se lo impidió. Sus labios la tocaron y enseguida sintió el tacto suave de su lengua. Catherine trató de resistirse a él y a su propio deseo, pero apenas lo logró. Con los ojos llenos de lágrimas, entreabrió los labios y recibió aquel beso que tanto anhelaba. Royce soltó un gemido de placer al sentir que ella lo aceptaba y la resistencia de Catherine se transformó en pura entrega.

—¡Royce! —exclamó Catherine apartando la cara al ser consciente de lo que estaban haciendo—. ¿Estás loco?

—Sí —no se molestó en negarlo. Poco a poco la fue soltando y recuperó la compostura—. No hay ninguna justificación para lo que acabo de hacer, perdóname, Catherine.

En cuanto pronunció aquellas palabras salió como un rayo del camarote. Y Catherine se preguntó si alguien lo habría visto entrar o salir de allí.

Marilyn Fredrickson revoloteaba por la cocina con la bata de seda anudada. Catherine observó a su madre y se sorprendió de lo atractiva que seguía siendo. Era menuda, hermosa e intuitiva. Mucho más intuitiva de lo que Catherine recordaba.

Marilyn acercó el café al mostrador donde estaba sentada Catherine, que también llevaba una bata y tenía el pelo recogido. Cada vez que iba a casa de su madre le gustaba más aquella cocina. Las paredes estaban pintadas de un color amarillo pálido que brillaba con los focos del techo. Las encimeras eran blancas y había un gran cesto de mimbre lleno de flores secas en una de las esquinas.

—Bueno, ¿me vas a hablar de él? —preguntó Marilyn mientras se sentaba en una banqueta junto a ella.

Catherine no había dicho ni una palabra sobre Royce. Había volado desde Seattle la noche anterior. Su madre y Norman la habían ido a recoger al aeropuerto y de ahí se habían dirigido directamente a su casa en las afueras de San Francisco.

Catherine y su madre se habían quedado charlando hasta media noche, pero sólo habían hablado de la boda. Catherine ni siquiera había mencionado a Royce.

—¿De quién? —preguntó inocentemente.

Su madre soltó una sonrisa. Se llevó la taza a los labios y después suspiró.

—Me estoy acordando del día que Norman me pidió matrimonio. No era la primera vez que lo hacía, pero ya llevaba más de un año sin preguntármelo. Le pedí más tiempo, como siempre he hecho. Como siempre tan caballero, él lo aceptó pero me dijo algo que nunca antes había mencionado. Me dijo que me quería y que siempre me querría, pero me explicó que un hombre sólo tiene una cantidad determinada de paciencia. Estaba cansado de vivir su vida solo, cansado de fantasear con que yo algún día sería su esposa. Y entonces me preguntó si yo lo amaba de verdad.

—Y lo amas —Catherine sabía que era cierto.

—Por supuesto. Llevo años queriéndolo —se detuvo un instante para beber y ordenar sus pensamientos—. Aquella noche, cuando me estaba preparando para meterme en la cama, me miré en el espejo mientras me desmaquillaba. Al mirar mi reflejo me di cuenta de que algo había cambiado. Me resistía a utilizar esta expresión, pero de alguna forma sentí que ya estaba preparada.

—Estabas preparada —repitió Catherine.

—Sí. Y justo en ese momento me di cuenta de que había sido una tonta por haber esperado tantos años para casarme con Norman. Era el momento adecuado para aceptar su proposición. Ese momento podía haber llegado mucho antes, pero yo sin darme cuenta lo había evitado. No pude esperar a que se hiciera de día. Lo llamé en aquel preciso instante —aseguró con una leve sonrisa—. Cuando te he mirado esta mañana, Catherine, he visto la misma expresión que yo tenía aquella noche en el espejo.

—¿La de estar preparada?

—No, no exactamente. Tienes la mirada propia de una mujer enamorada pero que no sabe qué hacer. ¿Quieres que hablemos de ello?

—Yo… no lo sé.

Catherine se había dirigido a California poco después de haber regresado a Bangor del Venture. No había visto a Royce en varios días y no habían cruzado palabra desde aquella horrible noche en el barco. Cada vez que se acordaba de la proposición de matrimonio, sentía que sus emociones eran como un campo minado y, cada paso que daba, corría el peligro de que le explotaran en la cara.

Su madre la estaba mirando fijamente y Catherine pensó que le debía alguna explicación.

—Hay algunas dificultades —dijo.

—¿Está casado? —preguntó Marilyn. Su hija la miró sorprendida.

—No, no es tan drástico.

—Entonces supongo que pertenece a la Marina.

—Ése es el problema. Es el capitán de fragata, mi jefe.

Su madre sabía lo que aquello quería decir sin que Catherine se lo explicara.

—Oh, Catherine, cariño, te gusta el riesgo, ¿verdad?

—La verdad es que no había planeado precisamente enamorarme de él —dijo en su defensa. Nadie se hubiera puesto en una situación tan terrible a propósito.

—¿Y te corresponde?

—Creo que sí —dijo ella. Después de la noche en la carretera, Catherine no había cuestionado el amor que Royce sentía por ella. Sin embargo, tras la discusión que habían mantenido en el barco se había quedado llena de dudas.

—¿Crees que sí? —repitió Marilyn lentamente. Parecía dudar de que su hija no estuviera segura de algo tan importante.

—Me quiere —afirmó Catherine.

—¿Es que tiene dificultades para demostrártelo?

—Exactamente —contestó recordando el incidente del camarote. Había sido un riesgo estúpido que podía haberles costado la carrera a los dos.

—No sé por qué, pero tengo la sensación de que has rechazado su proposición de matrimonio.

—Pues claro que la rechacé. Porque me lo pidió por los motivos equivocados.

—Pero si te lo hubiera pedido por los motivos adecuados, ¿qué le hubieras dicho?

—¿Con el corazón en la mano? —preguntó Catherine.

—Sí, con el corazón en la mano.

—Le hubiera dicho que sí. Sin pensármelo dos veces. Oh, mamá, estoy loca por ese hombre y estoy perdiendo el criterio de lo que está bien y lo que está mal. Nunca hubiera pensado que iba a desafiar las normas de la Marina. Y aún no las he incumplido. Pero estamos tan enamorados que actuamos como estúpidos poniendo en peligro nuestras carreras y nuestra reputación y todo aquello que un día pensé que era tan importante... y que todavía sigo pensando que lo es. Sé que Royce se molestó cuando me asignaron que lo acompañara en una misión en el Venture. Quería estar unos días solo para recuperar la perspectiva sobre nuestra relación. Al menos eso es lo que intuyo. Cuando tuve que acompañarlo, las cosas empeoraron mucho. Parece que todo está contra nosotros.

—¿Y qué va a suceder cuando regreses? —preguntó la madre. Catherine suspiró.

—Ojalá lo supiera.

—¿Se llama Royce? —Catherine asintió—. Al menos va a tener los días que necesitaba de soledad.

—Pero, mamá —dijo Catherine sintiéndose fatal—, el caso es que si decide que lo mejor es que nos casemos, eso no arreglaría las cosas. Seguiríamos navegando en medio de la tormenta.

—Pero si te casaras con Royce, ¿no dejarías la Marina?

—No —afirmó con vehemencia—. ¿Por qué tendría que hacerlo? Yo amo al ejército. No voy a tirar por la borda once años de trabajo sólo porque me he enamorado. Además, dejar la Marina tampoco es nada fácil. Me llevaría más de un año, a no ser que me quedara embarazada.

Marilyn alzó las cejas.

—Oh, mamá, de verdad, no te asustes. No hay ninguna posibilidad —añadió Catherine.

—Lo siento, cariño. Es que me encantaría tener un nieto algún día.

—Haré lo que esté en mi mano… algún día.

—Nunca hubiera pensado que dejar la Marina fuera tan complicado.

—No voy a dejar la Marina —insistió Catherine.

—¿Y entonces qué va a pasar? —le preguntó Marilyn como si Catherine tuviera una bola de cristal en el bolsillo y la consultara siempre que la necesitaba.

—Lo único que podemos hacer es que uno de los dos pida un traslado.

—Pero si tú te acabas de mudar de Hawai a Bangor.

—Lo sé. Y por eso es probable que a la Marina no le parezca bien trasladarme a otra base.

—¿Y qué hay de Royce? ¿No puede solicitarlo él?

Catherine se mordió el labio inferior. Había pensado varias veces aquella opción, pero nunca la había comentado con Royce..

—Es una posibilidad, pero no sé lo que quiere hacer él. Lleva varios años destinado en Bangor y no le gustaría separar a Kelly de su entorno. Bangor es el único hogar que ha tenido. Aunque siempre existe la opción de que le asignen otro puesto en la misma área. Ésa es mi esperanza.

—¿Kelly? ¿Quién es Kelly?

—Es la hija de Royce. Tiene diez años y, mamá, es un encanto. Nos llevamos estupendamente. Está justo en la edad de descubrir qué significa ser una niña. Nos empezamos a entender la tarde que le pinté las uñas mientras estaba convaleciente de un accidente y nos hemos acercado mucho la una a la otra. La última vez que nos vimos, Kelly quería cortarse el pelo y la llevé a una peluquería y la dejaron preciosa.

—Por lo que parece, pasas mucho tiempo con ella.

—Tanto como puedo —contestó—. ¿Por qué tienes esa cara de preocupación?

—No puedo evitarlo. No quiero que sufras —murmuró Marilyn.

—No sufriré —le aseguró a su madre con una seguridad que en realidad no tenía—. Y ahora, no te preocupes. Es el día de tu boda y no quiero que estés seria y apagada por mí —dijo Catherine. Bebió un poco de café y consultó el reloj—. Oh, Dios mío. ¡Mira qué hora es! Tenemos que prepararnos o llegaremos tarde a tu boda. Norman nunca me lo perdonaría.

La boda fue maravillosa. Marilyn era una novia radiante. Catherine recordó cada detalle durante el viaje de avión de vuelta a Seattle. Nunca antes había visto a Norman tan elegante y guapo. Los dos compartían años de amistad y formaban una pareja ideal. Varias personas se lo habían dicho a Catherine en la recepción cuando estaba atendiendo a los invitados. Norman había insistido en encargar todos los servicios necesarios para no tener que estar pendiente de nada. Sin embargo, Catherine se había empeñado en mantenerse ocupada. Sabía que si se sentaba y se relajaba enseguida vendría a su mente el hombre joven y guapo de la fotografía que había en la chimenea de su casa. El padre al que nunca había conocido.

Era irónico que Catherine conociera mejor a su padrastro que al hombre que le había dado la vida.

Cuando había llegado el momento en el que su madre y Norman habían hecho los votos, Catherine había sentido una gran emoción y los ojos se le habían humedecido. Unas lágrimas habían recorrido sus mejillas mientras permanecía de pie al lado de su madre con un ramo de flores en la mano. Pero no eran lágrimas de alegría exactamente, aunque esperaba que si alguien la había visto pensara eso.

Catherine estaba contenta por su madre y por Norman. Sobre todo después de los días que habían pasado juntos. Eran una pareja muy cómica. Parecían dos jóvenes enamorados, tan absortos el uno en el otro que el resto del mundo parecía no existir.

Catherine los envidiaba. Su amor por Royce era mucho más complicado.

Mientras el avión atravesaba las nubes, Catherine no pudo evitar preguntarse qué tipo de bienvenida le iba a dar a Royce a su regreso. ¿Se alegraría de que estuviera de vuelta? ¿Buscaría alguna excusa para estar a solas con ella? ¿O tendría puesta la coraza que en raras ocasiones se quitaba? Seguramente su mirada intensa le desvelaría algo de sus pensamientos pero nada de sus sentimientos.

Cuando el avión aterrizó, Catherine estaba agotada. Al llegar al terminal se sorprendió buscando con la mirada a Royce entre la multitud.

Pero no estaba.

Era ridículo haber esperado su presencia. Por lo que Catherine sabía, Royce desconocía el horario de su vuelo. Entonces, ¿por qué se sentía tan abatida?

—Eres una idiota —susurró para sí misma.

Una hora después estaba abriendo su apartamento después de haber recogido a Sambo de la casa de un vecino.

Escuchó decepcionada el contestador automático

y no había ningún mensaje de Royce. Kelly le había dejado dos. En el primero le contaba que los profesores habían escogido su cuento de la princesa y el dragón para un certamen, y hablaba tan rápido por la emoción, que casi no se la entendía. En el segundo mensaje la niña le decía que la echaba mucho de menos y que a ver si volvía pronto.

Por la cabeza de Catherine se pasó la idea de llamar a Kelly, pero seguramente ya estuviera en la cama. Y probablemente a Royce no le haría gracia su intromisión.

No obstante, no dejaba de darle vueltas a la cabeza. Cinco minutos después, dejando a un lado el sentido común, se encontró marcando el número de teléfono.

Royce contestó, su voz más grave y masculina que nunca. Con sólo escucharlo, Catherine sintió que un escalofrío recorría su espalda.

—Soy Catherine. Quería hablar con Kelly.

—Está en la cama desde hace media hora —contestó él. Era obvio que lo había pillado por sorpresa. La tensión se sentía a través del hilo telefónico.

—¿Le dirás que he llamado? —preguntó ella.

—Claro.

Catherine cerró los ojos al escuchar aquella voz tan distante. Era como si Royce estuviera hablando con cualquier conocido, no con la mujer a la que una vez había reconocido amar. Una vez, sólo una vez, justo antes de un ataque de celos.

—Bueno… no te distraigo más entonces —añadió ella.

—No me estás distrayendo de nada, sólo estaba viendo la televisión —contestó él como si no quisiera que Catherine colgara. Ella se alegró—. ¿Qué tal la boda?

—Muy bonita —contestó.

—¿Qué tal lo pasaste tú?—no hacía falta que Royce explicara el sentido de la pregunta. Estaba interesado en cómo había manejado los sentimientos contradictorios que habían surgido cuando se había enterado de que su madre pretendía casarse con Norman.

Sin darse cuenta, Catherine tomó la foto que había sobre la chimenea.

—Bien —susurró. Lo había llevado mucho mejor de lo que se había imaginado—. Mi madre estaba guapísima— se hizo de nuevo un silencio y Catherine se dio cuenta de que era su turno de preguntar—. ¿Qué tal las cosas en la oficina?

—No ha habido ninguna novedad. Sin problemas

—Me alegro. Iré mañana por la mañana.

—Eso tengo entendido —añadió Royce.

«Dime algo», suplicó Catherine en sus pensamientos. «Háblame de tus sentimientos. Dime que me has echado de menos tanto como yo a ti. Dime que te arrepientes de que me marchara sin que hubiéramos arreglado nuestras diferencias». Nada. La línea se quedó en silencio. Catherine sólo escuchaba el sonido de su propia respiración.

—Entonces, hasta mañana —dijo Catherine al comprobar que Royce no tenía ninguna intención de proseguir con la conversación.

—Vale… hasta mañana —dijo él secamente aunque su tono de voz cambió de repente y se volvió aterciopelada—. Buenas noches, Catherine.

Había mucha ternura en aquellas palabras que

iban también cargadas de deseo y añoranza. Catherine se estremeció al escuchar su nombre en boca de Royce.

—Buenas noches —contestó ella suavemente. Él pronunció de nuevo su nombre antes de colgar y Catherine volvió a estremecerse—. ¿Sí?

—Sobre Mark Masterson.

—¿Sí? —preguntó Catherine cerrando los ojos. Estaba lista para aceptar sus disculpas, a perdonarlo, a cualquier cosa con tal de destruir el muro que había entre los dos. Un muro construido a partir del dolor y del orgullo.

—Te llamó mientras estabas fuera —afirmó en un tono de voz severo.

—¿El capitán Masterson? —preguntó ella desconcertada. Había hecho todo lo posible por no darle esperanzas a aquel hombre. No comprendía por qué Mark, que además se acababa de divorciar, tenía que fijarse en ella.

—Ha dejado un teléfono donde te puedes poner en contacto con él.

—No tengo ninguna intención de ponerme en contacto con él —confirmó Catherine por si acaso Royce albergara alguna duda.

—Lo que hagas o dejes de hacer no es asunto mío —contestó aumentando la dureza de su tono de voz—. Eres libre para hacer lo que quieras.

—¿De verdad quieres que salga con él, Royce? —preguntó ella desafiante. Estaba perdiendo la paciencia.

—Lo que yo quiera no es relevante. Masterson dejó un mensaje para ti. Por qué me ha elegido a mí para que te lo transmita, nadie lo sabe. Por lo visto va a venir a Bangor próximamente. No sé cómo se las ha apañado para conseguir el traslado, pero lo ha logrado y me pidió que te lo hiciera saber y que te buscará.

—¿Y qué se supone que quiere decir eso?

—Eso debes interpretarlo tú, porque yo desde luego, no entiendo nada.

—Claro, seguro que tú otra vez no sabes nada —le soltó Catherine.

—¿Perdona?

—Me has escuchado perfectamente, Royce Nyland —la tensión no hacía más que aumentar.

—Escucha, Catherine. Si estás esperando que te diga que tienes vía libre para salir con Masterson, entonces te lo digo. Eres libre. No hay nada entre nosotros.

A Catherine le sentó tan mal aquella afirmación, estaba tan dolida y enfadada, que comenzó a temblar.

—¿Ah, sí? Bueno, tengo que decirte que todo esto resulta bastante curioso. Primero me pides matrimonio y, a continuación, casi me ordenas que salga con otro hombre —se sentía tan furiosa que estaba empezando a perder el juicio. Inspiró profundamente para evitar decir algo de lo que después pudiera arrepentirse—. La pequeña carretera que sale de Byron Way —dijo tan tranquila como pudo—. Nos vemos ahí en media hora.

Catherine no esperó a recibir respuesta. Colgó el auricular.

Cuando estaba en la puerta el teléfono comenzó a sonar. Lo ignoró, tomó su abrigo y el bolso y salió del apartamento.

Cuarenta minutos después, Catherine estaba esperando fuera del coche a que aparecieran las luces del coche de Royce en medio de la oscuridad. Cuando estaba a punto de marcharse desesperanzada, divisó su coche en la lejanía. O al menos dio por supuesto que era él.

Royce apagó el motor del coche. Salió y se quedó de pie. Parecía que no tenía nada que decir.

Y Catherine tampoco. La luna brillaba en el cielo y su embriagadora luz los envolvía.

Royce tenía muy mal aspecto, como si no hubiera pegado ojo en varias noches. Tenía un gesto severo y a la vez cansado en el rostro. Catherine lo miró a los ojos. Él trato de evitarla, pero no pudo y la miró con reticencia.

Catherine tragó saliva al sentir la intensidad de aquella mirada azul cobalto clavada en sus ojos.

—Oh, Royce —susurró ella caminado hacia él con los brazos abiertos. Estaba tan enamorada que no soportaba la idea de no estar entre sus brazos una vez más.

Royce se acercó y la abrazó. La agarró de la cintura y la levantó del suelo. En un instante sus labios se encontraron en un arranque incontrolable de pasión. Estaban tan necesitados el uno del otro que transcurrió una eternidad hasta que se separaron para tomar aliento.

Royce apoyó la cabeza en la nuca de ella.

—Lo siento, lo siento mucho —admitió—. Nunca en la vida me había sentido tan celoso. No sé cómo enfrentarme a ello. Me he comportado como un idiota.

—No te preocupes y bésame —contestó ella rozando sus labios. Tenía urgencia por sentir el tacto de su lengua de nuevo y no estaba dispuesta a volver a discutir.

Si Royce tenía alguna reserva, se esfumó en aquel momento. Soltó un gemido y la abrazó más fuerte, de tal manera que su torso entró en contacto con los pechos de Catherine. Estaban tan pegados que ella lo podía sentir perfectamente, cada fibra del uniforme, cada botón y cada cremallera. Aquel beso era el más primitivo que habían compartido. El más ardiente. Catherine entreabrió los labios y sus lenguas se encontraron.

Catherine deslizó sus manos por el cuello de Royce hasta llegar al torso. Él ya la había soltado y estaba de pie en el suelo. El suave tacto de sus dedos recorrió la espalda de Catherine hasta detenerse en la íntima curva de las caderas. Royce no podía dejar de acariciarla. Era como si no fuera suficiente. Como si no se pudiera creer que se estaba entregando a él.

Catherine sintió que el mundo daba vueltas a su alrededor. Pero daba igual. No le importaba nada mientras estuviera en los brazos de Royce.

En mitad del beso más dulce, más excitante y más íntimo de su vida, Royce, de repente, se apartó. Catherine se sintió aliviada al darse cuenta de que él también respiraba entrecortadamente.

—Esto no arregla nada —susurró Royce en los labios de Catherine. Tenía los ojos cerrados. Le faltaban las fuerzas para negarle nada a Catherine.

—Tienes razón. Pero estoy segura de que al menos nos ayudará —contestó ella antes de volver a besarlo.

IX

—Tengo que volver. He dejado a Kelly en casa de unos vecinos —susurró Royce en el oído de Catherine.

Estaban abrazados en el asiento delantero del coche de Royce. La espalda de Catherine estaba pegada al pecho de él y sus brazos estaban entrelazados. Llevaban más de una hora en aquella posición, saboreando aquel momento robado, sin quererse separar porque no sabían cuándo conseguirían abrazarse de nuevo.

—Yo también tengo que volver —admitió ella con reticencia. Pero ninguno de los dos se apresuró para partir.

—¿Un último beso? —preguntó sin dejar de besarle el cuello. Se detuvo para tomar el lóbulo de la oreja de Catherine entre los labios.

—Me has pedido el último beso hace más de media hora —le recordó ella en un susurro—. Y mo-

mentos después he perdido el sujetador y estabas mal-
diciendo porque no podías bajarme la cremallera del
pantalón.

—Ha sido por tu culpa.

—¿Por mi culpa? —preguntó indignada. Había
sido Royce quien se había abalanzado sobre ella. En
realidad, habían sido los dos quienes se habían entregado a un deseo que no cesaba. Si no hubiera sido
por la palanca de cambios y por lo incómodo de la situación, Catherine estaba convencida de que hubieran hecho el amor repetidas veces.

—Sí, por tu culpa. Si no tuvieras unos pechos tan
bonitos y tentadores…

Royce deslizó las manos hasta el vientre de Catherine y ascendió hasta los pechos. Acarició los pezones de Catherine hasta que ella suspiró de placer.

—Está bien. Sólo un beso —accedió ella. Se incorporó para girarse y lo besó.

Royce se apresuró para alcanzar aquella boca y
Catherine estuvo a punto de perder el conocimiento
ante tanto placer. Podía perderse en sus labios mientras sentía la caricia de Royce debajo del jersey, directamente sobre su piel. Una caricia que no dejaba de
ansiar y que le había parecido que no iba a llegar
nunca. Catherine gimió al sentir la lengua de Royce,
mientras sus dedos le recorrían cada centímetro del
pecho. Un deseo primitivo se desató en su interior.

—Otra vez se han vuelto a empañar los cristales —
dijo ella plenamente consciente de que eran sus gemidos de placer y el calor que desprendían sus cuerpos
los que estaban cargando la atmósfera del coche. Cada
vez resultaba más difícil ponerle freno a la situación.
En cada encuentro aumentaba la dificultad. Catherine

nunca había deseado a nadie con tanta urgencia. Nunca había sentido una excitación igual.

—Las ventanas no son nuestro mayor problema, cariño —dijo Royce.

Catherine le acarició el pelo y se arqueó. Se sentía embriagada por el amor tan fuerte que surgía directamente desde su corazón.

Royce se revolvió y su rodilla chocó con el cambio de marchas. Soltó una palabrota y se frotó la rodilla.

—Ya me estoy haciendo muy mayor para estas cosas —se quejó.

—Los dos somos mayores para esto —coincidió Catherine.

—Me alegro de que estés de acuerdo conmigo.

Royce tenía las manos sobre los pantalones de lana de ella. Sus caricias eran cálidas y sus labios, que estaban apoyados sobre la barbilla de Catherine, estaban muy calientes.

Ella sintió un escalofrío cuando Royce desabrochó el botón lateral de su pantalón y bajó la cremallera. Aquel sonido aumentó varios grados la temperatura del coche. Un sonido que sólo se vio acompañado por los fuertes latidos del corazón de Catherine, que rompían el silencio íntimo de aquel momento.

Royce estaba convencido de que había un límite para la frustración sexual que un hombre podía soportar. Y él había rozado ese límite la noche anterior con Catherine en el asiento delantero del coche. El asiento delantero del coche. Aquel dato daba que pensar. Un hombre que había alcanzado la edad de treinta y siete años no debía estar tratando de hacer el amor en el asiento delantero de su coche. Había algo ideológicamente incorrecto en aquella actitud. Iba contra sus principios.

Las restricciones de espacio habían sido las que habían evitado que le hiciera el amor a Catherine. Si hubiera tenido las habilidades de un contorsionista, quizá lo hubiera conseguido, pero hacía tiempo que se le había pasado el momento de aprender a hacer acrobacias.

Royce, no obstante, se prometió a sí mismo que nunca se volvería a comprar un coche de sólo dos plazas. Por muy deportivo que fuera.

Aquel pensamiento también le dio que pensar. Todo lo que había predicho sobre su relación con Catherine estaba sucediendo. Todos sus miedos se estaban convirtiendo en realidad. Se estaban encontrando en lugares escondidos. Y lo más triste era que Royce sabía que no iba a ser capaz de manejar más situaciones como la que habían compartido la noche anterior sin que se le fueran de las manos.

Sabía que el siguiente paso era inevitablemente la habitación de un hotel. Se había excitado tantísimo con Catherine que había estado a punto de saltarse las normas. Si las circunstancias hubieran sido diferentes, habría llevado a Catherine a un hotel y hubiera mandado a paseo a las consecuencias. La había deseado con tal desesperación que cualquier cosa hubiera sido posible.

No obstante, no había llegado a hacerlo. Y llevaba doce horas intentando, en vano, olvidar la pasión que había tenido que contener.

Una vez que habían conseguido reprimirse físicamente, después de tratar de disfrutar de sus cuerpos sin traspasar el límite, se habían mantenido abrazados durante una hora. Y habían hablado.

No les había faltado tema de conversación pero los dos habían evitado el asunto que ocupaba insistentemente sus mentes.

¿Qué demonios iban a hacer?

Ninguno de los dos parecía tener una respuesta.

Royce estaba sentado en su despacho. Tenía un bolígrafo entre los dedos y estaba valorando la situación entre él y Catherine por enésima vez ese día.

La oficina estaba más tranquila de lo habitual. Casi todo el mundo se había marchado a casa porque ya era tarde. Catherine estaba a punto de regresar de un juicio. Royce había dejado el encargo de que se pasara por su despacho en cuanto llegara.

Estaba ansioso por verla. Aunque en realidad aquél se había convertido en su estado de ánimo normal, siempre estaba ansioso por verla.

Había algo en los ojos de Catherine que le cautivaba. Eran oscuros y los más expresivos que Royce hubiera conocido en el rostro de una mujer. Tenía una mirada inteligente y transparente que permitía adivinar sus pensamientos.

El problema era que si Royce era capaz de adivinar lo que revelaban, seguramente cualquiera podía hacerlo también.

¿Cómo iban a solucionar aquello? Royce cerró los puños con fuerza. Se sentía frustrado. Y lo peor era que estaba tan lejos de encontrar una solución como lo había estado el primer día.

Los ojos de Catherine eran también los más provocativos que Royce jamás hubiese mirado. Cada vez que le sonreía, de aquella forma tan especial y sexy, y clavaba su mirada en la de él, Royce sabía exactamente qué le estaba pidiendo. En ocasiones, cuando sus propios pensamientos le daban vergüenza, Catherine se sonrojaba, pestañeaba y retiraba la mirada para disimular. Aquello evitaba que Royce le hiciera el amor sin más demora.

Royce debería estar agradecido de que Catherine no lo hubiera mirado aún de aquella forma en la oficina.

Un leve toque en la puerta interrumpió sus pensamientos. Sabía que era Catherine.

—Pase —dijo. Ella entró en el despacho e inmediatamente cerró la puerta.

—¿Quería verme, señor? —preguntó ella evitando su mirada. Royce no supo si alegrarse o no. Quizá, tal y como estaban las cosas, fuera lo mejor.

—Siéntese, capitán.

Se miraron un instante y Royce se dio cuenta de que ella estaba intentando saber de qué humor estaba. Normalmente no solía llamarla por su rango a no ser que quisiera marcar las distancias.

Catherine separó la silla y se sentó.

Royce llevaba buena parte del día enfrentándose a los problemas que había entre ellos, tratando de buscar una solución. Y no había encontrado ninguna. Era como si todavía fuera el primer día tras reconocer sus sentimientos por Catherine. Antes o después tenía que tomar una determinación. Y si tardaba mucho en hacerlo sus carreras correrían todavía más peligro.

—¿Qué tal está? —preguntó él sin saber muy bien por dónde empezar.

—Bien, ¿y usted? —dijo Catherine.

—Bien —tan bien como se podía estar en aquellas circunstancias.

Catherine tenía los dedos entrelazados sobre el regazo y los movió un par de veces. Estaba nerviosa. Royce se preguntó por qué estaría tan intranquila, pero lo cierto era que cada vez que la había llamado a su despacho había sido para echarle una reprimenda por un motivo u otro.

—Relájate, Catherine —dijo él bajando la guardia—. Tenemos que hablar y éste es el lugar que me ha parecido más seguro.

También era el más peligroso, pero para Royce era fundamental aclarar las cosas. Y resultaba mucho más sencillo sin la tentación del contacto físico que siempre les nublaba el juicio. El otro lugar seguro para hablar que se le había ocurrido era la pista de carreras, pero allí no había la privacidad necesaria.

—Yo también estaba pensando en que teníamos que hablar —coincidió Catherine en un murmullo.

—Los dos hemos llegado a la misma conclusión.

Catherine lo miró con sus preciosos ojos y Royce vio la señal de alarma tan clara como si se hubiera puesto a gritar.

—¿Qué… qué has decidido? —preguntó ella sin andarse por las ramas. Royce no había llegado a ninguna conclusión.

—No he decidido nada. Pensé que iba a tener tiempo para pensar en el Venture. Cuando vi que no era posible, me imaginé que tendría tiempo cuando estuvieras en casa de tu madre —sin embargo se había dado cuenta de que echaba demasiado de menos a Catherine como para ser objetivo.

—Yo también creí que iba a pensar en algo.

—¿Y has llegado a alguna conclusión? —preguntó Royce.

Catherine dudó un instante. No sabía si debía hablar o no.

—Sólo estoy segura de que lo que siento por ti no va a cambiar.

Aquella frase provocó sentimientos encontrados en Royce. Por un lado, no resolvía nada. Pero por otro lado era un alivio para su ego escucharla decir que lo que había entre ellos era más que una simple atracción sexual. Era algo más que deseo sexual acumulado. Había llegado a considerar aquella posibilidad ya que él mismo no había estado con ninguna mujer después de Sandy y quizá su cuerpo le estuviera jugando una mala pasada. Le había dado algunas vueltas a la cabeza, pero pronto se había dado cuenta de que no era el caso.

—Quiero un mes —afirmó Royce con decisión.

—¿Perdona? —preguntó ella, acercándose a la mesa como si no estuviera segura de haberlo escuchado correctamente.

—Necesito un mes. Ahora mismo los sentimientos que tenemos el uno por el otro nos superan.

Quería encontrar el equilibrio pero sus emociones, así como el deseo, estaban al rojo vivo.

—¿Qué quieres decir exactamente?

—No más contacto entre nosotros salvo el estrictamente necesario aquí en la oficina. Nada más. Ni una llamada de teléfono. Quiero que nos mantengamos lo más lejos posible trabajando en el mismo comando.

Catherine reflexionó unos instantes y después asintió.

—Me parece bien —afirmó.

—Soy consciente de que va a ser difícil para los dos.

—Pero necesario —añadió ella a pesar de sus reticencias.

—Desafortunadamente, necesario. No podemos seguir como hasta ahora.

—Es algo que tenemos que hacer.

Al menos ambos estaban de acuerdo con la medida.

—¿Y qué hay de Kelly? —preguntó Catherine con una mirada de preocupación.

—Kelly —repitió Royce pausadamente. Su hija era un problema. Nunca la había visto encapricharse de alguien tanto como de Catherine. Si se negaba a que se vieran en un mes iba a tener la revuelta en casa. Sin embargo no sabía si iba a ser capaz de mantener la distancia con Catherine si Kelly pasaba tiempo con ella. Reflexionó sobre la situación antes de dar una respuesta—. Como me dijiste hace un tiempo, no sería justo castigarla a ella por lo que pasa entre nosotros.

Catherine suspiró aliviada.

—Gracias —dijo.

—Podemos fijar una cita para hablar en el plazo de un mes exacto —añadió Royce mientras consultaba el calendario. Fijaron la cita.

Catherine se puso en pie con la mirada ensombrecida.

—Un mes —se repitió de camino a la puerta.

Catherine sabía, desde el momento en el que Royce le había pedido un mes de separación, que no iba a ser fácil. Lo que no había previsto era el grado de dificultad que le iba a suponer.

Se sorprendió a sí misma observándolo mucho más y deseando tener excusas para encontrarse con él en la oficina. Cada vez que estaban en la misma habitación, los latidos de su corazón se aceleraban ante el remolino de emociones.

Por un lado era su superior y había sido entrenada para obedecerle en cualquier circunstancia. Pero, por otro lado, era el hombre al que amaba. Las palabras quedaban cortas para expresar la fuerza de lo que sentía por Royce. Le dolía el corazón porque lo necesitaba emocional y físicamente. Algunas noches llegaba a casa tan exhausta por la silenciosa batalla que estaban librando, que sólo tenía fuerzas para dar de comer a Sambo antes de acostarse.

Si aquellos días estaban resultando muy duros para Catherine, sólo Dios sabía lo que estaban suponiendo para Royce. No hablaban nunca, a no ser que fuera estrictamente necesario. Y cada vez que estaban cerca eran demasiado conscientes de su proximidad. Si coincidían en una sala llena de gente, no podían evitar la fuerte sensación de intimidad que los unía. Catherine nunca había vivido algo así. El aire adquiría una nueva densidad y los sentimientos resultaban obvios.

La primera prueba para la restricción que se habían impuesto llegó a la semana. El capitán Dan Parker se paró a hablar con Catherine una tarde fría fuera del edificio. Ella se había quedado hasta tarde trabajando en un caso sabiendo previamente que Royce se había marchado ya. Suponía que se habría acercado a la pista de atletismo como tenía por costumbre.

—Hola, Catherine —dijo Dan caminando hacia ella.

Catherine sonrió levemente y le contestó. Entonces él se detuvo.

—¿Ya que has rechazado mi invitación para el baile de cumpleaños, por qué no reparas mi orgullo herido y vienes a cenar conmigo?

Catherine no había vuelto a pensar en la gala desde que él la había invitado. Y ya no quedaba casi tiempo, pero su humor no estaba precisamente para fiestas.

—¿A cenar… cuándo?

—¿Por qué no esta noche? —propuso él.

—No puedo —contestó ella automáticamente. Dan parecía estar esperando alguna excusa, pero Catherine no encontró ninguna—. Estoy ocupada —respondió finalmente.

Estaba ocupada echando de menos a Royce. Ocupada sintiéndose deprimida. Ocupada fingiendo que estaba ocupada.

—Es demasiado precipitado —admitió Dan—. ¿Qué me dices de mañana después de trabajar? Nos relajaremos tomando algo.

Catherine no tenía ningún motivo para decir que no. Estaba convencida de que Dan sospechaba algo sobre la relación entre ella y Royce, y aunque no estaba dispuesta a hablar del tema, quizá Dan le diera alguna pista sobre la personalidad de Royce.

—De acuerdo —dijo ella sin mucho entusiasmo.

—¿A las cinco en el club náutico?

—Me parece bien.

—Vamos, te acompaño a tu coche —se ofreció Dan mientras la agarraba del codo.

A pesar de lo impersonal de aquel gesto, a Catherine se le escaparon unas lágrimas y se las apañó para disimular la emoción contenida durante días. A veces se sentía a punto de estallar.

Cuando estaban caminando hacia el aparcamiento, apareció Royce como surgido de la nada. Doblaron una esquina y estuvieron a punto de chocarse con él. Royce se paró en seco y tomó aire.

—Perdón —dijo sin mirar a Catherine—. No esperaba encontrarme a nadie por aquí.

—No pasa nada —dijo Dan. Royce recuperó la compostura pero seguía sin mirarla.

—¿Qué estáis haciendo aquí tan tarde? —preguntó.

Dan sonrió y en un gesto posesivo posó su mano sobre el hombro de Catherine.

—Voy a llevar a Catherine a cenar, nada más —bromeó Dan—. ¿No pensarás que me quedo hasta tan tarde en la oficina por asuntos de la Marina?

Aunque todo parecía correcto en la superficie, Catherine era plenamente consciente de que Royce estaba en tensión. Lo que sucedía entre ellos era tan fuerte que Catherine estaba a punto de explotar.

—Ya veo —apuntó Royce con una sonrisa forzada—. Así que nuestra eficiente abogada ha aceptado finalmente.

—No antes de que le haya retorcido el brazo. Pero una vez más el encanto Parker ha vuelto a triunfar.

Royce levantó la mano a modo de despedida.

—Entonces no seré yo quien os entretenga. Pasadlo bien —añadió despreocupadamente.

—Lo vamos a pasar muy bien —contestó Dan mientras apretaba el hombro de Catherine.

—Buenas noches —dijo Royce marchándose. Pero antes de irse Catherine se dio cuenta de que estaba mirando sus labios.

—Buenas noches —murmuró Dan. En cuanto perdieron a Royce de vista, soltó a Catherine—. Nos vemos mañana —dijo sonriendo antes de marcharse.

Catherine se quedó parada en el sitio durante unos segundos. No sabía a qué juego estaba jugando Dan Parker. Pero sabía que tenía que hablar con Royce. Tenía que explicarle por qué había accedido a salir con Dan.

Royce había entrado en el edificio y sin pensárselo dos veces, Catherine lo siguió.

Lo encontró sentado en su despacho de espaldas a la puerta.

—Royce —dijo suavemente, dudando si sería mejor tratarlo formalmente.

Él no contestó. Se hizo un silencio tenso.

—¿Royce? ¿Podemos hablar sólo un minuto? Ya sé que acordamos no hacerlo, pero siento… quiero que sepas por qué…

—Ya sé por qué —casi gritó él. Giró la silla—. No hace falta ninguna explicación.

—Pero… —intentó explicar Catherine. Royce estaba tan pálido. Tenía un aspecto abatido, vulnerable.

—Hemos acordado un mes —le recordó. Le costaba trabajo hablar.

—Lo sé —pero aun así, no se marchaba. Le gustaba tanto estar en la misma habitación que él… No importaba que fuera para hablar sobre un tema tan doloroso para ambos.

Los ojos color azul intenso de Royce se ensombrecieron mostrando la batalla que estaba librando en su interior.

—Por el amor de Dios, Catherine, márchate —le suplicó en un suspiro.

—No puedo…

—Como superior tuyo te lo ordeno.

Se hizo de nuevo el silencio, esa vez cargado de dolor. Catherine sabía que había sido derrotada, se cuadró y saludó. Crispada y bruscamente salió del despacho.

Catherine no vio a Royce durante los tres días posteriores. En su encuentro con Dan, Catherine se resistía a llamar a aquello «cita»; hubo mucho ruido y pocas nueces. Él estuvo encantador y se comportó como un perfecto caballero todo el rato. No sacó el tema de Royce en ningún momento y Catherine se sintió lo suficientemente agradecida como para aceptar salir con él alguna que otra vez.

La primera semana de distancia con Royce, Catherine sacó la conclusión de que el tiempo nunca había transcurrido tan lentamente en su vida. Amaba a Royce y quería ser su esposa. Qué hacer para posibilitar aquel matrimonio, en el caso de que Royce también lo deseara, era un asunto completamente distinto. Catherine amaba a Royce, amaba a Kelly, pero también amaba la Marina.

Tal y como le sucedía a Royce.

Formar parte del ejército era algo más que una carrera. Era una forma de vida que ambos habían aceptado gustosamente. La dedicación de Catherine en la Marina era tan importante en su vida como lo era la dedicación de Royce en la suya. Ambos tenían unas carreras impecables y con proyección de futuro. En varios años, Catherine imaginaba a Royce ascendiendo en la escala militar varios puestos. Y ella tenía las esperanzas en convertirse en juez. Enamorarse, contraer matrimonio y formar una familia no tenía por qué ser sinónimo de echar por tierra sus carreras.

Eso no quería decir que no tuvieran que realizar cambios. Y eran cambios complejos como complejo era el amor que compartían.

Los pensamientos de Catherine se vieron interrumpidos por el teléfono. Sambo se estiró tratando de alcanzar la lata de comida que ella estaba sujetando. Con la lata en la mano, Catherine se fue hasta el teléfono. Podía seguir dando de comer a Sambo mientras hablaba, porque el gato era terriblemente insistente.

—Hola.

—¿Catherine?

Enseguida reconoció que aquella voz frágil e infantil era la de Kelly.

—¿Qué pasa? —le preguntó inmediatamente.

—No tengo miedo —dijo la niña.

—Claro que no. Dime qué te pasa.

—Papá no está en casa.

—Ya lo sé —contestó Catherine. Royce tenía reuniones toda la semana—. ¿No está Cindy o alguna de tus canguros contigo?

Royce solía pagar a alguna de las chicas adolescentes del instituto que vivían en el vecindario para que cuidaran de Kelly.

—Iba a venir Cindy.

—¿Pero no ha ido? —preguntó Catherine.

—Su madre se ha puesto enferma y se ha tenido que ir. Me ha llamado para que vaya a su casa. Pero no he querido porque no quiero que me peguen la gripe. Odio vomitar.

Catherine sonrió. A ella le pasaba lo mismo.

—Lo entiendo, pero no deberías estar sola.

—¡Tengo diez años! Ya no soy un bebé.

—Lo sé, cariño, pero no sabemos lo que va a tardar tu padre y además, es mucho más divertido estar con alguien que sola —razonó Catherine.

—¿Tú estás sola? —aquélla era una pregunta con truco.

—Estoy con Sambo.

—¿Y no te da miedo la oscuridad? —preguntó la niña con voz temblorosa.

—Algunas veces. ¿Por qué lo dices?

—Porque se ha ido la luz.

—¿Me estás diciendo que estás sola y a oscuras? —preguntó Catherine preocupada pero tratando de ocultar la ansiedad.

—Sí —contestó Kelly de nuevo con aquel tono de voz frágil—. Seguro que la electricidad vuelve pronto, pero ahora está todo tan oscuro...

—Tu padre debe de estar a punto de llegar —contestó tratando de infundirle alguna confianza.

El hecho de escuchar a Kelly tratando de mostrarse valiente provocó el instinto maternal de Catherine.

—Seguro que ya está de camino —dijo Kelly sin mucha convicción—. Pero por si acaso no es así, ¿podrías venir y quedarte conmigo hasta que regrese? No tengo miedo, de verdad pero es que... me siento un poco sola —la niña tomo aire—. ¿Te importaría venir un ratito?

Catherine no lo dudó un instante.

—Estaré ahí en diez minutos.

En cuanto colgó el teléfono, agarró el abrigo, pero Sambo le recordó que no le había dado toda la comida. Dejó la lata sobre el suelo de la cocina y se marchó.

Cuando llegó a la casa vio la silueta de la niña en la ventana recortada por las luces de su coche. Apagó el motor y la niña ya no estaba en la ventana, sino que estaba esperándola en la puerta dispuesta a recibirla.

—Hola, cariño —dijo Catherine. Los bracitos de Kelly se agarraron con fuerza a su cintura en un abrazo.

—Me alegro mucho de que hayas venido. Y no es porque tenga miedo ni nada.

—Lo sé —contestó Catherine conteniendo una sonrisa. La casa estaba completamente a oscuras—. ¿Cuándo se ha ido la luz?

—Un poco antes de llamarte —contestó la niña encendiendo una linterna—. Papá siempre la deja a mano en el cajón de la cocina y la he encontrado muy fácilmente.

—Eres una chica lista.

—¿De verdad lo crees? —preguntó orgullosa.

Catherine puso la mano sobre la espalda de la hija de Royce y se dejó guiar hasta la sala de estar. Se sentaron juntas en el sofá. Kelly no paraba de hablar, como si hubieran pasado siglos sin verse, cuando en realidad no habían pasado más que unos días.

Era una noche muy tranquila y la oscuridad, en principio amenazante, se transformó en una grata compañía.

Kelly también parecía estar a gusto. Empezó a bostezar.

—¿Estás cansada? —le preguntó Catherine.

—No —contestó antes de bostezar una segunda vez. Se acercó más a Catherine y apoyó la cabeza en su regazo.

En pocos minutos, la respiración de la niña delató que se había dormido.

Catherine poco a poco también se fue quedando adormilada y se despertó cuando se encendieron las luces de golpe. Se incorporó tratando de espabilarse justo cuando Royce entraba desde la cocina.

Él se paró en seco y frunció el ceño.

—¿Qué estás haciendo aquí?

X

Kelly estaba sola. Se ha ido la luz y tenía miedo —explicó. Royce se había quedado pasmado, como si hubiera visto un fantasma. Era la última persona que esperaba encontrarse en su propia casa.

Despacio, para no despertar a la pequeña, Catherine se retiró del sofá. Tomó su bolso y el abrigo.

—Ahora que has vuelto, me marcho —dijo. Después tapó a la niña con una manta.

—¿Qué ha pasado con Cindy? —le preguntó Royce antes de que se marchara. Estaba impaciente y seguramente la adolescente hubiera perdido su trabajo de canguro.

—Su madre se ha puesto enferma con una gripe bastante aguda y necesitaba que la cuidara. Ha llamado por teléfono y le ha pedido a Kelly que fuera a su casa.

—Pero si está seis calles más para allá. No quiero que mi hija vaya caminando sola en la oscuridad —dijo en tensión.

—Kelly no ha querido ir porque odia vomitar. No quería contagiarse —explicó Catherine.

La expresión del rostro de Royce se fue relajando poco a poco.

Los dos se sonrieron cálidamente y esa sonrisa los unió como si fueran los dos extremos de un arco iris mágico. Había pasado mucho tiempo desde que no compartían un momento de intimidad. Tanto tiempo que los dos bajaron la guardia y se abandonaron al placer del encuentro.

Se miraron fija y detenidamente mientras respiraban a la par. Estaban cada uno en un extremo de la habitación, pero parecía no haber distancia que los separara y que estaban a punto de tocarse. Catherine se moría de ganas de al menos rozarlo, de sentir la seguridad que le transmitían los brazos de Royce. La seguridad y el amor.

Fue Royce el primero en retirar la mirada. Tenía las manos metidas en los bolsillos. Catherine quiso pensar que las tenía ahí en un intento por contener el abrazo que estaba deseando darle.

—Ha estado bien que vinieras —dijo Royce.

—No hay problema —repuso ella.

El único problema era quererlo tanto y tener que ocultarlo, incluso cuando estaban a solas. Aquel disimulo era un ataque directo a la verdadera forma de ser y naturaleza de Catherine.

Royce la acompañó hasta la puerta y cuando tuvo la mano en el picaporte dudó un instante.

—¿Qué tal tu cena con Dan? —preguntó finalmente volviéndose hacia ella.

A Catherine aquella pregunta la pilló por sorpresa. Aquella curiosidad era lo último que se hubiera imaginado de Royce. Además, a ella prácticamente ya se le había olvidado el encuentro.

—Olvídate de que te lo he preguntado —añadió Royce ofuscado. Abrió la puerta.

—La cena estaba muy rica. Y la compañía, aunque fue cortés, carece completamente de interés para mí.

Royce se pasó la mano por el cabello y mantuvo la mirada baja.

—¿Vas a volver a salir con él?

—No —negó ella con seguridad. Los ojos de Royce estaban llenos de dudas. La miró.

—¿Por qué no?

Catherine sintió un peso enorme sobre sus espaldas. ¿Royce necesitaba de verdad saber por qué no estaba interesada en salir con otros hombres? ¿Había sido tan poco clara al comunicarle su amor? ¿Había fallado en transmitirle que él era su única razón para vivir y respirar? ¿Es que Royce no se había dado cuenta de que estaba dispuesta a arriesgar lo que fuera por él?

—¿Quieres saber por qué no voy a salir con Dan? —no se podía creer que Royce no supiera la respuesta—. Por ti, tonto. Estoy enamorada de ti.

Royce estaba justo delante de ella, bloqueando el paso de la puerta. Sus preciosos ojos azules se clavaron en los de Catherine, como si llevara una eternidad sin estar con ella.

—No debí preguntártelo —dijo Royce enfadado por haber vuelto a perder el control.

—No importa, de verdad —contestó con una voz suave y delicada.

—Tu amor por mí sí que me importa —dijo él desplazando la mirada de los ojos a los labios.

Catherine pensó que se iba a volver loca si no la besaba pronto. Lo deseaba tanto que podía sentir cómo la pasión iba surgiendo en su interior como un círculo que inevitablemente la atrapaba.

Royce levantó la mano. Sus movimientos eran lentos y deliberados. Le acarició el rostro deslizando suavemente las yemas de los dedos por las mejillas de Catherine. Era como si fuera ciego y la estuviera reconociendo. Aquella caricia tierna y dulce se fue abriendo camino hacia el alma de Catherine. Nada podía haberla preparado para la belleza de aquel instante, para la intensa intimidad del silencioso momento.

Royce también debió de apreciar aquella intensidad. La belleza increíble que había provocado que el tiempo se detuviera. Respiraba entrecortadamente cuando retiró la mano. Un gesto demasiado complicado de llevar a cabo.

—Gracias por haber venido —dijo dejando el paso libre.

—Royce —no estaba dispuesta a que la echara en aquel momento porque lo deseaba desesperadamente.

—Por favor… vete —contestó con gran esfuerzo.

Hundida por la derrota, Catherine cumplió la orden.

Catherine no tenía ningunas ganas de estar en el baile de cumpleaños. Llevaba toda la semana tratando de no pensar en él. No tenía ganas de socializar ni de presenciar cómo Royce se pasaba la noche bailando el vals con otras mujeres. No cuando se moría de ganas de estar entre sus brazos.

No había vuelto a hablar con él desde la noche que había ido a cuidar a Kelly.

Aquellos días estaban siendo, con diferencia, los más tristes de su vida. Habían desaparecido los pequeños momentos que solían compartir juntos. Royce ni la miraba, ni le hablaba. Era como si hubiera dejado de existir para él.

Catherine había hablado con Kelly por teléfono sólo una vez. Y había estado ansiosa porque la niña le contara algo de su padre. Algo. Cualquier cosa.

La situación no parecía estar siendo más fácil para él. Los últimos días había estado de un humor de perros. Era como si estuviera dispuesto a pegarle un puñetazo a la pared en cualquier momento. Tenía ese aspecto de niño malo. Y lo peor de todo era que le favorecía mucho.

Catherine, en sólo una semana de prueba, ya había llegado a varias conclusiones certeras. Aceptaba que estaba enamorada de Royce Nyland. Aunque eso ya lo había sabido antes de la restricción que se habían impuesto.

También se había dado cuenta de que si él le volvía a pedir matrimonio, aunque fuera en una arrebato de celos o de lo que fuera, le diría que sí.

Lo que Catherine no había previsto era aquella sensación de soledad tan devastadora. El silencio, que un día había sido un compañero agradable en su vida, se había vuelto ensordecedor y doloroso. El placer de estar sola se había tornado insoportable porque lo vivía como una carencia. Cientos de veces se había sorprendido echando de menos a Royce de cien maneras distintas.

Desde la noche que había ido a cuidar a Kelly,

echaba en falta las miradas que habían compartido. Aquella comunicación que existía entre ellos y que hacía innecesarias las palabras. El sonido de la risa de Royce. Catherine adoraba aquella risa.

Lo veía cada día. Caminaba junto a él y le hablaba como si no significara nada para ella, casi como si fueran extraños. Cada vez se volvía más difícil continuar con aquella farsa. Era demasiado doloroso.

Enfrentarse a todo aquello cotidianamente era muy complicado, pero tener que hacerlo en el baile de cumpleaños a Catherine le parecía una tarea imposible.

Sin embargo, se vio forzada a admitir que la sala estaba preciosa. La orquesta estaba tocando en un extremo del salón y del techo colgaba una bola de espejos que creaba cálidos reflejos en toda la habitación. La música también ayudaba a crear aquel ambiente tan romántico en el que las parejas bailaban deslizándose por el suelo recién pulido. En la distancia parecían cisnes nadando en un lago. Era todo tan bonito... Tan radiante...

Catherine estaba de pie alejada de la multitud mirando hacia la pista. Estaba admirando a los hombres vestidos de etiqueta. Las mujeres llevaban vestidos muy distintos.

Ella había preferido ponerse el uniforme de gala, que consistía en una falda larga de color azul marino y una chaqueta a juego.

Hasta que no llegó a la fiesta no se dio cuenta de por qué había escogido precisamente vestirse de uniforme aquella noche. Era fundamental que no olvidara que pertenecía a la Marina. Necesitaba mantenerse fiel a la promesa que había realizado al asumir su compromiso. El amor se estaba convirtiendo para ella en algo mucho más importante que las normas. Y eso era sólo una prueba de lo débil que se estaba volviendo. Royce tenía razón. Necesitaban aquel tiempo de separación y, ya que él tenía la determinación de respetar la decisión cada uno de aquellos treinta días, a Catherine no le quedaba más remedio que esperar pacientemente hasta que tomaran una decisión.

Catherine había llegado. Royce sintió su presencia en cuanto entró en la sala. Y de repente fue como si el tiempo se hubiera detenido. La música se paró, los bailarines se quedaron quietos e incluso las luces palidecieron. Se quedó paralizado. Estaba de pie, observándola y disfrutando de cada detalle.

Estaba tan bonita que Royce sintió que se quedaba sin aliento. Estaba embelesado ante aquella visión. La había echado de menos. Era como si hubieran pasado mil años desde la última vez que la había tenido entre sus brazos. Más de mil años desde la última vez que la había besado. La deseaba tanto que de buen grado hubiera repetido algunos de los momentos robados que habían compartido en su coche, aunque hubiese sido en medio del desierto.

—Buenas noches, Nyland.

Royce se dio la vuelta y se encontró con el almirante Duffy cara a cara.

—Buenas noches, señor —contestó teniendo serias dificultades para dejar de mirar a Catherine.

Catherine se sorprendió observando a los bailarines, examinando, buscando. No se podía engañar a sí misma. Sabía perfectamente a quién estaba buscando. No veía a Royce. Al menos a primera vista. Después de ir a buscar una copa de ponche y de charlar con algunos conocidos, lo localizó.

Estaba en el otro extremo de la sala hablando con un par de hombres. Uno de ellos era el almirante. Y el otro estaba de espaldas a Catherine y no lo pudo reconocer, aunque tampoco tenía mayor interés. Royce atraía toda su atención.

Catherine era consciente de que estaba rompiendo la promesa que se habían hecho al mirarlo de aquella forma. Pero el placer que lograba compensaba cualquier sentimiento de culpa.

Se dio cuenta de que Royce había cambiado desde que lo había conocido, y aquello le gustó. Los cambios habían sido sutiles y se habían producido con el paso de las semanas. Su expresión seguía siendo severa, pero sonreía con más frecuencia. Tenía las facciones duras, pero formaban parte de su atractivo y nunca cambiarían. Sin embargo había cierta serenidad en él que no había estado cuando lo había conocido. Una cierta tranquilidad.

Catherine se sintió orgullosa, porque sabía que era el amor lo que lo había cambiado.

—Capitán —dijo una voz familiar. Catherine se volvió.

—Buenas noches, Elaine —le contestó a su secretaria. Llevaba un vestido de terciopelo rojo e iba acompañada por un teniente de mediana edad. Catherine cayó en la cuenta de que era su marido.

—Mira, éste es mi marido, Ralph Perkins.

—¿Cómo estás? —preguntó Catherine tendiéndole la mano—. Tu esposa es mi mano derecha.

—Oh, me imagino —contestó él con un fuerte acento sureño—. Yo mismo no podría hacer nada sin ella.

Estuvieron charlando durante un rato hasta que la pareja se animó a acercarse a la pista de baile. Catherine los observó durante un rato, y sintió envidia por la libertad que tenían para expresar el amor que sentían el uno por el otro en público. Se quedó cabizbaja tratando de recuperar fuerzas. Las necesitaba para superar aquella noche. Al levantar la mirada enfocó hacia donde había visto a Royce.

Pero él se había ido.

De repente se sintió ansiosa. No lo veía por ninguna parte. Examinó de nuevo la pista de baile sin dar con su objetivo. De repente localizó aquel pelo negro y los ojos azules que con tanta inquietud había buscado.

Catherine se dio cuenta de que Royce estaba bailando. Sí, bailando.

Catherine se detuvo a analizar el sentimiento que estaba teniendo. Envidia. Hubiera deseado ser ella la mujer que estaba en brazos de Royce. Pero ninguno de los dos hubiera podido soportarlo. No aquella noche, no delante de capitanes, almirantes y fisgones con los ojos puestos en ellos. Se sentía envidiosa, sí, pero no celosa.

Royce pasó cerca de ella por segunda vez. La música llegó al punto álgido. Inmediatamente Catherine reconoció a la mujer que estaba bailando con él. Era la esposa del almirante Duffy. Se sintió algo mejor al saber que llevaba más de treinta años felizmente casada. Era un alivio, pequeño, pero alivio al fin y al cabo.

Tenía puestos los ojos en Royce cuando alguien se le acercó por la espalda.

—Hola, Catherine.

—Buenas noches, Dan —contestó ella tratando de parecer simpática. A pesar de que a Dan le gustara jugar a hacer de abogado del diablo, a Catherine no le caía mal.

Dan seguramente intuyera tanto lo que ella sentía por Royce como lo que él sentía por Catherine. Sin embargo, los tres fingían no saber nada. Era realmente impresionante.

—¿Me has reservado un baile? —preguntó Dan.

—Yo… yo…

—¿Más excusas? —preguntó con una sonrisa socarrona.

—Si no te importa, no tengo ganas de bailar —contestó Catherine.

—Mi corazón está mortalmente herido. Pero me estoy acostumbrado a que maltrates así a mi ego.

Catherine sonrió ante aquella expresión. Si algún corazón estaba siendo maltratado aquella noche era el suyo. Y también el de Royce. Involuntariamente desvió la mirada hacia él. Estaba tan…

… estaba tan triste. La pena se reflejaba en el rostro de Catherine. Era ridículo estar bailando un vals con la esposa del almirante calculando cada paso para no perder de vista a Catherine. Y cada movimiento de Dan Parker, que ya estaba revoloteando a su alrededor. Ridículo o no, aquello era exactamente lo que Royce estaba haciendo.

En algún momento había sido él quien había animado a Dan para que le pidiera salir a Catherine. Había sido un intento inútil de frenar lo que estaba sucediendo entre ellos. Royce no se creía que hubiera podido hacer algo tan estúpido. Y, además, nunca hubiera funcionado, pero lo había hecho en un momento de desesperación. Todavía recordaba lo furiosa que se había puesto Catherine, cómo se había marchado de su despacio con los ojos encendidos por la ira.

Pero había llovido mucho desde entonces. Gotas de sensatez y de desesperación. Lo que él sentía por Catherine era real. Potente. Embriagador. No había buscado enamorarse. Llevaba años evitando el amor. Luchando contra él. Contra la idea de que un hombre y una mujer se pudieran querer de verdad. Su primer encuentro con el amor le había dejado un sabor amargo y no había querido volver a cometer el mismo error.

—No tenías por qué haber rechazado a Dan, ¿lo sabes?

La emoción asaltó a Catherine cuando reconoció que era la voz de Royce la que la estaba hablando. Se dio la vuelta y se lo encontró frente a ella.

—No me hubiera importado —añadió él.

El corazón de Catherine latía demasiado deprisa. Pestañeó ya que no estaba segura de que el hombre que tenía enfrente fuera de carne y hueso. Estaba emocionalmente agotada. Tenía los nervios a flor de piel. Aquella farsa estaba acabando con ella.

—¿Bailamos? —preguntó Royce ofreciéndole el brazo.

Catherine no se lo pensó dos veces. No se preguntó si lo que estaban haciendo era correcto, ni cuando él la condujo hasta la pista de baile ni cuando la tomó de la cintura. Tuvo la sensación de que llevaban toda la vida bailando juntos. Sus cuerpos se desplazaron en perfecta sincronización. Se daba una armonía total entre ellos y el ritmo de la música.

Catherine clavó su mirada en los ojos de él. No le importaba que Royce pudiera leerle el pensamiento, o que alguien en la sala se diera cuenta de sus sentimientos. Lo único que le importaba era Royce. Su vida se había convertido en un completo caos desde que había conocido a Royce Nyland. ¿Por qué tendría que cambiar en aquel momento?

—¿Por qué tienes que ser la mujer más guapa de la fiesta? —susurró él cerca de su oído.

—¿Qué te voy a decir? Está en los genes —bromeó ella disfrutando el placer de tener la boca de Royce tan próxima. Sabía que estaban bailando demasiado cerca el uno del otro, pero se sentía incapaz de separarse un poco.

—Daría todo lo que tengo con tal de poderte besar ahora mismo.

La respuesta de Catherine fue mitad un gemido mitad un suspiro. Desafortunadamente, ella estaba sintiendo exactamente lo mismo. Se atrevió a mirarlo y encontró la promesa de sensuales delicias en sus ojos. Por el bien de ambos, logró retirar la mirada, lo que no evitó que se sonrojara.

—Creo que no es muy buena idea que me digas esas cosas… al menos aquí —dijo Catherine.

—Oh, ¿y por qué no?

—Royce —suplicó—, ya sabes por qué. Oh, por favor, para, para… alguien puede darse cuenta —pidió ella. Sin embargo, Royce se acercó más, hasta lograr una intimidad más sólida. Estaban tocándose de tal manera que Catherine podía sentir cada pequeña parte del cuerpo de Royce y tambien las no tan pequeñas.

—Que miren —dijo en tono desafiante en su oído.

—Pero… —protestó Catherine. Royce rozó con los labios su mejilla.

—¿Te crees que me importa?

—Claro. A los dos nos importa.

—Ya no —añadió Royce volviendo a rozar con sus labios la frente de ella.

—¿Qué… qué quieres decir?

—Quiero decir que hay razones para que hagamos este tipo de cosas sin preocuparnos, sin tener miedo de las consecuencias.

El corazón de Catherine estuvo a punto de estallar. Contuvo el aliento y se separó levemente para observar el rostro de Royce. Sus miradas se encontraron y Catherine suspiró al ver lo que albergaban aquellos ojos. Amor. Un amor tan fuerte y consolidado que sobreviviría a todos los problemas a los que se tuviera que enfrentar. Royce la amaba, con un amor que desafiaba a la lógica y a las limitaciones. Un amor que estaba destinado a ser el motor que guiara el resto de sus vidas. Ninguno de los dos volvería a ser el de antes. Ninguno de los dos querría volver a serlo.

—Te amo con locura —confesó él. Catherine cerró los ojos para contener el torrente de sentimientos que estaba a punto de desbordarla—. Nos vamos a casar —añadió.

Los ojos de Catherine se abrieron de par en par.

—¿Cuándo? ¿Dónde? —preguntó.

Royce se echó a reír. Era la risa con la que Catherine llevaba soñando dos semanas.

—Eso todavía no lo he pensado, pero estoy trabajando en ello. Parece, mi querida futura esposa, que voy a ser trasladado.

—¿Cuándo? ¿Dónde?

—Es algo que todavía está por decidirse, pero ya está en marcha.

Royce estaba demasiado cerca, pero Catherine necesitaba sentirlo así. Necesitaba sentir que la estaba sujetando a pesar de que estuvieran simplemente bailando. Apenas si estaban moviendo los pies, pero eso no era importante para ninguno de los dos.

—¿Cuándo lo has sabido?

—Esta noche —confirmó Royce—. Un poco después de que llegaras. Te estaba observando y quería estar tan cerca de ti que tenía el corazón a punto de estallar. Ha sido entonces cuando el almirante Duffy me ha informado de que mi petición ha sido aceptada. Por lo visto ha estado en contacto con las personas encargadas en Washington D.C.

—Habías pedido un traslado… No me habías dicho nada…

—No podía seguir como hasta ahora —admitió Royce.

—Oh, Royce…

Catherine también se había pasado toda la velada observándolo. Quería decirle que lo había estado buscando con la mirada desde el momento en el que había llegado a la fiesta, ansiosa por encontrarlo. Pero tenía un nudo en la garganta por la emoción. Se lo podría confesar cuando las lágrimas no estuvieran amenazando con brotar.

—Catherine, te quiero a mi lado los próximos cincuenta años. Quiero hacerte el amor tan a menudo que tendrán que crear una nueva categoría en El libro Guinness de los récords. Y cuando me levante por las mañanas, quiero encontrarte a mi lado.

—Oh, Royce.

—Ahora mismo tengo tantas ganas de besarte que estaría dispuesto a arriesgarme a sorprender a cada hombre y a cada mujer de esta sala —afirmó impaciente—. Vayámonos de aquí antes de que me olvide de dónde estoy y siga a mis instintos.

—Oh, Royce.

—La verdad es que no recordaba que tuvieras un vocabulario tan limitado —bromeó él.

La música cesó pero Royce no la soltó y cada vez la agarraba con más entusiasmo.

—Royce, sé bueno —pidió Catherine. Tenía miedo de que los vieran y adivinaran lo que sentían.

—Quiero ser malo —susurró de forma seductora—. ¿Quieres que juguemos a ser malos juntos?

—Oh, sí…

—Estupendo, estamos de acuerdo. Entonces vayámonos antes de que alguien me arreste por estar pensando lo que estoy pensando.

Lentamente, Royce la soltó.

—Recoge tu abrigo y reúnete conmigo en el aparcamiento —soltó una sonrisa maliciosa—. Supongo que, a estas alturas, no tendrás ningún problema para reconocer mi coche.

—Royce, yo… ¿de verdad piensas…? —comenzó a decir Catherine, pero decidió que era mejor no andarse por las ramas—. ¿Exactamente cuánto de malos quieres que seamos?

Él soltó una carcajada.

—Me encanta cuando te sonrojas. Creo que nunca he encontrado a una mujer más atractiva que tú ahora mismo.

—Estás loco —añadió Catherine.

—Los dos lo estamos.

Royce atravesó la sala y se despidió de algunos compromisos antes de recoger su abrigo. Catherine no se entretuvo. En unos minutos estaba fuera buscando el coche de Royce en el aparcamiento. Antes de que pudiera localizarlo, Royce pegó un frenazo justo delante de ella.

Se abrió la puerta del pasajero y Catherine entró. No tuvo casi tiempo de sentarse cuando Royce acarició su barbilla y la besó breve pero apasionadamente.

—Royce, ¿qué estás haciendo?

—Besarte —contestó y aprovechando que Catherine tenía la boca abierta deslizó la lengua en su interior.

A pesar del hecho de que podía haber varias personas a las que no les gustaría ver demostraciones de afecto en público de dos militares, uno subordinado del otro, Catherine se dejó llevar.

—Espera un momento —pidió Royce mientras metía una marcha. El coche echó a andar. No fueron muy lejos. Justo al otro extremo del aparcamiento, que estaba a oscuras y resultaba más íntimo—. No tenemos que ser tan impacientes. Vas a tener la oportunidad de hacerme el amor todas las noches del resto de nuestras vidas.

XI

—Has perdido la cabeza? —preguntó Catherine con una sonrisa que se negaba a contener.

Royce se detuvo en un semáforo en rojo y se inclinó para besarla. Una vez más utilizó su cautivadora lengua para engatusarla. Tenía los ojos cerrados.

—Estoy loco —murmuró—. Estoy loco por ti.

Catherine se sentía en la gloria.

—No me puedo creer que esto esté pasando —dijo.

—Pues créetelo.

El semáforo se puso verde. Si se hubiera quedado un poco más en rojo Catherine estaba segura de que hubiera disfrutado de otro de los embriagadores besos de Royce.

—Bueno, ¿adónde me llevas? —preguntó Catherine.

La alegría la invadía como las mil burbujas a punto de reventar de una botella del mejor champán. Si Royce le hubiera dicho que se dirigía a la luna, hubiera aceptado sin reservas.

—A mi casa —contestó él sin dudar.

—A tu casa —repitió Catherine lentamente.

—Kelly querrá compartir esto con nosotros. Y si nos esperamos a mañana por la mañana para decírselo, se pondrá furiosa —explicó mirándola de reojo. Estaba sonriendo—. Estoy convencido de que Kelly sabía que iba a suceder algo así, antes incluso que nosotros.

Catherine suspiró y apoyó la cabeza sobre el hombro de Royce. Se sentía tan bien a su lado... Tan increíblemente bien... No existían palabras para describir algo así.

Minutos después Royce estaba aparcando el coche frente a su casa. Apagó el motor y en un suave movimiento se acercó a ella. La besó fugaz pero intensamente y Catherine le respondió con una entrega total.

Royce gimió ante la intensidad de la sensación. La acarició ávidamente con su lengua como si quisiera saborear todo su amor. Tenías las manos sobre el cabello de Catherine y cuando por fin se separó de ella se sintió como si se estuviera alejando de las puertas del paraíso.

—Vamos dentro —sugirió él. O lo hacían pronto o se iban a entretener demasiado.

Catherine asintió, estaba demasiado excitada como para ser capaz de hablar.

La canguro, una de las adolescentes del vecindario, estaba sentada en el sofá viendo la televisión y tomándose un refresco. Se asombró al ver a Royce volviendo tan temprano. Miró con detenimiento y curiosidad a Catherine.

—Kelly está dormida —explicó la adolescente tratando de fijar su mirada de nuevo en Royce, pero no le quitaba ojo a Catherine.

—Gracias por venir, Cindy —dijo Royce mientras

sacaba el dinero para pagarle. La acompañó hasta la puerta—. Buenas noches.

—Adiós —contestó Cindy, y miró de nuevo a Catherine desde la puerta. Levantó la mano para dirigirle un saludo—. Adiós.

—Adiós —contestó Catherine.

Royce cerró la puerta cuando la chica salió. Cuando se volvió, su sonrisa se había evaporado y Catherine no supo por qué.

—Me disculpo por no haberos presentado, pero hay un motivo. No quiero que Cindy sepa quién eres —explicó pasándose la mano por el cabello—. Aunque me temo que quizá ya lo haya averiguado.

—No te preocupes —añadió Catherine poniendo la yema de los dedos sobre la boca de Royce. No le costó imaginar que Cindy debía de ser la hija de alguien que podría dar problemas—. No voy a permitir que nada ni nadie nos arruine esta noche.

Royce la agarró por los hombros y apoyó su frente sobre la de ella.

—¿Te he dicho ya cuánto te quiero? —le preguntó.

—Sí, pero estoy dispuesta a escucharlo de nuevo si así lo deseas.

—Así lo deseo —murmuró justo antes de besarla—. Prepárate porque me va a llevar una eternidad aprenderlo a decir bien, así que tengo que practicar mucho.

Se besaron de nuevo de forma tierna y suave. Royce era tan dulce que Catherine tenía serias dudas de que aquel momento estuviera siendo real.

—Voy a avisar a Kelly. Ahora que aún tengo fuerza de voluntad para soltarte.

Catherine no sabía para quién de los dos resultaba más difícil

—Espérame aquí —le pidió él—. Vuelvo en un momento.

La besó una última vez y subió las escaleras. Catherine lo escuchó hablar con Kelly, pero sólo podía oír la voz de Royce. Momentos después apareció en la escalera con Kelly dormida entre sus brazos. Estaba vestida con un pijama que tenía estampadas las caras de los integrantes de su grupo de música favorito.

—Kelly, tu padre y yo tenemos algo importante que decirte —dijo Catherine con suavidad.

—¿Catherine? —preguntó la niña entre bostezos.

—Ya te he dicho que estaba aquí —dijo Royce.

La niña se frotó los ojos con los puños y se enderezó en los brazos de su padre.

—Pero si me habías dicho que Catherine no iba a volver a casa jamás. No puedo ni llamarla, ni pronunciar su nombre a no ser que antes me hayas dado permiso.

Royce miró al suelo y después a Catherine.

—Tu nombre salía con demasiada frecuencia en las conversaciones —aclaró.

—No es verdad —replicó la niña acurrucándose de nuevo en los brazos de su padre mientras él descendía por las escaleras.

—Todo va a ser diferente a partir de ahora. Muy pronto —aseguró Catherine.

—Le he pedido a Catherine que se case conmigo y ha aceptado —dijo Royce con una sonrisa radiante en los labios.

La cabeza de Kelly se alzó tan rápidamente que resultó cómico.

—¿Te vas a casar con Catherine? —gritó antes de abrazar a su padre.

Los ojos brillantes de Royce se clavaron en los de

Catherine. Sacó la lengua como si estuviera siendo estrangulado por el abrazo de Kelly.

—Oh, Catherine. Estoy tan contenta... —dijo la niña dándose la vuelta y echando los brazos hacia ella para abrazarla—. ¡No me lo puedo creer! Es el día más feliz de toda mi vida. No es un sueño, ¿verdad?

—No, mi amor—contestó Royce sin dejar de mirar a Catherine—. Es verdad —le aseguró a la niña mientras la dejaba sobre la alfombra.

—Es maravilloso. Pero de verdad maravilloso. Lo que quiero saber es por qué habéis tardado tanto tiempo en daros cuenta.

—Ah... —Catherine dudó un instante.

—Ya sé que había algunos pequeños problemas pero lo habéis sacado todo de quicio. No sé cuánto habríais tardado en daros cuenta de no haber sido por mí —añadió la niña.

—Es verdad —coincidió Royce. Cerró los ojos. Después se acercó a Catherine y la abrazó por los hombros con tal facilidad que parecía que llevara toda una vida haciéndolo—. La cuestión, bonita, es que vamos a tener que mantener esto en secreto. ¿Entendido?

La boda tendría que celebrarse con total discreción. Kelly asintió y se mordió el labio.

—¿Cuándo? —preguntó sin poder contenerse.

—Espero que pronto —repuso Royce posando la mirada sobre Catherine.

—Estupendo. Escuchadme, no tenemos mucho tiempo —dijo la niña dirigiéndose de la sala de estar al salón—.Venid aquí.

Royce y Catherine se miraron boquiabiertos.

—Venid aquí —insistió Kelly—. No tenemos toda la noche.

—¿Pero de qué quieres hablarnos exactamente? —preguntó Royce.

—¿Pues de qué vamos a tener que hablar? ¡De mi hermanita!

—Ah... —dijo Catherine mirando a Royce, que estaba tan asombrado como ella. Niños. Kelly quería que hablaran de una ampliación de la familia cuando aún ni siquiera tenían fecha de boda.

Catherine estaba preocupada por cómo iban a lograr llevar a cabo todo aquel jaleo sin que se enterara nadie de la base y Kelly quería hablar sobre una hermanita...

Royce rodeó con el brazo la cintura de Catherine cuando entraron en el salón.

—¿Qué te pasa, cariño? ¿Te ha comido la lengua el gato? —le susurró.

—Una hermanita —dijo pausadamente. Estaba pensativa. No quería estallar la burbuja de felicidad de Kelly pero quería que la niña fuera consciente de que tenían que tener en cuenta otras muchas cosas antes de poder hablar sobre embarazos.

Catherine se sentó en el sofá de terciopelo de color bronce. Royce se sentó junto a ella sin soltarla.

—Preferiría hablar de otras cosas —dijo Catherine para cambiar de tema de forma sutil.

—Y podemos hablar de otras cosas —repuso Kelly—. Podré ser la dama de honor, ¿verdad?

—Podrás ser lo que tú quieras —aseguró Catherine, que todavía no lo había pensado. Pero no tenía objeción a los deseos de la niña.

—Estaba pensando en el rosa —añadió Kelly.

—¿Rosa? —preguntó su padre.

—Para los colores de la boda —explicó haciendo

un gesto que le indicaba a Royce que por el momento su presencia no era necesaria para pensar ese tipo de cosas—. A ti te favorece mucho el rosa, Catherine, y además da buena suerte.

—¿Buena suerte? —esa vez fue Catherine quien no comprendió las palabras de la niña.

—Para lo de mi hermanita.

—Claro, qué tonta soy.

Catherine estaba empezando a ser consciente de que Kelly no estaba tan interesada en tener una madre como en alguien que pudiera proporcionarle una hermana.

—¿Y qué pasará si primero tengo un hijo? —añadió. Quería saber si Kelly estaba dispuesta a echarla de la familia si no daba a luz lo que ella había solicitado con tanta exactitud.

Kelly hizo un gesto de disgusto.

—Bueno, supongo que un niño no estará mal. He escuchado a las chicas del colegio hablar muchas veces de que los padres prefieren tener hijos. Personalmente, a mí me gustaría mucho más una hermana, pero supongo que es una de esas cosas que sólo Dios puede decidir.

—No sé de dónde se saca toda esta cháchara —susurró Royce en el oído de Catherine, quien se sintió aliviada.

—¿Y entonces nos vamos a mudar? —preguntó Kelly.

Royce se estaba empezando a poner en tensión. Catherine sabía que aquella parte era la que más le costaba. Bangor era la única base militar que Kelly había conocido, aunque él hubiera estado destinado en algunas otras bases cercanas. La crianza de la niña había sido la mayor preocupación de Royce y tenían que ver cómo le afectaba la boda.

—Sí que nos vamos a tener que mudar —afirmó él.

La niña, curiosamente, se limitó a asentir con la cabeza. No tenía nada que decir respecto al tema.

—¿Te molestaría? —preguntó Catherine.

—La verdad es que no. La mayoría de los niños de mi colegio han vivido en muchos sitios del mundo. Todos sabemos que si te alistas en la Marina te pueden enviar a cualquier sitio. Y ahora ha llegado nuestro turno. La verdad es que puede que haya llegado el momento de irse de Bangor.

—Todavía no sé adónde iremos —comentó Royce.

—¿Pero dónde sospechas que será? —insistió Kelly.

—Espero que me destinen a Bremerton, pero todavía no podemos contar con ello.

—¿De verdad? —Kelly saltó del sofá dando palmas—. Eso sería estupendo. Nos podríamos mudar al apartamento de Catherine y Sambo podría dormir conmigo y casi sería como no mudarse.

—Pero aún no podemos contar con ello. El almirante Duffy me ha dicho que verá lo que puede hacer —explicó Royce.

—¿Qué más sitios hay?

—Siempre está la opción de ir a Pensacola, Florida.

Otra vez Kelly se puso en pie y dio palmas.

—Vale, Disneyworld está allí.

—Cariño —dijo Royce sorprendido ante la buena disposición de su hija a viajar por el país—. No te olvides, no tengo ni idea todavía de adónde vamos a ir. Así que debemos prepararnos para lo que venga.

—¿Qué más da adónde vayamos? —preguntó Kelly con una sonrisa de oreja a oreja—. Catherine va a estar con nosotros.

—Quizá —corrigió Royce.

La mirada de Kelly se ensombreció.

—¿Qué quieres decir exactamente con eso? —preguntó con los brazos en jarras.

—Primero tenemos que saber dónde es destinado tu padre —contestó Catherine tiernamente. Le encantaba la transparencia de aquella niña—. Después yo solicitaré un traslado a la misma base o a una cercana. Y no podremos formar parte del mismo comando, pero…

—¿Y qué pasará si la Marina decide mandar a papá a un sitio y a ti a otro?

Era una posibilidad que Catherine había rezado porque no tuvieran que considerar nunca.

—Cruzaremos el puente cuando lleguemos a él —dijo Royce tratando de resultar tranquilizador. Kelly asintió.

—Bien pensado. Y ahora que ya hemos aclarado esto, hay un par de cosas más que discutir —afirmó la niña cruzada de brazos sobre el sofá.

—¿Es una orden? —preguntó Royce sin salir de su asombro ante el comportamiento de su hija. Catherine tenía la misma mirada de sorpresa que él.

—Nada de juegos de manos —dijo la niña tras aclararse la garganta.

—¿Perdona? —preguntó él indignado.

—Me has oído perfectamente —replicó Kelly señalándolo expeditivamente con el dedo—. Al menos hasta que estéis casados. Ya no soy una niña —informó Kelly—. Sé lo que pasa entre un hombre y una mujer. Veo la MTV.

—Creo que eso no es asunto de tu incumbencia, jovencita —contestó Royce frunciendo el ceño. Pero Catherine no sabía qué era lo que le estaba molestando exactamente. Si el hecho de que Kelly viera vídeos musicales subidos de tono o que estuviera poniendo límites a su relación romántica.

—No querrás contaminar mi inocente cabecita, ¿verdad?

—Y ésta es la misma niña que se moría de miedo en un apagón… —susurró Catherine en el oído de Royce.

—Eso fue un truco —le contestó.

—¿Apagó todas las luces ella sola? —bromeó Catherine.

—No. Te llamó a sabiendas de que yo volvería en cualquier momento y así estaríamos forzados a vernos.

—Siempre me dices que murmurar es de mala educación —interrumpió Kelly indignada. Se dirigió hacia las escaleras mientras bostezaba—. Vuelvo en un momento.

—¿Vuelves? —repitió Royce.

—Claro. Tendré que acompañarte cuando lleves a Catherine a casa. ¿No estarás pensando que me voy a quedar sola en casa?

—Ah…

—¿Qué te pasa, amor? —murmuró Catherine deslizando sus largas uñas por los brazos de Royce—. ¿Es que te ha comido la lengua el gato?

—Vuelvo en un minuto —dijo Kelly antes de subir las escaleras.

—Lo que quiere decir que… —empezó a decir Royce mientras se recostaba sobre Catherine.

Era tan fuerte y sólido… Sentirlo así de cerca era suficiente para que ella recordara la terrible soledad que la había acompañado durante noches y noches.

Catherine lo abrazó y se miraron a los ojos.

—Eso quiere decir que no vamos a poder ser malos esta noche —concluyó ella antes de que Royce la besara de nuevo.

—Ejem, ejem —tosió Kelly en voz alta—. Ya tendréis tiempo para ese tipo de cosas. Ahora tenemos que pensar en la boda.

—Dama de honor… —murmuró Royce en el oído de Catherine mientras la soltaba—. Tengo la sensación de que para cuando se celebre la boda, Kelly va a estar ya en un internado en Suiza.

La única palabra que podía definir a la semana posterior era el adjetivo «imposible». Sabían que Royce iba a ser trasladado pero desconocían el destino, por lo que era imposible hacer cualquier tipo de plan. Tampoco podían ir preparando la boda hasta que cuadraran distintos factores. El más importante era saber cuándo Royce sería trasladado. Las noticias sobre la nueva misión que le iban a asignar llegaría en cualquier momento y Royce tendría que embarcar en un plazo o bien de veinticuatro horas o bien de seis meses. Estaban obligados a reprimirse tanto como antes. Como Kelly había enunciado elocuentemente, nada de juegos de manos.

Catherine hubiera pagado lo que fuera con tal de haber tenido la oportunidad de jugar con Royce a ser mala, pero estaba prohibido. Habían llegado demasiado lejos como para ponerlo todo en peligro.

Catherine estaba sentada frente a su escritorio cuando Royce entró en la oficina.

—Capitán, ¿puedo verla en mi despacho ahora mismo? —preguntó.

—Sí, señor.

Elaine Perkins se acercó a ella cuando Royce se marchó.

—Parece que el hombre de hielo está de mejor humor últimamente, ¿no? —comentó.

—No sabría decirte —repuso Catherine antes de que se le escapara cualquier palabra de la que se pudiera arrepentir. Llevaba tiempo sospechando que la observadora secretaria se había dado cuenta de lo que sentía por Royce, pero ninguna de las dos se había atrevido jamás a sacar el tema.

—¿Cómo has podido no darte cuenta? De hecho, el otro día vi al capitán Nyland sonriendo. Sonriendo. Y no había nada gracioso, al menos que yo me diera cuenta. Hasta hace poco hubiera jurado que hacía falta un milagro para que ese hombre sonriera. Pero últimamente está cambiando.

—¿Quieres que le pregunte qué es lo que le hacía gracia? Le diré que tienes curiosidad —bromeó.

—Muy graciosa, Catherine, muy graciosa.

Con una sonrisa en los labios, entró en el despacho de Royce y cerró la puerta.

—¿Querías verme?

—¿Qué te parecería vivir en Virginia? —preguntó sin más preámbulos—. Me han destinado a la Fuerza Submarina de la flota del Atlántico en Norfolk.

—Virginia —repitió tratando de hacerse a la idea. El corazón le latía con fuerza—. Estaría encantada hasta en la Antártida si tú estuvieras conmigo.

Royce sonrió y se miraron a los ojos.

—Yo siento lo mismo que tú.

—¿Cuánto tiempo tengo? —preguntó Catherine expectante.

—Dos semanas.

—Dos semanas —repitió con los ojos cerrados.

La cabeza le iba muy deprisa. No podía ser. Simplemente no podía ser. ¡Pero tendría que ser! Haría lo que fuera para prepararlo todo y que la boda se celebrara antes de que fuera trasladado.

—¿Catherine?

Se había puesto de pie sin darse cuenta. Parpadeó y sonrió radiante.

—Dos semanas —repitió y asintió con la cabeza aceptando el reto—. Tengo que hacer muchos planes.

Royce puso cara de preocupación.

—No quiero posponer la boda.

No hacía falta ni decir que la ceremonia tendría que ser discreta. No querían que el hecho de casarse justo después de que Royce dejara el comando fuera un problema. Después de hablar largo y tendido, habían estado de acuerdo en volar hasta San Francisco para la ceremonia.

—Yo tampoco quiero esperar —los dos sabían que habría sido más conveniente esperar algunos meses. Pero lo consideraban inaceptable—. Voy a hablar con mi madre ya mismo. Me ayudará con los preparativos. La verdad es que creo que sería incapaz de prepararlo todo sin su ayuda.

—Por mí puedes llamar a todo el estado de California si quieres. Siempre y cuando estés en la iglesia a la hora prevista.

—Lo estaré, no te preocupes.

—Mamá, soy Catherine.

—Cariño —contestó su madre con agrado—. Me alegro mucho de escucharte.

—¿Qué tal en el trabajo? Quiero decir… ¿No estarás muy ocupada?

—No más de lo habitual.

—Bien —Catherine dudó un momento. No quería agobiar a su madre, que siempre estaba muy ocupada, pero no le quedaba más remedio.

—¿Bien? ¿Por qué lo dices? —preguntó llena de curiosidad.

—Porque necesito tu ayuda.

—Por supuesto, ya sabes que puedes pedirme lo que sea.

—Necesito tu experiencia…

—Catherine —la interrumpió su madre—, eres una abogada excelente. Estoy segura de que mi opinión no te hace falta. Y además, no creo que a la Marina le gustara que yo me inmiscuyera en asuntos militares.

—No necesito tu ayuda para un juicio, mamá. Royce me ha pedido que me case con él.

—Pensaba que eso había sucedido ya hace tiempo —contestó Marilyn.

—Aquella vez no lo hizo en serio, estaba en pleno ataque de celos.

—¿He de suponer que esta vez es en serio?

—Completamente en serio. Pidió un traslado antes de pedírmelo. Le han asignado una base submarina en Virginia. Y yo también he solicitado ser trasladada.

—¿Y? —preguntó Marilyn después de una pausa.

—Y todavía no he obtenido respuesta. Pero quiero casarme cuanto antes. No se lo podemos contar a nadie, al menos de momento. Todo esto tiene que manejarse con mucho cuidado.

—Por supuesto. Pero, una vez que estéis casados, la

Marina no puede separar a una marido y una mujer, ¿verdad?

—¿Estás de broma? —preguntó Catherine—. Pensé que conocías al ejército mejor. La Marina defiende lo que es mejor para la Marina. En primer lugar, Royce y yo no tenemos ningún derecho a enamorarnos.

—Pero él estará en Virginia y tú quizá sigas en alguna base de Washington.

—Eso todavía no lo sabemos. Royce está moviendo todos los hilos para que eso no suceda. Y aun poniéndonos en el peor de los casos, que sería que yo me quedara aquí, eso no será para siempre. Antes o después lograremos estar juntos.

—No me gusta cómo suena esto, Catherine —añadió Marilyn en un tono preocupado.

—Confía en mí. Es la única forma de hacerlo —le aseguró.

—No necesariamente. Cariño, ¿no crees que deberías considerar la posibilidad de salirte de la Marina?

Catherine llevaba varios días teniendo aquella discusión con ella misma. También lo había hablado con Royce y ambos habían rechazado la idea. Catherine había seguido con ello en la cabeza, pero había agradecido que Royce no la hubiera presionado en ese sentido.

—No voy a dejar la Marina. No voy a dejar mi carrera sólo porque me haya enamorado —replicó finalmente.

—Pero seguirías siendo abogada y, la verdad sea dicha, nunca he entendido por qué no trabajabas para una firma de abogados. Se gana mucho más dinero.

—Esta discusión es muy vieja y no tengo ganas de que la volvamos a tener. He llegado muy lejos como para claudicar ahora. Y además, de todo el mundo, pensaba que serías la persona que mejor entiende mi vínculo con la Marina. No voy ni a considerar la opción de salirme. Royce lo sabe y lo acepta.

—Pero, Catherine, cariño, sé razonable, ¿qué hombre quiere estar separado de su mujer cientos de millas?

—Estás dando por sentado que no voy a ser trasladada con él. Lo más probable es que me trasladen, así que deja de preocuparte —dijo agitada.

Estaba nerviosa. Su madre no estaba diciendo nada que no hubiera pensado con anterioridad. La Marina era importante tanto para Royce como para ella. Y sin embargo, nadie sugería que fuera él quien renunciara a su compromiso, y que se convirtiera en un civil para casarse con ella.

—¿Y qué hay de los niños?

—Mamá, creo que no vamos a llegar a nada productivo por este camino. Tengo menos de dos semanas para hacer todos los preparativos. Royce va a dejar de formar parte de nuestro comando, lo que vendrá bien. ¿Me puedes enviar los papeles necesarios para solicitar una boda en California?

—Por supuesto.

—Bien.

Sin embargo, su madre seguía teniendo razón. ¿Qué iba a pasar si tenían niños? Quizá estuviera siendo avariciosa. Lo quería todo. Una carrera, una familia, la Marina. Aquél era un interrogante al que todavía tendría que enfrentarse.

Los días siguientes se escaparon en un torrente de actividad. Catherine apenas vio a Royce y apenas ha-

bló con él. A finales de semana él y Kelly se habían
ido a Virginia para ir buscando casa.

El viernes por la tarde, Catherine regresó a casa muy
aturdida. Durante el fin de semana se pasó horas hablando con su madre por teléfono. Tenían que ponerse de
acuerdo sobre las flores, el fotógrafo, escoger entre los
catálogos de los vestidos de novia de los dos estados...

El domingo por la tarde, Royce le telefoneó.

—Hola, bonita —la saludó con aquella voz suya
tan seductora. Catherine sintió un escalofrío a pesar
de estar agotada mental y físicamente.

—Hola —contestó añorando sus abrazos, pero era
momento de ser prácticas—. ¿Habéis encontrado casa?

—El primer día. Es perfecta. Tres habitaciones, un
buen salón, una cocina espaciosa y todo por un alqui-
ler aceptable.

Royce no había logrado una casa en la base, lo
que había complicado un poco la mudanza. Kelly había querido acompañarlo en el viaje para poder ver
los colegios y para elegir un vecindario donde hubiera muchas niñas de su edad.

—¿Qué le ha parecido Virginia a Kelly?

—Todo le parece estupendo, por lo que dice.
Ahora todo es nuevo y divertido. No creo que le vaya
a costar mucho la adaptación.

Catherine estiró el cable del teléfono lo más posible y se acurrucó en el sofá. Fijó la mirada en la fotografía de su padre.

—Kelly se va a tener que adaptar a muchos cambios en las próximas semanas.

Catherine tenía miedo de que la hija de Royce
tuviera que hacer también los mismos sacrificios que
ellos por aquel matrimonio.

—Kelly es muy fuerte, créeme. Además, estaría dispuesta a vivir en una jungla del África negra con tal de que tú formaras parte de nuestra familia.

—Te quiero —dijo Catherine. Necesitaba decirlo. Necesitaba expresar sus sentimientos.

—Yo también te quiero.

Después de aquellos meses de locura, Catherine se sentía feliz de estar sola en casa escuchando aquellas palabras que tanto había anhelado.

—Yo no quería amarte, al menos al principio —admitió Royce—. Dios sabe que intenté mantenerme alejado de ti.

—Yo también lo intenté.

—Pero ahora daría lo que fuera por tenerte entre mis brazos.

—Todo va a cambiar muy pronto y yo voy a estar en tus brazos el resto de nuestras vidas —dijo Catherine mientras se secaba una lágrima de la mejilla.

Podría haber sido la mujer más feliz del mundo. En unos días ella y Royce serían marido y mujer. Sin embargo, el sobre que había en la esquina de su escritorio era un recordatorio de que la felicidad se podía evaporar muy rápidamente.

Royce se calló y, a pesar de lo agotado que debía de estar, notó la enorme tristeza que estaba embargando a Catherine. Una tristeza que había tratado de ocultar tras una fachada construida de preguntas prácticas y rápidas.

—¿Me lo vas a contar? —preguntó él.

—No hay ninguna necesidad de estropearlo todo ahora. Te vas a enterar enseguida… Ahora lo importante es que ya estáis de vuelta sanos y salvos. Misión cumplida. Kelly está contenta. ¿Qué más podrías querer?

—A ti.

—Oh, mi amor, a mí ya me tienes. Te has colado en mi corazón y te llevo todo el rato conmigo, ¿acaso no lo sabes?

—Lo sé todo, Catherine. No tienes por qué ocultármelo —dijo Royce suavemente.

—¿Cuándo te has enterado?

—El viernes antes de irme.

La petición de traslado de Catherine había sido denegada. Se había cumplido el peor presagio. La peor pesadilla. Se iba a tener que quedar en Bangor mientras que Kelly y Royce se marchaban al otro lado del país.

—Oh, Royce, ¿qué vamos a hacer?

—Exactamente lo que hemos planeado. Me voy a casar contigo, Catherine, llueva o truene.

XII

La boda tuvo lugar en una pequeña capilla de San Francisco y la ofició el pastor de la iglesia a la que pertenecía Marilyn Fredrickson-Morgan. El altar estaba decorado con hermosas flores de Pascua, y Royce, que no era muy aficionado a las botánica, se quedó impresionado con la alfombra de flores que cubría el altar. Catherine y su madre habían hecho un trabajo estupendo. Incluso Kelly, que al principio había sugerido que el color rosa presidiera la boda, estaba satisfecha con los adornos y lazos rojos que decoraban la capilla.

Respecto a la ceremonia en sí, Royce apenas recordaba nada. Había entrado en la iglesia y se había reunido con el reverendo. En el momento en el que había visto a Catherine caminando en dirección a él, se había sumergido en el amor que compartían y se había olvidado del resto del mundo.

Incluso la modesta recepción que habían ofrecido

a ambas familias y a los amigos más cercanos permanecía borrosa en el recuerdo de Royce. Catherine le había dado un pastel con forma de corazón y champán. Habían bailado en un par de ocasiones al ritmo de la música y de sus corazones.

También habían recibido regalos. Demasiados para los cincuenta invitados que habían celebrado con ellos su felicidad.

Kelly había estado en su salsa. Los padres de Royce habían viajado desde Arizona junto con algunos tíos y tías. También había acudido su hermano menor y su familia desde el sur del estado. Kelly había dedicado su atención a todos ellos. Se había llevado estupendamente con Marilyn y con Norman desde el primer momento, igual que le había sucedido con Catherine.

Kelly había pregonado por toda la fiesta que aquel matrimonio se estaba celebrando gracias ella. Y también le había confesado a la madre de Catherine que no había permitido ni un juego de manos antes de la ceremonia.

En aquel momento, Catherine se estaba cambiando de ropa. Ya había realizado aquella operación una o dos veces aquel día. Royce no entendía por qué se vestía de nuevo cuando su máximo interés desde que habían llegado al hotel había sido desnudarla.

A Royce le hubiera gustado elegir un lugar romántico para pasar la luna de miel. Pero apenas contaban con tiempo antes de que él se tuviera que marchar a Virginia. Con un horario tan apretado, Royce había preferido pasar el poco tiempo que tenía en la cama con Catherine que en la carretera buscando algún paraje romántico.

Podían haber alquilado una cabaña en la playa, sin embargo el hotel reservado en San Francisco tenía una ventaja, el servicio de habitaciones.

A Royce sólo le quedaban cinco días antes de marcharse y estaba seguro de que no iba a desperdiciarlos admirando otro paisaje que el cuerpo desnudo de su deliciosa esposa.

El trayecto en taxi hasta el hotel se le había hecho interminable. Habían comentado la boda, jugueteado e incluso se habían besado un par de veces.

Hasta que no se registraron en el hotel y subieron hasta la suite reservada para la luna de miel, Royce no se había dado cuenta.

Estaba nervioso.

¡Royce Nyland temblando! Aquello era para echarse a reír. El matrimonio no era una experiencia nueva para él. Ya había vivido aquello. Lo único diferente era que Catherine y él todavía no habían hecho el amor.

Sandy y él se habían acostado meses antes de considerar incluso la opción de celebrar la boda. Royce deseó haber hecho el amor con Catherine antes de aquel momento. Quizá eso hubiera aflojado los nervios que lo tenían atenazado.

No, se corrigió inmediatamente. En realidad se alegraba de haber esperado. No había sido sencillo, a pesar de que Kelly los había señalado con el dedo cada vez que habían cedido un poco a la tentación.

Royce no necesitaba ni a su hija ni a nadie para saber qué era lo correcto. Había bastado con respetar las normas dictadas por la Marina. Había sido fiel al libro de restricciones y sólo había cometido alguna infracción leve. Se había comportado lo mejor que había podido en una situación muy complicada. ¡Pero

Catherine era ya su esposa y estaba dispuesto a superar un récord haciendo el amor con ella!

Una sensación de ternura embargó el corazón se Royce. Estaba haciéndolo todo en su momento. En el momento apropiado para Catherine. En el momento apropiado para él. En el momento apropiado para la Marina. Y se sintió satisfecho al ser consciente de ello.

—¿Tienes hambre? —preguntó Royce.

—Un poco —repuso ella en un tono tembloroso. Royce se sintió aliviado. Al menos él no era el único que estaba nervioso.

—¿Quieres que pida algo al servicio de habitaciones?

Le leyó el menú. Nada le parecía especialmente apetitoso, pero si Catherine quería algo, lo encargaría para ella.

—La verdad es que sí que comería algo —afirmó ella. Pero Royce se dio cuenta de todo. La cena estaba siendo una estrategia para retrasar lo inevitable.

Pidieron algo de picar, pero ninguno de los dos mostró mucho apetito cuando llegó el momento.

Por lo visto, la valiente Catherine estaba también nerviosa. A Royce le enterneció y sintió que cada vez la amaba más.

Lo que en realidad ambos necesitaban era dar el primer paso. Royce retiró la bandeja y la llevó fuera de la habitación. Ya no estaban en el asiento delantero de su coche. Royce sonrió y su rostro se iluminó.

—Estás sonriendo. ¿Qué te hace gracia? —preguntó Catherine mientras él regresaba.

—Nosotros. Ven aquí, mujer. Estoy cansado de tanta indecisión. Quiero hacerte el amor y no voy a esperar más.

Royce abrió los brazos y Catherine caminó hacia él, ansiosa por fundirse en sus brazos. Sus cuerpos encajaban a la perfección. Royce se dio cuenta de que habían sido creados el uno para el otro. Catherine era la cura para todos los años baldíos que había vivido en soledad. Años que ella también había estado sola.

La besó suavemente y sintió su aliento cálido y prometedor en la garganta. Con un solo beso, Royce se sintió completamente vulnerable. El tacto de aquella piel suave como la seda le enloquecía.

Con manos temblorosas consiguió alcanzar la cremallera del vestido de Catherine y comenzó a bajarla. Ella se puso derecha y levantó los brazos para que Royce le pudiera quitar el vestido. Fue una operación sencilla y Catherine lo premió besándolo en el cuello y los hombros, deslizando la lengua por sus tersos músculos.

Royce cerró los ojos para deleitarse con lo que estaba sintiendo. Su corazón cada vez latía con más fuerza. Pero aquélla no era la única reacción de su cuerpo. Todo él estaba empezando a vibrar. No era capaz de quitarse la ropa lo suficientemente rápido. Se sacó la camisa del pantalón y Catherine le fue desabrochando, uno a uno y lentamente, los botones de la camisa. Suspiró suavemente y acarició el pecho desnudo de Royce. Las uñas largas jugaron con el vello de su pecho como si fuera una gatita reclamando atención.

—Oh, Royce… Bésame, por favor, bésame.

Él la obedeció inmediatamente besándole apasionadamente los hombros, el cuello, hasta que sus bocas se encontraron en una explosión tan espontánea y ardiente que amenazó con consumirlos.

Sus lenguas se entrelazaron y Royce gimió de forma gutural y masculina. Catherine también soltó un gemido sensual, el sonido más erótico que Royce había escuchado en su vida. Tenía que tocarla, tenía que sentir su excitación y saborearla para estar seguro de que lo deseaba tanto como él a ella.

Deslizó las manos por la espalda de Catherine y se alegró al darse cuenta de que se había quitado el sujetador. Ella se apoyó sobre Royce absorbiendo las pocas fuerzas que le quedaban, y rodeó su cuello con aquellos delicados brazos.

Las manos de Royce se posaron sobre los pechos de ella. Eran unos pechos deliciosos, suaves y turgentes. Voluptuosos y tersos. Los pezones se excitaron al entrar en contacto con los juguetones dedos de Royce y Catherine acortó la distancia que había entre ellos. Él sintió una oleada de calor en su interior.

La distancia que los separaba de la cama no era mucha. Royce tomó a Catherine entre sus brazos y caminó por la alfombra como si estuviera llevando su trofeo después de la batalla.

Dejó a Catherine sobre el colchón y se tumbó sobre ella, asegurándose de que no la aplastaba.

Se besaron una y otra vez. Tantas veces que perdieron la cuenta. Tantas veces que sus cuerpos se fundieron. Catherine lo miró suplicándole que llevara a término aquello que ambos estaban deseando.

Royce no podía esperar más. Ni un segundo. Deslizó las bragas de Catherine por sus largas piernas de seda. Se incorporó lo necesario para quitarse el pantalón. Y una vez que los dos estuvieron libres de ropa, se arrodilló frente a ella.

Los ojos dorados de Catherine estaban encendidos

por el deseo. Royce estuvo a punto de gemir con sólo mirarla. Podía sentir el calor que irradiaba aquella piel de marfil.

Catherine alzó una mano hasta llegar a acariciar el rostro de Royce.

—Ámame —susurró—. Sólo te pido que me ames.

Aquellas palabras, aquella caricia fue todo lo que Royce necesitó para dar rienda suelta a su pasión. Despacio, se tumbó sobre ella mientras los muslos de Catherine se abrían. Se estaba entregando sin ningún tipo de reservas.

Era un momento sagrado. Royce no sabía de dónde estaba sacando las fuerzas para ir tan despacio, alargando el momento. Catherine le mantuvo la mirada mientras Royce se disponía a entrar en su cuerpo para saciar el deseo tanto tiempo contenido.

Si el placer hubiera sido causa de muerte, Royce habría caído mortalmente herido en aquel mismo instante. Se había encontrado con Catherine lista para recibirlo. Lo había esperado, húmeda, dulce y cálida, para darle aquella bienvenida. Royce detuvo de nuevo el momento.

Volvió a mirarla. Tenía los ojos entreabiertos y sumergidos en la placentera sensación. Le dio un tiempo para que lo sintiera y después prosiguió adentrándose en aquel delicioso cuerpo.

Catherine respiraba entrecortadamente. Alzó las rodillas y lo abrazó entre sus piernas.

Royce gimió al sentir que una corriente de placer atravesaba su cuerpo. No iba a ser capaz de aguantar mucho más, sintió una nueva oleada de excitación y miró de nuevo a Catherine, quien se estaba mordiendo el labio inferior.

—¿Te hago daño? —no sabía si aquel gesto era de placer o de dolor.

—No… oh, no —susurró—. Nunca pensé que pudiera sentir tanto placer.

—Esto sólo es el principio —prometió él.

Cerró los ojos para poder saborear cada sensación que estaba teniendo. Quería disfrutar de aquella forma ardiente de hacer el amor.

Tenía que ir muy despacio si quería apreciar plenamente la magia existente entre sus cuerpos. Pero una vez que empezó a mover rítmicamente las caderas, estuvo perdido. Perdido en el placer. Perdido en medio de una tormenta. Pero no estaba solo. Catherine estaba agarrada a él respondiendo a cada uno se sus movimientos.

Era una auténtica tormenta. Una tormenta de deseo, de ardor y de frenesí. Y todo fue tan intenso que Royce perdió la noción del tiempo y del espacio. Ya no había vuelta atrás. No podía parar. Por nada del mundo.

Alcanzó el clímax disfrutando de aquella sensación arrebatadora pero demasiado breve. Royce no quería que aquello acabara. No en aquel momento. No tan pronto.

La respiración entrecortada de Catherine estaba acompasada con la de Royce y aquel sonido era lo único que rompía el silencio mientras los dos se consumían en la tempestad más dulce que Royce hubiera conocido en su vida.

Con el sonido de la voz cantarina de Catherine, Royce se despertó a las tres de la mañana. Ella se estaba duchando.

Royce se dio la vuelta en la cama sonriendo y se estiró. Habían hecho el amor dos veces y después se habían caído rendidos de sueño. Lo último que Royce recordaba era a Catherine acurrucándose junto a él mientras le decía que aún tenía que ponerse el conjunto de encaje que había comprado para la noche de bodas.

Catherine salió del cuarto de baño inclinada mientras se secaba el pelo con una toalla. Cuando levantó la cabeza, se dio cuenta de que Royce estaba sobre la cama observándola. Algo que sucedería con frecuencia en el futuro.

—No te habré despertado, ¿verdad? —preguntó ella.

—La verdad es que sí —contestó Royce.

Catherine llevaba puesto el pijama más escueto que Royce hubiera visto en su vida. Aunque estaba exhausto, verla con aquella pieza de encaje le provocó un estremecimiento.

—Lo siento. No debería haber empezado a cantar pero no he podido contenerme… No recuerdo haberme sentido tan feliz en mucho tiempo. Creo que no voy a querer abandonar esta habitación nunca.

—Ven aquí, mujer —dijo Royce abriendo los brazos. Él había estado pensando lo mismo.

Catherine miró hacia el baño.

—Me iba a secar el pelo.

—Más tarde. Me has despertado y tienes que recompensarme.

—Pero, Royce, es media noche. Ya hemos… tú sabes… varias veces.

—Ven aquí —pidió con impaciencia.

Royce se levantó y caminó hasta ella. Le quitó la

toalla del cabello y la dejó caer sobre la alfombra. Acarició el cabello mojado. Estaba húmeda y cálida y aquella sensación le hizo recordar otras partes del cuerpo de Catherine.

—¿Qué estás haciendo? —preguntó ella.

—¿Qué estoy haciendo o qué pretendo hacer? —contestó de forma provocadora.

—Ya hemos hecho todo lo que teníamos que hacer —anunció ella.

—¿Estás segura? —preguntó él antes de besarla.

—Bueno, quizá no todo —se corrigió Catherine. Royce deslizó su lengua hasta alcanzar un lóbulo de la oreja y le susurró seductoras promesas. Ella gimió—. Royce… eso es indecente.

—¿Ah, sí? —contestó antes de besarla en los labios. Volvió al lóbulo de la oreja y lo mordió suavemente. Después le susurró cuál era el paso siguiente que iba a dar.

—¡Royce! —exclamó ella con los ojos muy abiertos.

Le encantaba cuando se sonrojaba de aquella manera. No pudo evitar soltar una sonrisa.

—Y no sólo una vez. Hemos perdido mucho tiempo, cariño, mi querida esposa, y tenemos que aprovechar.

—Pero yo… oh, Royce —suspiró ella mientras él seguían besándole el rostro hasta alcanzar sus labios. Fue un beso salvaje. Fue un beso dulce.

Las manos de Royce estaban entretenidas tratando de descubrir la forma de quitarle el diminuto conjunto. Soltó los tirantes de satén de sus hombros y ella dejó que resbalara la parte de arriba para facilitarle el trabajo. Sus pechos quedaron libres y Royce los acarició con premura. Quería saborear su suavidad. Su feminidad.

Incapaz de contenerse por más tiempo, la tomó entre sus brazos y la llevó hasta la cama. Le quitó el ligero pantalón de satén negro. Se tumbó sobre ella, que instintivamente abrió las piernas. Él la penetró con suavidad y Catherine gimió de placer.

Royce suspiró.

Después vino la tormenta y se aferraron el uno al otro para no separarse en medio de aquel torrente. Perdieron el control en el huracán salvaje de pasión que los consumía a ambos.

Catherine se despertó lentamente. Tenía una sonrisa serena dibujada en los labios. Se estiró tan alegre como Sambo después de una buena siesta al sol. Instintivamente se dio la vuelta para acurrucarse al lado del cuerpo cálido de Royce.

Sin embargo, comprobó que no había nadie a su lado. El colchón estaba frío y vacío. Abrió los ojos y se sintió triste a pesar de que el sol entraba por la ventana.

Habían pasado menos de cinco noches juntos. Cinco noches en toda una vida y ella no dejaba de echarlo en falta. Desde que estaban separados dormía intranquila, buscando su calidez y su fuerza. Nadie le había advertido lo adictivo que podía llegar a ser dormir con un marido.

Royce y Kelly llevaban en Norfolk dos semanas. Se comunicaban con frecuencia. Cartas todos los días y la factura del teléfono estaba entrando en competición con los presupuestos destinados a defensa. Y aun así, Catherine se sentía muy sola.

No sabía qué era peor. Si amar a Royce y tener que esconder sus sentimientos para no romper las normas de la Marina, o ser su esposa y que hubiera miles de insuperables millas entre ellos.

No hubiera sido peor si Royce hubiera tenido que embarcar en un submarino; al menos eso era lo que se repetía a sí misma. Hubieran estado meses separados, tal y como estaban en aquel momento.

Antes de que Royce y Kelly se hubieran marchado a Norfolk, habían hecho planes para que Catherine se reuniera con ellos en Navidades. Ya no tendría que esperar mucho.

Unos pocos días. Estaba segura de poder aguantar unos días más. Y además se suponía que eran los días del año más cortos.

Catherine se las había apañado para sobrevivir, aunque fue con dificultad.

Royce y Kelly la estaban esperando en el aeropuerto cuando aterrizó. En el instante en el que Kelly la divisó, echó a correr a sus brazos. La abrazó como si llevara siglos sin verla.

—Oh, Catherine. Estoy tan contenta de que estés aquí... —dijo la niña.

Catherine también estaba contenta. Alzó la vista y se encontró con la mirada de Royce. Era una mirada cálida de bienvenida. Se echó a sus brazos y él la estrechó tiernamente.

—Lo tenemos todo listo para ti. Papá y yo hemos trabajado mucho preparando el árbol de Navidad y envolviendo los regalos. Incluso le he ayudado a limpiar la cocina y esas cosas.

—Gracias, cariño. Me alegro mucho —dijo Catherine abrazando de nuevo a la niña. A ella también la había echado mucho de menos, más de lo que creía posible.

—¿Puedes volver arreglarme las uñas? Están muy estropeadas, ¿verdad? —preguntó mostrándole la mano.

—Por supuesto, las dos nos arreglaremos las uñas.

—Y también iremos de compras. Con papá es imposible, siempre lo ha sido.

Royce recogió el equipaje y se dirigieron al aparcamiento. En pocos minutos llegaron a Norfolk. El clima era muy bueno. El cielo estaba azul y brillaban las estrellas en la aterciopelada noche.

La casa colonial era exactamente como Royce había descrito. A Catherine le gustó en cuanto la vio y la casa le dio la bienvenida nada más pisarla.

—¿Me has echado de menos? —preguntó Kelly tirándole de la manga—. Porque yo sí que te he echado de menos. Y papá también te ha echado de menos —dijo en voz más baja.

—Oh, cariño, os he echado muchísimo de menos a los dos.

—¿Y qué hay de…? —Kelly se calló y miró a su padre. De nuevo bajó el tono de voz—. Ya sabes.

—¿El qué? —preguntó Catherine sin saber a qué se refería la niña. Ella se impacientó y se puso en jarras.

—El bebé. ¿Estás embarazada ya o no? —insistió.

—No —replicó Royce enfadado.

—No —repitió Catherine en un tono más amistoso. Era una pena.

Catherine había estado pensando en aumentar la familia. La verdad era que Kelly quería, bueno más bien demandaba, una hermana. Y la niña tenía en parte razón. Royce ya tenía treinta y tantos y ella estaba en el mejor momento para tener hijos.

Sin embargo, no le hacía gracia el hecho de vivir el embarazo lejos de Royce. Quería tenerlo cerca para que la mimara y cuidara en los momentos incómodos que pudiera tener. No obstante, aquél había sido el destino de las oficiales de la Marina. Y ella no iba a ser una excepción.

En realidad se moría de ganas de tener un hijo de Royce. Aquel tema no había dejado de rondarle la cabeza durante las dos semanas que habían estado separados. Quizá se estuviera apresurando pero era porque le apetecía mucho. Había planeado hablarlo con su esposo durante aquellas breves vacaciones. Si todo transcurría como había previsto, aquellas Navidades iban a venir cargaditas de regalos.

Kelly estuvo charlando con ella durante más de una hora. Le quería contar a Catherine cómo eran sus amigos y su colegio nuevo. Catherine la escuchó embelesada hasta que Royce apareció con dos vasos con ponche caliente de ron.

—Y para mí nada —se quejó la niña al verlo con los dos vasos humeantes.

—Y es así para que te vayas a la cama como me has prometido.

—¡Papá! Es Nochebuena. No esperarás que me vaya a la cama a la hora de todos los días, ¿no?

—Ya han pasado dos horas de tu horario normal. Tómate este refresco y te vas a la cama.

—Lo que pasa es que quieres estar a solas con Catherine. Bueno, es normal —admitió tras un suspiro—. Eso es lo que hacen los enamorados.

—Gracias por el permiso, Marisabidilla —bromeó Royce—. Y ahora, sal pitando.

Kelly dio un último sorbo a su bebida y dejó el vaso en el mostrador. Abrazó a Royce y a Catherine y subió las escaleras diligentemente.

Royce apagó la luz de la lámpara, mientras Catherine lo observaba. La habitación quedó iluminada sólo por las luces del árbol. Se creó una atmósfera íntima pero que permitió a Catherine darse cuenta de que su marido también la estaba examinado. Aquellos ojos de color azul cobalto le estaban diciendo cosas que las palabras nunca alcanzarían a expresar. Le decían cuánto la había echado de menos y cómo todas las mañanas la había buscado en la cama. Pero se había encontrado con un vacío, justo como le había sucedido a ella. Aquellos ojos también delataban el deseo que sentía por ella. Un deseo físico, emocional y mental. La necesitaba de todas las formas en que un hombre podía necesitar a una mujer.

Despacio, sin dejar de mirarla, le quitó el vaso que tenía entre las manos y lo dejó a un lado. Después la abrazó con suavidad y rozó sus labios. Aquel beso fue una confesión de lo solo que se había sentido todas las noches que habían estado separados. Mientras no dejaba de besarla, sus manos fueron desabrochándole la blusa y el sujetador. Tenía tanta necesidad de tocarla que le temblaban las manos.

—Royce —suplicó ella—, el dormitorio está arriba.

—No podemos subir. Al menos de momento. Kelly aún no se habrá dormido.

—Entonces puede bajar en cualquier momento.

—No lo hará. Te lo prometo —aseguró impaciente.

—¿No crees que deberíamos esperar?

—No puedo. Ni un segundo más. Siénteme —dijo estrechándola contra su cuerpo. Le tomó la mano y la puso sobre su entrepierna—. Te deseo.

Catherine tomó la iniciativa y comenzó a acariciarlo en un movimiento rítmico.

—Yo también te deseo —murmuró ella.

Catherine cerró los ojos al sentir las manos de Royce sobre sus pechos. Si no hubiera estado tan entretenida dando y recibiendo caricias, se hubiera apresurado a quitarse lo que le quedaba de ropa.

—No he pensado en nada más que en esto desde el momento en el que nos separamos —reconoció él.

—Oh... sí.

—Te deseo tanto que no puedo pensar con claridad.

—Yo también.

—Te quiero más de lo que jamás hubiera pensado que se podía amar a otro ser humano —susurró Royce..

—¿Y sabes lo que quiero yo? —preguntó ella sin esperar respuesta—. Que dejes de hablar de lo que me deseas y te des prisa en llevarme a la cama para que podamos hacer el amor.

Royce soltó una carcajada. Aquel sonido era el más maravilloso del universo para Catherine. Él la tomó de la mano y pasaron de puntillas por delante de la habitación de Kelly, mientras Catherine se iba desabrochando la blusa.

En el momento en el que estuvieron a solas en el dormitorio, los labios de Royce buscaron los de ella y Catherine estuvo a punto de desmayarse ante tanta intensidad.

La pasión iba aumentando en aquella habitación como un tornado. Royce la refugió entre sus brazos y la llevó hasta la cama, donde se tumbó sobre ella. Una vez allí y con habilidad, la desnudó. Catherine lo abrazó mientras él terminaba de quitarse la ropa.

—Ven aquí, esposo mío —le pidió con una voz cargada de deseo—. Deja que te demuestre exactamente cuánto te he echado de menos…

Catherine se despertó horas después. Estaba en la cama con Royce. Estaban abrazados como si llevaran toda la vida durmiendo juntos. Royce era un hombre muy romántico, pero incapaz de reconocerlo. Si Catherine se lo hubiera dicho, le hubiera dado vergüenza.

El vuelo la había dejado agotada. Una sonrisa se dibujó en sus labios después de aquel pensamiento. Quizá el vuelo la hubiera cansado pero ni la mitad que la sesión de sexo que acababa de disfrutar con su marido.

Royce se movió y Catherine lo examinó gracias a la luz de la luna que entraba por la ventana. La expresión de su rostro era de placidez y todavía flotaba en el aire la esencia de la pasión que habían compartido. Catherine sintió que su corazón estaba rebosante de alegría y dispuesto a recibir todo el amor que Royce estaba dispuesto a darle. Era un sentimiento muy bonito.

—¿Catherine?

—¿Te he despertado? —preguntó ella.

—Sí, y ya sabes cuál es la amonestación —contestó él entre bostezos.

—Oh, Royce —añadió ella exagerando un profundo suspiro—. Otra vez no.

—Oh… otra vez sí.

Catherine se inclinó y lo besó tiernamente.

—¿No podemos hablar primero?

—¿Tenemos que hablar de algo?

—Sí —repuso Catherine—. Por favor.

—Parece serio.

Ella lo besó de nuevo pero Royce se separó un instante.

—O hablamos o nos besamos. Pero no podemos hacer las dos cosas a la vez.

—De acuerdo. Un último beso y hablamos. En serio.

Se besaron profunda y detenidamente, de una forma que comenzaba a resultar familiar.

—Suficiente —interrumpió él—. Ahora vamos a hablar.

—Royce —dijo ella tomando aire—, ¿qué te parecería si me quedara embarazada?

Todo se detuvo en la habitación por unos instantes.

—¿Lo estás?

—No, pero me gustaría —anunció Catherine.

Royce cerró los ojos en señal de alivio.

—No me parece buena idea.

—¿Por qué no? —aquella actitud tan rotunda la dejó asombrada. Había supuesto que Royce albergaría alguna duda, pero nada parecido a aquella reacción.

—Mientras estés en la Marina, no tendremos hijos. Pensé que lo tenías claro.

XIII

—Qué quieres decir? —preguntó ella mientras se incorporaba y se tapaba el pecho desnudo con la sábana.

—Exactamente lo que has oído —repuso Royce frunciendo el ceño—. Mientras estés en la Marina, no tendremos hijos. Pensé que lo tenías claro.

—Quiero saber cuándo demonios he dicho yo que estuviera de acuerdo con eso —estaba enfadada, no podía evitarlo.

Qué arrogante. Qué prepotente por parte de Royce. Ella era quien estaba dispuesta a vivir el embarazo. La que se estaba ofreciendo para compaginar su carrera con la familia. Era lo que deseaba y lo que llevaba planeando mucho tiempo. Se hubiera tragado diez litros de agua de mar antes de renunciar a tener hijos.

—Hablamos de ello antes de casarnos —replicó el con frialdad.

—Mentira.

—Catherine, piensa en ello. Tuvimos varias conversaciones serias sobre lo que haríamos si no eras trasladada a Norfolk conmigo. ¿Recuerdas? —preguntó él empezando a perder la paciencia.

—Sí, pero no recuerdo que habláramos de no tener niños —dijo ella haciendo un ejercicio de memoria.

—Confía en mí. Sí que lo hicimos.

—Te equivocas —repuso agitada—. Te lo estás inventando todo. Yo nunca hubiera estado de acuerdo con eso. Quiero un bebé. Siempre lo he querido. Dos bebés, para ser exacta —aquello sí que iba a enfadar a Royce. Era una avariciosa, ¡no se contentaba con tener uno, sino que quería más!

—Bien —añadió él. Aparentemente había recuperado la calma. El enfado poco a poco se le fue pasando a Catherine—. Nos pondremos con ello. Te quedarás embarazada tan pronto como presentes tu renuncia en la Marina.

—¿Qué? —preguntó ella. Se había puesto de rodillas y la sábana ya no alcanzaba a taparla. Estaba realmente enfadada.

Se puso de pie y caminó de un lado a otro del colchón. Saltó a la alfombra y buscó algo con lo que taparse. Tomó una camisa de Royce que estaba colgando en el armario. Cerró la puerta con tanta fuerza que la percha se cayó.

Royce estaba sentado en la cama recostado sobre las almohadas.

—¿Hay algún problema con lo que he dicho? —preguntó.

—Pues claro que hay un problema.

—Entonces ¿por qué no nos sentamos como dos personas civilizadas y lo discutimos de forma racional?

—Porque —dijo ella con los brazos en jarras— estoy fuera de mí. Nunca me hubiera podido imaginar que harías una cosa así.

—Catherine, si te relajas un poco, podremos hablar de esto con sentido común.

—Estoy muy relajada —gritó sujetándose el pelo con ambas manos—. Contéstame a una cosa.

—Vale —aceptó él.

—¿Tú quieres un bebé?

El mundo pareció detenerse. Su matrimonio, la relación que compartían estaba pendiendo de un hilo y dependía de la respuesta que él diera.

—Sí —murmuró él. Era obvio que estaba siendo sincero—. He tratado de convencerme de que no era cierto. Que lo dejaría todo en tus manos, pero sí que es importante para mí. Me gustaría tener otro hijo —anunció como si estuviera reconociendo una debilidad.

Catherine estaba tan emocionada que le temblaron las piernas.

—Oh, Royce, a mí también.

—Por lo visto la comunicación entre nosotros no es tan buena como yo pensaba.

—¿Por qué estamos discutiendo? —preguntó Catherine suavemente. Él sonrió.

—No lo sé. Maldita sea, Catherine, te quiero demasiado como para pelearme contigo.

—Me alegro de oír eso —contestó ella mientras dejaba que la camisa que se había puesto con tanto ímpetu se deslizara hasta el suelo.

Caminó apresuradamente hasta la cama con la cabeza bien alta. Estaba orgullosa.

—Por lo que a mí respecta, cuanto antes nos pongamos a buscar al bebé mejor, ¿no te parece? —preguntó.

—¿Catherine?

—Quiero hacer el amor —dijo sentándose en el colchón y buscando la boca de Royce hasta rozarla levemente.

Él soltó un gemido. La besó deslizando la lengua en el interior de su boca. Fue un beso tan apasionado que ambos estuvieron a punto de arder.

—Antes tenemos que terminar de hablar —dijo él sin poder dejar de besarla—. Catherine… no podemos hacerlo.

—Después… después hablamos.

—No creo que sea buena idea —contestó agarrándola de las muñecas en un intento por detenerla. Sin embargo, fue un intento vano porque Catherine, en lugar de luchar por soltarse se abalanzó sobre él y se aprovechó de que tuviera las manos ocupadas.

No dejó de murmurar palabras de amor y de provocación sexual hasta que logró persuadirlo. Entre beso y beso, le susurraba cuál sería el siguiente paso.

—Catherine… —suplicó él entrecortadamente—. Yo no… tenemos que hablar antes de hacer nada… lo primero.

—Si eso es lo que quieres —contestó ella mientras le mordía el lóbulo de la oreja—. Tócame —le pidió—. Oh, Royce… te deseo tanto…

—Catherine, no creo que sea buena idea… —dijo él soltándole las muñecas.

—Pero yo sí —afirmó ella mientras se ponía de

rodillas sobre él con las piernas abiertas. Estaban a punto de entrar en contacto. Sabía que ya no habría vuelta atrás. Era lo que quería, lo que necesitaba.

Royce estaba dudoso. Su rostro estaba en tensión. Tenía los ojos cerrados para tratar de resistirse a los encantos de Catherine. Ella se sentía poderosa y él sabía lo que quería.

Una vez que sus partes íntimas entraron en contacto, ninguno de los dos se movió. Ninguno respiraba. El placer era demasiado intenso. No había ni principio ni final. Una vez que el placer comenzaba, su intensidad sólo aumentaba. La alegría que embargaba el corazón de Catherine emanaba por cada uno de los poros de su piel.

Alegría. Placer. Era una ternura a la vez dulce y violenta. La belleza de aquel acto sexual superaba a cualquier sensación que ella hubiera experimentado.

Cuando terminaron, Royce la abrazó. Ninguno habló. Después de lo que pareció una eternidad, Royce se inclinó para recoger las mantas y los tapó. Sus brazos la mantenían contra su cuerpo, la cabeza de Catherine sobre el pecho de él. La besó en la coronilla y le susurró que hablarían por la mañana.

Llegó la mañana. Catherine abrió los ojos lentamente y se abrazó al cuerpo cálido de Royce. Él sintió que se había despertado y le acarició el cabello.

—¿Vas a discutir conmigo de nuevo? —le susurró Royce.

—Eso depende de lo razonable que estés —contestó entre bostezos—. Lo siento… lo de anoche.

Se sentía un poco avergonzada de cómo lo había

abordado. Había utilizado la atracción física como un arma para hacerlo renunciar a su voluntad. No era una táctica que hubiera planeado utilizar. Pero Royce la había puesto tan furiosa, que se le había nublado el pensamiento.

—Quiero tener un hijo, Royce —afirmó con determinación.

—No hay problema —le aseguró él—. Siempre y cuando dejes la Marina.

Aquella cabezonería estaba dejando a Catherine sorprendida.

—¿Por qué tendría que ser yo la que dejara mi carrera militar? —preguntó tratando de mantener la calma.

Las emociones de Catherine estaban a punto de naufragar como si fueran una barca en medio de una tempestad. Las olas le golpeaban el cuerpo. Era todo tan injusto... Tenía que hacer que Royce lo entendiera.

—¿Por qué no dejas tú la Marina primero? —añadió para ver si él se daba cuenta de lo ilógica que estaba siendo su posición.

Él se quedó un rato en silencio.

—Estuviste de acuerdo antes de casarnos. Lo hablamos y...

—No lo hablamos —interrumpió ella con vehemencia.

—... y tú escogiste la Marina. Obviamente no quedó tan claro como yo pensaba, y eso es una pena, pero el hecho sigue siendo el mismo.

—Voy a tener un hijo, Royce. Y voy a ser la mejor madre que hayas visto en tu vida. Y voy a demostrarte que puedo ser también una capitán intachable.

—No —contestó él enfadado.

—¿Por qué tengo que ser yo la que renuncie? —no se podía creer lo que estaba pasando, pero tenía que saber la respuesta.

—Porque un bebé tiene que tener una madre.

—¿Y un padre?

—Uno de nosotros tiene que aceptar la mayor parte de la responsabilidad.

—¿Acaso no puede ser compartida?

—No —afirmó él cada vez más fuera de sus casillas.

—¿Por qué te estás poniendo tan cabezota con este tema? —preguntó Catherine. Royce podía tener muchos defectos pero se caracterizaba por ser un hombre justo.

—Porque Sandy…

—Para un momento —pidió ella mirándolo fijamente a los ojos —. Escúchame bien ahora mismo, Royce Nyland. Me niego a que me compares con tu primera esposa. Yo no soy Sandy y no estoy dispuesta a soportar que me estés comparando con ella —afirmó antes de bajarse de la cama.

Catherine se dirigió al baño. Necesitaba una buena ducha de agua caliente que aplacara la indignación que estaba sintiendo. Se detuvo cuando tenía la mano en el picaporte.

—Hay algo que debes saber —afirmó sin atreverse a mirarlo. No estaba orgullosa de lo que había hecho—. Anoche me desperté y…

—¿Y qué? —preguntó Royce.

—Y… y tiré las pastillas anticonceptivas por el retrete.

Catherine escuchó una ristra de palabrotas que salían por la boca de Royce mientras entraba en el baño.

Estaba debajo de la ducha cuando escuchó la puerta abrirse y vio a Royce entrar.

—¿Por qué demonios lo has hecho? —preguntó a pesar de que conocía la respuesta.

—Porque... —no merecía la pena contestar.

—Pues no pasa nada. Todo lo que tengo que hacer es acercarme a la farmacia.

—De acuerdo, hazlo —contestó mientras se frotaba con la pastilla de jabón—. Estoy cansada de que toda la responsabilidad recaiga sobre mis espaldas. Es buen momento para que alguien más asuma responsabilidades.

Royce frunció el ceño. Estaba al lado de la ducha y el agua le salpicaba.

—No voy a discutir contigo. Estos días son demasiado preciados como para malgastarlos con peleas. Incluso si estuviéramos de acuerdo en que te quedaras embarazada, es demasiado pronto. Vamos a esperar un año y entonces lo valoraremos. Todo puede cambiar mucho en un año. No tiene sentido que nos enganchemos en peleas cuando tenemos tanto en común. Te quiero, Catherine. Preferiría estar haciéndote el amor a estar aquí discutiendo un tema que ya daba por cerrado —afirmó antes de inclinarse para besarla.

Ni con la ayuda del cielo Catherine hubiera podido resistirse. Se puso de puntillas y lo abrazó mientras lo besaba. La ventana y el espejo estaban empañados de vaho pero ella sabía que era por el calor que desprendían sus cuerpos entrelazados.

De hecho, hasta el agua se enfrió en cuanto se separaron.

Catherine estaba friendo beicon para el desayuno de Kelly cuando Royce bajó las escaleras. Agarró su chaqueta y se dirigió a la puerta principal.

—¿Adónde vas? —preguntó Kelly.

—De compras —repuso él mirando con el ceño fruncido a Catherine.

—Pero si es muy pronto. Las tiendas están aún cerradas —afirmó la niña con lógica.

—La farmacia estará abierta —murmuró y dio un portazo.

Catherine no pudo evitar sonreír mientras seguía friendo el beicon.

Se suponía que las cosas no sucedían así. Había pasado un mes y Catherine estaba desconcertada. ¿Una mujer tiraba las pastillas anticonceptivas y, bingo, al minuto siguiente se quedaba embarazada? Aquello sí que merecía la pena ser registrado en El libro Guinness de los récords. Se suponía que quedarse embarazada era un proceso que podía llevar semanas. Incluso meses.

No segundos.

Por lo visto era la mujer más fértil del mundo y no se había enterado.

No sabía cómo demonios se lo iba a decir a Royce. Ni cuándo. Había decidido hacerlo en un tiempo. Aquel embarazo iba a ser una misión en la que iba a tener que emplear toda su diplomacia y su tiempo. Y para colmo sólo unas pocas personas en Bangor sabían que estaba casada.

Sin embargo, Catherine estaba muy contenta. Emocionada. Con la distancia que existía entre Royce y ella hubiera podido hasta tener al bebé sin que él se enterara.

Aquella idea era ridícula. Él era el padre. Tenía que saberlo, y Kelly también.

Esperó todo el día a la llamada telefónica de Royce. Se sirvió una taza de café y, exactamente a las seis en punto de la tarde, el teléfono sonó.

Catherine tomó el auricular. Se recordó a sí misma que era una competente abogada que se manejaba sin problema en los juicios. Era capaz de hablar con el más severo de los jueces. Sus argumentos le habían servido en muchas ocasiones para ganar juicios y convencer a jurados reticentes. Todo lo que tenía que hacer era mantenerse firme y no perder la compostura. Aquel bebé, aunque inesperado, era muy deseado. Una vez que Royce se pusiera en su lugar, cambiaría de opinión. No le quedaba otra opción. El embarazo era un hecho.

—¿Catherine?

—Hola, ¿qué tal estás? ¿Qué tal Kelly? Por aquí no ha pasado mucho salvo que la línea ha salido azul —soltó. No se podía creer que lo hubiera dicho de aquella manera, aunque probablemente Royce no adivinara que se estaba refiriendo a la prueba de embarazo que se había hecho en casa aquella mañana.

—¿Qué dices?

—Nada. Una expresión de por aquí. ¿Me estás echando de menos?

—Ya sabes que sí —respondió él en un tono seductor.

Estuvieron charlando durante más de media hora, los treinta minutos más largos de la vida de Catherine. En cuanto colgó el teléfono salió corriendo hacia el baño y vomitó. No iba a poder fingir durante mucho tiempo. Royce seguro que sospecharía algo aquella misma semana. Y Catherine no sabía qué era lo que más le iba a enfurecer: si el hecho de que no se lo hubiera dicho desde el primer momento o que estuviera embarazada.

Catherine fue consciente de dos cosas después de aquella llamada telefónica. La primera, que iba a necesitar a alguna persona en la que confiar. Y la segunda, que no iba a volver a probar el café en los siguientes nueve meses.

—Hola, mamá —saludó Catherine.

—Cariño, ¿qué pasa?

—¿Cómo sabes que pasa algo? —preguntó.

—No sé, como es más de media noche... No te preocupes. No estaba dormida. Norman se ha acostado hace horas pero yo me he quedado leyendo una de las novelas de misterio de Mary Higgins Clark.

—Es medianoche, no me había dado cuenta de que era tan tarde.

—Ya sabes que puedes llamar siempre que lo necesites.

—Vale, mamá, ¿qué me contestarías si yo te dijera que la línea ha salido azul?

—¿Es una pregunta con truco?

—No... Estoy hablando completamente en serio.

—La línea ha salido azul. No sé, cariño, quizá que necesitas ver a un médico —bromeó Marilyn.

—Respuesta correcta —contestó Catherine con un suspiro—. Y ahora viene la pregunta difícil. ¿Por qué crees que necesito ver al médico?

—Pues diría que porque estás embarazada, pero sé que no es el caso —afirmó tras una pausa.

—La segunda parte de tu respuesta es incorrecta.

—¿Quieres decir que…? Catherine, de verdad que quieres decir que tú y Royce… Pero si lleváis casados muy poco tiempo, y él está en Virginia y tú en el estado de Washington. Cariño, ¿cómo ha sido?

—¿De verdad quieres que te lo explique? —preguntó incrédula.

—Ya sabes a qué me refiero —replicó Marilyn. Catherine se podía imaginar a su madre sonrojada.

—En Navidad —susurró.

—No me parece que estés completamente alegre con la noticia.

—Estoy asustada, mamá, de verdad que lo estoy.

—¿Vas a dejar la Marina?

—¡No!

—Pero, Catherine, no te das cuenta de lo difícil que va a ser. Royce y tú separados dos mil millas. Ese bebé se merece tener un padre.

—Royce verá al bebé —afirmó Catherine.

Marilyn intuyó que la pareja había discutido sobre el tema, por la actitud tan orgullosa de su hija. Diplomáticamente desvió la conversación.

—Te voy a confesar una cosa que nunca te he contado, hija —dijo con suavidad—. Tú, mi niña querida, fuiste una sorpresa.

—¿Sí?

—Sí, de hecho una sorpresa muy grande.

Catherine sonrió. Por lo visto siempre había tenido el don de la oportunidad.

—Tu padre y yo estábamos en la universidad. Éramos jóvenes, idealistas y alocados.

—¿Me estás queriendo decir que papá y tú os tuvisteis que casar?

—No, pero si los cálculos no me fallan, tú naciste nueve meses y un día justo después de nuestra boda. Yo no sabía cómo decírselo a tu padre. Y resulta que estuvo encantado con la noticia. Yo lloraba a menudo porque las hormonas me jugaron una mala pasada. Y nunca olvidaré lo cariñoso y tierno que fue conmigo. Estaba tan contento... Fue como si yo fuera la única mujer en el mundo que hubiera vivido un embarazo.

»Por aquel entonces, a los padres no los dejaban entrar en el paritorio —prosiguió—. Pero Andy se negó a dejarme sola. Por un momento pensé que él y el doctor iban a llegar a las manos.

A Catherine le encantaba escuchar todos aquellos detalles sobre su padre. Posó la mirada en la foto descolorida que descansaba en la chimenea.

—Cuando naciste, pensé que quizá a él le hubiera hecho más ilusión un niño. Pero no. Cuando la enfermera entró y te dejó en sus brazos, Andy se sentó a mi lado y lloró de felicidad.

»Después me llevaron hasta la habitación —añadió—. Estaba agotada y me quedé dormida. Pero Andy estaba demasiado nervioso como para quedarse quieto. Las enfermeras me contaron que se había recorrido el hospital de arriba abajo, contigo en brazos, enseñando orgulloso a su hija. Ni una sola vez se arrepintió de que me hubiera quedado embarazada tan pronto.

Marilyn se detuvo emocionada.

—Me encanta que me cuentes historias de papá —admitió Catherine con los ojos llenos de lágrimas. No cabía duda de que aquel embarazo iba a afectarle emocionalmente.

—Royce no lo sabe todavía, ¿verdad?

—No.

—¿Y cuándo piensas decírselo exactamente?

—¿El año que viene cuando tengamos que presentar la declaración de la renta?

Marilyn se echó a reír.

—Oh, Catherine, me recuerdas tanto a mí y a tu padre... Royce es un buen hombre, no creo que tengas de qué preocuparte.

Madre e hija charlaron un rato más Y después Catherine colgó. Despacio y pensativa caminó hasta la chimenea y pasó el dedo por el retrato de su padre. Era algo que hacía habitualmente cuando quería sentirlo cerca. Ojalá su madre tuviera razón y Royce se emocionara. Su mirada se posó en las bonitas facciones de su padre. Una lágrima corrió por su mejilla al darse cuenta una vez más de que no podía recordarlo.

Royce estaba aburrido. Estaba conduciendo a punto de incorporarse a la autopista. Echaba de menos a Catherine. Habían pasado casi tres meses desde que no se veían y podían pasar otros tres hasta el siguiente encuentro. Trató de no pensarlo.

A pesar de todo, estaban muy cerca. Tan cerca como podía estar una pareja cuando vivía cada uno en una punta del país. Si había algo que le preocupaba era el hecho de que Catherine pareciera estar tan contenta con aquella forma de vida. Hablaban un par de veces por semana y se escribían casi a diario. Y sólo en escasas ocasiones, Catherine se quejaba de que estuvieran tan lejos el uno del otro.

Sin embargo Royce no lo llevaba bien. Quería

que su esposa estuviera a su lado. Aunque aquello significara que era un egoísta y un desconsiderado. Estaba harto de las noches solitarias. Las noches de los viernes eran las peores. Kelly normalmente se quedaba en la casa de alguna amiga y Royce se preparaba para lidiar con la soledad. Se alegraba de que su hija tuviera una vida social tan activa; la suya sin embargo estaba atrapada en una mujer que vivía a dos mil millas.

Desde luego, qué ojo tenía. Sabía escoger bien a las mujeres entregadas a su carrera. Primero Sandy y después Catherine, ambas tan decididas a hacerse un lugar en la profesión elegida.

Sin embargo, no era momento para ahondar en aquello. Era demasiado tarde. Había contraído aquel matrimonio con los ojos bien abiertos. Desde el principio había sabido lo importante que era la Marina para Catherine. Y aun así se había casado con ella. Dispuesto a ocupar un lugar secundario en su vida si eso era lo que ella deseaba.

A Royce le gustaba su vida. Sólo tenía algunas quejas. Virginia le había sorprendido gratamente, y le encantaba vivir allí. Disfrutaba de su trabajo y en los últimos meses había desarrollado nuevos intereses. Nunca había sido una persona con muchas aficiones, hasta que se había casado con Catherine. Había tenido que encontrar alguna ocupación para no volverse loco cuando la echaba mucho de menos.

Pero no dejaba de pensar en alguna manera por la que pudiera ser destinado a la Costa Este. Aunque estuviera trabajando en Florida, estarían mucho más cerca.

Las luces de la casa estaban encendidas. Y Royce

trató de recordar si Kelly estaba aquella tarde en casa o no. Ojalá que sí.

Abrió la puerta de entrada, se quitó la chaqueta y la guardó en el armario de la entrada. De la cocina salía un olor delicioso. Le iba a tener que decir algo a Kelly sobre la cena. Era demasiado pequeña para cocinar sin que hubiera un adulto a su lado.

—¿Kelly? —dijo mientras revisaba el correo.

—Estoy en la cocina, papá —dijo encantada. Seguramente porque había conseguido preparar la cena sin quemar la casa.

—¿Qué es eso que huele tan bien?

—Una asado con patatas, zanahorias hervidas y pastel de manzana.

A Royce se le cayeron las cartas de la mano al suelo. Se dio la vuelta. Tenía que estar soñando. Era la dulce voz de Catherine la que le estaba hablando. Estaba en la puerta de la cocina, apoyada en el marco, con un trapo colgando de la cintura de los vaqueros y una cuchara de madera en la mano.

—¿Catherine? —tenía miedo de que aquella visión se desvaneciera en el aire. Fuera real o imaginaria, tenía que abrazarla. En dos pasos más, la tuvo entre sus brazos.

Cerró los ojos y respiró aquella cálida fragancia. La abrazó tan fuerte que sin darse cuenta la levantó del suelo.

—¿Te ha dado una sorpresa? —preguntó Kelly.

—¿Tú lo sabías? —no se podía creer que lo hubiera podido mantener en secreto.

—Sólo desde ayer.

La besó y sintió que la pasión se despertaba de nuevo.

—¿Cuánto tiempo te quedas? —estaba calculando mentalmente cuántas veces podrían hacer el amor en tres días.

—¿Cuántos días quieres?

«¡Toda la vida!», pensó Royce.

—¿Cuánto tiempo tienes? —preguntó para ser realista. Se conformaría con lo que fuera posible y estaría agradecido.

—Un rato —repuso justo antes de besarlo y de engatusarlo con la punta de la lengua. Después regresó con soltura a los fogones.

—Un rato —repitió Royce desconcertado.

—¿Ahora? —preguntó Kelly mirando a Catherine.

Catherine asintió misteriosamente. La hija de Royce levantó las manos.

—Diez minutos. Es todo el tiempo que te doy —dijo Kelly.

—Creo que con eso bastará —contestó Catherine. Kelly subió como un rayo las escaleras.

—Diez minutos —repitió él—. Cariño no sé lo que te traes entre manos, pero me gustaría tener algo más de diez minutos.

—Quiero que leas algo —dijo Catherine entregándole un sobre que tenía pinta de ser de algún organismo oficial.

Royce lo miró unos instantes sin saber qué pensar.

—Y ya que tengo toda tu atención, creo que debes saber que nuestras vidas han cambiado para siempre.

—¿Qué? —aquella mujer había enloquecido. Una separación de tres meses la había puesto al límite. A él le había sucedido lo mismo, así que no era de extrañar.

—La verdad es que no es sólo un cambio.

—Cariño, ¿de qué estás hablando?

—¿De verdad que no tienes ni idea? —era obvio que no.

Royce estaba de pie con la boca abierta como un pez fuera del agua.

—No tengo ni idea —admitió reticente.

—Estamos embarazados —declaró Catherine.

Royce negó con la cabeza convencido de que le estaba tomando el pelo.

—Es verdad, Royce —prosiguió mirándolo a los ojos tímidamente, como si tuviera miedo a su reacción. Estaba observándolo, calculando cada uno de sus movimientos, de su reacción. Estaba rastreando sus emociones.

Royce sintió la necesidad de sentarse.

—¿Cuándo?

—Por lo que parece, fue en Navidades. Yo creo que fue aquella mañana, en la ducha.

Royce asintió. Estaba demasiado aturdido como para reaccionar de otra manera. Empezó a echar cálculos. Si había sucedido en Navidades y estaban en la segunda semana de marzo.

—Pero entonces ha sido…

—Hace tres meses —concluyó ella la frase.

—¿Estás embarazada de tres meses? —lo había mantenido en secreto todo ese tiempo.

Catherine asintió.

—¿No vas a decir nada? Oh, Royce, no me tengas más tiempo en ascuas. ¿Estás contento?

Sentía un nudo en la garganta que le impedía encontrar las palabras. Tragó saliva antes de asentir.

—Sí —dijo finalmente mientras la agarraba de las

caderas y la estrechaba contra su cuerpo. Pasó la mano por el vientre de Catherine y cerró los ojos. Le resultaba imposible hablar.

—Lee la carta —le pidió Catherine con lágrimas en los ojos—. No te preocupes, estos días estoy con las emociones alteradas. Lloro con nada, pero el médico dice que no hay de qué preocuparse.

Royce desdobló la carta y leyó dos veces su contenido para asegurarse de que no era un malentendido.

—¿Vas a dejar la Marina? —preguntó incrédulo.

—Sí, pero paso a formar parte de la reserva.

—¿Por qué? —no podía comprender que después de tanta discusión fuera a dejarlo de forma voluntaria.

Catherine lo abrazó y se sentó sobre sus rodillas.

—Porque finalmente he averiguado por qué la Marina era tan importante para mí —explicó. Royce la miró, no entendía nada—. Estaba intentando conocer a mi padre, encontrarlo a través de una vida en la Marina… Ya sé que suena absurdo, pero el hecho de no haber tenido ningún recuerdo sobre él lleva años atormentándome. Seguir en la Marina, especialmente ahora, era una forma de agarrarme a mis raíces, porque necesitaba encontrar algo de él a lo que agarrarme.

—¿Y qué es lo que te ha hecho cambiar de opinión?

—Nuestro bebé. Me he dado cuenta de que puedo hacerlo. Estando tan lejos el uno del otro he sido consciente de que puedo criar a nuestro hijo y llevar a cabo lo que me proponga. Me he dado cuenta de lo tonta que he sido al tratar de encontrar a mi padre cuando eso significaba darle la espalda a mi hijo.

Royce la besó. Sus cuerpos vibraban de tanto amor.

—¿Ya se lo has dicho? —preguntó Kelly desde lo alto de la escalera.

—Ya me lo ha dicho —contestó Royce.

—¿Qué te parece, papá? —preguntó corriendo escaleras abajo.

Royce sonrió y le tendió una mano a su hija. Los tres se abrazaron. Aquello superaba cualquiera de sus sueños. Tomó la mano de Catherine y la besó. Se miraron fijamente y Royce descubrió en los ojos de Catherine la promesa de un cálido mañana.

EPÍLOGO

Royce estaba silbando una melodía pegadiza mientras aparcaba en la puerta de casa. Apagó el motor. La ranchera familiar estaba aparcada al lado de su deportivo, con la silla de bebé colocada en el asiento trasero.

Andy crecía deprisa y pronto no podría usar la silla. Pero no había problema, porque Jenny la iba a necesitar en poco tiempo. La niña de tres meses crecía a toda velocidad.

Apartó un triciclo y abrió la puerta principal. Dejó el abrigo y la gorra en el perchero.

—Ya estoy en casa —anunció.

Andy, que ya tenía cuatro años, salió corriendo a su encuentro. Royce abrazó a su hijo y lo levantó por los aires.

—¿Cómo está el hombrecito de papá? ¿Has ayudado hoy a tu madre y has sido buen chico?

—Claro que sí, señor —repuso Andrew Royce

Nyland imitando un saludo militar mientras trataba de bajar al suelo. En cuanto tocó tierra se dirigió hacia lo primero que atrajo su atención.

—Royce —saludó Catherine asomándose al vestíbulo. Tenía a la niña en brazos.

Una sonrisa se le dibujó en los labios al ver a su marido.

Royce dejaba de asombrarse de que, a pesar de todos los años, de todo el tiempo que habían compartido, su corazón no dejara de acelerarse cada vez que la veía.

Catherine llevaba puesto un traje de chaqueta azul a juego con una camisa de seda. A Royce le sonaba que su mujer le había comentado algo de que no tenía que ir a la oficina aquella tarde. Se sentía orgulloso de la forma en la que Catherine se las había arreglado para encontrar un puesto de trabajo en una prestigiosa firma de abogados. Orgulloso porque le había enseñado que era posible combinar una carrera profesional con la familia. En aquel momento trabajaba tres días a la semana, y cuando llegara el momento, se incorporaría a la jornada laboral de cuarenta horas semanales. La verdad era que Royce pensaba que su esposa les sacaba ventaja a otros abogados. Era tan hermosa e inteligente que no se podía imaginar a ningún jurado del mundo en desacuerdo con ella.

—Oh, Royce, qué bien que estás casa —dijo antes de darle un breve pero satisfactorio beso. Le entregó a Jenny. Recogió su abrigo.

—¿Adónde vas?

Catherine se volvió y le sonrió.

—Te avisé de que esta tarde es la reunión de esposas de marinos, ¿no te acuerdas?

—Es verdad —dijo él aunque era mentira. Ya le costaba bastante acordarse de su propio horario como para retener las citas de los demás.

—Kelly llegará en media hora. Y trae consigo a un jovencito.

—¿Un chico? —preguntó Royce.

—Cariño, casi tiene dieciséis años. Es importante para ella, así que no montes un número. Lo único que querrá será que le dejes un poco de privacidad.

—Oye —dijo abrazando a su mujer—, ¿cómo se atreve? Si alguien se merece un poco de intimidad en esta casa somos nosotros —afirmó antes de besarla en el cuello. Aquella fragancia seguía cautivándole—. ¿A qué hora vuelves?

—No muy tarde —prometió besándolo en los labios—. Te lo prometo.

Royce la soltó con alguna reticencia.

—Bien, porque tengo planes para esta noche.

—Tú tienes plan todas las noches —bromeó ella—. Lo que está bien, porque si no lo tuvieras tú, los tendría yo —después agarró el bolso y se dio la vuelta.

—¿No te olvidas de algo? —preguntó él.

—Sí —afirmó Catherine. Al ver que la niña estaba durmiendo besó los labios de su marido con pasión. Aquél fue un beso digno del libro de los récords. Un beso atrevido y pasional.

Royce sintió que le flaqueaban las piernas, y de no haber sido porque tenía a su hija en brazos, hubiera estrechado a Catherine y la hubiera subido hasta el dormitorio en aquel preciso instante.

Ella suspiró y se esforzó por separarse de él.

—¿A qué se debe este arranque de pasión?

—A que quiero que sepas lo mucho que te quiero. Lo agradecida que estoy de que fueras tan paciente para que yo pudiera llegar a mis propias conclusiones. Sobre la Marina. Sobre la firma de abogados. Sobre tener a Jenny.

—Espero de veras que luego me lo vuelvas a agradecer

—Ya sabes que sí —contestó sonriente.

Catherine salió por la puerta y Royce se fue hacia la cocina silbando contento.